BERNWARD SCHNEIDER

Vor dem großen Sterben

BERLIN, AUGUST 1939 In Berlin herrscht schönstes Sommerwetter. Noch wirkt das Leben in der Stadt normal, doch die Hinweise auf einen bevorstehenden Krieg verdichten sich. Die Varieté-Tänzerin Marion Bendt kopiert im Auftrag der deutschen Abwehr ein geheimes Protokoll der Besprechung Hitlers mit seinen höchsten Offizieren. Darin enthalten sind die wahren Kriegsziele Hitlers. Nicht lange nachdem Marion ihrem Führungsoffizier Rolf Michalik Fotos des Dokuments übergeben hat, findet sie ihn erschossen auf. Scheinbar ein Selbstmord. Doch Marion ist sich sicher, dass sie den Schatten des Mörders mit eigenen Augen gesehen hat. Aber auch sie ist nicht unentdeckt geblieben und wird von Unbekannten verfolgt. Als sie dem SS-Mann Ludwig Krieck und seiner Freundin Sybille Seeckt begegnet, weiß sie nicht, ob sie den beiden vertrauen kann. Während der drohende Krieg die Menschen von Tag zu Tag in größere Unruhe und Angst versetzt, verstrickt sie sich immer tiefer in das unheimliche Netz ihrer Feinde.

Bernward Schneider, Jahrgang 1956, studierte Jura in Marburg und ist seit 1986 in Hildesheim als Rechtsanwalt tätig. Von 1991 bis 1994 arbeitete er zudem in Berlin-Köpenick. Mit seinen historischen Berlin-Krimis um den anwaltlichen Ermittler Eugen Goltz ist er einer breiten Leserschaft bekannt geworden. Der Kriminalroman »Vor dem großen Sterben« um die Tänzerin und Agentin Marion Bendt ist sein neuester Berlin-Krimi aus der Zeit des Dritten Reichs. Bernward Schneider ist verheiratet und hat zwei Kinder. Zudem ist er Mitglied des Vereins Hildesheimliche Autoren e. V.

Bisherige Veröffentlichungen im Gmeiner-Verlag:
Der Teufel des Westens (2017)
Endstation Reichskanzlei (2015)
Berlin Potsdamer Platz (2013)
Todeseis (2012)
Flammenteufel (2011)
Spittelmarkt (2010)

BERNWARD SCHNEIDER

Vor dem großen Sterben

Kriminalroman

GMEINER SPANNUNG

Dieses Buch wurde vermittelt von der Literaturagentur
erzähl:perspektive, München (www.erzaehlperspektive.de)

Im Ehnried 5, 88605 Meßkirch
Telefon 07575/2095-0
info@gmeiner-verlag.de

1. Auflage 2019

Lektorat: Teresa Storkenmaier
Herstellung: Mirjam Hecht
Umschlaggestaltung: U.O.R.G. Lutz Eberle, Stuttgart
unter Verwendung eines Fotos von: © ullstein bild
Druck: CPI books GmbH, Leck
Printed in Germany
ISBN 978-3-8392-2524-0

Personen und Handlung sind frei erfunden.
Ähnlichkeiten mit lebenden oder toten Personen
sind rein zufällig und nicht beabsichtigt.

1. KAPITEL

Marion richtete sich auf. Der Mann auf der anderen Seite des Bettes schlief tief und fest. Vorsichtig schob sie die Beine unter der Decke hervor, setzte die Füße auf den Teppichläufer und griff nach dem Handtäschchen, das auf dem Boden stand. Vom Flur drang ein schwacher Schein durch die halb offene Tür. Sie erhob sich leise und glitt nackt, wie sie war, aus dem Zimmer.

Das Licht kam von einer kleinen Lampe auf einem Tischchen am Ende des Flurs. Zum Arbeitszimmer waren es nur ein paar Schritte. Vorsichtig drückte sie die Klinke nieder, öffnete die Tür einen Spalt und schlüpfte auf Zehenspitzen hindurch, dann schob sie sie von innen zu, ohne sie ganz zu schließen.

Marion stand im Dunkeln. Im ersten Moment waren kaum Einzelheiten im Zimmer auszumachen, aber nach einer Weile gewöhnten sich ihre Augen an die Verhältnisse. Sie wusste, wo sie zu suchen hatte. Bereits bei ihrem ersten Besuch in Böhmes Wohnung hatte sie sich mit den Räumen vertraut gemacht. Sie tastete nach dem Lichtschalter neben der Tür und ließ das Deckenlicht aufglimmen. Auf der anderen Seite vor dem mit Vorhängen bedeckten Fenster stand ein Schreibtisch. Links davon tickte eine große Standuhr an der Wand. An seiner rechten Seite thronte eine Stehlampe. Leichtfüßig näherte sie sich und schaltete sie an, eilte dann nochmals zurück und löschte das Deckenlicht wieder.

Der Schreibtisch war wuchtig, ein antikes Schwergewicht aus dunklem Kirschbaumholz mit kunstvollen Intarsien und einer grünen Linoleumauflage. Ein paar Bücher lagen darauf. Als Erstes die Schubladen, dachte sie. Sie hockte sich vor den Schreibtisch, legte das Täschchen neben sich, und zog eine nach der anderen auf. Sie besah sich die Unterlagen und Mappen, stellte aber schnell fest, dass nichts dabei war, was es wert gewesen wäre, fotografiert zu werden.

Sie richtete sich auf und lauschte. Alles war still. Außer dem selig schlummernden Henning Böhme gab es niemanden in der Wohnung, der sie überraschen könnte. Der Offizier der Wehrmacht lebte allein, und aufwachen konnte er so bald nicht. Die Tatsache, dass die Herren der Schöpfung nach vollzogenem Akt gern noch ein Gläschen tranken, hatte sie sich zunutze gemacht und dem Cocktail ein paar Tropfen eines geschmacklosen Schlafmittels beigesetzt. Das gehörte zu der Arbeitsausrüstung, die Michalik ihr zur Verfügung gestellt hatte. Es gab eigentlich kein Risiko, was die Durchführbarkeit und die Erfolgsaussichten des Auftrags anging, dennoch galt es, auf der Hut zu sein.

Ihre Augen streiften schmale Regale mit Büchern, die an den Wänden standen. Ein Bild zwischen einem der Regale und der Tür hing ein wenig schief. Sie trat heran, nahm es vorsichtig ab und erblickte den in die Wand eingelassenen Tresor. Natürlich war er verschlossen. Sie hängte das Bild wieder hin und wandte sich erneut dem Schreibtisch zu.

Marion betrachtete das Möbelstück eine Weile. Sie wusste genau, wonach sie suchte: Sie zog die große Schublade in der Mitte heraus. An der inneren Seitenwand gab es einen kleinen Riegel. Sie probierte daran herum. Nach einer Weile gab er nach und ein kleines Holzpaneel klappte auf.

Einige Papiere waren darin, sie blätterte sie durch, doch es waren nicht die, nach denen sie suchte. Dann entdeckte sie etwas anderes und ihr Herz machte einen Satz: Unter den Papieren lag ein kleiner Schlüssel.

Sie nahm ihn heraus, trat flugs zu dem Bild vor dem Tresor und nahm es erneut von der Wand. Sie hatte sich nicht getäuscht, der Schlüssel passte. Die Scharniere der Panzertür waren gut geölt, das Öffnen verursachte kein Geräusch. Sie erblickte eine Geldkassette und ein Aktenstück und atmete auf. Sie hatte befürchtet, dass sie sich durch Berge von Unterlagen würde kämpfen müssen, doch es war nur diese eine Mappe, die nicht mehr als zwölf oder fünfzehn Blätter Papier enthielt.

Einseitig handschriftlich geschrieben, bildeten sie zusammen ein amtlich aussehendes Dokument. Das Datum auf der ersten Seite stimmte mit dem ihr von Rolf Michalik genannten überein: 23. Mai 39. Es bezeichnete den Tag einer Besprechung, als deren Ort das Arbeitszimmer des Führers in der Neuen Reichskanzlei genannt wurde. Diensttuender Adjutant war der Oberstleutnant Schmundt, und dieser war es, der Rolfs Angaben zufolge die Rede Hitlers vor der militärischen Führungsspitze in seinem Bericht aufgezeichnet hatte. Das Dokument führte sämtliche Beteiligten der Zusammenkunft auf, auch der Gegenstand der Besprechung sowie ein Stempel »Chef-Sache/Nur durch Offizier« waren angegeben. Perfekt, dachte sie, es war das Dokument, nach dem sie gesucht hatte.

»Präg dir so viel ein wie möglich. Wichtig vor allem: Datum, Teilnehmer, Protokollunterschriften, und natürlich des Führers Pläne«, hatte Rolf ihr aufgetragen.

Marion begann, durch das Dokument zu blättern. Ihr Vorhaben ging glatter vonstatten, als sie befürchtet hatte. Bis eben hatte sie gezweifelt, ob sie überhaupt etwas entdecken würde oder die Wohnung unverrichteter Dinge würde verlassen müssen. Bezahlt wurde sie auch, wenn sie nichts entdeckte, aber es war ihr natürlich wichtig, erfolgreich zu sein. Mittlerweile arbeitete sie schon seit einem halben Jahr als geheime Mitarbeiterin der Deutschen Abwehr. Ein paar kleinere Spionageaufträge, die Diplomaten benachbarter Länder betrafen, hatte sie schon erledigt. Doch dieser Auftrag war etwas Besonderes, vielleicht ihre eigentliche Bewährungsprobe. Die Brisanz des Auftrags war ihr nicht entgangen, obwohl Rolf so getan hatte, als ob sich die Angelegenheit Böhme nicht von ihren früheren Arbeiten unterschiede.

Rolf hatte ihr den Major Böhme als einen Vertrauten von Oberstleutnant Schmundt, Hitlers Wehrmachtsadjutanten, bezeichnet und ihr erklärt, dass sich in seinem Besitz eine der Ausfertigungen eines geheimen Protokolls befände. Darin äußere sich Hitler zu seinen wahren und von den öffentlichen Verlautbarungen abweichenden Kriegszielen. Insbesondere gehe es um die Hintergründe des befürchteten Angriffs auf das Nachbarland Polen, von dem dieser Tage überall im Land die Rede war. Rolf hatte ihr keine Erklärung für die Merkwürdigkeit gegeben, dass er als Offizier der Abwehr gegen Kreise um den Adjutanten des Führers operierte. Er war über diese Fragwürdigkeit hinweggeglitten, obschon er ihre Zweifel registriert hatte, und schnell war Marion klar geworden, dass er keine weiteren Fragen von ihr hören wollte. Es war ihr bekannt, dass es unter den Geheimdiensten im Reich, wie auch zwischen anderen Dienststellen der Partei Feindschaften und Rivalitäten gab, und deshalb hatte sie keine Einwände erhoben. Meistens war es ja doch besser, nicht mehr als nötig zu erfahren.

Böhme verkehrte regelmäßig im Ciro. Marion sollte mit einem Bekannten Böhmes eines Abends in dem Lokal erscheinen. Ihr Begleiter war ein Wehrmachtshauptmann, der sie Böhme vorgestellt hatte, der Rest ergab sich fast von selbst. Sie hatte ein Kleid getragen, das von ihrem gelungenen Gliederbau und ihrer Seidenhaut mehr gezeigt als verborgen hatte, ein aufmunterndes Lächeln in die Richtung ihres Opfers, und schon hatte der Hering angebissen. Eine dezente Bemerkung, dass sie nicht umsonst zu haben sei, dann hatte sie ihn nach Steglitz hinaus begleitet, und wie so oft in solchen Fällen hatte sie genau das Richtige gesagt. Sie hielt sich selbst nicht für eine Prostituierte, sondern sah die Liebesdienste, die sie gegen Bezahlung verrichtete, als einen Teil ihrer Tarnung an. Die meisten Diplomaten und hohen Offiziere hatten ihre Ehefrauen und Familien im Ausland oder irgendwo in der Provinz und besaßen in Berlin eine kleine oder auch größere Wohnung, je nach Herkunft und Rang. Eine Geliebte hätte diesen Männern am Ende nur Probleme beschert, mit einer reizenden Prostituierten aber, der gegenüber sie, mit Ausnahme der pekuniären, keine Verpflichtungen eingingen, ließen sie sich gern einmal ein.

Marion studierte das oberste Blatt des Dokuments, das vor ihr lag. Als sie die Namen der an der Besprechung Beteiligten und verschiedene Vermerke auf dem Dokument registrierte, befiel sie ein leiser Schrecken. Ein Dokument, in dem Hitler seine Absicht verkündete, so bald wie möglich das Nachbarland Polen anzugreifen, war nicht bloß geheim, erkannte sie. Die Geheimhaltung bildete – und so war es auf dem Dokument auch vermerkt – die Voraussetzung dafür, dass die Pläne des Führers gelingen würden.

Sie legte die Mappe aufgeschlagen auf den Schreibtisch, griff nach dem Handtäschchen und nahm aus dem Beutel mit den Binden und den Fromms-Präservativen die kleine Spionagekamera heraus. Es war eine Minox Kleinbildkamera, die seit dem vergangenen Jahr von einer Firma in Riga in größeren Stückzahlen produziert wurde, wie Michalik ihr erzählt hatte. Ihre Abmessungen waren so gering, dass sie mühelos in einer Faust verschwand. Trotzdem lieferte die Minox Bildergebnisse von hervorragender Qualität.

Das Licht war kein Problem, stellte sie beim Umgang mit der Kamera fest, die Lampe strahlte sehr hell; dennoch beherzigte sie Michaliks Rat und studierte so gut es ging den Inhalt der Blätter, die sie fotografierte.

Die wahren Pläne des Führers, wie sie sich aus dem vor ihr liegenden Protokoll ergaben, entsprachen nicht dem, was dieser Tage in den Zeitungen geschrieben stand, stellte Marion fest, nachdem sie mehr als die Hälfte der Seiten abgelichtet hatte.

Die Nachrichtenblätter im Lande schrieben über den deutsch-russischen Nichtangriffspakt, den der deutsche Außenminister von Ribbentrop vor ein paar Tagen in Moskau mit dem russischen Staatsführer Stalin geschlossen hatte. Was dieser Pakt bedeutete, war klar, auch wenn es nicht so klar aus den Berichten hervorging. Deutschland verlangte von Polen die Rückgabe von Danzig und einen Durchgang durch den Polnischen Korridor, und der Pakt mit Russland ebnete den Weg für Deutschland, seine Ansprüche mit militärischer Gewalt durchzusetzen.

Im Protokoll sah das anders aus. Hitler erklärte, dass er Polen bei erstbester Gelegenheit angreifen wolle, nicht wegen Danzig und des Korridors, sondern zur Erweiterung des deutschen Lebensraums im Osten. Dieser Erweiterungsraum aber lag nicht in Polen, sondern in Russland. Wenn es dem Führer in Wahrheit um Russland ging und Polen nur einen Zwischenschritt auf dem Weg dorthin bildete, sagte Marion sich, war der Pakt mit den Russen bloße Makulatur.

Sie arbeitete konzentriert, ohne dass sie sich durch ihre Gedanken stören ließ. Sie spürte Erleichterung, als sie endlich alle Einzelseiten abfotografiert hatte. Die Luft im Raum war zum Schneiden dick. Obwohl sie nichts am Leibe trug, war ihr so warm geworden, dass sich auf ihrer Stirn Schweißperlen gebildet hatten. Sie legte das Aktenstück in den Panzerschrank zurück, zog die Tür leise zu und verschloss sie, dann deponierte sie den Schlüssel an der vorgesehenen Stelle im Schreibtisch und packte die kleine Kamera in den Beutel zurück. Wenn jemand nur einen oberflächlichen Blick in das Täschchen warf, würde er die Minox nicht entdecken.

Sie wandte sich ab, schlich leise federnd zur Tür und löschte die Lampe. Eine Weile wartete sie noch und lauschte, aber dann, gerade als sie die Tür weiter aufschob, verdunkelte ein Schatten das Licht im Flur.

Ein eiskalter Schauer lief über ihren bloßen Rücken. Sie ignorierte den Schrecken, der nach ihr griff, und blieb in der Bewegung, als wäre nichts Ungewöhnliches geschehen. Es gab ja doch kein Zurück. Das Leben wurde schließlich nach vorne gelebt, das war ihr Motto, denn nur dann hatte man Erfolg. Nichtsdestoweniger schlug ihr Herz so heftig, dass sie Angst hatte, man könnte es hören.

Vor ihr stand ein Mann, der genauso splitternackt wie sie selbst war. Der Major Böhme, dessen Bettgenossin sie in dieser Nacht geworden war.

»Sind Sie eine Schlafwandlerin?«, fragte er.

»Ich wollte zum Klo. Irgendwie scheine ich wirklich noch nicht ganz wach zu sein, denn ich habe mich in der Tür geirrt.«

»Das Klo ist direkt gegenüber«, sagte er und starrte sie an. Der Major hatte pechschwarze Haare und strahlend blaue Augen. Sein schmaler Schnauzbart war frisch gestutzt.

Wie konnte es sein, dass er aufgewacht war, schoss es ihr durch den Kopf. Eigentlich war das gar nicht möglich. Doch es war müßig, auch nur daran zu denken, im Moment würde es ihr nicht helfen, nach einer Antwort zu suchen.

»Ich wollte kein Licht im Schlafzimmer machen«, sagte sie und öffnete ihr Täschchen, bevor er selbst auf den Gedanken kommen konnte, es von ihr zu verlangen. Sie tat so, als ob sie darin nach etwas suchte, schließlich zog sie das Päckchen mit den Fromms heraus. »Ich konnte es nicht finden und hatte mich schon gefragt, ob ich es überhaupt wieder eingepackt hatte.« Sie schob das Päckchen in den Beutel zurück und schloss das Täschchen.

»Dann nehme ich mal die Tür auf der richtigen Seite«, sagte sie und wandte sich zum Gehen.

»Halt! Warten Sie!«, erwiderte der Offizier.

Marion hielt in der Bewegung inne, warf den Kopf zurück und schaute den Mann offen an. Ihr Herz schlug schneller und sie musste sich anstrengen, ganz unbefangen zu bleiben, während sie in seine aufmerksamen blauen Augen sah. Sie wusste, dass sie wie die nackte Unschuld vom Lande aussah, die nichts dafürkonnte, dass sie die Gefühle der Männer in Aufruhr versetzte, und gab sich nun alle Mühe, ein Gesicht zu machen, das diesen Eindruck noch verstärkte. Kurz sah es so aus, als ob Böhme gleich etwas sagen wollte, doch dann zeigte die süße Naivität, die sie zur Schau stellte, ihre Wirkung. Böhme schien den Blick nicht mehr von ihr losreißen zu können.

»Mein Gott, wie schön Sie sind«, sagte er und sein Gesicht nahm einen fast betroffenen Ausdruck an. »Sie sind Ihren Preis wirklich wert, Marion. Eigentlich unbezahlbar, pures Gold.«

Sie lächelte, während sie sich gleichzeitig fragte, ob er wirklich so arglos war, wie er tat. Befürchtete er, dass es seinen Tod bedeuten könnte, falls er sie enttarnte, und wollte so Unannehmlichkeiten aus dem Wege gehen? Gut, dass man nicht hinter die Stirn eines Menschen blicken konnte, dachte sie, das war manchmal wirklich besser; nicht nur für den anderen, sondern ebenso für einen selbst.

»Übertreiben Sie nicht, Henning!«, sagte sie. »Wie Sie sehen, bin ich auch nur aus Fleisch und Blut gemacht, und zwar von Kopf bis Fuß.«

»Sie sind von Kopf bis Fuß für die Liebe gemacht«, seufzte er in Anspielung auf einen bekannten Schlager.

»Sie selbst sind auch nicht von schlechten Eltern«, gab sie zurück.

Böhme erwiderte ihr Lächeln und die Situation entspannte sich. Dass er ein gut aussehender Mann war, hatte nicht nur den Vorteil, dass die körperliche Berührung für sie leichter zu ertragen war; ein Mann wie er war es außerdem gewohnt, dass Frauen ihm schöne Augen machten, sodass sie mit ihrer dezenten Annäherung kein Misstrauen erregt hatte. Dass sie Geld nahm, bedeutete schließlich nicht, dass sie sich mit jedem einließ. Von Leidenschaft konnte natürlich keine Rede sein. Selbst wenn sie so tat, als ob ihr der körperliche Akt gefiel, empfand sie beim Umgang mit einem Kunden selten Spaß. Mit Felix, ihrem Liebhaber, war das etwas völlig anderes. Wichtig war nur, dass sie keinen Widerwillen gegenüber den Kunden fühlte.

»Ich hatte schon befürchtet, dass ich unsere Verabredung absagen müsste, müssen Sie wissen«, sagte Böhme. »Die Zeichen stehen auf Sturm. Der Führer hatte bereits den Angriffsbefehl für morgen früh unterschrieben. Erst im letzten Moment wurde der Befehl rückgängig gemacht.«

»Es wird also keinen Krieg geben?«, fragte Marion hoffnungsvoll.

»An diesem Wochenende nicht«, sagte Böhme. »Aber aufgeschoben ist nicht aufgehoben. Es gibt zwar nicht wenige Leute in der Wehrmacht, die nun plötzlich glauben, dass der Krieg nicht mehr stattfinden wird. Doch ich befürchte, dass diese Verzögerung nicht mehr als eine letzte Galgenfrist ist.« Er machte eine nachdenkliche Pause. »Wenn es zum Krieg kommt, werden viele Männer sterben, nicht nur Polen, sondern auch Deutsche«, fuhr er fort, »und eines sage ich Ihnen …« Er wandte den Blick von ihr ab und starrte zu den verschlossenen Vorhängen vor dem Fenster. »Eine Nacht mit einer Frau wie Ihnen kann einem in dunklen Stunden eine wahrhaft tröstliche Erinnerung sein.«

Marion schwieg, dann nickte sie. »Ja, das verstehe ich«, sagte sie schließlich und setzte, bevor sie ins Badezimmer entschwand, mit einem charmanten Lächeln hinzu: »Ich bin gleich wieder bei Ihnen, Henning, und dann will ich gern noch etwas für Ihre Erinnerungen tun.«

2. KAPITEL

»Bist du sicher, dass er keinen Verdacht geschöpft hat?«, fragte Rolf Michalik.

»Er ist nicht blöd«, erwiderte Marion leise. »Vielleicht nimmt er an, dass ich vorhatte, ihn auszuspionieren. Aber dass ich die Fotos bereits angefertigt hatte, dachte er wohl nicht. Er hat sich jedenfalls nichts anmerken lassen. Wir haben am Morgen noch eine Tasse Kaffee zusammen getrunken, dann bin ich fort. Die ganze Zeit hatte ich Angst, dass er noch etwas sagt, aber es passierte nichts.«

Sie saßen in der Kneipe von Mutter Maenz, einem einfachen Lokal mit schlichten Holztischen, das am oberen Ende der Augsburger Straße lag, nicht weit vom mondänen Kurfürstendamm entfernt. Die Straße gehörte zu Berlins Amüsiermeilen und beherbergte zahlreiche Restaurants, Kneipen, Bars und Varietés. Ganz in der Nähe befand sich das Coco, in dem Marion an mehreren Abenden in der Woche als Tänzerin arbeitete.

»Entweder hast du die Tropfen falsch dosiert oder es stimmt etwas nicht mit der Rezeptur«, sagte Rolf nachdenklich. »Ich muss das Mittel überprüfen.«

»Überprüfst du es an dir selbst?«, fragte sie.

»Zur Not auch das.«

Er strich mit der Hand durch sein glattes, vom Seitenscheitel herabfallendes Haar. Es war von hellem Blond mit einem leichten rötlichen Ton. Er war ein Mann von ungefähr dreißig Jahren, mit einer intelligenten Stirn und großen blaugrauen Augen, die bis vor ein paar Tagen eine gewisse Strahlkraft besessen hatten. Doch an diesem Tag wirkten sie müde, Schatten hatten sich wie Ringe darumgelegt. Marion wusste, dass er nicht nur über Hitlers Kriegspolitik unglücklich war, sondern über vieles andere mehr, das sich in diesem Land ereignete. Es sei ein beschämendes Schauspiel, wie das Deutsche Reich mit den Juden umginge, hatte er kürzlich geäußert.

»Ich musste es machen, während er im Zimmer war«, sagte Marion. »Mag ja sein, dass ich einen Fehler gemacht habe, obwohl ich es nicht glaube.« Sie öffnete die Handtasche und reichte ihm das Fläschchen. »Wer weiß, was da überhaupt drin ist.«

»Ich werde dem auf den Grund gehen«, erklärte Rolf, nachdem er das Fläschchen weggesteckt hatte. »Hast du das richtige Dokument? Konntest du es lesen?«

Sie nickte. »Es trägt das Datum, das du mir genannt hast, und ist das Protokoll einer Besprechung des Führers mit Göring und einigen ranghohen Offizieren der Wehrmacht.«

»Was wurde besprochen?«

»Der Führer will den Krieg, und zwar ganz egal, ob die Polen auf Deutschlands Forderungen eingehen oder nicht.«

»Das ist es«, sagte Rolf. »Dieses Protokoll habe ich gebraucht.«

»Du wusstest über den Inhalt Bescheid?«

Rolf nickte. »Wir brauchen die Fotos als Beweis.«

»Was willst du damit machen?«

Er reagierte nicht, und natürlich hatte sie kein Recht auf eine Antwort. Wofür die Informationen gebraucht wurden, die sie beschaffen musste, ging sie nichts an. Trotzdem spürte sie einen Anflug von Ärger. Sie hatte zum ersten Mal das Gefühl, dass man sie benutzte, dass sie nicht mehr Herr über ihre Entschlüsse war, weil sie die Dinge, die sie tat, in ihrer Bedeutung nicht vollständig verstand. Sie hatte sich auf die Sache mit Böhme eingelassen, weil sie Rolf vertraut hatte, aber nun sagte sie sich, dass ihr vorbehaltloses Vertrauen ein Fehler gewesen war. Sie brauchte nicht alles zu wissen, doch sie hätte die Fragen stellen müssen, die ihr auf der Seele lagen, und den Auftrag ablehnen sollen, solange sie keine zufriedenstellenden Antworten erhielt. Die Einsicht kam zu spät, aber was sie erlebt hatte, würde ihr eine Lehre sein.

»Die Ausführungen des Führers wären für die Deutschen ein Schock«, sagte sie, »nicht nur für die Deutschen, auch für Deutschlands Gegner. Es wäre für die Regierung des Reiches mehr als misslich, sollten das Protokoll und damit die wahren Gründe des Kriegs an die Öffentlichkeit gelangen.«

Rolf Michalik nickte. »Es wäre sicher ein Politikum von äußerster Brisanz.«

»Aus diesem Grunde wäre es schon interessant zu erfahren, in wessen Hände ein solches Dokument am Ende gelangen soll«, sagte Marion.

»Vergiss nicht, dass die Schwarzen und wir Hand in Hand arbeiten. Ich kann oft selbst nicht sagen, wer am Ende der Kette dahintersteckt, wenn ein solcher Auftrag an mich ergeht. Bewahre striktes Stillschweigen, Marion. Auch ich muss sehr, sehr vorsichtig sein.«

Mit den Schwarzen waren der Sicherheitsdienst der SS und die Gestapo gemeint. Was Rolf sagte, bestätigte nur ihre düsteren Ahnungen, dass etwas faul an der Sache war und dem Auftraggeber ihres Führungsoffiziers nicht unbedingt zu trauen war. Ausländische Diplomaten oder andere ausländische Geheimnisträger im Dienste der Abwehr auszuhorchen, bereitete ihr keine Gewissensqualen. Doch dass sie, ohne es zu wissen, für die Gestapo oder den SD arbeitete und trotz Rolfs anderslautender Beteuerungen nicht ausschließen konnte, jemanden in Schwierigkeiten zu bringen, bereitete ihr Unbehagen. Sie konnte nur hoffen, dass Rolf, wenn er sich schon aufs Schweigen verlegte, sie wenigstens nicht belog und ihr anderweitig Sand in die Augen streute.

»Warum setzt mich die Abwehr auf jemanden von der Wehrmacht an?«, fragte sie. »Was verschweigst du mir?«

»Die Entwicklung der letzten Tage hat uns alle überrascht«, erwiderte Rolf. »Noch Mitte des Monats hat niemand an Krieg gedacht. Plötzlich zeigt sich, dass Deutschland seine Ziele ohne einen Krieg nicht wird erlangen können, und mit einem Male spielen alle verrückt und wollen schleunigst noch ihre Angelegenheiten in trockene Tücher bringen.«

»Du hast mich nicht erst vor ein paar Tagen auf Henning Böhme angesetzt«, entgegnete sie.

Es verstand sich von selbst, dass sie zumeist leise miteinander sprachen. Aber gerade weil es so ungestüm und ungezwungen bei Mutter Maenz zuging, bestand kaum Gefahr, dass jemand sie hörte. Auch wenn man die Ohren spitzte, bekam man im Lokal nicht viel von dem mit, worüber die Menschen an den anderen Tischen plauderten.

»Wovon ich dir zugegebenermaßen nichts berichtet habe, als wir Anfang der Woche darüber sprachen, war die Anweisung, die Sache Böhme zu forcieren und zu einem Abschluss zu bringen, um kurzfristig Ergebnisse zu erzielen.«

»Du hast versprochen, dass ich niemanden ans Messer liefern muss.«

»Du kannst beruhigt sein«, erwiderte Rolf. »Es geht nicht um Böhme, so viel steht fest. Gegen den Mann liegt nichts vor.«

»Gib mir nie wieder einen solchen Auftrag!«, zischte sie noch eine Spur leiser, aber nicht ohne Schärfe im Ton. »Die Sache hat mir von Anfang an nicht behagt. Ich weiß, dass meine Arbeit nicht ungefährlich ist. Es ist sogar ein Grund, weshalb ich mich darauf eingelassen habe. Aber ich möchte nicht verheizt werden, sondern muss die Risiken, die ich eingehe, abschätzen können. Hereingelegt werden, will ich auf keinen Fall. Von niemandem! Schon gar nicht von dir! Gott sei Dank, dass es vorüber ist. Es ist gerade noch einmal gut gegangen.«

»Ich bin dir sehr dankbar für alles«, erwiderte Rolf. »Die Fotos?«

Marion hatte die kleine Kamera in die Hand genommen und hielt sie eine Weile in der geschlossenen Faust, bevor sie diese in Rolfs Hand legte. Der ließ die Minox sofort in der Tasche seiner Jacke verschwinden.

»Sie ist fantastisch, wie angefertigt für mich«, sagte sie. »Ich denke, dass die Fotos gut gelungen sind. Gibst du mir das Geld?«

Er griff in seine Jacke, nahm einen Umschlag heraus

und schob ihn ihr hin. Sie steckte den Umschlag in die Innentasche ihres Mantels.

»Es wird Krieg geben, das steht offenbar bereits fest«, bemerkte sie.

»Was soll man sonst aus Ribbentrops Moskaureise schließen?«, erwiderte Rolf. »Wenn Stalin mit dem Führer einen Nichtangriffspakt abschließt, steht der Weg nach Polen für die deutsche Wehrmacht offen. Es ist genauso gekommen, wie man erwarten konnte, als man von dem Pakt erfuhr, nur ging es noch schneller, als ich es mir habe vorstellen können. Seit ein paar Tagen verdichten sich die Nachrichten um einen bewaffneten Konflikt um Danzig. Plötzlich berichteten die Zeitungen darüber, dass die Ernte in diesem Jahr besonders früh eingebracht wurde, dass der Ausbau des Westwalls gut vorankommt und vor der Vollendung steht, und so weiter. Beunruhigende Hinweise, die wohl sagen sollen, dass das deutsche Heer gerüstet ist, um ungehindert nach Osten zu marschieren.«

»Wie man sich doch täuschen kann«, sagte Marion. »Früher hätte ich es begrüßt und als ein gutes Zeichen gewertet, wenn sich die Deutschen wieder mit den Russen vertragen hätten, doch in Wahrheit deutet diese Annäherung auf Unheilvolles hin. Habe ich deshalb das Dokument fotografiert?« Ihre Stimme wurde leiser. »Oder habe ich es gemacht, weil noch die Chance besteht, einen Krieg zu verhindern? Willst du die Fotos nicht auch jemandem zeigen, der etwas bewirken kann?«

Einen Augenblick schaute Rolf sie überrascht an. Eine solche Frage zu stellen, grenzte an Verweigerung der Subordination, wenn nicht Schlimmeres. Aber Rolf war niemand, der ihr aus irgendeiner unpassenden Bemerkung einen Strick gedreht hätte; denn trotz allem blieben sie doch Kollegen. Er nickte bloß, dann murmelte er leise: »Ich stelle jedenfalls mehr als bloß einen einzigen Abzug her. Einer ist für mich. Du arbeitest für die deutsche Abwehr und ihr schuldest du Gehorsam. Es ist nicht ausgeschlossen, und ich hoffe es sogar, dass die Beweise, die du herangeschafft hast, an geeigneter Stelle Eindruck machen und etwas Gutes bewirken. Weniger wohl die Verhinderung des Kriegsausbruches selbst, vielleicht aber können sie Einfluss auf den weiteren Verlauf nehmen.«

Sie fragte lieber nicht, an was für Stellen er dachte. Mit seiner Bemerkung war er schon weiter auf sie zugegangen, als sie erwartet hatte, und damit war sie vorerst zufrieden. Er hatte seine Versäumnisse bei der Erteilung des Auftrags ihr gegenüber gewissermaßen wiedergutgemacht.

»Was passiert mit den Negativen?«, fragte sie.

»Die werde ich nicht behalten dürfen«, sagte er. »Das ist sicher. Dafür werde ich eine vollständige Abschrift des Protokolls anfertigen. Ich hoffe, dass man alles gut lesen kann.«

»Dann steht ja alles bestens«, sagte Marion, doch ihre Stimme hatte nicht so geklungen, als ob sie wirklich überzeugt davon war.

»Will Major Böhme dich wiedersehen?«, fragte Rolf.

»Ich hoffe nicht. Die Zahl meiner Verehrer ist groß genug. Beim Abschied hat er nichts darüber verlauten lassen.«

»Er weiß nicht, wo du arbeitest?«

»Ich hab ihm gegenüber mit keinem Wort erwähnt, dass ich im Coco tanze. Wir hatten uns vor dem Ciro verabredet, wo er mich im Wagen abgeholt hat. Er hält mich für eine Hure der Oberklasse. Ich habe ihm die übliche Geschichte erzählt.«

Rolf nickte. »Die unbekannte Schöne, die plötzlich auftauchte und wieder verschwand.«

»Er wird im Ciro nach mir suchen, falls er mich wiedersehen will, aber da bin ich nur selten. Na gut, wenn er es drauf anlegt, wird er mich natürlich finden. Ich wohne nicht weit davon weg und das Coco liegt um die Ecke. Aber er ist Offizier und zieht sicher bald in den Krieg.«

»Er gehört bestimmt nicht zu den Ersten, die an die Front müssen.«

»Soll er mich doch finden, ich kann mich wehren.«

»Das kannst du tatsächlich«, seufzte er, »dabei bist du noch so jung.«

»Ich hatte es in meinem Leben nie leicht.«

Er nickte. »Du hast mir schon einmal davon erzählt.«

Sie hatte sich des Öfteren gefragt, weshalb sie sich auf Rolf Michaliks Angebot, für ihn zu arbeiten, eingelassen hatte, und auch in diesem Moment musste sie wieder daran denken. Zuerst hatte sie gedacht, dass es wegen des Geldes und aus einer gewissen Abenteuerlust heraus geschehen war, doch inzwischen glaubte sie, es besser zu wissen, wenigstens so ungefähr. Es hatte mit ihrem Vater zu tun, mit seiner Hinrichtung durch die Truppen der Gegenrevolution im Frühjahr 1919. Ein tapferer junger Mann mit den besten Anlagen, der mit kaum zweiundzwanzig Jahren hatte sterben müssen, ungefähr in demselben Alter, in dem sie selbst heute war. Sie hatte sich stets für Politik interessiert, und wenn es noch andere Parteien als die Nazipartei geben würde, hätte sie sich vermutlich in einer von ihnen engagiert. Vielleicht bei den Kommunisten. Obwohl sie eigentlich keine Kommunistin war. Auch ihr Vater war kein Kommunist gewesen, wusste sie von der Mutter, sondern ein Sozialdemokrat, doch die eigenen Leute hatten ihn verraten. Ebert und Noske. Nicht ihn persönlich, wohl aber die deutsche Revolution.

»Du bist das, was sie heute eine moderne Frau nennen, nicht wahr?«, riss Rolf sie aus ihren Gedanken.

»Man darf sich nicht zu sehr auf die Männer einlassen«, entgegnete Marion, »sonst versuchen sie, einen zu fangen.«

»Gibt es niemanden, von dem du dich gern fangen lassen würdest?«

Es klang etwas Bedauerndes in seinem Tonfall mit.

»Für ein Abenteuer gern, wenn der Mann mir gefällt«, erwiderte sie. »Der Mann, den ich heiraten möchte, ist mir noch nicht begegnet.«

Es stimmte nicht ganz, dachte sie. Mit Felix Neuburger könnte sie sich schon eine gemeinsame Zukunft vorstellen. Doch das alles war weit weg. Wenn sich die allgemeinen Befürchtungen bewahrheiteten, kam zuvorderst leider ein Krieg. Immerhin hatte ihr Geliebter keinen Stellungsbefehl bekommen und würde vermutlich auch so bald keinen erhalten, was wiederum mit einem anderen Problem zusammenhing: Felix war zum Teil Jude.

»Schade«, murmelte Rolf und Marion hatte das Gefühl, dass er selbst gerne dieser Mann gewesen wäre. »Du bist ein tapferes Mädchen, Marion, das muss ich dir einmal sagen. Ich hoffe, noch lange etwas an dir zu haben, nicht nur als Agentin, sondern auch privat.«

»Ich mag dich, Rolf«, sagte sie, »deshalb habe ich mich damals auf ein Verhältnis mit dir eingelassen. Das mit dem Verhältnis ist vorbei, aber ist denn etwa Freundschaft nichts wert?«

»Ist schon gut«, sagte Rolf und winkte Mutter Maenz, der weißhaarigen Wirtin, die gerade mit einem Tablett mit Tassen und Gläsern des Weges kam. »Es hat schon alles seine Richtigkeit. Für mich wird es nun aber Zeit zum Aufbruch.«

Mutter Maenz, die kurz darauf an ihrem Tisch erschien, war eine korpulente Frau mit hochgetürmter Frisur, eine Frau mit Herz, die für ihre Gäste lebte. Von anderen Gästen hatte Marion gehört, dass es die Kneipe schon seit Jahrzehnten gab, ohne dass sich an ihrem Charakter irgendetwas verändert hätte. So wie heute war es hier schon vor zwanzig oder dreißig Jahren zugegangen. Während draußen die Welt immer schillernder wurde, blieb bei Mutter Maenz alles beim Alten, und gerade weil das Lokal wie ein Gegenentwurf zum schicken Kurfürstendamm um die Ecke wirkte, zog es auch illustre Gäste an. Ob es in drei oder vier Jahren noch so sein würde wie heute und in den vergangenen zwanzig Jahren, stand freilich auf einem ganz anderen Blatt.

»Der Herr möchte zahlen?« Mutter Maenz warf einen kurzen Blick auf Marion. »Ja, ist recht. Wenn die Dame galant ist, zahlt der Herr.« Sie rechnete auf ihrem Zettel den Verzehr zusammen. »Zwei Mark achtzig.«

Während Rolf die Zeche bezahlte und ein Trinkgeld gab, fiel Marions Blick auf einen Tisch in der Nähe, an dem zwei Männer in Trenchcoats saßen. Sie sprachen miteinander, schienen von niemandem sonst im Lokal Notiz zu nehmen, doch Marion beschlich bei ihrem Anblick ein unbehagliches Gefühl. Auch zu Mutter Maenz verirrten sich zuweilen Gestalten, die nicht in das Lokal passten, und diese beiden rochen eindeutig nach Gestapo.

»Wenn ich dich brauche, gebe ich dir Nachricht«, sagte Michalik und erhob sich von seinem Platz. Auch Marion stand für einen Augenblick auf, um sich mit einer Umarmung von ihrem Führungsoffizier zu verabschieden. »Pass auf, ob dir jemand folgt«, flüsterte sie ihm zu. »Sieh nicht hin, aber dahinten sitzen zwei so komische Kerle.«

Rolf nickte bloß, dann verließ er das Lokal. Marion setzte sich wieder auf ihren Platz und trank den Rest des Kaffees, der noch in ihrer Tasse war. Eine Weile saß sie so da, hatte sich in Gedanken versunken auf der Bank zurückgelehnt, dann sah sie noch einmal hinüber zu den beiden Männern, die zu ihrer Erleichterung auf ihren Stühlen sitzen geblieben waren. Sie sah einige Momente länger hin als beim ersten Mal und dachte, dass es nicht nur die Mäntel waren, die sie verdächtig machten, sondern es war auch dieses Geschäftsmäßige, Unbeteiligte, das von ihnen ausströmte, was sie störte. Wirkte es nicht gespielt? Natürlich mussten die Männer, auch wenn es Gestapoleute waren, nicht Rolfs oder ihretwegen in das Lokal gekommen sein. Ihre Anwesenheit konnte auch andere Gründe haben. Mutter Maenz war zum Glück ein Lokal, in dem jeder nach seiner Fasson selig werden konnte, und sie ließ die beiden aus den Augen. Ein, zwei Minuten später erhob sie sich und trat durch die Eingangstür ins Freie.

3. KAPITEL

Das Wetter draußen war strahlend schön. Der Sommer war erst in der zweiten Augusthälfte über die Stadt gekommen, nachdem der Juli ungewöhnlich kühl gewesen war. Aber nun gab die warme, sonnige Witterung sich den Anschein, so bald nicht wieder weichen zu wollen.

Marion entschied sich, noch etwas bummeln zu gehen, schlenderte auf der Augsburger Straße in die südöstliche Richtung und bog bald darauf in die Passauer Straße ein, um zum Tauentzien zu gelangen, einer Straße, geschäftig wie der Kurfürstendamm. Eigentlich war es wie immer. Die Menschen, denen sie begegnete, wirkten unbekümmert, nichts deutete darauf hin, dass die Angst vor einem Krieg umging. Doch Marion wusste, dass der äußere Anschein täuschte.

Es war erst wenige Tage her, dass die Nachricht von der Reise des deutschen Außenministers nach Moskau wie eine Bombe eingeschlagen hatte. Praktisch niemand hatte damit gerechnet, denn die russischen Kommunisten unter Stalin galten als der Feind. Doch seit man von der Übereinkunft wusste, war klar, dass das Schicksal Polens damit besiegelt war. In der Stadt und im ganzen Land hatten sich Spannung, Ungewissheit und Angst breitgemacht. Gleichzeitig hatte eine fieberhafte Untergangs- und Feierstimmung um sich gegriffen. Es gab niemanden, der nicht das Bedürfnis hatte, Gesellschaft zu suchen.

Über Marions Kopf verfingen sich die Sonnenstrahlen in den Blättern von Kastanienbäumen, tanzten wie Lichtstreifen über den Asphalt, was für eine gewisse Unruhe sorgte, und plötzlich beschlich sie die deutliche Ahnung, dass sie jemand verfolgte. Sie beschleunigte ihre Schritte, doch das Gefühl ließ nicht nach.

Ohne sich umzudrehen, machte sie eine leichte Kopfbewegung zur Seite, und diese reichte aus, um einen Blick auf lange Mäntel und Velourhüte zu erhaschen, deren Träger dafür verantwortlich waren, dass sie ihre Schritte beschleunigt hatte. Also doch! Gestapo. Wer am hellen Nachmittag eine Frau verfolgte, musste sich seiner Sache sicher sein, weil er es in dem Bewusstsein tat, die Staatsmacht hinter sich zu haben.

Sie wurde langsamer, als auf der rechten Seite die Auslage eines Bekleidungsgeschäfts auftauchte, und blieb schließlich vor dem Schaufenster stehen, als wollte sie die Ware betrachten. Das Schaufenster lag ein gutes Stück hinter Straße und Bürgersteig. Ihre Verfolger schlossen zu ihr auf, gingen aber nicht weiter. Zum Glück trug sie weder die Kamera noch sonstige Beweisstücke mehr bei sich, die es zu verbergen galt. Ob die Männer die Übergabe zwischen Rolf und ihr beobachtet hatten?

»Fräulein Bendt«, hörte sie einen der Verfolger hinter sich sagen.

Sie drehte sich um. Kein Zweifel, es waren die Männer aus dem Lokal. Sie waren mittleren Alters, der eine hochgewachsen und hager, der andere stämmig und kaum mittelgroß.

»Ja, bitte?«

»Gestapo, wir haben eine Frage an Sie«, sagte der hagere Mann.

Marion versuchte, Ordnung in ihre Gedanken zu bringen. Weshalb waren die Männer im Lokal von Mutter Maenz gewesen? Hatten sie von ihrem Treffen mit Rolf Michalik gewusst? Oder verhielt es sich so, dass sie schon seit Längerem von der Gestapo beobachtet wurde und die Männer ihr gar von ihrer Wohnung aus zu Mutter Maenz gefolgt waren?

»Was möchten Sie wissen?«, fragte sie und musterte äußerlich gleichmütig ihre Verfolger, während sie doch nicht verhindern konnte, dass ihr Herz heftig schlug.

Der hagere Mann erwiderte ihren Blick. Er hatte kalte blaue Augen, und für einen Sekundenbruchteil fragte sie sich, ob diese Augen jemals Wärme ausstrahlen könnten.

»Sie sind mit Herrn Felix Neuburger befreundet?«

Kaum dass der Name gefallen war, kam ihr ein übler Verdacht.

»Wir kennen uns gut«, erwiderte sie. »Er ist mein Kollege, mein Tanzpartner in dem Lokal, in dem ich arbeite.«

»Und weiter?«, fragte der hagere Mann.

»Das ist alles.«

Er fixierte sie mit einem durchdringenden Blick. »Um eines gleich klarzustellen«, sagte er. »Entweder Sie beantworten meine Fragen auf der Stelle wahrheitsgemäß und vollständig, oder Sie kommen mit uns mit. Haben wir uns verstanden?«

Marion spürte, wie sie blass wurde. »Ja, natürlich, entschuldigen Sie.«

»Gut, dann bleiben Sie dabei«, sagte der Hagere. »Ist Ihnen das Gesetz zum Schutz deutschen Blutes bekannt?«

Es war genau das, was sie befürchtet hatte. Doch sie zögerte nur kurz, bevor sie antwortete: »Ich habe davon gehört.«

Die Männer traten noch ein Stück näher, bauten sich fast bedrohlich vor ihr auf.

»Das Gesetz untersagt intime Kontakte zwischen Deutschen und Juden. Ist Ihnen das bekannt?«

Marion nickte. »Nicht die Einzelheiten, aber – ja, die Verbote sind mir bekannt.«

»Warum verstoßen Sie gegen das Gesetz, wenn Sie es kennen?«, fragte der andere Mann, der wohl einige Jahre jünger als sein Begleiter war.

Plötzlich wurde Marion argwöhnisch. Wer waren diese Leute überhaupt? Sie machte einen Schritt zur Seite, um die Distanz zu ihnen ein wenig zu vergrößern. »Bitte nennen Sie mir Ihre Namen! Ich möchte gern Ihre Ausweise sehen.«

Der Ältere der beiden nickte. Er schien das Kommando zu haben. »Mein Name ist Krausnick«, stellte er sich vor und ließ Marion dann einen Blick in das Dokument werfen, das er aus der Innentasche seines Mantels zog. »Mein Kollege heißt Göde.«

Die Ausweise, die die Männer ihr vorhielten, schienen echt zu sein.

»Sie irren sich! Ich verstoße gegen keine Gesetze«, stellte Marion fest. Inzwischen hatte sie sich wieder gefasst.

»Sie wissen, dass Herr Neuburger mosaischen Glaubens ist?«, fragte Krausnick und schob das Dokument wieder in seine Manteltasche zurück.

»Nein, davon weiß ich nichts.«

»Herr Neuburger ist Jude«, sagte Göde.

Marion warf ihm nur einen schnellen Blick zu. Er überragte sie kaum. Aber mit ihren langen Beinen machte sie eindeutig die bessere Figur. »Sie wissen beide mehr als ich. Was ist denn mit Herrn Neuburger?«

»Es geht nicht um Herrn Neuburger, sondern um Sie«, reagierte Krausnick. »Es liegt eine Anzeige gegen Sie vor, wonach Sie mit Herrn Neuburger eine Beziehung unterhalten, die als Rassenschande gelten muss.«

Marion schaute zur Seite. Immer wieder eilten Passanten vorüber, aber niemand warf auch nur einen Blick in ihre Richtung. Die Menschen hatten einen Instinkt dafür entwickelt, einen Bogen um Szenen dieser Art zu machen.

»Ich begehe keine Rassenschande«, sagte sie nach einer Weile leise. »Wer behauptet so etwas? Wer hat mich angezeigt?«

»Bleiben Sie bei der Wahrheit!«, reagierte Göde forsch und trat etwas näher an sie heran. »Eindeutige Tatsachen zu leugnen, wird Ihnen nichts nützen, Fräulein Bendt. Wir wissen, dass Sie geschlechtlich mit Herrn Neuburger verkehrt haben, das lässt sich beweisen. Machen Sie reinen Tisch! Nur, wenn Sie ein Geständnis ablegen, können Sie auf Milde hoffen.«

Was sie fühlte, war mehr Ärger als Angst. Weshalb wurde sie überhaupt auf der Straße angesprochen? Schickte die Gestapo nicht normalerweise eine Vorladung? Sie hatte mehrfach von diesen Vorladungen gehört, die die Menschen in Angst und Schrecken versetzten, weil sie oft nicht einmal wussten, was man ihnen vorwerfen würde. Ihr war klar, dass wegen Rassenschande nur ein Mann bestraft werden konnte, aber sie wusste auch sehr gut, dass dies nur die halbe Wahrheit war. Die Frau war deshalb nicht außer Gefahr. Im Gegenteil: Eine Frau mit lockerem Lebenswandel, oder eine, die man dafür hielt, galt bei den Behörden von vorneherein als verdächtig. Wenn sie sich mit einem Juden einließ, musste sie damit rechnen, zu Besserungszwecken in ein Konzentrationslager eingeliefert zu werden. In der Regel war die Frau infolgedessen genauso schlecht dran wie der Mann, vielleicht sogar schlechter. Trotzdem sagte Marion sich, dass sie keinen Grund hatte, in eine Schockstarre zu verfallen. Sie war nicht schutzlos, sondern besaß Verbindungen zur Partei. Ein Umstand, der sie andererseits nicht dazu verleiten sollte, unvorsichtig zu sein.

»Ich habe nicht gesagt, dass es kein Verhältnis zwischen uns gibt, sondern nur, dass es kein verbotenes Verhältnis ist.«

»Sie geben also zu, dass Sie mit Herrn Neuburger intimen Verkehr hatten?«, fragte Göde.

Der Kerl war genauso plump, wie sie befürchtet hatte. Doch würde es ihr etwas nützen, den Vorwurf des geschlechtlichen Umgangs zu bestreiten? Letztlich war diese Tatsache nicht zu verbergen. Weit schwieriger würde es für die Gestapo sein, ihr zu beweisen, dass sie gewusst hatte, dass Felix ein Jude war.

»Wenn Herr Neuburger Jude wäre, wüsste ich es«, sagte sie.

»Aha«, lachte Göde. »Hat er Ihnen seinen Arierausweis vorgelegt?«

Sie schaffte es, sich von der Frage nicht verunsichern zu lassen. »Er gab keinen Grund, weshalb ich ihn mir hätte vorlegen lassen sollen.«

»Und warum nicht?«, fragte Göde.

»Herr Neuburger ist nicht beschnitten.«

Göde erwiderte nichts, als hätte ihre Antwort ihn für den Moment sprachlos gemacht. Stattdessen betrachtete er ihren langen Hals, das nackte Dekolleté zwischen den Kragenaufschlägen ihres Sommermantels, und ihr kam es vor, als wäre er gerade dabei, sie in Gedanken auszuziehen.

»Woher wissen Sie das?«, fragte er schließlich.

Weil wir beim Vögeln nicht das Licht ausmachen, hätte sie am liebsten geantwortet, aber nicht immer trug Frechheit den Sieg davon. Sie wollte den Mann nicht noch zusätzlich provozieren, denn sie musste damit rechnen, dass dieser es bereits als anmaßend empfand, dass sie als unverheiratete Frau ein geschlechtliches Verhältnis zu einem Mann unterhielt.

»Sie können es sich wohl denken«, sagte sie. »Darf ich jetzt weitergehen? Ich habe Ihre Fragen beantwortet.«

»So ein Früchtchen wie Sie ist mir überhaupt noch nicht untergekommen, Fräulein Bendt«, sagte Göde, den anscheinend selbst ihre ausweichende Antwort empörte.

So konnte sie nicht mit sich umspringen lassen, dachte Marion. Auf keinen Fall durfte sie nachgeben und sich schuldig bekennen.

»Erkundigen Sie sich bitte bei Ihren Vorgesetzten nach mir, Herr Göde«, entgegnete sie, »dort werden Sie erfahren, dass ich kein Früchtchen bin und dass Sie falsche Vorwürfe gegen mich erheben.«

Natürlich würde der Vorgesetzte der Herren sie nicht rechtfertigen können. Aber sie war eine Mitarbeiterin der Abwehr und niemand, mit dem diese Beamten tun und lassen konnten, was sie wollten. Es war ein Versuch, sich selbst gegenüber der Staatsmacht zu behaupten.

»Ich sehe schon, Sie möchten uns gern begleiten«, sagte Göde und ein unverschämtes Grinsen trat auf sein Gesicht. »Gut, wenn Sie es so wollen. Ich habe nichts gegen Ihre aparte Gesellschaft einzuwenden, Fräulein Bendt.«

Marion schaute an den Männern vorbei in Richtung Tauentzien. Nicht weit entfernt toste der städtische Verkehr. Busse und Straßenbahnen donnerten vorüber und über allem glänzte der herrliche Sommertag. Doch sie fühlte sich auf merkwürdige Weise davon getrennt, ebenso wie von den Menschen, die vorübergingen; als hätten das Sonnenlicht und der städtische Alltag nichts mehr mit ihr zu tun.

»Ich kann Sie nicht begleiten«, erwiderte sie. »Falls es noch weitere Fragen gibt, müssen Sie mir eine Vorladung schicken. Damit kann ich mich dann an die vorgesetzten Dienststellen wenden.« Äußerlich gleichmütig musterte sie ihre Verfolger.

»Mitkommen!«, sagte Göde. »Gehen wir zum Wagen.« Er machte Anstalten, nach Marions Arm zu greifen, doch Marion entzog sich ihm durch einen neuerlichen Schritt zur Seite.

Krausnick warf einen Blick die Straße hinunter. »Nicht so schnell, Herr Kollege«, bemerkte er, »wir wollen nichts überstürzen. Wie Sie sehen, ist das schöne Fräulein nicht auf den Mund gefallen. Und wo die Dame recht hat, da hat sie erst einmal recht.« Sein Blick schweifte ein weiteres Mal ab, als ob sein Verstand eine gedankliche Pause brauchte, dann sah er Marion wieder an. »Natürlich wollen wir Ihnen nicht schaden, Fräulein Bendt, diese Ansprache durch uns ist allein zu Ihrem Besten gemeint. Ich denke, Sie haben verstanden. Betrachten Sie unsere Fragen als Warnung. Sie können sicher sein, dass wir Sie im Auge behalten werden.«

Er war nicht dumm, erkannte Marion; er brauste nicht auf, war sich nicht zu schade, den Rückzug anzutreten, wenn es sich als zweckmäßig erwies. Der Gestapobeamte war ein Mann, der seine Gegner in Sicherheit wog, bevor er zum vernichtenden Schlag gegen sie ausholte. Sie wusste, was das bedeutete. Krausnick war weit gefährlicher als sein Kollege Göde, der alles in allem recht vorhersehbar reagierte.

»Jeder von uns tut seine Pflicht«, sagte sie. »Ich habe mir nichts zuschulden kommen lassen und so wird es auch in Zukunft sein.«

Krausnick führte die Hand zum Kopf und lüftete seinen Hut. »Kommen Sie, Göde. Einen angenehmen Tag noch, Fräulein Bendt.«

Göde fügte sich nach kurzem Zögern der Anordnung seines Kollegen, und indem er Marion zum Abschied noch einmal angrinste, folgte er seinem Herrn und Meister.

Eine Weile stand sie noch da, schaute zu den Kastanien, die die Straße mit den hochgeschossigen Gebäuden säumte. Vögel zwitscherten. Ein Stück weiter die Straße hinunter spielten Kinder auf dem breiten Trottoir. Die Sonne neigte sich zum Horizont und würde bald golden im Westen erglühen.

Es war wie in den Zeiten der Hexenverfolgung, dachte sie. Damals wurden Frauen von Männern beschuldigt, mit Satan verkehrt zu haben, und über ihr Intimleben mit inquisitorischen Fragen verfolgt. Heute war es nicht anders. Wenn sie nicht gestand, musste sie damit rechnen, inhaftiert und gequält zu werden.

Schließlich ging sie weiter. Rassenschande, was für ein Blödsinn. Felix Neuburger war Halbjude, das hatte er ihr kürzlich erzählt, und ihr somit eine Erklärung geliefert, wieso er keinen Stellungsbefehl erhalten hatte. Doch konnte ein Halbjude überhaupt Rassenschande begehen? Halbe Rassenschande sozusagen? Aber so wie die Dinge in Deutschland standen, war diese wahrscheinlich auch verboten.

Sie war doch ein wenig beunruhigt. Wer hatte sie angezeigt? Es musste jemand sein, der hinter der Bühne verkehrte, denn nur dort konnte sie jemand mit ihrem Geliebten beobachtet haben.

Verdammte Denunzianten, dachte sie. Diese Menschen waren eine regelrechte Pest. Was sie taten, gehörte zu den schlimmsten Dingen, die in diesem Land in den letzten Jahren Verbreitung gefunden hatten. Sogar der Führer hatte vor den Denunzianten gewarnt, er mochte sie nicht, auch wenn ihre Anzeigen seiner Partei nützten.

Sie überlegte, eine Telefonzelle aufzusuchen, um mit Rolf Michalik zu sprechen. Doch war das notwendig? Sie würde ihm von Felix erzählen müssen, und sie war sich nicht sicher, wie er auf ihr Geständnis von dieser Beziehung reagieren würde.

War das Ganze womöglich ein Racheakt aus enttäuschter Liebe? Vielleicht eine der Tänzerinnen, die ein Auge auf Felix geworfen hatten? Oder steckte noch etwas anderes dahinter?

Sie blickte auf die Uhr an ihrem Handgelenk. Auf jeden Fall musste sie Felix warnen, so viel stand fest. Er besaß kein Telefon, aber in ein paar Stunden würde sie ihn ohnehin treffen. Bis dahin hatte die Sache sicherlich Zeit. Was sollte die Gestapo schon machen? Etwa nachsehen, ob Felix Neuburger beschnitten war?

Sie setzte ihren Weg in Richtung Tauentzien fort. Es wurmte sie, dass man ihr den Spaß verderben wollte. Sie würde nicht nachgeben, dachte sie bei sich, und so konnte ihre Antwort nur lauten: jetzt erst recht.

4. KAPITEL

Das Coco, in dem Marion als Tänzerin und Barkellnerin arbeitete, war ein Nachtlokal, eine kleine Tanzbar. Über den Abend verteilt fanden Varieté-Einlagen statt, die von gut gewachsenen Tänzerinnen bestritten wurden. Von der Bar im vorderen Teil des Lokals gelangte man über einen breiten Durchgang auf ein spiegelndes Tanzparkett, an das auf der rückwärtigen Seite eine kleine Bühne angrenzte; eine aus wenigen Musikern bestehende Swingkapelle hatte auf dem Podest ihren Platz. Die Band, mit dem Akkordeon als melodieführendes Instrument, spielte die neuesten Songs aus amerikanischen Musikfilmen. Zwischen amerikanischem Jazz, deutschem Swing und Tanzmusik aller Art wurden auch rheinische und Wiener Lieder gespielt, wenn die Stimmung danach war, oder Gäste anwesend waren, von denen anderenfalls Beschwerden zu befürchten waren.

Marion traf Mustafa, den Besitzer des Coco, auf dem Weg zur Garderobe. Der Ägypter trug auf Hochglanz polierte schwarze Schuhe, einen modischen Anzug und pechschwarze, nach hinten gekämmte Haare. Er war in den späten Dreißigern und hatte ein freundliches Gesicht, auf dem immer ein zuvorkommendes Lächeln lag. Da er außerdem ein guter Tänzer war, hätte man ihn leicht für einen Gigolo halten können.

»Oh, Marion, mein bestes Pferdchen im Stall«, sagte er, »wenn ich dich nicht hätte, ginge es mir schlecht. Die Konkurrenz schläft nicht, aber gegen Felix und dich kommt so leicht niemand an.«

»Übertreib nicht, Mustafa, als Felix noch nicht da war, lief das Lokal fast genauso gut.«

»Was früher war, reicht heute nicht mehr. Noch läuft es ausgezeichnet, aber jeden Tag kann es damit vorüber sein«, lamentierte der Barbesitzer. »Es sind keine normalen Zeiten, seit einer Woche spielt die ganze Stadt verrückt. Alle reden vom drohenden Krieg, und diejenigen, die nicht davon reden, denken daran. Was soll ich bloß machen, wenn es wirklich ernst wird? Etwa fortgehen aus Berlin?«

»Du musst dir etwas einfallen lassen, um den Laden am Laufen zu halten, du bist doch nicht erst seit gestern in diesem Geschäft.«

Marion hatte ihren Chef einmal gefragt, wie er aus seiner Geburtsstadt Kairo nach Berlin gekommen war, doch nach der Geschichte, die er ihr erzählt hatte, war sie nicht viel schlauer gewesen als zuvor. Er verstand sich darauf, mit vielen Worten nichts zu sagen, die Damenwelt, deren Herz er erobert hatte, störte es nicht. Sein Weg aus der Heimat hatte ihn vor zwölf Jahren zunächst nach Paris und im Jahre 1932 dann weiter nach Berlin geführt. Viel mehr war ihr aus seinen gelegentlichen Berichten nicht in Erinnerung geblieben. Es spielte auch keine Rolle. Bedeutsam war etwas anderes: Mustafa hatte in ihr die Liebe zum Tango geweckt.

»Immer etwas Neues, noch besser, noch frivoler«, sagte er, »nur dann bleibt man auf der Höhe der Zeit. Je nackter, umso besser, heißt es in diesem Jahr. Noch im vergangenen Jahr hätte ich Bedenken gehabt, euren gemeinsamen Auftritt ins Programm zu nehmen, doch in diesem Sommer ist in Berlin alles erlaubt. Man fragt sich, wie das Ganze noch überboten werden soll.«

»Den Eindruck haben alle«, sagte Marion.

»Oh, es geht natürlich immer noch ein bisschen mehr«, sagte Mustafa mit einem Schmunzeln. »Was unterscheidet Berlin von Städten wie London und Paris?«

»Sag es mir, Mustafa!«

»In Berlin geht es nicht lasterhafter als in den anderen Städten zu, nur weniger verschämt und nicht so heuchlerisch.«

Mustafa hatte nicht unrecht. Was man seit dem Frühjahr nicht nur in den Varietés, sondern auch auf den Berliner Straßen zu sehen bekam, stellte sogar die wilden Jahre der Systemzeit in den Schatten. Marion war zu jung, um selbst zuverlässige Erinnerungen an die Verhältnisse von vor zehn Jahren zu haben, doch mehrere Stammgäste des Coco hatten ihr versichert, dass alles, was früher an Gewagtem im Verborgenen gedieh, sich in diesem Sommer in schamloser Provokation zu gefallen schien. Der weibliche Exhibitionismus feierte Orgien in der Stadt. Der Führer selbst hatte in einem der Clubs einem Nacktballett applaudiert und damit die neue Freizügigkeit gebilligt. Es war, als wollte Hitler die deutsche Jugend zu Ausschweifungen und promiskuitivem Verhalten anhalten, weil dieser Sommer für viele junge Menschen vorerst der letzte sein könnte, in dem dazu die Gelegenheit bestand.

»Solange Felix mein Partner ist, wird es an mir nicht scheitern, wenn du es noch etwas provokanter haben willst«, sagte Marion.

Mustafa kratzte sich am Kopf. »In Kriegszeiten verkommen die Sitten, ist das nicht so?«

Marion nickte. »Trotzdem, die Lebensfreude blüht erst in Friedenszeiten wieder auf.«

»Dein Wort in des Führers Ohr«, gab Mustafa mit einem Seufzer zurück.

Marion betrat die Garderobe, verschloss Mantel und Handtasche in ihrem Schrank und begab sich an die Bar. Es war ziemlich voll. Auf dem blanken Parkett zwischen den Tischreihen wurde getanzt. Nur wenige der kleinen runden Tische waren frei. Zu zweien, dreien oder vieren saßen die Gäste im schummerigen Licht.

Viele Blicke wandten sich zu ihr herum. Sie trug ein schulterfreies, weit ausgeschnittenes Kleid, das ihren ebenmäßigen Gliederbau großzügig freilegte. Zum Glück war sie nicht die einzige galante Frau in dem Nachtlokal. Felix war noch nicht da, und so setzte sie sich auf einen Hocker an den Tresen. Meistens tanzten Felix und sie in der Stunde vor Mitternacht, doch der genaue Zeitpunkt ihres Auftritts war nicht festgelegt; sie traten meist dann auf, wenn die Stimmung am besten war.

Es dauerte nicht lange, bis einer von Marions zahlreichen Verehrern neben ihr am Tresen erschien.

»Man findet schwer einen Ort in Berlin, der interessanter ist als dieser«, sagte Gustav Baron, der seit ein paar Wochen zu ihren Stammgästen gehörte. »Alle Damen hier sind äußerst reizend. Aber Ihnen zuzuschauen, Marion, ist der allerhöchste Genuss. Gut, dass ich schon ein Herr im fortgeschrittenen Alter bin, sonst wäre ich auf Ihren Tanzpartner sehr eifersüchtig.«

Baron hielt eine glimmende Zigarre zwischen den Fingern. Er war ein mittelgroßer Mann in den Fünfzigern mit ovalem Gesicht und brünettem, straff nach hinten gekämmtem Haar. Sein gut geschnittenes Gesicht war von der Sonne gebräunt. Er trug eine Brille mit dünnem, silbernem Rand. Seitdem sich Marions heißer Tango herumgesprochen hatte, besuchte er das Lokal regelmäßig.

»Wie können Sie nur von fortgeschrittenem Alter sprechen, Gustav? Sie sind nicht alt und das wissen Sie auch.«

»Im Vergleich zu Ihnen bin ich ein älterer Herr, aber ich danke Ihnen für die freundlichen Worte. Tatsächlich, ich fühle mich gut zehn Jahre jünger, als ich wirklich bin.«

»Sie können noch sehr lange Gast bei uns sein.«

»Solange Sie dem Coco erhalten bleiben, werden Sie mich nicht mehr los«, sagte Baron. »Wie geht es denn weiter? Ich fürchte um Ihren Partner. Muss er nicht bald mit dem Ruf zu den Waffen rechnen?«

Sie zuckte mit den Achseln. »Als Künstler wird er nicht eingezogen, hoffe ich.« Den wahren Grund, weshalb Felix kein Stellungsbefehl drohte, verschwieg sie.

»Ihr gemeinsamer Tanz ist wirklich eine Kunst«, erwiderte Baron. »Hoffentlich sind die Parteibonzen der gleichen Ansicht, und hoffentlich ist der Krieg, wenn er denn kommt, bald wieder zu Ende. Sonst werden irgendwann doch die Künstler zu den Waffen gerufen – da kann das Herz des Führers für seine Kunstschaffenden noch so hoch schlagen!«

»Wer wünscht sich das nicht«, sagte Marion. »Noch besser wäre nur, es würde gar nicht erst so weit kommen.«

»Sie sagen es«, meinte Baron. »– ach, da ist der hervorragende Künstler ja schon!«

Marion schaute zur Seite, und ihr Herz schlug höher, als sie ihren Tanzpartner erblickte, der an ihrer anderen Seite aufgetaucht war. Er trug bereits den schwarzen Anzug, in dem er den Tanz beginnen würde, ohne Hemd darunter. Felix gab ihr zur Begrüßung einen Kuss auf den Mund.

»Ich hatte schon Angst, dass du nicht kommen würdest«, sagte Marion.

»So, warum denn?« Blendend weiße Zähne blitzten in seinem schmalen scharfen Gesicht. Hatte sie jemals einen attraktiveren Liebhaber gehabt? Er hatte hellbraunes, fast blondes Haar, eine glatte, bronzen getönte Haut und sah aus wie der reinste Arier. Marion liebte es, mit ihm zu tanzen, und das war nicht das Einzige, was sie leidenschaftlich gerne mit ihm tat.

Sie beugte sich vor, damit Gustav Baron ihre Antwort nicht mithören konnte. »Mir ist heute Nachmittag etwas Unangenehmes widerfahren, das auch dich angeht«, sagte sie. »Deshalb hatte ich mir Sorgen gemacht. Zu Unrecht, wie ich jetzt denke. Ich erzähle dir später davon.«

Er blickte sie fragend an. »So? Ich hab doch nichts verbrochen?«

Sie schüttelte den Kopf und Felix verschwand in die Ankleide und Gustav Baron brachte sich wieder ins Gespräch.

»Die amerikanische Musik ist ja an sich nicht mein Fall«, sagte er zu Marion, »ich mag gern die schmissigen deutschen Lieder, aber um Ihren Tanzauftritt mitzuerleben, nehme ich auch den Negerjazz in Kauf.«

»Wir tanzen keinen Negerjazz, sondern einen Tango.«

»Der kommt auch aus Amerika, Südamerika, nicht wahr? Nichts Deutsches.«

»Passt aber wohl besser zu unserem Auftritt als ein deutscher Marsch, oder?«

Gustav Baron lächelte. »Der Tango hat etwas, was andere Tänze nicht haben, da gebe ich Ihnen recht. Ich will mich auch gar nicht beklagen. Nur, wenn es einen Krieg gibt, kommt ausländische Musik in schlechten Ruf.«

»Nicht der Swing, nicht der Tango. Mit Amerika werden wir wohl keinen Krieg bekommen, weder mit dem Norden noch mit dem Süden.«

»Denkt man an den Weltkrieg zurück, scheint nichts unmöglich.«

»Ach, daran will ich nun wirklich nicht denken. Einerlei, ob amerikanische oder deutsche Musik, wichtig ist, dass es den Gästen gefällt, und die hungern nach Vergnügen, das können Sie heute Abend wieder sehen.«

»Wohl wahr«, stimmte Baron ihr zu. »In diesem August herrscht in den Varietés eine Stimmung, als könnte es bald zu spät für alles sein.«

Ein paar Minuten später verabschiedete Marion sich von Baron, um nach hinten zu gehen und sich für den Auftritt vorzubereiten. Die Umkleideräume lagen an einem Gang hinter der Bühne, der dem Publikum normalerweise nicht zugänglich war. Von dort aus gab es Verbindungen zum Hinterausgang in den Hof, aber auch zu dem kleinen Eingangsbereich im vorderen Teil des Lokals.

Der Auftritt von Marion und Felix war die Attraktion des Abends, eine gewagte Tanznummer, die nicht viele Wünsche offenließ. Mustafa hatte vor vielen Jahren in Paris etwas Ähnliches gesehen, das ihn auf die Idee für diese Nummer gebracht hatte. Die nackte Haut weiblicher Tänzerinnen war in Berliner Varietés nichts Besonderes, doch von den Herren der Schöpfung hätte man nie verlangt, es ihnen gleichzutun und sich aus ihren eleganten Anzügen zu schälen. Gut, dass es ein paar Ausnahmen gab, dachte Marion. In diesem Sommer war eben manches anders.

Nachdem sie sich für den Tanz umgezogen und geschminkt hatte, traf sie Felix hinter dem Vorhang.

»Gutes Gelingen«, flüsterten sie einander zu. Marion trug zu ihren Tanzschuhen einen schwarzen kniekurzen Rock und ein ebenfalls schwarzes kurzärmeliges Jäckchen.

Bernie, der Chef der Swingband, spähte durch den Vorhang. »Ihr beiden Hübschen seid so weit?«

»Leg los, Bernie, wir sind schon ganz heiß.«

Sie mussten nicht lange warten, der Einsatz folgte auf dem Fuß. Kaum hatte die Band eine getragene Tangomusik zu intonieren begonnen, öffnete sich der Vorhang und rückte Marion und Felix als Tanzpaar in das Scheinwerferlicht. Zwei knappe Verbeugungen an das Publikum, dann waren sie auf dem Parkett und stiegen zu der Melodie der Band in eine fein abgestimmte Abfolge von Tanzschritten ein. Sie waren beide geübte Tänzer und fanden schnell in das Spiel aus Nähe und Distanz, Tempo und Langsamkeit, das der Tango war, und von diesem Moment an gab es für Marion nichts anderes mehr. Der Rhythmus des Tangos berührte ihr Innerstes, sie liebte seinen Hauch von Melancholie nicht weniger als seine Härte, sein erotisches Flair nicht weniger als seinen tiefen Ernst. Bei keinem anderen Tanz war die körperliche

Nähe der Tänzer so wunderbar eng aufeinander bezogen; Schmerz und Leid, Liebe und Eros schienen durch ein unergründliches Geheimnis miteinander verbunden zu sein. Marion fühlte, dass nichts die Stimmung dieser vom Krieg bedrohten Tage besser hätte wiedergeben können als der Tango, der diesen Gefühlen Ausdruck gab. Es war der Abschied der Liebenden am Abend vor dem Krieg.

Ihre ranken Körper vibrierten, wenn sie die Schrittfolgen zuerst in die eine, dann in die andere Richtung vollzogen, wenn sie sich drehten und umeinander wanden, oder wenn sie sich Brust an Brust und Bauch an Bauch tänzelnd gegeneinanderrieben. Die Schritte des Paars waren nicht gleich. Der Mann war der Dirigent, die Frau sein Instrument, und doch war sie seine Königin.

Nach zwei Tanzstücken machte die Musik eine kurze Pause, und Marion und Felix nutzten sie dazu, einander ein paar Knöpfe zu öffnen, den Jacken zu entschlüpfen und die lästigen Kleidungsstücke in hohem Bogen in Richtung Bühne zu werfen, wo eines der Bedienmädchen sie an sich nahm. Die Musik setzte mit einer heiteren Milonga wieder ein und Marion wusste, wie gut es ihnen stand, sich in den schwarzen Westen, die ihre Oberkörper nun allein schmückten, weiter zu drehen und einander durch die tänzerischen Schrittfolgen zu führen. Es gab ihr das Gefühl, dass ihr Tanz von Drehung zu Drehung, von Schritt zu Schritt mit der Freiheit von der vormaligen Bekleidung an Vollkommenheit gewann. Sie wurden schneller, Schmerz und Leid standen nun hintenan, zwei Körper, die zusammengehörten, federten und drehten schwindelerregend über das glatte Parkett.

Von kurzen Schrittpausen unterbrochen absolvierten sie zwei oder drei Tänze, dann klang ein weiteres Mal das Musikstück aus, und bevor ein neuer, noch schnellerer Tango einsetzte, unternahmen es die Tänzer, einander auch die schwarzen Westen von den blanken Schultern zu ziehen, um sie flugs hinter den Jacken herzuwerfen. Marion war glücklich. Wieder etwas freier.

Ein Raunen ging durch das Publikum, eine atemlose Stille folgte, aber es war klar, dass das Publikum an der Darbietung Gefallen fand, und mit etwas Verzögerung brandete Beifall auf. Marion warf lachend den Kopf zurück und ihre Brustwarzen richteten sich auf, als Felix mit den Händen leicht und wie anerkennend ihre kleinen, schönen Brüste und dann die unter der Haut hervortretenden Rippen berührte, während er zugleich den linken Arm um ihren nach hinten durchgebogenen Rücken schlang. Gleich darauf wirbelten die Tänzer mit ihren nackten Oberkörpern wieder herum und stiegen von Neuem in die tänzelnden Schrittfolgen ein.

Geschmeidig drehte sich Marion in die Bewegungen hinein, auch ihre Füße fanden Freude an der Musik, rhythmisch glitten sie über den Tanzboden dahin. Die pulsierende Atmosphäre und die Glut der Leidenschaft verschmolzen die beiden Tänzer miteinander, entfachten ein Feuer, das sich nicht mehr so einfach löschen ließ. Das Publikum registrierte, wie sehr es zwischen ihnen loderte und brannte, und schürte mit seinem Beifall das Begehren zwischen ihnen.

Der tosende Applaus stachelte sie an, und so wandte sich Marion zu ihrem Partner um, griff nach dem Gürtel seiner Hose und machte eine Schnalle auf, das gute

Stück fiel auf seine Füße, und indem Felix es tänzelnd beiseitetrat, befreite er sich von dem Stoff. Marion drehte sich weiter, machte eine Kehrtwendung zu ihrem Partner zurück, wobei sie in ihrer Bewegung das Becken vorstreckte, worin eine stumme, aber deutliche Aufforderung lag. Felix umfasste ihre Taille, fand einen Haken, den er öffnete, zog ihr den Rock von den Hüften und warf ihn fort. Marion schwang herum und streckte lächelnd die Arme in die Höhe. Wie ihr Partner trug sie außer den Tanzschuhen nun nur noch ihren knappen Schamgürtel am Leib.

Auf langen nackten Beinen federten die beiden Tänzer über das Parkett. So feurig und scharf die Reize waren, die sie dem Publikum übermittelten, gaben sie sich selbst doch ganz unbekümmert, als ob Schönheit und Nacktheit zusammengehörten und es ihnen nicht nur ein Bedürfnis war, sondern sich für sie geradezu geziemte, bei ihrem Tango unbekleidet zu sein. Die subtilen Bewegungen und Berührungen, die Marion und Felix miteinander tauschten, riefen bei Marion ein süßes Ziehen in den Lenden hervor, das ihre Bewegungen begleitete und sich stetig verstärkte.

Die Musik wurde langsamer, die Tänzer hielten inne und ihre Füße standen für eine Weile still, bevor sie die Verbindung ihrer Hände lösten und Marion die ihren auf die Schultern ihres Partners legte. Sie atmete einige Male tief durch, als müsste sie sich konzentrieren, während Felix sie auf Höhe ihrer Rippen erfasste und sie ein Stück in die Höhe hob. Marion spreizte die Beine zu einem Spagat, und während sie von Felix' Händen gehalten an ihm emporstieg, drückte sie seine Schultern nach unten, bis ihre Arme gestreckt waren und es aussah, als ob sie sich auf seinen

Schultern zu einem Handstand in die Luft hinauf stemmen wollte. Doch stattdessen winkelte sie die Arme wieder ein und Felix ließ ihren Körper abwärts gleiten. Sie gewann Halt, als sie ihre langen Beine um seine Hüften schlang, was unübersehbar den Wunsch der Tänzer nach einer körperlichen Vereinigung zum Ausdruck brachte. In dieser provozierenden Haltung standen sie still, während die fußtrommelnde Begeisterung des Publikums kein Ende nahm, und obwohl die Zuschauer protestierten, glitten die Tänzer nach einigen Verbeugungen mit leichten Sprüngen über das Podium nach hinten und entschwanden aus dem Scheinwerferlicht in die Dunkelheit.

Marion fasste ihren Partner um den nackten Rücken, schmiegte ihre Haut an die seine, strich mit den Fingern über seine Flanken und die Rippen.

»Wo gehen wir hin?«, flüsterte Felix. »Machen wir es wie beim letzten Mal?«

»In der Ecke, wo der Vorhang ist.«

Ein paar winzige Räume und Kammern lagen an dem Gang, in dem sie sich befanden, flugs eilten sie um eine Ecke. Das Separee, das sie erreichten, war nur durch einen kleinen Vorhang, der die Nische nicht vollständig verschloss, vom Bühnengang getrennt. Der offene Spalt gab den Blick auf den Flur frei, ermöglichte aber auch den Blick von außen hinter den Vorhang. Marion war es gleichgültig, der Reiz des Risikos, gesehen zu werden, stachelte ihre Leidenschaft weiter an. Sie fühlte sich wundervoll, ganz bei sich selbst.

Sie zitterten vor Verlangen, während sie einander, kaum dass sie hinter den kleinen Vorhang geschlüpft waren, die Schamgürtel von den Lenden zerrten, sodass sie genau an der Stelle weitermachen konnten, wo sie auf der Bühne hatten aufhören müssen. Nicht lange, dann hätte Marion vor Wonne schier vergehen können, während ihr Rücken gegen die hintere Nischenwand drückte, Felix sie festhielt und sich in ihr bewegte, ohne dass ihre Füße noch den Boden berührten.

Es war herrlich. »Oh Gott«, wimmerte sie, als das heftig süße Pochen einsetzte, so scharf und intensiv, dass es ihr fast den Atem nahm.

Sie presste die Lippen zusammen, um ihr Jauchzen zu unterdrücken, während der getrübte Blick ihrer Augen auf den offenen Spalt im Vorhang gerichtet war. In ihrer berauschten Hilflosigkeit registrierte sie kaum, dass der Spalt sich mit Schatten füllte. Es kümmerte sie in diesem Moment nicht. Ihr Blick schärfte sich erst, als sie Gestalten wahrnahm, die dort bewegungslos standen. Dann begriff sie, dass sie keine einfachen Gaffer vor sich hatte.

Ihre Pupillen weiteten sich in zuerst ungläubigem Staunen und dann schierem Entsetzen, als sie gewahrte, wer die Personen waren, die ihr leidenschaftliches Liebesspiel hämisch beäugten. Es waren zwei Männer und sie kannte sie beide, sie trugen Mäntel und Hüte und gehörten der Gestapo an.

»Mein Gott«, stöhnte sie. »Oh, mein Gott.« Die bösen Dämonen, deren Existenz sie in der vergangenen Stunde fast vergessen hatte, waren zum denkbar ungünstigsten Zeitpunkt auf die Bühne ihres Lebens zurückgekehrt.

Krausnick lächelte, das Gesicht von Göde glich mehr einer gequälten Grimasse.

Felix ließ Marion an der Wand hinuntergleiten, als es vorüber war, sodass sie wieder auf ihren Füßen stand.

»Sie sind da«, raunte sie ihm flüsternd zu. »Die Gestapo.«

»Wer?« Felix drehte sich um und erblickte die Männer.

»Verschwinden Sie!«, sagte er.

Keiner der beiden Männer zeigte eine Reaktion. Marion bückte sich, hob die Gürtel auf und reichte Felix den seinen, damit er sich bedecken konnte.

»Rassenschande begehen wir nicht, was?«, sagte Krausnick. »Ich habe den Satz noch in den Ohren. Wir sind gewiss keine schlechten Polizeibeamten, nicht wahr, Göde? Nein, sind wir wirklich nicht. Aber dass wir so zwei Allerliebste auf frischer Tat ertappen, hätte ich mir in meinen kühnsten Träumen nicht vorstellen können. Ausgerechnet diese gewitzte junge Frau, die es verstand, uns auf der Straße eine Abfuhr zu erteilen, was sonst praktisch noch niemandem gelungen ist. Ach ja, wer hätte das gedacht; so was kommt wirklich nicht so oft vor. Schon komisch, wie das Leben zuweilen doch spielt! Was?«

»Was reden Sie da?«, fragte Felix. »Wer sind Sie überhaupt?«

»Krausnick, Gestapo«, gab der Gefragte zurück. »Mein Kollege heißt Göde. Damit Sie im Bilde sind. Und nun sagen Sie mir Ihren Namen!«

Der junge Mann atmete tief durch. »Felix Neuburger.«

»Sie sind Tänzer von Beruf?«

»Ja.«

»Jude?«

Zu Marions Erleichterung schüttelte Felix den Kopf.

Krausnick reckte den Kopf vor. »Also Halbjude?«

»Dem Gesetz nach bin ich kein Jude«, gab Felix zurück, »ich habe nur einen jüdischen Großelternteil.«

»Sie meinen, Vierteljude?«

»Ja, das folgt dann daraus«, erwiderte Felix, und wie er so dastand, in seiner selbstbewussten, noblen Erscheinung, wirkte er, als wäre er stolz auf seine Herkunft.

»Haben Sie Ihren Stellungsbefehl schon erhalten?«

Felix schüttelte den Kopf. »Bisher nicht.«

»Warum nicht?«

»Weil ich als Tänzer Kunstschaffender bin.«

Krausnick verzog das Gesicht. »Kunstschaffender? Ja, das konnte man sehen. Na ja, Ihrer Partnerin scheint die Kunst gefallen zu haben. Ich selbst fand sie ekelhaft. Sie sind kein Kunstschaffender, sondern ein schamloser Bastard. Wenn Sie kein Jude oder Halbjude sind, umso schlimmer –, dann darf es für Sie keine Ausnahme geben, und wenn ich persönlich dafür sorgen muss, dass Sie zur Truppe kommen.« Er machte eine unwillige Handbewegung. »Hauen Sie ab!«

»Was ist mit Fräulein Bendt?«, fragte Felix zurück.

»Stellen Sie mir keine unverschämten Fragen, Sie nackter Schuft, sondern verschwinden Sie! Fräulein Bendt wird uns auf die Dienststelle begleiten.«

»Sie haben es doch gehört, Herr Krausnick«, sagte Marion. »Herr Neuburger fällt nicht unter das Gesetz. Wir haben uns nicht strafbar gemacht. Was wollen Sie noch von mir?«

»Uns unterhalten! Wir haben eine Vorladung für Sie.«

»Darf ich Sie bitte sehen?«

Krausnick zog ein Stück Papier aus der Innentasche seines Mantels und hielt es ihr unter die Nase.

Sie las ihren Namen, den der Dienststelle, auch das Wort »Vorladung«. Es war weder ein Termin darin bezeichnet noch ein Vorwurf oder irgendetwas anderes, was Aufschluss darüber gegeben hätte, um was es bei der Unterhaltung gehen könnte. Aber vor allem war es nur eine Vorladung, und eine Vorladung war kein Haftbefehl. Doch sie verwarf den Gedanken an weiteren Widerspruch. Besser, sie brachte die Sache hinter sich. Notfalls konnte sie von der Dienststelle aus Rolf Michalik verständigen, damit er ihr half, sagte sie sich. Wenn sie sich aus formalen Gründen weigerte mitzugehen, würden die Männer wahrscheinlich Gewalt anwenden.

»Geh, Felix!«, sagte sie. »Mach dir keine Sorgen, ich komme schon zurecht.«

»Du brauchst dein Kleid und deinen Mantel.«

»Darum kümmern wir uns gleich«, fauchte Göde ihn an. »Hauen Sie endlich ab!«

Felix zögerte. »Ich ziehe mich an und bin dann wieder da. Ich möchte Fräulein Bendt begleiten.«

»Unterstehen Sie sich«, fuhr Göde ihn an. »Wenn Sie uns noch einmal unter die Augen treten, garantiere ich für nichts.«

»Lass es gut sein, Felix«, sagte Marion. »Du hilfst mir mehr, wenn du gehst.«

Felix blieb stumm, rang eine Weile mit sich, und erst, als Marion ihn erneut zum Gehen aufforderte, gab er sich einen Ruck und wandte sich in Richtung der Garderoben davon.

»Mit dem Herrn beschäftigen wir uns später«, bemerkte Krausnick. »Augenblicklich beziehen sich unsere Anweisungen ausschließlich auf Sie, Fräulein Bendt.«

»Sobald ich meine Kleidung habe, bin ich bereit, Sie zu begleiten«, sagte Marion.

»Gehen Sie voraus«, sagte Krausnick.

Als Marion fünf Minuten später angekleidet aus der Garderobe kam, wurde sie von Krausnick und Göde durch den Hinterausgang des Coco ins Freie geführt.

Mustafa ließ sich nicht blicken, ebenso wenig wie eine der anderen Tänzerinnen oder jemand von der Band. Entweder hatte keiner etwas von dem Vorfall mitbekommen, oder, was wahrscheinlicher war, die Betreffenden hatten Angst davor, in die Ermittlungen hineingezogen zu werden.

Draußen im Hof war es finster, die Lichter in den Fenstern der umliegenden Häuser, die hoch in den Nachthimmel ragten, leuchteten nur schwach.

Eine Gestalt löste sich aus der Schwärze der Nacht. Es war ein weiterer Mann in Mantel und Hut. »Wo steht der Wagen?«, fragte Göde ihn.

»Hier auf dem Hof«, sagte der Mann, »das Tor stand offen.«

Er ging ihnen zu einem Wagen voraus, der im Dunkel einer Mauer stand, und öffnete ihr eine Tür zum Fond. Krausnick forderte Marion auf einzusteigen und setzte sich dann neben sie. Die Limousine rollte über den Hof zur Straßendurchfahrt und bog hinter dem Tor in die Augsburger Straße ein. Von dort streiften sie über den Tauentzien in Richtung Zoologischer Garten und durch den Tiergarten weiter zur Charlottenburger Chaussee, wo der Wagen die Fahrtrichtung nach Osten einschlug.

5. KAPITEL

Die Limousine passierte die Gedächtniskirche, rollte auf der Budapester Straße am Tiergarten entlang und dann weiter durch nächtliche, von dicht an dicht stehenden Bäumen gesäumte Straßen zum Großen Stern, wo der Wagen nach Osten abbog und in Richtung des alten Stadtzentrums fuhr. Sie kamen durch das Brandenburger Tor und auf die Allee Unter den Linden, doch anders als Marion bereits befürchtet hatte, ging die Fahrt nicht zum Gestapo-Hauptquartier in der Wilhelmstraße, sondern am Regierungsviertel vorbei zum Alexanderplatz. Ein mächtiges Backsteingebäude tauchte in der Dunkelheit auf, das Polizeipräsidium, auch »Rote Burg« genannt, eines der größten Gebäude Berlins. Wie Marion wusste, hatte dort neben der regulären Polizei eine örtliche Leitstelle der Gestapo ihren Sitz.

Sie schaute hinüber zu den massigen Mauern. Mitternacht war lange vorbei, doch in einigen Fenstern brannte Licht. Die Limousine bog in die Grunerstraße ein und stoppte vor einem Eingang nahe bei den Stadtbahnbögen. Der Fahrer ließ den Motor laufen, während Krausnick und Göde zusammen mit ihr ausstiegen.

Sie überquerten die Straße und traten durch den Eingang. Im Inneren des riesigen Hauses ging es eine Freitreppe hinauf, dann über einen von trübem Licht erhellten Flur in ein Büro.

Krausnick schloss hinter ihr die Tür und ging langsam zu einem Aktenschrank, der fast die gesamte rechte Seite des Büroraums ausfüllte, und lehnte sich mit dem Rücken dagegen. Sie selbst blieb in der Mitte des Zimmers stehen.

»Wir hatten schon das Vergnügen, Ihnen beim Tanzen zuzusehen«, sagte Göde, der sich auf einen Stuhl auf der anderen Seite des Zimmers gesetzt hatte. »Wenn man dabei von Vergnügen sprechen kann. Haben Sie eigentlich kein Schamgefühl? Sie sind eine deutsche Frau.«

Die Bemerkung hätte vielen Frauen, die einen eher lockeren Lebenswandel führten, die Röte ins Gesicht getrieben, doch Marion ließen die Worte kalt. In der Familie und in den Kreisen, in die sie hineingeboren worden war, dachte man über diese Dinge anders. Was die Leute in moralischer Hinsicht von ihr hielten, war ihr gleichgültig, und obwohl ihr klar war, dass auch die meisten Frauen ihre freizügigen Ansichten nicht teilten, hatte sie keine schlechten Gefühle, weil ihre Moral eine andere war. Die Welt war zu großen Teilen nichts als Lug und Trug, ahnte sie ganz tief. In Wahrheit waren die Menschen frei, sie hatten es nur vergessen und glaubten den Unfug, den andere ihnen aus eigennützigen Motiven einredeten. Solange sie keinem anderen wehtat, war es ihr gutes Recht, zu tun und zu lassen, was sie wollte, wenngleich sie natürlich wusste, dass es oftmals besser war, vorsichtig zu sein und nicht auf alle Freiheiten zu bestehen.

»Den meisten Gästen hat gefallen, was sie gesehen haben«, entgegnete sie ruhig. »Der Beifall der Gäste wird Ihnen nicht entgangen sein.«

»Das zeigt nur, wie viele Perverse es im Berliner Westen heute noch gibt«, erwiderte Göde. »Der Jude liebt solche Darstellungen, das ist bekannt. Mir scheint, es gibt noch viel für uns zu tun, Herr Krausnick.«

Letzterer machte sich mit einem Seufzer bemerkbar. »Lassen Sie das, Göde, es führt zu nichts. Der Führer hat dem Nackttanz seinen Segen erteilt.«

»Es war nicht nur ein Nackttanz, es war obszön, und wohin es führte, haben wir gesehen. Ich frage mich, ob so was überhaupt in einem öffentlichen Lokal erlaubt ist. Handelt es sich nicht um die Erregung eines öffentlichen Ärgernisses?«

Göde blickte sie an, als ob er die Antwort von ihr erwartete.

»Es führte bloß zu dem, was andere Paare auch miteinander tun«, entgegnete Marion. »Es hat Sie niemand gezwungen, dabei zuzusehen. Hinter der Bühne haben Unbefugte nichts zu suchen.«

»Unbefugt? Für wen halten Sie sich? Sie werden Ihre Frechheiten noch bereuen!«

Krausnick machte eine abwehrende Handbewegung. »Ich denke, ich mache das erst mal alleine, Göde«, sagte er. »Wenn ich Sie brauche, rufe ich Sie dazu.«

Der Angesprochene blickte auf, schien einen Moment lang überrascht und machte dann ein verdrießliches Gesicht. »Besser, Sie haben einen Zeugen, Herr Krausnick.«

»Die Befragung ist rein informatorisch«, erwiderte der Gestapomann, der offenbar Gödes Vorgesetzter war. »Ich habe meine Anweisungen. Sie können Feierabend machen, denke ich. Es ist spät. Ja, fahren Sie ruhig nach

Hause.« Göde erhob sich von seinem Stuhl und trat zwei Schritte vor, sodass er dichter bei Marion zu stehen kam. »Na meinetwegen. Wenn Sie es wirklich so wollen.«

»Ja, ich will es so.«

Göde warf Marion einen letzten finsteren Blick zu und verließ dann den Raum mit einem hingemurmelten Abschiedsgruß.

Krausnick pflanzte sich hinter den Schreibtisch und forderte Marion auf, sich auf einen der davorstehenden Stühle zu setzen. Sie tat es, und Krausnick zündete sich eine Zigarette an.

Er hielt Marion die Schachtel hin. »Sie auch?«

»Nein – oder ja, doch«, sagte sie, nahm eine und ließ sich Feuer geben.

Krausnick lehnte sich in seinem Sessel zurück. »Ich hatte Sie gewarnt, Fräulein Bendt«, sagte er. »Trotzdem haben Sie sich erwischen lassen. Ihr Pech!«

Es war Marion unbegreiflich, dass es Gesetze gab, die Deutschen verboten, einen Juden zu lieben. Bis vor ein paar Jahren hatte sie nicht einmal gewusst, was ein Jude war. Eigentlich wusste sie es immer noch nicht. Sie konnte keinen Unterschied zwischen Ariern und Juden erkennen, und sie war überzeugt davon, dass es einen solchen Unterschied auch nicht gab, es war ein Problem, das nicht existierte, ein schieres Hirngespinst.

Marion schwieg. Sie wusste, dass sie sich auf einem schmalen Grad bewegte und Gefahr lief, den Bogen zu überspannen.

»Wie Göde schon sagte, werden wir überprüfen, ob dieser Judenmischling wirklich nur einen jüdischen Großelternteil hat«, erklärte Krausnick. »Falls er ein

Halbjude ist, wird es auch für Sie eng werden, mein schönes Fräulein.«

Marion hatte einmal gehört, dass niemand so genau wusste, in welchem Umfang das grauenhafte Gesetz über Rassebeziehungen auf jüdische Mischlinge anwendbar war. Was leider auch bedeutete, dass der Willkür Tür und Tor geöffnet waren. Felix wäre am besten beraten, wenn er aus Berlin verschwand, dachte sie, und ihr kam zum ersten Mal der Gedanke, ob sie nicht dasselbe tun sollte.

»Wer hat mich angezeigt? Ich tappe völlig im Dunkeln. Man sieht Felix nicht an, dass er kein reinrassiger Arier ist.«

»Bei einer Anklage sind wir noch nicht! Wären Sie angeklagt, stünden uns übrigens noch ganz andere Mittel zur Verfügung, um Sie zum Sprechen zu bringen. Aber lassen Sie sich von meiner momentanen Freundlichkeit nicht täuschen. Es gibt ein paar Mitarbeiter hier im Haus, die lechzen geradezu danach, eine betörende Frau wie Sie in die Finger zu bekommen.« Er machte eine Pause. »Nicht, dass wir uns missverstehen. Wir sind keine Unmenschen bei der Geheimen Staatspolizei – jedenfalls die meisten von uns nicht. Ich würde allerdings nicht für jeden meiner Kollegen meine Hand ins Feuer legen.«

Krausnick kniff die Lippen zusammen, er hielt die glimmende Zigarette in der Hand und schaute Marion eine Weile durchdringend an, als ob er sie dadurch verunsichern wollte, doch Marion begegnete unbefangen seinem Blick. Sie hatte sich vorgenommen, nicht die Streithenne zu spielen, aber es schien ihr auch nicht ratsam zu sein, klein beizugeben.

»Ich verstehe schon«, sagte sie schließlich und griff wieder zu ihrer Zigarette, die im Aschenbecher glomm.

»Das freut mich, aber … sprechen wir mal von etwas anderem«, sagte Krausnick. »Sind Sie einverstanden?«

»Wir haben doch alles erörtert. Ich möchte über gar nichts mehr sprechen.«

»Sie sind vorgestern Nacht Besucherin in der Wohnung eines Wehrmachtsoffiziers gewesen, eines Majors Henning Böhme –«, setzte Krausnick nach, ohne ihren Einwand zu beachten, »was war der Grund Ihres Besuchs bei diesem Herrn?«

Eigentlich war sie kaum überrascht. Schon während der Fahrt war ihr der Gedanke gekommen, dass das Verhör diese Richtung einschlagen könnte. Dass sie Felix hatten gehen lassen, war ein erster Hinweis gewesen, dass es eigentlich um etwas anderes ging. Es war eine bekannte Taktik. Rolf hatte sie vor diesem Vorgehen gewarnt: Man erhob gegen jemanden irgendeinen Vorwurf und horchte ihn dann über etwas ganz anderes aus. Doch was steckte dahinter? Dass jemand sie beim Sex mit Felix beobachtet hatte, war vorstellbar, doch wer wusste von ihrem Besuch bei Böhme? Hatte der Offizier selbst sich an die Gestapo gewandt, weil er den Verdacht hegte, von Marion hintergangen worden zu sein?

»Ich kenne Herrn Major Böhme, und er hat mich zu sich nach Hause eingeladen«, erwiderte sie und blies den Rauch der Zigarette in einer feinen weißen Fontäne in die Luft.

Krausnick musterte sie eine Weile stumm. »Sie sind eine Varietétänzerin, Fräulein Bendt. Ich nehme an, dass Sie in diesem Beruf kein allzu üppiges Gehalt beziehen?«

»Ich bin zufrieden.«

»Sie leben davon?«

»Ich gehörte zwei Jahre dem Ensemble des Admiralspalastes an. Seit einem Jahr arbeite ich im Coco. Die Gehälter in diesem Gewerbe sind sehr unterschiedlich. Die Auftritte, wie ich sie an einigen Abenden in der Woche leiste, werden höher bezahlt als die der Mädchen in den Tanzpalästen.«

»Nackte Haut zeigen alle diese Mädchen.«

»Ich denke, Sie wissen, worin der Unterschied zwischen diesen Mädchen und mir besteht. Ich beherrsche nicht nur den Tanz, sondern verstehe mich auch ein wenig auf Artistik. Sie haben mich heute Abend gesehen.«

Krausnick inhalierte tief und blies den Rauch über ihren Kopf hinweg. »Der hauptsächliche Unterschied scheint mir darin zu bestehen, dass Sie nicht nur tanzen, sondern auch mit manchen Gästen nach Hause gehen.«

»Tun andere Mädchen das nicht auch?«

»Reden wir nicht drum herum! Worauf ich hinaus will: Wenn eine Tänzerin Ihres Kalibers Herrenbesuche bei hohen Offizieren macht, kann man wohl auf den Gedanken kommen, dass diese Besuche nicht umsonst geschehen.«

»Ich geh mit niemandem, der mir nicht sympathisch ist«, gab Marion zurück.

»Ist es nicht eine Sache des Geldes, wie sympathisch Ihnen jemand ist?«

»Bei mir nicht, Herr Krausnick.«

»Natürlich sind Sie etwas Besseres als eine Straßendirne, Fräulein Bendt –, dennoch sind Sie eine Dirne, oder?«

Wenn er sie für eine Prostituierte der höheren Kreise hielt, konnte ihr das nur eigentlich recht sein, dachte sie bei sich, was aber nichts daran änderte, dass sie seine Bemerkung als eine Frechheit empfand. Die Prostitution war zwar verboten, aber jeder wusste, dass es sie trotzdem gab, selbst die Straßenprostitution, der die Verbote in erster Linie galten. Sie selbst hielt sich keineswegs für eine Prostituierte.

»Es macht Ihnen Spaß, mich zu demütigen, nicht wahr?«

Krausnick zog an der Zigarette. »Haben Sie den Major Böhme besucht, weil Sie einer lukrativen Nebentätigkeit nachgehen oder nicht?«

»Es ist nicht alles schwarz oder weiß«, sagte sie.

Der Beamte schaute sie böse an. »Sie wissen wie ich, dass andere darüber befinden, wen Sie zu besuchen haben. Als wir uns heute Nachmittag das erste Mal trafen, haben Sie groß herausgestellt, dass Sie über gute Verbindungen, auch zu meiner vorgesetzten Dienststelle, verfügen. Sie sind eine Mitarbeiterin der Abwehr, das habe ich in Erfahrung gebracht, sofern ich es nicht sowieso schon wusste. Wo haben Sie Herrn Böhme kennengelernt?«

»In der Ciro-Bar, einem Lokal in der Rankestraße.«

Krausnick wusste von ihrer Tätigkeit für die Abwehr, aber wusste er auch von dem Protokoll? Unter normalen Umständen war das ausgeschlossen. Die Tatsache, dass Abwehr und Gestapo zusammenarbeiteten, änderte nichts daran, dass alles geheim war, was sie für die Abwehr tat. Rolf hatte betont, wie wichtig es war, den Auftrag in trockene Tücher zu bringen, bevor ein Krieg ausbrach. Doch von wem war der Auftrag gekommen? Wäre es die Gestapo gewesen, müsste Krausnick es eigentlich wissen.

»Hat jemand Sie mit Böhme bekannt gemacht?«, fragte Krausnick.

»Ein Freund.«

»Heißt der Freund Rolf Michalik?«

»Nein«, antwortete sie.

»Aber Herr Michalik hat Sie gebeten, Herrn Böhme dieser Tage zu besuchen?«

»Ganz recht«, erwiderte sie in gleichmütigem Ton.

»Warum? Zu welchem Zweck? Was haben Sie bei Herrn Böhme gemacht?«

»Böhme und ich haben uns unterhalten, die Nacht miteinander verbracht – wir haben uns besser kennengelernt.«

Krausnick drückte seine Zigarette im Aschenbecher aus. »Sie haben sich also besser kennengelernt?«

»Ja.«

»Herr Böhme, Herr Neuburger, wie viele Männer gibt es noch, die Sie besser kennen? Nein, antworten Sie nicht, ich will es gar nicht wissen! Mich interessiert nur, was Sie außerhalb des üblichen Kennenlernens bei Major Böhme gemacht haben. Man hat Sie ja nicht seines oder Ihres Vergnügens wegen zu ihm geschickt.«

»Ich bin nicht berechtigt, mit Ihnen darüber zu sprechen, Herr Krausnick. Als Mitarbeiterin der Abwehr unterliege ich einer Schweigepflicht. Man wies mich mehrfach darauf hin.«

Krausnick lehnte sich zurück und Marion musste plötzlich daran denken, wie eigenartig es doch war, dass er seinen Kollegen Göde bei Beginn der Vernehmung fortgeschickt hatte. Im ersten Moment hatte sie geglaubt, dass Krausnick sich von Gödes ungehobelter Art genervt gefühlt hatte, doch jetzt fragte sie sich, ob er nicht in Wahrheit etwas vor seinem Kollegen verbergen wollte.

»Lobenswert, dass Sie Ihre Pflichten vor Augen haben«, sagte er mit einem spöttischen Unterton. »Wer kann Sie denn von Ihrer Schweigepflicht entbinden?«

»Herr Michalik natürlich.«

»Oder sein eigener Vorgesetzter, nicht wahr? Sein Abteilungsleiter bei der Abwehr?«

»Ich weiß nicht, wer Rolf Michaliks Vorgesetzter bei der Abwehr ist. Wir haben nie darüber gesprochen.«

»Aber dass Sie für die Abwehr tätig sind, wissen Sie?«

Die Frage war nicht so dumm, wie sie sich anhörte. »Könnte ich etwa einen Grund haben, daran zu zweifeln?«

»Haben Sie sich nicht gewundert, dass die Abwehr Sie auf einen Offizier der Wehrmacht angesetzt hat?«, fragte Krausnick zurück. »Das Ganze ist doch etwas rätselhaft, finden Sie nicht auch? Eine Abwehragentin bespitzelt einen Wehrmachtsoffizier, der an der Tafel des Führers diniert.«

Sie überlegte, ob Rolf sich etwas hatte zuschulden kommen lassen. Wenn dem so war, bestand die Möglichkeit, dass man es auch ihr anlasten wollte, oder aber es verhielt sich so, dass man beabsichtigte, sie gegen Rolf in Stellung zu bringen. Sowohl das eine wie das andere war eine Aussicht, die ihr Unbehagen bereitete.

»Ich bin es gewohnt, die Befehle auszuführen, die man mir erteilt«, antwortete sie. »Es geht mir nicht anders als Ihnen. Mein Auftrag war, Major Böhme kennenzulernen. Es ist mir neu, dass der Major an der Tafel des Führers diniert.«

»Was wissen Sie über Major Böhme?«, fragte Krausnick. »Was haben Sie bei Ihrem Besuch über ihn in Erfahrung gebracht?«

»Ich weiß nicht mehr, als dass er ein höherer Wehrmachtsoffizier ist«, sagte sie. »Es blieb beim Kennenlernen. Ich habe ihn nicht ausgefragt, so weit war unsere Vertrautheit noch nicht. Später könnte es natürlich geschehen. Welche Funktionen Böhme ausübt, ist mir nicht bekannt. Hätte ich es aus irgendeinem Grund wissen müssen, so hätte Michalik es mir gesagt. Doch er hat nichts dergleichen getan.«

Krausnick nahm einen Stift. »Hatte Ihr Besuch negative Konsequenzen für den Major?«

»Was werfen Sie mir vor?«

»Ob ich Ihnen etwas vorwerfe, wird sich zeigen. Beantworten Sie meine Frage.«

Sie schüttelte den Kopf. »Nein, im Gegenteil.«

»Hatten Sie den Auftrag, etwas Bestimmtes über den Major herauszufinden?«

Wüsste er von dem Protokoll, hätte er diese Frage anders gestellt. In gewisser Weise schien der ganze Vorgang um Böhme für Krausnick genauso rätselhaft wie für sie selbst zu sein.

Sie durfte nicht vergessen, dass sie von der Abwehr war und daher keinen schlechteren Stand hatte als Krausnick selbst. Daher beschloss sie, etwas zu wagen.

»Ich habe Ihnen gegenüber zugegeben, dass ich für die Abwehr tätig bin, also müssen Sie mir Auskunft erteilen, weshalb Sie mich hierher gebracht haben«, sagte sie. »Abwehr und Gestapo arbeiten zusammen, soweit ich weiß.«

Krausnick trommelte mit seinem Stift auf dem Schreibtisch herum.

»Sagen wir besser, sie sollten zusammenarbeiten«, erklärte er schließlich. »Anscheinend gibt es Fälle, auf die das nicht zutrifft.«

Es war klar, dass die Zusammenarbeit zwischen den Behörden praktisch nur auf den höchsten Ebenen stattfand. Wobei angesichts des Behördenwirrwarrs, von dem sie gehört hatte, selbst das fraglich war. Doch was war der Grund dafür, dass ein Gestapobeamter Einzelheiten ihrer Arbeit in Erfahrung zu bringen suchte? Warum wandte er sich nicht an höhere Stellen? Sie wagte es nicht, Krausnick danach zu fragen.

»Davon weiß ich nichts«, sagte sie bloß.

Er kniff die Lippen zusammen. »Nun gut, wenn Sie meinen, eine Mauer des Schweigens um Ihre Tätigkeit errichten zu müssen, dürfen sie sich nicht wundern, wenn ich meine Schlüsse daraus ziehe«, sagte er schließlich.

»Was machen Sie denn selbst?«, erwiderte Marion. »Weshalb verhören Sie mich? Bisher haben Sie mir keinen Grund dafür genannt. Ich habe nur einen Auftrag erfüllt und mir nichts vorzuwerfen. Über die Hintergründe dieses Auftrags ist mir nichts bekannt.« Sie rieb sich die Augen. »Bitte, lassen Sie mich nach Hause gehen, Herr Krausnick. Sie haben die Falsche erwischt, ich kann Ihnen nicht helfen.«

Ihr Instinkt sagte ihr, dass es besser war, ihm nicht von dem Protokoll zu berichten.

Krausnick fingerte an dem Stift herum, dann legte er ihn zur Seite und erhob sich von seinem Stuhl.

»Ich lasse Sie für ein paar Minuten allein, Fräulein Bendt«, sagte er nur, ging dann an ihrem Stuhl vorbei und verließ ohne ein weiteres Wort das Zimmer. »Sie werden das Zimmer in meiner Abwesenheit nicht verlassen!«

Sie atmete auf. Ihrem eigenen Eindruck nach hatte sie sich ganz wacker geschlagen, dennoch war sie nur halbwegs erleichtert.

Selbst wenn Krausnick keine Kenntnis von den Protokollfotos hatte, bedeutet das natürlich nicht, dass nicht doch irgendjemand in seiner Behörde irgendetwas davon gehört hatte. Vielleicht nichts Genaues, eben nur so viel, dass man Krausnick aufgefordert hatte, ihr auf den Zahn zu fühlen. Wie auch immer: Sie musste mit Rolf sprechen, um sich mit ihm abzustimmen, für den Fall, dass diese Sache noch länger so weiterging. Sollte es schon zu spät dafür sein, musste er ihr helfen, die Dinge zurechtzurücken, damit sie selbst aus der Schusslinie kam. Sie hätte bereits gestern nach ihrer ersten Begegnung mit Krausnick und Göde Kontakt zu ihm aufnehmen sollen, dachte sie.

Es vergingen fast fünfzehn Minuten, bis Krausnick ins Zimmer zurückkehrte. »Kommen Sie«, sagte er. »Ich werde Sie nach Hause fahren.«

Sie verließen Krausnicks Büro. Marion war froh, als sie das angsteinflößende Gebäude verlassen konnte. Dabei wusste sie, dass es weit schlimmere Orte gab.

In der Nähe der schwarzen Limousine stand der Fahrer und rauchte eine Zigarette. Krausnick ließ sich von ihm die Autoschlüssel geben. Der Beamte startete den Motor und steuerte den Wagen über den Alexanderplatz und zurück in die Richtung der Linden. Noch immer leuchtete die Stadt. Menschen waren nur vereinzelt zu sehen. Marion schaute durch die Windschutzscheibe stumm in die Nacht. Einst hatte ihr die Stadt Sicherheit gegeben, aber so war es nicht mehr. Was sie sah, war ihr vertraut, trotzdem schien etwas anders zu sein. Etwas Fremdes hatte Einzug gehalten, nicht nur in die Stadt, auch in ihr Leben, etwas, das Einfluss auf ihre Wahrnehmung gewann; das Gespenst einer unsichtbaren Bedrohung, eines Kraken, der seine Tentakel auch nach ihr ausgestreckt hatte. Alles, was offen im Schein der Bogenlampen lag, trug ein Gesicht, das mehr einer Maske als einer richtigen Physiognomie gleichkam.

Als sie die Allee Unter den Linden bis zum Schloss heruntergerollt waren, unterbrach Krausnick das Schweigen, das bis dahin im Wagen geherrscht hatte.

»An Ihrer Stelle würde ich in der nächsten Zeit vorsichtig sein«, sagte er. »Natürlich werde ich morgen meinen Aktenvermerk über das Verhör und meine Beobachtungen in der Bar für unsere Unterlagen anfertigen, trotzdem liegt es hauptsächlich an Ihnen, was in der Folge passiert. Halten Sie sich fern von Juden und Spionen. Ich tue nur meine Pflicht, aber persönlich habe ich kein Interesse daran, dass Ihnen etwas geschieht, das sich nicht mehr rückgängig machen lässt. Vielleicht liegt es daran, dass Sie – trotz Ihrer Schamlosigkeit – eine so anziehende und energische Person sind, weshalb ich so zu Ihnen rede … mir liegt einfach nichts daran, dass man böse Dinge mit Ihnen anstellt. Sie wissen selbst, dass es Leute gibt, bei denen Ihre Schönheit ganz andere Instinkte auslöst als bei mir. Göde haben Sie kennengelernt, aber er ist nicht der Schlimmste.«

»Darf ich fragen, mit wem Sie vorhin gesprochen haben. Herr Krausnick?«

Er warf ihr einen Seitenblick zu. »Ich habe mit einem Vorgesetzten telefoniert, der mich ermächtigt hat, Sie auf freien Fuß zu setzen, aber was ich eben sagte, stammt nicht von ihm, sondern von mir.«

»Vielen Dank«, sagte sie, und Krausnick schaute wieder nach vorne, den Rest der Fahrt blieben sie beide stumm.

Als sie den dunklen Tiergarten hinter sich gelassen hatten und die Kaiser-Wilhelm-Gedächtniskirche in Sicht kam, sagte Krausnick: »Dieses Land steuert auf einen Krieg zu, und wenn erst einmal die Dämme brechen, möchte ich nicht auf der falschen Seite stehen. Daher mein Rat: Passen Sie gut auf sich auf.«

Sie erreichten das Dreieck von Tauentzienstraße und Kurfürstendamm. Die Fassaden der hohen Gebäude waren von unten bis oben von Licht überflammt, es war der Mittelpunkt einer Gegend, die Marion seit mehr als drei Jahren als ihre Heimat empfand.

An den flackernden Leuchtreklamen vorbei ging es ein Stück über den Prachtboulevard, dann bog der Wagen in die Joachimsthaler Straße und fuhr bis zur Kaiserallee, bog ab zum Nürnberger Platz und in die Prager Straße ein. Kurz darauf hielt er am Straßenrand.

Krausnick wünschte Marion eine Gute Nacht, und nachdem sie aus dem Wagen gestiegen war, betrat sie den dunklen Durchgang, der zu dem Hinterhaus führte, in dessen viertem Stock sich ihre Wohnung befand.

6. KAPITEL

Als Marion die Tür hinter sich verschlossen und die Kette vorgelegt hatte, atmete sie auf. Endlich war sie in Sicherheit. Sie zog ihren Mantel aus und hängte ihn auf einen Bügel. Was für ein Abend, dachte sie, was für eine Nacht. Schade nur, dass sie allein in ihren vier Wänden war. Wie gerne hätte sie Felix bei sich gehabt.

Die Wohnung war klein, aber zweckmäßig für eine Einzelperson oder ein Ehepaar. Von dem kleinen Eingangsbereich mit dem Garderobenständer gingen zwei Türen ab, hinter der rechten Tür lag ein Badezimmer mit Klo, Waschbecken und Brause, die Tür geradeaus führte in den Wohnbereich, wo sich linker Hand hinter einem Durchgang eine Küchenzeile und rechter Hand hinter einer Tür die Schlafkammer befand.

Rolf Michalik hatte ihr die Wohnung vor ein paar Monaten verschafft. Früher hatte sie einer älteren jüdischen Frau gehört, die aus Berlin fortgegangen war. Weshalb die Frau ausgezogen und wohin sie gegangen war, wusste Marion nicht. Dass Wohnungen frei wurden, in denen Juden gelebt hatten, war an der Tagesordnung in Berlin. Nach Einzelheiten erkundigte man sich besser nicht. Seit den Novemberpogromen des vergangenen Jahres waren viele Juden auf der Flucht und versuchten, außer Landes zu gelangen. Das war allgemein bekannt.

Rolf hatte gemeint, dass eine eigene Wohnung Marions Tätigkeit für die Abwehr förderlich sei. Eine eigene Wohnung zu haben war für eine junge Frau von Anfang zwanzig ein kleiner Luxus, aber so richtig glücklich war Marion mit ihren vier Wänden nicht. Viel zu oft verbrachte sie in der letzten Zeit ihre Nächte allein. An manchen Abenden sehnte sie sich in ihre vormalige Bleibe zurück. Eine kleine Kammer an einem Dachflur in der Tauentzienstraße, wo außer ihr noch vier andere Tänzerinnen, die in der Scala arbeiteten, jeweils ein kleines Zimmer bewohnt hatten, mit Küchenmitbenutzung und Klo auf halber Treppe, aber mit viel Geselligkeit und Spaß. Natürlich hatte eine eigene Wohnung auch Vorteile. Klo und Brause in der Wohnung, das war schon was. Keine Hauswarte oder Vermieterinnen, die sich darüber beschwerten, dass man Herrenbesuch bekam. Allerdings hatte sie in dieser Hinsicht schon immer getan, was sie wollte und alle Verbote geschickt zu umgehen gewusst, ohne allzu sehr anzuecken.

Sie zog Kleid und Schuhe aus und legte sich ins Bett, schlief aber nicht sofort ein, sondern dachte über die zurückliegenden Stunden nach. Sie dachte an Felix, an den reizenden Bühnenauftritt mit ihm, und daran, wie gut sie sich bei allem gefühlt hatte. Inzwischen vermisste sie ihn in jeder Nacht, die er nicht mit ihr verbrachte, sehnsuchtsvoll. Er hätte sogar hier sein können, fiel ihr ein. Er besaß immer noch den Schlüssel, den sie ihm neulich überlassen hatte. Ohne dass sie es verabredet hätten, kam er natürlich nicht in die Wohnung, schließlich kannten sie sich auch erst seit ein paar Wochen. Nun gut, sie würde eben bis zur kommenden Nacht warten müssen, bis sie wieder mit ihm zusammen sein konnte. Es war nicht zu ändern.

Krausnick und Göde. Das Erscheinen der Männer hinter der Bühne besaß auch eine komische Note, dachte sie und musste lächeln, als sie sich die verblüfften Gesichter der beiden Männer in Erinnerung rief. Ihre Rassenschande, um den grässlichen Ausdruck der Männer zu gebrauchen, war folgenlos geblieben, und sie war irgendwie stolz darauf, dass ihre Frechheit und ihre Unerschrockenheit den Sieg davongetragen hatten. Doch die Warnung, die Krausnick ihr mit auf den Weg gegeben hatte, hallte in ihr nach. Konnte sie jemandem von der Gestapo trauen?

Sie dämmerte hinweg, doch ihr Schlaf war unruhig und sie erwachte mehrmals, bis sie schließlich doch in einen festen Schlaf versank, aus dem sie erst erwachte, als es schon fast Mittag war. Sie stand sogleich auf und zog sich an, nahm ihre Einkaufstasche und verließ das Haus.

Wieder war bestes Wetter. Doch irgendetwas stimmte nicht. Wie es einem manchmal erging, wenn man spät aufgestanden war und noch nicht richtig aus dem Schlaf heraus und in den Tag hineingefunden hatte, spürte sie eine Last auf ihrer Seele, die sie vor dem Einschlafen nicht empfunden hatte. Etwas Unbehagliches und Bedrohliches, dessen Vorhandensein ihr Verstand in der Nacht noch nicht hatte wahrhaben wollen, hatte von ihr Besitz ergriffen und entließ sie nicht aus der Umklammerung.

Im hellen Sonnenschein des Tages erschienen ihr die nächtlichen Erlebnisse nicht mehr so günstig wie zuvor. Krausnick hatte ihr deutlich zu verstehen gegeben, dass ihr Leben und ihre Freiheit am Vorabend des herandrängenden Krieges nicht sicher waren. Ob Rassenschande oder nicht, auch eine Anklage wegen irgendeines Vergehens ließ sich schnell auf die Beine stellen, und sie war sich nicht mehr so sicher, dass ihre Verbindung zur Abwehr sie dauerhaft gegen eine böse Attacke von Seiten der Gestapo schützen würde. Dass Krausnick es sich nicht hatte nehmen lassen, sie ausdrücklich auf diese Gefahr hinzuweisen, war gewiss nicht ohne Grund geschehen.

Sie betrat die nächste Telefonzelle und hatte Glück: Rolf Michalik nahm am anderen Ende der Leitung den Hörer ab.

»Mir ist nach unserer letzten Begegnung etwas Eigentümliches passiert«, begann sie das Gespräch, und erzählte ihrem Führungsoffizier von ihrer Begegnung mit den Gestapomännern, der Anzeige wegen Rassenschande und ihrer nächtlichen Vernehmung in der Roten Burg.

»Wie soll ich meine Arbeit machen, wenn ich darauf achten muss, ob jemand, mit dem ich Kontakt aufnehme, ein Jude ist?«, fügte sie hinzu. »Ich bin doch sozusagen eine Behördenmitarbeiterin. Die Männer, die mich ansprachen, heißen Krausnick und Göde, ich bitte dich, sie zurückzupfeifen. Nicht nur die beiden, die ganze Gestapo. Von dir wussten sie übrigens auch. Krausnick, der mich verhörte, hat mich auch nach Böhme befragt. Von einem Dokument wusste er offenbar nichts. Ich konnte mich einigermaßen bedeckt halten, was die Einzelheiten meines Auftrags betrifft, und wurde noch in der Nacht entlassen.«

Eine Zeitlang war es in der Leitung still, so lange, dass Marion fragte: »Heh, bist du noch da?«

»Ich musste das alles erst einmal verdauen«, gab Rolf zurück. Er zögerte einen Moment. »Ist denn etwas dran?«

»Wo dran?«

»Dass du eine Beziehung zu einem Juden unterhältst.«

»Mein Tanzpartner ist Halbjude, so viel weiß ich inzwischen.«

»Hattest du etwas mit ihm?«

Sie wusste, dass sie ihn damit verletzen würde, aber es nützte nichts.

»Ja, schon. Felix und ich tanzen zusammen«, sagte sie, als ob das eine Erklärung für Intimitäten wäre.

»Du weißt doch, was Streicher sagt: Eine Frau wird durch ein einziges sexuelles Zusammensein mit einem Juden dauerhaft geschädigt.«

»Und du glaubst diesen Quatsch?«

»Natürlich nicht, aber wen interessiert es, was ich glaube. Vergiss nicht, dass wir alle unter Beobachtung stehen. Ich nehme an, du hast abgestritten, dass du etwas mit ihm hattest?«

»Ich habe gesagt, dass ich nichts davon wusste, dass er Jude ist«, gab sie zurück. »Was ja auch stimmt. Ich möchte nicht, dass er Schwierigkeiten bekommt. Er selbst hat behauptet, nur Vierteljude zu sein.«

»Was ist er denn nun?«

Sie gab sich einen Ruck. »Er ist jedenfalls nicht beschnitten, und das habe ich ihnen auch gesagt, um glaubhaft zu machen, dass ich ihn für nichtjüdisch hielt.«

Rolf blieb eine Weile still. »Du bist mutig.«

»Warum? Es ist doch so.«

»Es gibt durchaus Juden, die nicht beschnitten sind«, sagte er. »Wie sieht er denn aus?«

»Er sieht aus wie ein Arier in Reinkultur. Er war dabei, als sie mich mitgenommen haben, ihn haben sie weiter nicht behelligt, nachdem er erklärt hatte, nur Vierteljude zu sein. Anscheinend hat seine äußere Erscheinung sie überzeugt.«

Marion spürte deutlich, dass Rolf das Gespräch nicht behagte.

»Hm, an der Geschichte scheint nicht viel dran zu sein«, sagte er, »aber gerade darum ist es merkwürdig, dass sie so ein Aufheben darum machen. Es wäre selbst dann eigenartig, wenn er ein Volljude wäre.«

»Es geht um etwas anderes«, sagte sie. »Es hat mit meiner Arbeit zu tun. Was mich deshalb wundert, weil ich immer dachte, dass Abwehr und Gestapo zusammenarbeiten. Hat sich daran etwas geändert? Gibt es einen Konflikt, bei dem wir zwischen die Stühle geraten sind, oder hast du deine Kompetenzen überschritten?«

»Nein, natürlich nicht. Weder das eine noch das andere.«

»Ich selbst habe mir jedenfalls nichts zuschulden kommen lassen und deshalb ein Recht darauf, dass du mir den Rücken freihältst.«

»Es muss irgendein Missverständnis vorliegen«, sagte Rolf. »Ich denke, dass sich das geradebiegen lässt.«

Es war besser, nicht noch deutlicher zu werden, sagte Marion sich, zumal sie spürte, dass auch Rolf so empfand. Über ein Protokoll, das Staatsgeheimnisse des Deutschen Reiches betraf, tauschte man sich nicht am Telefon aus. Rolf hatte erst kürzlich davon gesprochen, wie leicht Telefongespräche abgehört werden konnten. Zwar schien er nicht wirklich damit zu rechnen, aber man wusste nie; die Gefahr, dass es geschah, war jedenfalls nicht nur abstrakt.

»Treffen wir uns heute Abend zum Essen bei dir?«, fragte sie.

»Prima, komm so gegen halb acht.«

Sie verließ die Telefonzelle und ging in Richtung Kurfürstendamm. Unter den Bäumen strömten die Menschen über die breiten Bürgersteige, die Terrassen der Cafés waren dicht besetzt, die Luft schien golden zu funkeln. Ein sonnig warmer Nachmittag, den kein Schatten trübte, so sah es von außen aus. Es war ein seltsamer Spätsommer, dachte sie. So wunderschön, so warm und so leicht, und doch so voll von einem Unheil, das sich nicht tief unter der Oberfläche verbarg.

Sie schlenderte zur Tauentzien an ihrer vormaligen Wohnung vorbei und dachte an die alten Zeiten, die so lange noch gar nicht vergangen waren. Ihrem unbeschwerten Naturell nach hätte sie an diesem lieblichen Tag glücklich sein müssen, umso mehr litt sie darunter, dass Umstände Einfluss auf ihr Leben gewonnen hatten, die schwer und düster waren. In der Hoffnung, dass der freundliche Charme des Berliner Westens sie ein wenig aufheitern würde, spazierte sie an der romantischen Silhouette der Gedächtniskirche vorbei und gelangte zum Tiergarten, als sie plötzlich ein Dröhnen und Rumpeln hörte und erschrocken stehen blieb. Andere Passanten taten es ihr gleich, alle schauten zur Straße, von wo die weiter anschwellenden Geräusche stammten, deren Ursache bald sichtbar wurde.

Etwas, das auf den ersten Blick wie eine Militärparade wirkte, kam des Weges. Soldaten mit angespannten

Gesichtern, dazwischen Kanonen, berittene Offiziere, Gepäckwagen und Panzer, ein unaufhörlicher Zug von Soldaten, den Stahlhelm in die Stirn gedrückt, die Blicke regungslos geradeaus gerichtet, stampften sie klirrend über den Asphalt. Marion hatte zum ersten Mal das Gefühl, als sei der Krieg in ihrer unmittelbaren Nähe angelangt.

Verstohlen beobachtete sie die Gesichter der Umstehenden. Viele sahen nicht richtig hin, senkten die Blicke, auch hörte sie nirgendwo Jubel, stattdessen leises Murmeln, das nichts Gutes verhieß, die meisten Menschen zeigten verkniffene Lippen und schienen wie erstarrt.

Schräg vor ihr hörte sie jemanden geräuschvoll schnauben. »Wenn det nich' Krieg heißt, fress ick 'n Besen«, knurrte der Mann. Sein Nachbar zur Rechten blickte sich vorsichtig um, ehe er ein zustimmendes Kopfnicken wagte. »Hat schon meine Mutter gesagt«, meinte er, »wer Hitler wählt, wählt Krieg.« Er bemerkte, dass Marion ihn beobachtete, und schwieg betreten. Sie konnte ihm noch freundlich zunicken, bevor er den Kopf abwandte, zum Zeichen, dass er von ihr nichts zu befürchten hatte.

Bevor der Zug der Soldaten vorüber war, drehte sie sich um und trat den Heimweg an. Unterwegs traf sie auf einen Zeitungsjungen und erwarb eine Ausgabe des Berliner Mittagsblattes. Sie betrat einen Laden, kaufte Kartoffeln und Gemüse, dann stieg sie in die Elektrische, fuhr ein paar Stationen und kehrte mit der Einkaufstasche in ihre Wohnung zurück.

Das Lesen der Zeitung war kein Vergnügen. Alle Schlagzeilen deuteten darauf hin, dass sich die Lage im Osten verschärfte. Schuld hatten natürlich die Polen. Es wimmelte von Berichten über polnische Gräueltaten an Deutschen. Angeblich bereitete Polen Panzervorstöße gegen Danzig vor. Die Regierung hatte mit der Einführung von Bezugskarten für bestimmte Lebensmittel begonnen. Der private Reiseverkehr war eingeschränkt worden. Privatpersonen hatten keinen Anspruch auf Beförderung durch die Deutsche Reichsbahn mehr. Wer dennoch losfuhr, riskierte es, unterwegs hinausgesetzt zu werden, da die Truppentransporte Vorrang hatten.

Was sie las, passte schlecht zu den Darlegungen, die Schmundt über Hitlers Eroberungspläne zu Papier gebracht hatte. Während die Zeitungen sich die Finger über Danzig und den Korridor wund schrieben, war der Führer in Wahrheit längst zum Krieg entschlossen; gleichgültig, was in dem Nachbarland geschah. Lug und Trug, wohin man auch blickte, dachte Marion; natürlich nicht nur auf der deutschen Seite, die Engländer und Franzosen, die Deutschland den ungerechten Versailler Vertrag aufgezwungen hatten, waren auch nicht besser. Immerhin schienen sie selbst gegenwärtig an einem Krieg nicht ernstlich interessiert zu sein. Aber wer wusste schon, was hinter den Kulissen stattfand.

Marions Gedanken wanderten wieder zum Schmundt-Protokoll. Gab es eine Möglichkeit, es zu ihrem Vorteil einzusetzen? Je länger sie darüber nachdachte, umso brisanter erschien es ihr. Angenommen, man spielte es Deutschlands Gegnern, den Polen, den Engländern oder den Franzosen, zu. Diese Länder wären gewarnt, sich nicht von irgendwelchen Versprechungen einlullen zu lassen, die der Führer ihnen machte. Vor allem könnte es dazu führen, dass Polens westliche Verbündete eine entschlossene Haltung einnahmen und nicht länger davor zurückschreckten, sich auf eine kriegerische Auseinandersetzung mit Deutschland einzulassen. Den Kriegsausbruch würde auch das nicht verhindern, aber könnte so nicht zumindest Einfluss auf den Verlauf des Krieges genommen werden? Sie hoffte, dass Rolf, der sich bei ihrem gestrigen Gespräch in diesem Sinne geäußert hatte, mit seiner Einschätzung richtiglag.

Marion ließ ihren Gedanken freien Lauf, versuchte zu ergründen, weshalb die Abwehr an einem Protokoll interessiert war, das, sollte es publik werden, nicht für das Deutsche Reich, sondern für seine Gegner von Vorteil und Nutzen wäre. Sollte gerade das verhindert werden? Dass der Inhalt des Protokolls in falsche Hände geriet?

Krieg also, dachte sie, schon wieder ein Krieg. Der letzte war noch nicht lange her. Sie war gerade geboren, als er zu Ende gegangen war, aber sie wusste, welche Bedeutung er für ihr Schicksal besaß. Er hatte ihrem Leben eine Richtung gegeben, die es ohne diesen Krieg nicht eingeschlagen hätte.

Ihr Blick wanderte zu der Kommode auf der anderen Seite des Zimmers, wo in einem Rahmen ein Bild ihres Vaters stand. Das Foto war das einzige, das sie von ihrem Vater besaß. Sie hatte ihn nie kennengelernt, besaß zumindest keine Erinnerungen an ihn. Das Foto zeigte einen gut aussehenden Jungen von kaum zwanzig Jahren in einer schmucken Reichswehruniform. Im November 1918 war er körperlich unbeschadet aus dem Krieg zurückgekehrt und hatte im Dezember ihre Mutter geheiratet. Im März 1919 war er als Revolutionär in Berlin-Lichtenberg von den Truppen der Gegenrevolution hingerichtet worden. Er war ungefähr so alt geworden, wie sie selbst heute war. Warum hatte er sterben müssen? Weil er ein Revolutionär gewesen war? Nein! Er war nicht mehr und nicht weniger ein Revolutionär gewesen als seine Lichtenberger Leidensgenossen. Er war nie ein Spartakist gewesen, hatte ihre Mutter erzählt, sondern ein Demokrat, dem wie der Mehrheit des Volkes die ganze herrschende Klasse, vor allem die Offizierskaste und der militärische Apparat, verhasst gewesen war. Die Revolution, die im November 1918 ihren Anfang genommen hatte, war eine disziplinierte, gutmütige und menschliche gewesen, doch die Truppen der Gegenrevolution und die Freikorps hatten den Arbeiter- und Soldatenräten ihre Fairness nicht gedankt. Ihrem Vater war zum Verhängnis geworden, dass er wie so viele andere vormalige Soldaten noch seine Waffe bei sich getragen hatte. Als die Truppen der Gegenrevolution die armseligen Lichtenberger Mietskasernen durchsuchten, wurde die Waffe entdeckt. Das hatte sein unverzüglich vollstrecktes Todesurteil zur Folge gehabt. Schande über die deutsche Regierung! Es war furchtbar, dass die Revolution nicht erfolgreich gewesen war. Hätten Ebert und Noske nicht die eigenen Leute an das Militär verraten, würde ihr Vater noch leben, Deutschland hätte heute keinen Führer und es würde kein Krieg drohen.

Am heutigen Tag hätte sie gern mit ihrem Vater gesprochen, um ihn um Rat zu fragen. So stellte sie es sich wenigstens vor. Was auch immer er ihr geraten hätte, ganz gewiss hätte es ihr den Rücken gestärkt. Doch ihren Vater gab es nicht mehr und daher war sie auf sich selbst angewiesen. Sie dachte an ihre Mutter, die durch den Weltkrieg und seine Folgen um ihr Leben betrogen worden war. Der Tod des Vaters hatte Marion in mancher Hinsicht auch die Mutter genommen. Einen lieben Mann und ein paar liebe Kinder, das hatte ihre Mutter sich einmal gewünscht. Aber es war ihr nicht vergönnt gewesen, ein richtiges Familienleben zu führen.

Während der Schulzeit hatte Marion eine Freundin gehabt, die mit acht Geschwistern aufgewachsen war. Bei all dem gewaltigen Trubel, der in der viel zu kleinen Wohnung geherrscht hatte, hatte sie das Mädchen um ihr Familienleben beneidet. Sie hatte sehr darunter gelitten, dass ihre Mutter nach dem Tod ihres Erzeugers nicht erneut Tritt im Leben gefunden hatte, dabei hatte es an Männern im Leben ihrer Mutter wahrlich nicht gefehlt. Stattdessen hatte sie ihr Heil in der schrillen Welt der schnellen Vergnügungen gesucht, die nach dem Untergang des Kaiserreiches überall in Deutschland, vor allem aber in Berlin, aufgeblüht war und mit ihren Tabubrüchen den tristen Alltag der Menschen scheinbar aufgehellt und verändert hatte. Sie hatte Marion in die Obhut der Großeltern gegeben und war Tänzerin geworden, hatte denselben Weg eingeschlagen, wie ihn Marion dann später ebenfalls gegangen war. Heute lebte ihre Mutter in Steglitz, in sogenannter wilder Ehe mit ihrem derzeitigen Freund, Marion traf sie nur selten.

Verdammter Krieg, dachte sie, während sie sich von dem Bild des schmucken jungen Mannes abwandte. Dieselben Gestalten, die mit unglaublicher Grausamkeit den deutschen Bürgerkrieg entfacht und die bis dahin friedliche Revolution der deutschen Arbeiter- und Soldatenräte niedergeschlagen hatten, waren nun erneut angetreten, um einen Krieg in Szene zu setzen. Damals waren es wohl die Engländer und Franzosen gewesen, die als Erste das Tor zur Hölle aufgestoßen hatten, und nun hatte der deutsche Führer beschlossen, es früheren Kriegstreibern gleichzutun und ihnen die damals erlittene Schmach heimzuzahlen. All das Elend von damals würde sich nun wiederholen, und es würde wieder Kinder geben, denen der Krieg den Vater und den Halt einer richtigen Familie nahm.

7. KAPITEL

Es ging auf die Dämmerstunde zu, als Marion sich auf den Weg machte. Durch die hereinfallenden Abendschatten schlenderte sie die Kaiserallee hinauf und fuhr dann mit der Elektrischen über den Kurfürstendamm, bevor sie die Bahn hinter dem Lehniner Platz wieder verließ. Von dort wandte sie sich in nördliche Richtung, um den Rest des Weges zu Fuß zu gehen. Ein paar Wehrmachtsautos huschten wie graue Schatten um die Ecke, als sie ein paar Minuten später in die stille Seitenstraße einbog, in der sich Rolf Michaliks Wohnung befand.

Das Haus, vor dem sie stehen blieb, war ein hohes, gediegenes Gebäude mit schiefwinkeligen Fassadenvorsprüngen. Die Konturen des Hauses wurden bereits vom weichen Zwielicht verwischt. Sie kannte das Haus, denn sie war vor Monaten zwei- oder dreimal bei Rolf zu Besuch gewesen.

Sie betrat das Gebäude durch die angelehnte schwere Eingangstür. Rolf Michaliks Wohnung lag im dritten Stock. Durch das verschattete Treppenhaus stieg sie nach oben. Auf der Etage gab es zwei Wohnungen, ein Bronzeschild mit dem Namen Michalik prangte an der Tür, ein Löwenmaul mit Klingelring. Sie drückte auf den Ring. Hinter dem Glas in der Tür hing ein Vorhang, Licht war keines zu sehen. Während sie wartete, schaute sie auf ihre Armbanduhr, es war fünf Minuten nach halb acht.

Niemand öffnete. Sie drückte nochmals auf die Klingel, aber weiterhin tat sich nichts. Sie drückte gegen den Türknauf. Zu ihrer Überraschung gab die Tür nach. Sie schob sie auf und trat in den schmalen Gang, der dahinter lag. In der Wohnung brannte kein Licht, aber noch herrschte keine völlige Dunkelheit, es schien niemand zu Hause zu sein.

»Rolf, bist du da?«, rief sie in die Stille hinein, doch eine Antwort blieb aus. Nur aus einer der Wohnungen über ihr waren ferne Stimmen zu hören, aber alles schien sehr weit entfernt.

Es passte nicht zu Rolf, dass er sie versetzte, überlegte sie. Wahrscheinlich hatte er kurz und aus einem ungeplanten Grund das Haus verlassen müssen, sagte sie sich, weshalb er auch die Eingangstür nicht verschlossen, sondern dafür gesorgt hatte, dass sie eintreten konnte. Nun gut, dann würde sie eben auf ihn warten. Sie fand den Lichtschalter neben der Tür und knipste ihn an. Im Flur wurde es hell.

Es war keine bescheidene Behausung, sondern eine großbürgerliche Wohnung, in der sie sich befand. Von dem Flur gingen mehrere Türen ab, eine davon am Ende des Ganges war zu einem Spalt geöffnet. Sie meinte sich zu erinnern, dass sie in das Wohnzimmer führte. Sie schob die Tür auf. Dicke grüne Vorhänge waren vor ein Fenster gezogen, was irgendwie nicht zum Sommerwetter passte. Das Zimmer war mit einem weißen Sofa, einem weißen Sessel und Kommoden und einem Tisch aus dunklem Holz möbliert. An den Wänden hingen düstere Gemälde in schweren, vergoldeten Rahmen.

Sie trat in den Gang zurück und rief vorsorglich

ein weiteres Mal nach Rolf, doch es war umsonst. Sie beschloss, in jedes der Zimmer einen Blick zu werfen, um ganz sicher zu sein, dass sie wirklich allein in der Wohnung war.

Die Türen zu den anderen Räumen waren geschlossen, sie klopfte an die nächste und schob sie auf. Vom Flur kam ausreichend Licht, und sie erkannte die Gegenstände, die das kleine Zimmer enthielt: einen Schreibtisch, Bücherregale, einen alten Sessel und einen Beistelltisch, weiter nichts. Der Raum war durch eine Doppelflügeltür mit dem Wohnzimmer verbunden, die Fenster zeigten zum Hof. Die Tür gegenüber führte in eine Küche mit Herd, Spüle, Regal und einem recht großen Küchentisch, an dem acht Personen bequem Platz gefunden hätten. Ein Teller und eine Tasse standen darauf, weiteres Geschirr war in der Spüle zu sehen, sonst war nichts Auffälliges zu entdecken. Im Badezimmer befand sich eine frei stehende Badewanne, sie wies nasse Stellen auf und schien vor Kurzem benutzt worden zu sein.

Vorsichtig öffnete sie die letzte Tür, die gegenüberlag. Ihr Blick fiel auf das schmale Bett in der Nähe des Fensters, auf ein Nachtschränkchen mit einer Lampe und einen Kleiderschrank ein Stück vom Fußende des Bettes entfernt. Ihre Augen wanderten weiter nach rechts hinter die aufgeschobene Tür – und dann erstarrte sie, war für einen Moment bewegungsunfähig.

In der Ecke stand ein Sessel und in dem Sessel saß eine regungslose Gestalt.

»Rolf!«, schrie sie auf. Im Zimmer herrschte Halbdunkel, sie ahnte mehr, dass er dort saß, als dass sie ihn erkannt hätte.

Die Gestalt im Sessel gab keine Antwort und diese Tatsache ließ ihr die Haare zu Berge stehen. Am liebsten wäre sie aus der Wohnung gestürzt, doch sie blieb stehen. War es denn überhaupt Rolf, der in dem Sessel saß? Sie wagte es nicht, den Lichtschalter zu betätigen. »Bitte, sag etwas, Rolf«, murmelte sie.

Der Mann im Sessel bewegte sich nicht und Marion beschlich ein schlimmer Verdacht. Eigentlich hatte sie ihn schon von Anfang an gehegt. Sie trat näher, und als sie direkt vor dem Sessel stand, wusste sie es: Dort saß Rolf. Seine weit geöffneten Augen sahen sie erschrocken an.

Eine Art Schrei entrang sich ihrer Brust, nicht laut, viel leiser als der erste.

Sie atmete aus, griff nach seinem linken Handgelenk an dem schlaff herunterhängenden Arm. Die Haut war noch nicht kalt, sie fühlte keinen Puls. Sie hielt ihr Ohr dicht an seinen Mund, kein Atem. Rolf Michalik war unzweifelhaft tot. An seiner rechten Stirn befand sich eine blutige Wunde, wie sie aus der Nähe erkannte, genauer gesagt, an seiner rechten Schläfe. Es konnte sich nur um eine Schusswunde handeln.

Sie schaute sich um. Ihr Blick fiel auf die Lampe auf dem Nachttisch. Sie fasste sich ein Herz und machte sie an, dann trat sie wieder zu dem Toten. Die Einschusswunde an Rolfs Schläfe stammte von einer Pistole, die hinter dem Stuhl auf dem Boden lag. Sie schien dorthin gefallen zu sein, als sie der leblosen Hand, die sie gehalten hatte, entglitten war. Wie es aussah, hatte Rolf sich selbst eine Kugel in den Schädel gejagt.

Er trug dunkle Hosen und ein kurzärmeliges Hemd, hinter dem Sessel lag eine Anzugjacke. Keine Uniform, er war in Zivil, als ob er sich noch kurz vor seinem Tod umgezogen hatte, um auszugehen. Tatsächlich hatte er sich auf den Weg gemacht, kam die Erkenntnis über sie, auf die längste Reise seines Lebens. So wie er sich anfühlte, konnte er noch nicht lange tot sein, dachte sie, eine Stunde oder zwei, jedenfalls kaum länger.

Warum hatte er sich umgebracht? Hatte Rolf seine Verhaftung befürchtet und sich deshalb das Leben genommen? Hatte er die Häscher gar kommen sehen oder durch eine Warnung erfahren, dass sie ihn holen wollten?

Auf der anderen Seite des Sessels lag zwischen der Pistole und der Jacke ein kleines Kissen auf dem Boden, ein kleines Sofakissen. Sie kniff die Augen zusammen und erkannte das Loch fast in der Mitte, es zeigte bläulich-graue Schmauchspuren, und wenn sie es richtig sah, klebte Blut an dem Stoff.

Ein tiefes Unbehagen griff nach Marion. Was bedeutete das durchschossene Kissen? Es ergab keinen Sinn. Hatte sich Rolf das Kissen fest an die Stirn gehalten, dann die Mündung der Pistole auf das Kissen gesetzt und abgedrückt? Doch wozu der Aufwand? Um der Waffe Halt zu geben, damit sie nicht abrutschte? Das war wenig wahrscheinlich. Wer hatte das Kissen festgehalten? Etwa Rolf selbst? Nein, eben nicht. Nur einem Mörder war daran gelegen, den Schall zu dämpfen, um nicht aufzufallen.

Sie schloss für ein paar Sekunden die Augen. War es denkbar, dass der Tod von Rolf Michalik das Werk von jemand anderem war, etwa das Werk der Gestapo? Hatten sie, anstatt ihn zu verhaften, einfach kurzen Prozess mit ihm gemacht und es danach wie Selbstmord aussehen lassen? Die Gestapo war freilich nicht die alte SA, an die sie sich noch gut erinnerte. Der SA in der Anfangszeit, in der die Nazis regierten, wäre ein solcher Mord zuzutrauen gewesen. Doch die Gestapo, das waren deutsche Beamte, Polizisten, die gingen in anderer Weise vor. Der inzwischen tote Mann im Sessel hatte ihr von den Gepflogenheiten dieser Leute so manches erzählt. Sie nahmen Verhaftungen vor, misshandelten die Leute im Gefängnis, und wenn so ein armer Zeitgenosse die Haft nicht überlebte, hatte er eben Pech gehabt. Es ließ sich leicht irgendein Deckmäntelchen um das Ereignis hängen, allemal leichter jedenfalls, als in die Wohnung eines Verdächtigen zu gehen und ihn kurzerhand zu erschießen. Gestapobeamte hatten Vorgesetzte, denen sie Rechenschaft schuldeten. Doch Ausnahmen bestätigten die Regel. Möglich war, dass jemand ohne das Wissen seiner vorgesetzten Stelle gehandelt hatte. Auch war es natürlich nicht undenkbar, dass der Auftrag von oben gekommen und Rolf mit Wissen und Wollen oder zumindest mit der Billigung vorgesetzter Stellen erschossen worden war.

Was sollte sie tun? Die Polizei verständigen? Nein, das kam nicht in Betracht. Oder die Abwehr? Vielleicht später. Sollte sie überhaupt etwas tun? Da sie ihrem Führungsoffizier nicht mehr helfen konnte, wäre es vielleicht das Beste, still und heimlich zu verschwinden. Irgendwer würde den armen Rolf schon finden. Hatte er nicht eine Zugehfrau? Wenn sie selbst die Sache meldete, könnte die Gestapo versuchen, ihr irgendetwas anzuhängen, unter Umständen sogar einen Mord, den sie nicht begangen hatte. Nach ihren Erlebnissen in der vergangenen Nacht und mehr noch an dem vorangegangenen Tag wollte Marion kein Risiko eingehen.

Ihre Gedanken schweiften zurück. Draußen auf der Straße war ihr nichts aufgefallen. Dennoch konnte sie jemand beobachtet haben, wie sie das Haus betreten hatte. In diesem Fall konnte man ihr natürlich einen Strick aus allem drehen, was sie unternahm, ganz egal, ob sie sich nun bemerkbar machte oder sich leise verdrückte.

Letzten Endes war es ihre Intuition, die ihr riet, von ihrer Entdeckung kein Aufheben zu machen, sondern so heimlich, wie es ging zu verschwinden. Hatte sie Spuren hinterlassen? Sie dachte nach. Nein, bis auf die Türklinken hatte sie nichts angefasst.

Sie starrte auf den Toten, versuchte, sich das Zimmer deutlich einzuprägen, besonders Rolf, seine Haltung, die Lage des Kissens und die der Pistole, und noch ein paar andere Details mehr. Man wusste nie, wofür es einmal wichtig war.

Mit einem Taschentuch wischte sie den Schalter der Nachttischlampe ab, wobei sie sie gleichzeitig löschte. Sie verließ das Zimmer, schloss die Tür und wischte mit einem Taschentuch die Klinke ab. Ebenso verfuhr sie bei den anderen Klinken, bevor sie auch im Flur das Licht ausmachte.

Es dauerte einen Augenblick, bis sie sich an die Lichtverhältnisse gewöhnte. Aber dann sah sie zur Eingangstür und erkannte, dass hinter dem Glaseinsatz die Beleuchtung im Treppenhaus angegangen war. Einer der Hausbewohner, sagte sie sich. Sie blieb stehen und wartete. Zwei Minuten verstrichen, dann erlosch das Licht, nur, um ein paar Sekunden später erneut aufzuleuchten. Über diesem Stockwerk gab es noch zwei weitere Etagen im Haus, sodass möglicherweise jemand die Wohnungstür auf dem Weg nach oben passieren würde. Es sollte sie niemand sehen, nahm sie sich vor, bloß keine Zeugen. Also wartete sie.

Vom Treppenhaus her waren keine Geräusche zu vernehmen. Niemand kam in diese Etage herauf. Aber etwas ließ sie zögern, eine plötzliche Beklemmung, deren Ursache sie nicht ausmachen konnte. Doch es dauerte nicht lange, da erkannte sie es.

Ihr Herz begann zu hämmern, als sie hinter dem Glas einen Schemen erblickte, der für einen Moment das hereinfallende Licht abschirmte, den Schatten einer verschwommenen Gestalt, die geräuschlos an der Tür vorüberstrich. Gleich darauf war es hinter dem Glasausschnitt wieder hell.

Sie spitzte die Ohren. Nichts als ferne Geräusche, im Treppenhaus vor der Tür war es still. Aber da draußen war jemand, die Gestalt hatte sich noch nicht entfernt, sie hatte keine Schritte wahrgenommen, die das bestätigt hätten. Wartete jemand darauf, dass sie die Wohnung verließ, um sie zur Rede zu stellen oder gar über sie herzufallen? Einer dieser Gestaposchergen vielleicht? Hatte er von draußen, gar vom Hof oder Garten aus, das Licht bemerkt?

Ein, zwei Minuten vergingen, ohne dass etwas geschah. Irgendwo in den Tiefen des Gebäudes klingelte ein Telefon. Schließlich verstummte es. Marion stand der Schweiß auf der Stirn. Alle ihre Befürchtungen, die sie seit gestern gehegt hatte, schienen sich zu bewahrheiten. Nur viel schlimmer noch, als sie es sich in den angsterregendsten

Träumen hätte vorstellen können. Sie saß in einer Falle. Wie war sie da bloß hineingeraten? War das ein Zufall oder hatte sie jemand hierher gelockt? Hatte jemand ihr Telefonat mit Rolf abgehört und wusste dadurch von ihrem Besuch?

Am besten, sie trat die Flucht nach vorne an. Wie lange wollte sie auch warten? Sie konnte nie sicher sein, dass sie tatsächlich auf niemanden treffen würde.

Plötzlich fiel ihr ein, dass die Tür gar nicht verschlossen war. Falls jemand draußen war, brauchte er die Tür nur aufzudrücken, um einzudringen, dann stünde sie dem Schemen gegenüber; dem Schatten des Mörders, der Rolf getötet und nun noch einmal an den Ort des Verbrechens zurückgekehrt war. Wegen des Kissens, erkannte sie.

Das Licht im Treppenhaus war wieder erloschen. Langsam näherte sie sich der Tür. Dumpf starrte sie auf den Glaseinsatz der Eingangstür. Dahinter schien es plötzlich noch dunkler zu werden.

Dann hörte sie ein Geräusch, das sie erstarren ließ. Jemand versuchte, einen Schlüssel ins Türschloss zu stecken. Ihre Nackenhärchen stellten sich auf und voller Entsetzen glitt sie auf dem dunklen Flur zurück in eins der Zimmer, dessen Tür einen Spalt offen stand.

Sie schloss die Tür nicht und hörte schon, wie die Eingangstür sich öffnete und sich mit einiger Verzögerung wieder schloss. Sie vernahm Schritte, die sich näherten, langsam und seltsam schwer, als trüge der Eindringling Stiefel.

Der schmale Spalt an den Angeln der Tür war immerhin so groß, dass sie die dunkle Gestalt sehen konnte, in deren Hand nun der Strahl einer Taschenlampe aufblitzte. Der Strahl der Lampe glitt über den Boden und tänzelte dann weiter über die Wände, als die Person plötzlich stehen blieb.

Wieder hörte sie Schritte. Der Strahl der Lampe erfasste den Rahmen der Tür, hinter der sie stand. Sie wagte es kaum noch zu atmen, während sie sich innerlich wappnete, sich sofort auf den Eindringling zu werfen, bevor der Lichtstrahl sie erfassen konnte.

Der Schatten machte zwei, drei Schritte. Sie hörte ihn atmen, dann sogar murmeln, aber was er sagte, war nicht zu verstehen, es klang wie ein Fluchen; ein Mann, dachte sie, aber sie war sich nicht ganz sicher. Der Strahl der Taschenlampe glitt über den Boden, kam in das Zimmer, leuchtete von der Wand auf der anderen Seite bis zu der Stelle, wo das Fenster begann, wich aber wieder zurück, als die Gestalt auf die Ecke neben dem Fenster traf, als wollte sie nicht, dass sich das Licht der Lampe in den Vorhängen und Gardinen verfing.

Tödlich lange Sekunden krochen dahin. Von dem unheimlichen Besucher war nichts mehr zu sehen, aber sie ahnte und wusste, dass er die Tür zum Schlafraum geöffnet hatte und an dem Sessel bei dem Toten stand. Kein Ruf des Erschreckens drang an ihr Ohr. Sie überlegte, ob sie aus der Wohnung laufen sollte. Erreichte sie vor dem Unheimlichen die Tür, war sie gerettet. Sie war flink, und dass er sie einholen könnte, wenn sie erst fort war, erschien ihr nahezu ausgeschlossen. Doch sie müsste an der Tür zum Schlafzimmer vorbei, um nach draußen zu kommen, und das würde ihr kaum gelingen, ohne bemerkt zu werden, was zur Folge hätte, dass der Eindringling von ihr wüsste.

Dann hörte sie wieder etwas, vernahm so etwas wie ein Lachen, ein sprödes Auflachen, dann war es wieder still. Der Schatten kehrte zurück, vom Licht der Taschenlampe zu einer grotesken, bedrohlichen Gestalt aufgebläht, und so verharrte er eine Weile, als ob er Witterung aufnahm. Marion begann stumm zu beten, dass er nicht in ihre Richtung wanderte, sondern nach rechts abbog. Erkennen konnte sie von ihm fast nichts, das Gesicht glich einer dunklen Maske.

Er ließ sich Zeit, doch sie hatte das Gefühl, dass er erledigt hatte, weshalb er gekommen war. Der Strahl der Taschenlampe streifte kurz den Bereich der Tür, hinter der sie stand, dann wanderte er fort und ließ die wohltuende Dunkelheit zurück, und wieder hörte sie ein Lachen, das wie das Lachen eines Irren klang. Der Schatten wurde kleiner, und schließlich wurde die Tür ins Schloss gezogen. Der unheimliche Fremde war in das Treppenhaus entschwunden.

Als sie sich aus ihrer Ecke gelöst hatte, merkte sie, dass ihr am ganzen Körper der Schweiß heruntergelaufen war, dabei schwitzte sie sonst praktisch nie.

Vorsichtig betrat sie den Flur. Die Tür zum Schlafzimmer war halb geöffnet und sie schlüpfte durch den Spalt, bewegte sich weiter bis zu dem Sessel. Sie ging daneben in die Hocke und suchte den Boden ab, ohne etwas zu berühren. Die Pistole lag neben dem Stuhl an der Stelle, wo sie vorher auch gelegen hatte. Doch das Kissen mit dem Loch in der Mitte und dem Blut daran lag nicht mehr dort. Es lag auch nirgendwo anders. Der unheimliche Besucher hatte es entfernt.

Sie war Rolfs Mörder begegnet, dachte sie, daran zweifelte sie nicht mehr. Es war sein zweiter Besuch in der Wohnung gewesen, und nicht lange davor, bei seinem ersten Besuch, hatte er den Bewohner umgebracht.

Sie kehrte in den Flur zurück. Es galt, sich zügig zu verdrücken. Doch sie wartete noch kurz. Eile tat Not, aber Hast war eine Gefahr. Schließlich wollte sie dem Fremden nicht in die Arme laufen.

Ihr Blick fiel auf ein Schlüsselbrett an der Wand. Sie nahm zwei der Schlüssel in die Hand, von denen der eine passte; sie ließ ihn in ihr Handtäschchen gleiten und hängte den anderen an das Brett zurück. Dann öffnete sie die Tür, glitt in das stockdunkle Treppenhaus und zog die Wohnungstür hinter sich ins Schloss.

8. KAPITEL

Während sie durch die Lichtkegel der Straßenlaternen schritt, gab sie sich den Anschein von unbekümmerter Zielstrebigkeit. Sie überquerte die Straße und wandte sich in die Richtung zurück, aus der sie gekommen war, um schnell den Kurfürstendamm zu erreichen, doch als sie eine Hofeinfahrt erblickte, deren Tor offen stand, überlegte sie es sich blitzschnell anders. Es gab keinen Hinweis darauf, dass sie beobachtet wurde, jedenfalls konnte sie keinen entdecken, und so fasste sie den Entschluss, sich zu verstecken und Rolfs Wohnhaus noch eine Weile zu beobachten.

Die Einfahrt, die sie verbarg, lag im Abseits. Sie konnte das Gebäude schräg gegenüber im Blick behalten, ohne dass sie Angst haben musste, gesehen zu werden. Ihr Instinkt sagte ihr, dass das, was sie in Rolfs Wohnung erlebt hatte, nicht alles sein würde, was sich an diesem Abend dort drüben ereignete.

Die Minuten verstrichen, während sie den Hauseingang nicht aus den Augen ließ. Zuweilen spähte sie vorsichtig die Straße hinunter oder hinauf, doch es fiel ihr nichts Ungewöhnliches auf. Gelegentlich rollte ein Auto vorüber, zwei- oder dreimal hörte sie es hupen, gelegentlich schlenderten Passanten vorbei oder eilten unter den Laternen hindurch, die inzwischen brannten, doch keiner von ihnen erregte ihren Verdacht. Sie dachte an Rolf. Mehr als sein schrecklicher Tod erschütterte sie die Erkenntnis, dass sein Verlust erhebliche Konsequenzen für ihr eigenes Leben besaß. Sie hatte sich darauf verlassen, dass Rolf für sie da war, wenn sie in Bedrängnis geriet und sich gegen staatliche Stellen oder solche Gestapo-Typen wie die aus der vergangenen Nacht zur Wehr setzen musste. Nach Rolfs Tod gab es niemanden mehr, der ihr in einer solchen Situation würde beistehen können. Rolf Michalik hatte ihr nicht wirklich nahegestanden, aber er war ihr Führungsoffizier gewesen und ohne ihn kämpfte sie auf einem fast verlorenen Posten.

Ein schwarzer Mercedes fuhr langsam auf der Straße heran und hielt vor dem Gebäude am Bordsteinrand. Drei Männer stiegen aus, deren Gesichter sie nicht erkennen konnte – einer von ihnen führte etwas wie eine Arzttasche mit sich. Zwei der Männer trugen Mäntel und Hüte, deren Krempen weit über die Stirn gezogen waren, Krausnick und Göde? Sie konnte es nicht sagen. Der Mann mit der Arzttasche hatte keinen Hut auf dem Kopf und war mit einem schlichten Sommeranzug bekleidet, sie hatte ihn noch nie gesehen und vermutlich war er tatsächlich ein Arzt. Einer der beiden anderen Männer ging vorne um den Mercedes herum und sprach den Fahrer an, einen noch recht jungen Mann mit Fahrermütze, der das Fenster heruntergekurbelt hatte. Er hatte ein im Licht wächsern wirkendes, markantes Gesicht.

Der Mann, der mit dem Fahrer gesprochen hatte, ging zu den beiden anderen zurück und gleich darauf verschwanden alle drei im Haus. Der Fahrer blieb im Wagen. Es war ein Cabriolet mit vier Sitzen, ein kompaktes, kraftvoll wirkendes Auto mittlerer Größe, und ganz sicher nicht die Limousine, in der man sie vergangene Nacht zum Polizeipräsidium und wieder zurück in den Westen gebracht hatte. Doch was wollten die Männer? Marion zweifelte nicht daran, dass Rolfs Tod der Anlass für ihr Erscheinen war.

Eine knappe Viertelstunde musste sie warten, dann wurde die Haustür wieder geöffnet und der Mann mit der Arzttasche trat ins Freie und ging zu dem Auto. Er wechselte ein paar Worte mit dem jungen Fahrer und ging dann zu Fuß davon. Marion zog sich etwas weiter in die Einfahrt zurück, während er auf der anderen Straßenseite vorüberging. Er hatte seine Arbeit getan und den Totenschein für Rolf ausgestellt, vermutete sie. Er hatte nicht lange gebraucht, um seine Feststellungen zu treffen. Selbsttötung mittels einer Schusswaffe stand vermutlich in seinem Bericht.

Ein paar Minuten später kamen die anderen beiden Männer aus dem Haus, schoben sich durch die Tür auf die Straße, was nicht ganz einfach war, da sie einen schweren Gegenstand mit sich schleppten. Mein Gott, es war ein Leichensack, erkannte Marion, sie hatten tatsächlich Rolfs Leichnam aus der Wohnung geholt und trugen den verschnürten Toten nun zu dem Cabriolet. Neben dem Wagenheck legten sie ihre Last auf dem Boden ab, dann öffnete einer von ihnen die Tür zum Fond, sodass sie die Leiche ohne Umschweife in den Wagen bugsieren konnten. Der Fahrer half von innen mit.

So einfach war das. Raus mit dem Toten aus der Wohnung, ins Auto gepackt und dann ins Krematorium geschafft, wo er darauf warten konnte, eingeäschert zu werden. Wahrscheinlich wollte man kein Aufsehen erregen, das lag auf der Hand, wenn man etwas zu verbergen hatte. Wenn die Leiche fort war, konnte es keine Ermittlungen am Ort des Geschehens mehr geben, keinen Polizisten, der auf den Gedanken kommen könnte, ob mit diesem Selbstmord vielleicht etwas nicht stimmte. Weg war der Mensch, als hätte er nie existiert. Hatte Rolf Angehörige? Sicher, aber die kannte sie nicht. Sie erinnerte sich nur, dass er einmal geäußert hatte, dass er aus dem Norden Deutschlands käme.

Ein paar Passanten gingen an dem dunklen Viersitzer vorüber, doch weder die drei Männer noch die Passanten nahmen voneinander Notiz. Es war wirklich eine seltsame Zeit, dachte sie. Niemanden bekümmerte es, wenn Männer einen Leichensack über die Straße trugen und in ihr Auto hievten. Aber sie wunderte sich nicht. Seit Jahren hielt man sich aus allem heraus, was zu Problemen mit den Behörden führen konnte, es war den Leuten zur Gewohnheit geworden. Die Folgen davon bekamen alle nun zu spüren. Dem Land drohte ein Krieg.

Ob einer der Männer auch der Fremde gewesen war, der sich in die Wohnung geschlichen hatte? Oder hatte der Fremde oder jemand anderes bereits die geheime Polizei benachrichtigt, damit die sich des Toten bemächtigen konnte? Warum diese Eile, um einen Toten fortzuschaffen? Wollte man Ermittlungen durch die reguläre Polizei verhindern? Die unverfrorene Art, in der sich die Männer Rolfs Leichnam bemächtigt hatten, erinnerte sie an die Vorgehensweisen der Gestapo, alles andere erschien ihr ungewiss und dubios. War die Gestapo in irgendeiner Weise in die Sache verwickelt?

Die Scheinwerfer des Mercedes leuchteten auf, nachdem die Männer ihre Fracht verstaut hatten und in den Wagen gestiegen waren. Schon stieß das schwarze Cabriolet vom Bordsteinrand ab und rollte davon. Marion stand da und starrte noch halb benommen von der Szenerie, die sich vor ihren Augen abgespielt hatte, den davongleitenden Lichtern des Autos nach, bis sie am Ende der Straße verschwanden.

In ihrer Manteltasche fühlte sie den Schlüssel, den sie eingesteckt hatte. Die Luft war rein, sagte sie sich. So bald würde keiner der Häscher an den Ort des Geschehens zurückkehren, und eine bessere Gelegenheit, noch einmal nach oben in die Wohnung zu gehen, ohne dass sich Wesentliches verändert hätte, würde es nicht geben. Was genau sie in der Wohnung wollte, wusste sie nicht, aber sie vertraute ihrer Intuition.

Sie löste sich aus dem Schatten des Gemäuers und überquerte die Straße, betrat das Haus und stieg erneut die Treppen hinauf. Es war warm und still, nur die Stufen knarrten, wenige unbestimmte Geräusche, die wie aus der Ferne von irgendwo aus dem Gebäude kamen, begleiteten sie. Leicht erschöpft kam sie oben an. Mit dem Schlüssel öffnete sie die Wohnungstür. Sie lauschte, wartete einen Moment. Niemand kam auf sie zugestürzt.

Das Licht der kleinen Nachttischlampe war nicht nötig, um zu erkennen, dass der Sessel, in dem der tote Rolf gesessen hatte, inzwischen leer war. Trotzdem schaltete sie das Deckenlicht an. Das Risiko, dass es entgegen ihrem Eindruck jemanden gab, der die Fenster der Wohnung von draußen beobachtete, war gering, das musste sie jetzt in Kauf nehmen.

Zügig begann sie das Zimmer zu durchsuchen. Sie öffnete den Kleiderschrank, schaute hinein, durchstöberte ein paar Fächer und machte die Schranktür wieder zu. Sie schaute unter das Bett, trat zu dem Nachtschränkchen und durchsuchte die Schubladen, fand aber nichts, das ihr Interesse geweckt hätte. Sie machte das Licht wieder aus, schaltete stattdessen die Flurlampe an und wandte sich den anderen Räumen zu. Küche und Badezimmer auf der anderen Seite des Gangs waren unverändert, und obwohl sie sich mit dem Flurlicht begnügte, machte ihr schon die oberflächliche Inaugenscheinnahme der Räume deutlich, dass es dort nichts zu entdecken gab.

Sie betrat das möblierte Wohnzimmer, wo es sich nicht vermeiden ließ, die Beleuchtung anzumachen. Neben dem Sofa gab es eine Kommode mit mehreren Schubladen, eine nach der anderen zog sie heraus. Sie fand etwas Bargeld, auch mehrere persönliche Briefe, deren Inhalt sie überflog, ohne etwas wahrzunehmen, was ihre Aufmerksamkeit erregt hätte. Ansonsten stieß sie nur auf den üblichen Kram, der nicht von Interesse für sie war. Etwas fiel ihr dennoch ins Auge, nämlich die Unordnung, die in den Schubladen herrschte. Der unheimliche Besucher, der Mörder oder was auch immer er war, könnte vor ihr fündig geworden sein, überlegte sie. Oder hatten die Handlanger, die sie eben vor dem Haus hatte wegfahren sehen, nicht nur den Leichnam von Rolf Michalik aus der Wohnung geholt, sondern auch die Schubladen durchwühlt? Hätten diese überhaupt genug Zeit gehabt, sich gründlich und ernsthaft umzutun? Falls der Mörder nicht unmittelbar nach der Tat schon die Räume eingehend inspiziert hatte, bestand gute Aussicht, dass das Weitersuchen lohnte.

Sie nahm sich den Schrank vor, zu dem eine Glasvitrine gehörte, aber es fand sich nur das übliche Allerlei. Sie schaute auch hinter und unter die Möbel, jedoch ohne Erfolg. Neben dem Schrank stand ein Regal an der Wand, es enthielt außer Büchern einige Aktenordner. Sie nahm den ersten zur Hand und blätterte ihn durch.

Es waren die Unterlagen eines Studenten, nahm sie an, die eines Rechtsstudenten. Wie sie wusste, hatte Rolf Jura studiert. Er hatte ihr einmal davon erzählt. Klausuren und Lösungsskizzen, Durchschriften oder Abzüge von Aufsätzen und für einen Laien wie sie auf den ersten Blick unverständlich wirkende juristische Artikel, es war wohl das normale Handwerkszeug eines Rechtsstudenten, Material, das ein Studentenleben nachzeichnete, das schon einige Jahre zurücklag.

Als sie den nächsten, vergleichsweise schmalen Ordner zur Hand nahm, entdeckte sie etwas, das sie innehalten ließ. Es war ein verschlossener weißer Briefumschlag, der keine Anschrift aufwies. Auf den ersten Blick fiel er unter den anderen Unterlagen nicht weiter auf, aber für sie, die die Bedeutung der sonstigen Unterlagen im Ordner kannte, schien er ein Fremdkörper zu sein. Sie betastete den Umschlag und stieß auf etwas Hartes, das sich nicht wie Papier anfühlte und sie an Fotos denken ließ. Sie nahm den Umschlag aus dem Ordner. Er war zugeklebt, ließ sich aber aufziehen, wenn man es behutsam tat.

Sie zog den Inhalt heraus, und nachdem sie ihn näher in Augenschein genommen hatte, musste sie schmunzeln, und gleichzeitig spürte sie eine leise Verwunderung darüber, dass nicht andere vor ihr die Entdeckung gemacht hatten. Aber eigentlich war es gar nicht verwunderlich, dachte sie. Es war wie in Edgar Alan Poes Erzählung von dem entwendeten Brief, die davon handelte, dass man am besten dort etwas versteckte, wo es leicht zu entdecken war und wo man es gerade deshalb nicht vermutete. Es passte zu Rolf, der recht belesen war, dass er die Grundsätze des literarischen Detektivs beherzigt hatte.

Der Inhalt des Umschlags bestand aus Fotos und einem maschinengeschriebenen Schriftstück. Es waren Abzüge ihrer Fotos von dem Schmundt'schen Protokoll. Sie betrachtete das mehrseitige Schriftstück genauer. Es war eine Abschrift des Dokuments, das auf den Fotos abgelichtet war. Wie sie feststellte, hatte Rolf sich daran gemacht, den handgeschriebenen Text, den die Fotos abbildeten, in die Schreibmaschine zu geben. An einigen Stellen waren Auslassungen vorhanden, die mit Punkten gekennzeichnet waren, dennoch ergab sich für Marion bei der Durchsicht ein einigermaßen vollständiges Bild dessen, was der Führer auf der geheimen Besprechung hatte verlauten lassen.

Sie kannte den ungefähren Inhalt der Besprechung, hatte ihn bei der Anfertigung des Fotos das Dokument nur überfliegen können. Endlich hatte sie Gelegenheit, das Protokoll genauer zu studieren.

Unter dem Datum war vermerkt: »Teilnehmer Führer und 14 Offiziere«, einige Namen waren dahinter in eine Klammer gesetzt: Göring, Halder, Keitel, Brauchitsch, Raeder, Böhme, Schniewind.

Dann kam der eigentliche Text: »Führer erklärt, dass Lebensraumproblem in Europa ohne Einbruch in fremde

Staaten nicht gelöst werden kann. Weitere Erfolge können ohne Blutvergießen nicht mehr errungen werden. Es gehe nicht um Danzig oder den Korridor, sondern um die Arrondierung des Lebensraums im Osten. Eine andere Möglichkeit gebe es in Europa nicht mehr. Wenn das Schicksal Deutschland zu einer Auseinandersetzung mit dem Westen zwinge, sei es gut, einen größeren Ostraum zu besitzen. Im Kriege könne weniger als im Frieden mit Rekordernten gerechnet werden. Die nichtdeutsche Bevölkerung im Osten müsse zwangsweise zur Arbeit herangezogen werden. Es entfalle die Frage, ob Polen geschont werden könne. Stattdessen sei er fest entschlossen, Polen bei passender Gelegenheit anzugreifen. An eine Wiederholung der Tschechen-Affäre sei nicht zu glauben, Aufgabe sei es, Polen zu isolieren. Zu einer gleichzeitigen Auseinandersetzung mit dem Westen dürfe es nicht kommen. Wenn es nicht sicher sei, dass im Zuge einer deutsch-polnischen Auseinandersetzung ein Krieg mit dem Westen ausgeschlossen bleibe, dann gelte der Kampf in erster Linie Frankreich und England. Der Angriff gegen Polen sei nur dann von Erfolg gekrönt, wenn der Westen aus dem Spiel bleibe. Sei dies nicht möglich, müsse man besser den Westen anfallen und dabei Polen gleich mit erledigen. Russland würde an der Zertrümmerung Polens sicher keinen Anstoß nehmen. Sollte sich aber die Sowjetunion mit England und Frankreich verbünden, müssten England und Frankreich mit vernichtenden Schlägen angegriffen werden.«

So ähnlich und in demselben Stil ging es noch eine Weile weiter. Hitler breitete auf eine rückhaltlose Art vor seinen hohen Offizieren seine Gedanken über einen Eroberungskrieg im Osten aus, über seine Angriffsziele und über vernichtende Schläge, die man dem Gegner zu Beginn des Krieges beibringen müsse, wobei eine gründliche Vorbereitung, die Täuschung des Gegners und die Geheimhaltung der wahren Pläne eine Vorbedingung für den erfolgreichen Feldzug seien.

Es war ein erschreckender Plan, den der Führer seinen engsten Mitarbeitern offenbart hatte; ein Plan, der alles in den Schatten stellte, was man bis dahin über die Kriegspläne des Führers hatte argwöhnen können. Eine Weile dachte sie darüber nach, ob das Protokoll wohl inhaltlich richtig war und den Willen und die Pläne des Führers so wiedergab, wie er sie tatsächlich gefasst und seinen Mitarbeitern kundgetan hatte. Sie konnte es nicht sicher wissen, doch ihr Gefühl sagte ihr, dass alles stimmte. Es gab keine Anhaltspunkte dafür, dass das Dokument eine Fälschung war.

Sie erinnerte sich. Die Fotos, die sie gefunden hatte, waren vermutlich nicht die einzigen Abzüge, die Rolf von ihren Aufnahmen hergestellt hatte. Es war zumindest seine Absicht gewesen, mehr als einen Abzug anzufertigen. So hatte er es ihr gegenüber angedeutet. Wo sich die weiteren Abzüge befanden, wenn es sie gab, war ungewiss. Diese hier hatte bisher niemand entdeckt. Was sich zweifellos ändern würde, sobald Rolfs Mörder oder wer immer diese Personen gewesen waren, die Rolfs Leiche aus der Wohnung entfernt hatten, wiederkommen würden, um die Wohnung restlos zu durchsuchen. Es würde geschehen, musste sie sich sagen, und vielleicht sogar noch in dieser Nacht.

Sie schob die Fotos und die Abschrift in den Umschlag zurück, rollte ihn vorsichtig zusammen und stopfte ihn in die Innentasche ihres Mantels. Dann löschte sie das Licht und verschwand zum zweiten Mal in dieser Nacht aus der unheimlichen Wohnung.

Im Treppenhaus blickte sie auf ihre Uhr. Es war Zeit, sich auf den Weg ins Coco zu machen. Nach den bedrückenden Erlebnissen, die hinter ihr lagen, sehnte sie sich stärker als sonst danach, Felix wiederzusehen. Nach Rolf Michaliks Tod gab es niemanden mehr außer ihm, auf den sie ihre Hoffnungen setzen konnte. Sie stieg leise die Treppen hinunter, öffnete die Haustür und entfernte sich eilig.

Während sie in Richtung der belebteren Straßen ging, spürte sie ihre Ohnmacht und ihr Ausgeliefertsein in aller Deutlichkeit. Sie würde ihrem Schicksal nicht entfliehen können, dachte sie, dennoch durfte sie sich nicht alles gefallen lassen, sondern musste sich den Absichten ihrer Feinde widersetzen. Wenn sie aufgab, hatte sie schon verloren, dann war es nur eine Frage der Zeit, bis die Kräfte der Dunkelheit sie endgültig besiegten. Nachdem sie sich vergewissert hatte, dass niemand ihr folgte, zwang sie sich, wieder langsamer zu gehen, bis sie nach kurzem Fußmarsch die Straßenbahnhaltestelle erreichte.

An der Oberleitung der Elektrischen, die heranfuhr, knisterten ein paar Funken, sie stieg ein, löste beim Schaffner einen Fahrschein und setzte sich auf eine Bank. Die lichterglitzernde Stadt, die draußen an ihr vorüberzog, bot ein diffuses Bild. Auf ihre ganz eigene Art schien die Stadt unverwüstlich, doch Marion traute diesem Schein nicht. Nicht nur der milde Abend, auch der bevorstehende Krieg hatte viele Leute hinausgetrieben, als ahnten sie, dass die Welt nicht mehr lange so fortbestehen würde, wie sie sie kannten. Sie fuhr ein paar Stationen und stieg nahe der Gedächtniskirche, wo Kurfürstendamm und Tauentzien aneinanderstießen, wieder aus.

Die Lichter des Boulevards und der Vergnügungsstätten glühten den Nachthimmel an. Auf den Dächern sausten Lichtschriften die Straße entlang und die von beleuchteten Fassaden sahen aus wie transparent. Sie streifte an den grellen Schaufensterscheiben der Ladengeschäfte und den Reklamen der großen Kinopaläste vorüber und musste daran denken, dass diese betörende Welt für Rolf Michalik nicht mehr existierte, und dass es sie, wenn ein Krieg kommen sollte, in nicht ferner Zeit auch für viele andere Flaneure nicht mehr geben würde. Sie sah das beschwingte Treiben der Straße, wie aus den Untergrundbahnen, Autobussen und Elektrischen immer aufs Neue Gruppen von Menschen kamen, und hatte doch vor dem berauschenden Menschen- und Lichtgeflimmer den Eindruck einer Stadt, die kurz vor dem Untergang stand.

Sie musste sich nicht beeilen, ins Coco zu kommen, und so blieb sie zuweilen vor einem Schaufenster stehen, um die Auslagen zu betrachten. Auf diese Weise hoffte sie, innerlich ruhiger zu werden und halbwegs mit sich ins Reine zu kommen. Sosehr sie sich nach der Gesellschaft von Menschen sehnte, die ihr nahestanden oder die sie wenigstens kannte, so war ihr doch bewusst, dass sie mit niemandem über Rolf Michaliks Tod würde sprechen können. Sie war verurteilt, Schweigen über ihre Erlebnisse zu bewahren. So war es, wenn man für einen

Geheimdienst arbeitete, es war manchmal nicht leicht. Sie bog in die Augsburger Straße ein, wo die Vergnügungsetablissements die Passanten mit ihren Geheimnissen zu locken suchten. Mit Frauen und Erotik. Noch lebte und pulsierte die Stadt, noch tanzte das Varieté, der Tod eines Freundes änderte nichts daran.

9. KAPITEL

Kaum war Marion in das Halbdunkel des Coco eingetaucht, kam Mustafa auf sie zu. Er zeigte sich erleichtert. »Was bin ich froh, dass du da bist«, sagte er. »Ich hörte, dass man dich auf die Polizeiwache mitgenommen hat. Die Gestapo, oder? Ist alles in Ordnung?«

»Was weiß ich, ob alles in Ordnung ist«, erwiderte Marion. »Man hat mich wieder gehen lassen. Ist Felix schon da?«

Mustafa schüttelte den Kopf. »Nein, er kommt auch nicht. Hat gekündigt.«

Erschrocken starrte sie den Barbesitzer an. »Gekündigt? Warum denn das?«

Mustafa zuckte mit den Achseln.

»Einfach so?«, murmelte sie. »Einfach so weg?«

»Ja, euer reizender Tanz ist Geschichte, schade, schade, aber so ist das, nichts bleibt, wie es war.«

»Wo ist Felix jetzt?«, fragte sie.

»Er war nicht hier, sondern hat mit mir telefoniert.«

Eine Weile blieb sie still. Das Werk der Gestapo, dachte sie, es konnte nicht anders sein. Es war furchtbar, der Gedanke kaum zu ertragen. Ihr schöner Tangotänzer tanzte nicht mehr mit ihr. Er hätte es ihr vorher sagen müssen, dachte sie. Doch wann hätte er das tun sollen? Hatte er befürchtet, sie sei nach ihrer Vernehmung doch verhaftet worden und den Schluss gezogen, dass es eine Fortsetzung der Tanznummer mit ihr nicht geben würde? Sie runzelte die Stirn. Oder war Felix etwas passiert? Es war nicht auszuschließen, dass er Schwierigkeiten mit der Gestapo bekommen hatte oder gar abgeholt worden war.

»Von wo hat er angerufen, weißt du das?«

Mustafa zuckte mit den Achseln. »Ich hatte den Eindruck, dass er aus einer Telefonzelle sprach, aber ich bin nicht sicher.«

»Hat er etwas von Polizei gesagt?«

»Nein.«

»Und keine Andeutung, warum er kündigt?«

Mustafa schüttelte den Kopf. »Weil er Ärger mit der Gestapo befürchtet, nehme ich an. Er hat es nicht so deutlich gesagt, aber er klang für mich danach. Ich glaube nicht, dass wir uns um seine Sicherheit Sorgen machen müssen.«

»Was lässt dich so sicher sein?«

»Er wirkte nicht, als hätte er Angst.«

Zuerst Rolfs Tod, und dann ging auch noch Felix von der Fahne. Was sollte sie bloß tun? Sie sah eine Weile nachdenklich vor sich hin. »Mein Leben gerät aus den Fugen«, murmelte sie so leise, dass es kaum zu verstehen war, bevor sie lauter hinzusetzte: »Ach verdammt, aber wenn Felix nicht kommt, kann ich ja wieder gehen.«

»Nein, bleib bloß hier«, entgegnete Mustafa. »Ein Mädchen wie du muss nur anwesend sein, um sich verdient zu machen, ein Blickfang wie du zieht die Gäste an.«

»Was nützt es? Wenn es Krieg gibt, wird dir der Laden sowieso dicht gemacht.«

Das plötzliche Gefühl von Hoffnungslosigkeit war verantwortlich dafür, dass sie so sprach.

»Ach was! Das ist Unsinn!«, widersprach Mustafa entgegen seiner Befürchtungen vom vorangegangenen Abend. »Noch haben wir keinen Krieg, und selbst wenn er kommt, wird sich nicht viel ändern. Man muss erst einmal sehen, was geschieht, vielleicht geht alles weiter wie bisher. Ich bezahle dich, egal ob du tanzt oder nicht. Misch dich unter die Gäste, Marion. Du sollst natürlich weiterhin tanzen, wir müssen in den nächsten Tagen über eine neue Tanznummer nachdenken. Ihr dürft mich nicht alle verlassen. Felix ist nicht der Einzige, der fehlt. Bernie hat auch Probleme. Zwei seiner Bandmitglieder haben Stellungsbefehle erhalten.«

Mustafa hatte recht. Was ihren Broterwerb anging, musste sie sich keine Sorgen machen; auch dann nicht, wenn es mit ihrer Arbeit für die Abwehr vorbei war. In der Scala oder im Admiralspalast, wo sie bereits als Tänzerin aufgetreten war, würde man sie jederzeit mit Kusshand zurücknehmen. Auch im Krieg würde es die Menschen nach Amüsement verlangen, das lag eigentlich auf der Hand.

»Na gut, aber lange kann ich heute Nacht nicht bleiben.« Ihr war der Gedanke gekommen, ob sie nicht gut daran täte, sich noch in der Nacht darum zu bekümmern, wie es Felix ergangen war.

In der Garderobe legte sie ihren Mantel ab und verschloss ihn zusammen mit dem Umschlag, den sie aus Rolf Michaliks Wohnung mitgenommen hatte, in ihrem Schrank.

Sie trat hinter den Bartresen, bediente ein paar Gäste, half den anderen Mädchen, Getränke an die Tische zu bringen, und es dauerte nicht lange, bis ihr jemand zuwinkte. Sie erkannte Gustav Baron, der mit einem weiteren, ihr unbekannten Mann zusammensaß.

Sie fasste wieder Mut. Es stand ihr nicht, zu verzagen. »Bin gleich bei Ihnen, meine Herren«, sagte Marion im Vorübergehen, und als es zehn Minuten später passte, trat sie zu den Männern an den Tisch. Beide Herren rauchten Zigaretten und tranken Bier.

Gustav Barons Augen hinter den Brillengläsern blitzten auf, als hätte er das große Los gezogen. »Lassen Sie sich von uns einladen, Marion«, sagte er und wies auf den freien Stuhl zwischen dem anderen Mann und ihm.

Marion nahm Platz, obwohl ihr nicht nach Plaudereien zumute war. Doch es war ihr Beruf. Sie wusste, weshalb sie hier war und wofür man sie bezahlte. Selbst an einem Abend wie diesem musste das Spiel weitergehen.

»Darf ich Ihnen Herrn Fritz Welzer vorstellen?« Baron wies auf den anderen Herrn. »Ich habe ihm gerade vorgeschlagen, von Ihrem Tanzauftritt ein paar Fotos zu schießen. Er ist nämlich Fotograf von Berufswegen.«

»Sehr erfreut«, sagte Marion und nickte Welzer höflich zu. »Sie besitzen ein Atelier?«

»Es ist mir eine Ehre, die Bekanntschaft einer so hinreißenden Tänzerin machen zu dürfen«, erwiderte Welzer. »Was Herr Baron sagte, war seine Idee, aber ich denke, dass es nicht eine seiner schlechtesten ist. Mein Fotoatelier befindet sich am Kurfürstendamm.«

Er war um die vierzig, groß, schlank und sehnig, hatte angegraute Schläfen und dunkle scharfe Augen, die sie abwägend und kühl musterten. Sein Haar war schwarz und zerzaust. Marion fiel auf, dass er eine gewisse Ähnlichkeit mit dem ungarischen Schauspieler Bela Lugosi besaß, den sie unlängst in einem Kriminalfilm im Kino gesehen hatte.

»Marion ist Mustafas schönste Tänzerin und legt zusammen mit ihrem Partner einen äußerst reizenden Tanz auf das Parkett«, sagte Gustav Baron. »– mit praktisch nichts am Leib.«

»So, sind Sie eine … eine Burlesquetänzerin, wie es in Amerika heißt?«, fragte Welzer.

»Varietétänzerin klingt in meinen Ohren besser«, erwiderte Marion. »Ich liebe den Tanz, ob mit Kleidern oder ohne.«

»Aber lieber ohne, oder?«, unkte Gustav Baron. »So einen delikaten Auftritt wie den von Marion sieht man selten, selbst bei uns in Berlin.«

»Sie müssen es wissen, Gustav«, meinte Marion. »Ich kenne mich in anderen Lokalen nicht so gut aus.«

»Ein delikates Lokal ist ein guter Ort, um sich inspirieren zu lassen«, sagte Welzer.

Marion nahm wahr, dass Welzers Augen sie sehr genau betrachteten, und ohne dass sie eine Erklärung dafür gehabt hätte, musste sie plötzlich an den unheimlichen Fremden denken, dem sie in Rolfs Wohnung begegnet war. Etwas stieg in ihr auf, etwas, gegen das sie nicht ankämpfen konnte. Wo kam dieses plötzliche Entsetzen her? Es war die Angst vor dem Bösen, erkannte sie schnell und sie musste sich stark zusammenreißen, damit sie nicht zu zittern begann. Obwohl das Coco so etwas wie ihre Heimat war, war es nicht leicht, so zu tun, als ob es ein Abend wie jeder andere war. Eine Weile konnte sie nichts sagen, hatte sogar Angst, dass sie den Kampf um die Macht über sich selbst verlor. Sie atmete tief ein und schließlich beruhigten sich ihre Nerven. Es hatte auch einen Vorteil, dass Felix heute Nacht dem Lokal ferngeblieben war, dachte sie. Einen frivolen Tango aufs Parkett zu legen wäre ihr noch schwerer gefallen, als eine Konversation mit den Gästen zu führen.

»Als Fotograf sind Sie sicher auf Inspirationen besonders angewiesen«, sagte sie, als sie sich wieder einigermaßen im Griff hatte.

»Als Fotograf, ja, aber auch als Mensch. Die Wirklichkeit ist delikat. Kunst kann ohne die Wirklichkeit nicht existieren. Ich bin schon sehr gespannt auf Ihren Auftritt.«

»Was Fotos vom Tanzen angeht, muss ich Sie enttäuschen. Heute Abend gibt es keinen Tanz. Mein Partner kann nicht kommen.«

»Oh, warum nicht?«, fragte Gustav Baron. »Man wird ihn doch nicht so plötzlich zur Wehrmacht einberufen haben?«

Marion zuckte mit den Achseln. »Er hätte es mir wohl gesagt, wenn er den Stellungsbefehl erhalten hätte«, erklärte sie. »Er ist anscheinend erkrankt.«

Gustav Baron sah sie an, als glaubte er ihr nicht.

»Vielleicht gibt es ein anderes Mal die Gelegenheit, ein paar Fotos zu machen«, sagte Welzer. »Es muss nicht unbedingt hier im Lokal sein. Auch in meinem Atelier gibt es die Möglichkeit dazu oder wo immer es Ihnen gefällt. Ich würde Sie wirklich gerne ablichten.«

»Herr Welzer hat Verbindungen zur Ufa«, sagte Gustav Baron. »Er stellt Filmbilder her.«

Dass Fotografen gern schöne Tänzerinnen als Motiv wählten, war nichts Neues, ebenso wenig wie die Leute, die sich mit ihren Verbindungen zur Ufa rühmten. Sie selbst hatte kein großes Interesse daran, für Fotos oder Filme zu posieren.

»Eine wichtige Aufgabe«, sagte sie. »Man kennt Ihre Bilder also aus den Filmkästen?«

Welzer nickte. »Manche der Bilder stammen von mir.«

»Wenn Sie nicht tanzen müssen, dürfen Sie gewiss etwas trinken«, sagte Gustav Baron und griff nach der Flasche Champagner. Er schaute Marion fragend an, und obwohl sie sich nicht viel aus Alkohol machte, sagte sie sich, dass er im Moment genau das Richtige für sie war. Ein gutes halbes Stündchen würde sie bleiben müssen, dachte sie bei sich; so lange würde sie es schon schaffen, um aus der Situation das Beste zu machen, und manchmal war etwas Alkohol ganz hilfreich dabei.

Gustav Baron drehte eines der auf dem Kopf stehenden Gläser für sie um und schenkte es voll. Zu dritt stießen sie an, und Marion leerte das Glas fast in einem Zug zur Hälfte.

»Sie sprachen von den Einberufungen, Gustav«, sagte sie. »Man hört so vieles. Was denken Sie selbst? Kommt der Krieg oder bleibt er uns erspart?«

»Ich rechne jeden Tag damit, dass es losgeht«, erklärte Gustav Baron. »Wie ich von einem Freund, der über gute Verbindungen verfügt, gehört habe, war vor zwei Tagen schon der Angriffsbefehl gegeben worden, aber im letzten Moment wurde der Angriff noch einmal gestoppt. Aufgeschoben ist nicht aufgehoben.«

»Dieses Mal wird es nicht gewaltlos gehen wie in

Österreich oder der Tschechei«, meinte Welzer. »Nicht das ›Ob‹ des Krieges, sondern die Frage, wie lange er dauern wird, ist es, die mich beschäftigt.«

»Die Dauer hängt davon ab, wie Frankreich und Britannien auf den Einmarsch der Wehrmacht in Polen reagieren werden«, sagte Baron.

Welzer nickte. »Ich selbst befürchte Schlimmes. Das wird kein kurzer Spaziergang. Zu viele wollen diesen Krieg.«

»Viele? Wer denn?«, fragte Marion. »Wenn ich mich auf der Straße so umschaue, ist von Begeisterung nichts zu spüren. Die Leute haben den Weltkrieg noch in guter Erinnerung und denken: nicht schon wieder!«

»Viele heißt: viele Mächtige«, erwiderte Welzer. »Mehr möchte ich dazu nicht sagen.«

Eine Weile herrschte Schweigen am Tisch, dann sagte Baron: »Der Führer wird's schon richten.«

»Man darf gespannt sein«, entgegnete Welzer. »Aber der kleine Mann wurde ja noch niemals nach seiner Meinung gefragt.«

»Sagen Sie das besser nicht laut«, warf Baron ein.

Welzer hob die Hände. »Ich habe nichts gesagt. Her mit dem Krieg, wir kämpfen bis zum Untergang – äh, ich meine, bis zum Sieg.«

Vor Welzer auf dem Tisch lag eine Schachtel Overstolz. Er griff danach und bot Marion eine Zigarette an. Sie griff zu und er ließ ein silbernes Feuerzeug aufblitzen. Baron schenkte ihr ein zweites Glas Champagner ein.

Marion überlegte sich, woher sich die beiden ungleichen Männer kannten, fragte aber nicht nach. Vermutlich waren sie sich im Lokal begegnet.

»Müssen Sie selbst mit einer Einberufung rechnen?«, fragte sie den Fotografen.

»Bisher bin ich davon verschont geblieben«, antwortete Fritz Welzer und strich sich durch das schwarze, zerzauste Haar, als ob er es bändigen wollte. »Ich hoffe, dass meine künstlerische Tätigkeit für die Ufa mich unabkömmlich macht.«

»Ah, jetzt verstehe ich, weshalb Sie die Dauer des Krieges beschäftigt«, sinnierte Gustav Baron. »Umso länger der Krieg dauert, umso mehr Jahrgänge kommen dran.«

»Und umso weniger Ausnahmen wird es geben, allerdings.«

»Warten wir's mal ab«, brummte Baron. »Es muss ja nicht immer alles schlecht ausgehen. Der Führer scheint recht zuversichtlich zu sein, was einen schnellen Sieg angeht.«

»Hoffen wir, dass es niemals so eng für Deutschland werden wird, dass ich einrücken muss«, fügte Welzer hinzu.

»Ja, hoffen wir das Beste«, sagte Marion. »Doch nichts ist sicher. Schnell sind wir tot, verloren und bald darauf vergessen.«

»Sie nicht, Marion«, sagte Baron. »Es ist unmöglich, Sie zu vergessen.«

Sie lachten alle drei und die Atmosphäre entspannte sich ein wenig.

Auf der Bühne hatte Bernies Swingband in kleinerer Besetzung zu spielen begonnen, dazu tanzten zwei dürftig bekleidete Mädchen, Helga und Edith, die schon seit Längerem Marions Kolleginnen waren. Da alle am Tisch zur Bühne schauten, gab der Auftritt der Tänzerinnen ihr die Gelegenheit, eine Weile ihren Gedanken nachzuhängen und Überlegungen darüber anzustellen, was sie als Nächstes tun sollte. Vor allem anderen trieb sie die Frage um, was mit Felix geschehen war. Es war doch seltsam, dass er nicht versucht hatte, Verbindung mit ihr aufzunehmen. Mustafas Zuversicht teilte sie nicht. Vielleicht brauchte er ihre Hilfe, überlegte sie.

Ihr Blick schweifte von der Bühne fort und erfasste an einem der Tische eine junge Frau, die gerade zu ihr herübersah. Zwischen ihren scharlachroten Lippen steckte eine Zigarette.

Mein Gott, wie prima sie aussieht, dachte Marion und war froh, wenigstens kurzzeitig von den sie bedrückenden Gedanken und Gefühlen abgelenkt zu werden. Ihr schmales Gesicht mit den klassisch vollkommenen Zügen und der geraden Nase war von blonden Locken umrahmt. Ihre nackten Arme hatten die schönste Form, und Marion brauchte nicht mehr von der Frau zu sehen, um den Eindruck zu gewinnen, dass sie eine anmutig geschmeidige Gestalt besaß. Die Frau war ihr ebenbürtig, dachte sie.

Sie musterte den dunkelhaarigen Mann, der bei ihr am Tisch saß. Er trug ein kurzärmeliges schwarzes Hemd und wirkte auf sie kaum weniger attraktiv als die junge Frau. Sein Gesicht war bleich, aber gut geschnitten. Auch die Frau hatte eine helle Haut. Die beiden passten ausgezeichnet zueinander, dachte sie, jedenfalls körperlich. Genauso gut, wie Felix und sie zusammenpassten. Sie hatte das attraktive Paar noch nie im Coco gesehen, auch konnten sie erst vor Kurzem in das Lokal gekommen sein. Ihr Instinkt sagte ihr, dass die Frau nicht nur deshalb ein Auge auf sie geworfen hatte, weil sie sich von ihrer Schönheit angezogen fühlte. Es war noch etwas anderes im Spiel. Das galt auch umgekehrt für Marion. Doch so anziehend das Paar auf sie wirkte, das Leuchten in den Augen der Frau beunruhigte sie. Irgendetwas irritierte sie an den beiden.

Sie schaute wieder auf den Mann und erschrak plötzlich. Es war ihr, als hätte sie den Mann schon einmal gesehen; aber nicht irgendwann, sondern heute Abend. Der Mann hatte Ähnlichkeit mit dem Fahrer des Mercedes, in dem Rolfs Leichnam abtransportiert worden war. War er es wirklich oder sah er ihm nur ähnlich?

Sie war sich nicht sicher, doch sie saß plötzlich wie auf heißen Kohlen. Die Erinnerung an ihr Erlebnis in Rolfs Wohnung ließ sich nicht mehr beiseiteschieben. Zuerst hatten sie sich Rolf vorgenommen und nun kam sie an die Reihe, dachte sie und wusste nicht, ob sie den eigenen Gedanken ernst nehmen sollte. Die Frau passte nicht ins Bild der Gestaposchergen, aber möglicherweise gehörte sie auch zu der Mörderbande. Unsinn, schalt sie sich selbst. Ihre Angst war gewiss übertrieben, dennoch hatte sie das Gefühl, dass es besser war, irgendetwas zu tun, um sich selbst zu schützen.

Die blonde Frau sah wieder zu ihr her und ihre Augen leuchteten. Marion senkte den Blick. Nein, sie wollte diese Verbindung nicht. Sie war ständig von Menschen umgeben, die sie zu verführen suchten, und wenn es ihr zuweilen auch schwerfiel, erotischen Anfechtungen zu widerstehen, war sie doch durchaus in der Lage dazu. Es war besser zu verschwinden. Mustafa konnte heute

Nacht gut ohne sie auskommen. Sie wollte wissen, was mit Felix passiert war.

»Es war nett mit Ihnen zu plaudern, meine Herren«, sagte Marion zu den Männern an ihrem Tisch, als die Band eine Pause machte. »Ich muss Sie nun verlassen, denn ich habe noch eine andere Verabredung.«

Gustav Baron blies den Qualm einer Zigarre in die Luft. »Obwohl Ihr Tanzauftritt ausfällt?«

»Das eben ist der Grund, weshalb ich gehen muss.«

Die beiden Männer machten enttäuschte Gesichter, hatten sich aber bald darauf wieder im Griff.

»Ich verstehe schon«, sagte Gustav Baron. »Sie sind ein sehr umworbener Mensch. Ihre Verabredung ist zu beneiden.«

»Vielleicht haben wir an einem der nächsten Tage noch einmal das Vergnügen, uns zu begegnen«, meinte Welzer. »Dann sprechen wir über die Fotos.«

»Aber ja«, erwiderte Marion, dann verließ sie den Tisch und danach den Barraum, ohne noch einmal zu dem Paar am Tisch hinüberzusehen.

Sie verabschiedete sich von Mustafa und betrat die Garderobe, um ihren Mantel zu holen. Als sie ihren Garderobenschrank öffnete, überlegte sie, ob sie Rolf Michaliks Unterlagen mit in ihre Wohnung nehmen oder besser in dem Garderobenschränkchen belassen sollte. Sie konnte sich im ersten Moment nicht entschließen. Vielleicht war es das Beste, die Fotos und das Dokument voneinander zu trennen, dachte sie dann, nahm nur das Protokoll an sich und steckte es in die Handtasche. Kurz darauf stand sie draußen in der milden Spätsommernacht.

Sie schritt an den gravitätisch dastehenden Häusern entlang, auf der Augsburger Straße nach Osten, dann bog sie in die Ansbacher ein, um am Wittenbergplatz oder irgendwo in der Nähe die Elektrische zu erwischen. Leuchtreklamen und Lokale, Passanten in leichter Kleidung. Bloß nicht schon wieder an Rolf und den unheimlichen Fremden denken, nahm sie sich vor, als die Erinnerungsbilder der zurückliegenden Stunden auftauchen wollten.

Kurz nachdem sie die Straßenseite gewechselt hatte, hörte sie plötzlich das satte Surren eines Autos neben sich, und als sie zur Straße blickte, sah sie, dass ein schwarzes Mercedes Cabriolet zu ihr aufgeschlossen hatte. Sie erschrak, hatte den diffusen Verdacht, dass etwas nicht stimmte, während sie dennoch hoffte, dass sie sich irrte und das Auto an ihr vorüberrollen würde. Doch das satte Surren hielt an, als wollte der Wagen sie auf ihrem Weg begleiten.

Sie blieb stehen. Der Mercedes rollte ein paar Meter an ihr vorbei und stoppte am Bordsteinrand. Die Tür zum Fond öffnete sich und das Gesicht einer Frau erschien in dem Spalt. Die Person, die ihr charmant entgegenlächelte, war die blonde Unbekannte aus dem Coco.

»Sie sind Marion«, sagte die Frau, die ungefähr in ihrem Alter war. »Das ist doch Ihr Name? Kommen Sie! Steigen Sie ein! Ich bin Sybille.«

»Warum sollte ich einsteigen?«, fragte Marion. »Was wollen Sie von mir?«

»Wir müssen miteinander sprechen«, sagte die andere Frau.

Marion warf einen Blick in den Wagen, konnte aber hinter den dunklen Scheiben nichts erkennen.

»Wer ist noch im Wagen?«, fragte sie.

»Ich bin mit meinem Fahrer allein«, antwortete die blonde Sybille. »Er ist nicht nur der Fahrer, sondern auch ein Freund. Er heißt Ludwig. Sie haben uns beide eben im Coco gesehen. Kommen Sie!«

Sie hatte ein sehr hübsches Gesicht mit reizenden Lachgrübchen, doch etwas an ihr, an ihren Augen, ließ Marion zurückweichen. Sie log, dachte sie, die Frau versuchte, sie zu täuschen. Sie hatte keine freundlichen Absichten, sondern war für sie eine Gefahr.

»Steigen Sie schon in den Wagen!«, wiederholte Sybille. »Wo möchten Sie hin? Wir machen eine kleine Fahrt zusammen, danach bringen wir Sie an Ihr Ziel.«

»Danke, das ist nicht nötig«, lehnte Marion ab, »ich lege keinen Wert auf Ihre Bekanntschaft. Es gibt nichts zu besprechen.«

»Sie irren sich sehr. Sie sollten unser Gesprächsangebot nicht in den Wind schlagen. Sonst kommen andere und die sind nicht so freundlich wie wir. Sie sollten sich entscheiden, mit uns zu fahren.«

Es ging noch schneller, als sie es vor wenigen Minuten für möglich gehalten hätte, dachte Marion. Ihre Verfolger hatten bereits Aufstellung genommen. Kein Rolf mehr, auf den sie sich hätte berufen können, und auch anderweitig war keine Hilfe in Sicht.

Sie ahnte, dass es die bessere Wahl war, dem Angebot der blonden Frau nachzukommen, und überlegte, wie sie reagieren sollte; schließlich fand sie einen Kompromiss: »Wenn das Gespräch stattfinden muss, mag es so sein«, sagte sie, »doch nicht mehr heute Nacht. Ich habe noch eine andere Verabredung. Kommen Sie morgen Abend ins Coco, dann unterhalten wir uns.«

Sie wandte sich zum Gehen, doch kaum hatte sie die Frau im Wagen aus den Augen gelassen und ein, zwei Schritte getan, hörte sie aus ihrem Munde ein scharfes, zischendes »Halt!«

Marion schaute zurück und dann erschrak sie. Sie blickte in die Mündung einer kleinen Pistole, die die Unbekannte auf sie gerichtet hielt. Zugleich registrierte sie, dass der Fahrer auf der anderen Seite aus dem Wagen gestiegen war. Er trug eine Fahrermütze zu einer Lederjacke. Im Lichtschein der Laterne sah sie seine Augen zu ihr herüberblitzen, sie waren trotz ihres Glitzerns schwarz und kalt, das Gesicht wirkte aus der Nähe elfenbeinfarben und unheimlich, vielleicht lag es auch an dem Laternenlicht. Ab da zweifelte sie nicht mehr daran, dass der Wagen, in den sie einsteigen sollte, derselbe war, in dem Rolf Michaliks Leiche abtransportiert worden war. Also doch: Zuerst hatten sie sich um Rolf gekümmert und jetzt kam sie an die Reihe.

»Soll das ein Witz sein?«, fragte Marion mit Blick auf die Pistole in der Hand der blonden Frau. Die Waffe wirkte an sich lächerlich. Dennoch – es handelte sich um eine Pistole. Doch bestimmt würde die Frau nicht schießen. Es war nicht die unmittelbare Gefahr, sondern der latente Hinweis darauf, was ihr später noch drohen konnte, was Marion innehalten ließ.

»Es liegt an Ihnen, Marion, ob wir scherzen.«

»Was meinen Sie damit?«

»Es ist ein Spiel, bei dem Sie mitwirken sollen, ein Bühnenspiel, wie Sie es kennen. Sie haben selbst die Wahl, ob Sie freiwillig daran teilnehmen wollen oder ob gezwungenermaßen etwas anderes daraus wird.«

»Spiel? Ich denke, es geht um ein Gespräch.«

»Sie sollen eine Rolle übernehmen«, sagte Sybille. »Das Gespräch ist Teil der Rolle und die Rolle Teil eines Spiels.«

Was für ein Blödsinn, dachte Marion, glaubten diese Leute wirklich, sie würde sich mit dieser Erklärung zufriedengeben?

»Ist die Pistole in Ihrer Hand nicht echt?«

»Die Regeln machen wir, Marion«, sagte Sybille. »Sie müssen nur die Bühne betreten. Kommen Sie in den Wagen, dann sind Sie im Spiel.« Sie ließ die Hand mit der Pistole sinken.

»Warum ich?«

»Unsere Auftraggeber wollen ein attraktives Mädchen, eines wie Sie, Marion. Sie haben keine andere Wahl, als mit uns zu fahren.«

»Eine andere Wahl hat man immer«, gab Marion zurück.

»Ja, natürlich, aber wenn die Alternative der Tod ist, wählt man sie besser nicht«, sagte Sybille, die immer noch ihren lächelnden Charme versprühte. »Nicht wegen der Pistole, die ist bloß eine Warnung. Nein, es ist, weil Sie nirgendwohin können, ohne dass wir nicht auch dort wären. Wo wollen Sie sich verstecken? Und für wie lange? Wir kriegen Sie ja doch. Besser, Sie fahren gleich mit uns.«

Greifer der Gestapo, dachte Marion, sie hatte gehört, dass es solche Personen gab. Sie waren nicht auf den ersten Blick als Häscher zu erkennen, sondern gaben sich einen freundlichen Anstrich, nutzten das Vertrauen, zuweilen die Zuneigung, die ihnen die Menschen entgegenbrachten, schamlos aus.

»So können Sie mit mir nicht reden«, sagte Marion. »Ich bin keine Frau ohne Verbindungen, sie reichen bis in die Führung der Wehrmacht und der Abwehr hinein.«

Was sie sagte, war übertrieben, aber wenn andere sie belogen oder täuschten, blieb ihr nichts anderes übrig, als es selbst genauso zu treiben, um sich vor Ungemach zu schützen. Die Tatsache, dass die Gefahr, die sie belauerte, keine vage Befürchtung mehr, sondern konkret geworden war, stachelte ihren Widerstandsgeist an.

»Ihre Verbindungen, sofern Sie überhaupt welche hatten, sind für das neue Spiel ohne Bedeutung. Wir haben unsere eigenen Verbindungen, und das bedeutet, dass wir einen Auftrag haben, und den erledigen wir auch.«

Der schweigsame Fahrer, dessen Name Ludwig war, stand noch neben der Tür, er kam nicht auf sie zu, als ob er noch auf den Befehl der Blonden wartete. War sie seine Chefin? Sicher könnte Marion weglaufen und so davonkommen, überlegte sie, sie war eine gute Sportlerin, schnell und geschickt, aber was würde es ihr nützen? Ein dauerhaftes Entkommen war praktisch unmöglich, da hatte die reizende Sybille leider recht. Besser die Frau, als dass die Kerle in den langen Mänteln wiederkämen, dachte sie. Auch eine Neugier, auf welche Art Spiel sie sich einlassen sollte, schwang bei ihren Überlegungen mit.

»Auftrag? Was heißt das? Wer sind Ihre Auftraggeber?«

»Stellen Sie nicht zu viele Fragen, Marion, das kann gefährlich werden. Steigen Sie ein, oder soll ich meinen Begleiter um Hilfe bitten, damit er Sie in den Wagen verfrachtet?«

»Es ist ein gefährliches Spiel, nicht wahr?«

Die Fremde lächelte. »Gefährlich, ja, aber nicht ohne Reiz.«

Sie rückte zur Seite, um ihr Platz zu machen, als könnte sie Marions Gedanken lesen, und kurz entschlossen sprang diese auf den Rücksitz.

Ludwig, der schweigsame Chauffeur, setzte sich hinter das Steuer. Er startete zügig den Motor und stieß vom Bordstein ab.

»Wohin fahren wir?«, fragte Marion die Frau an ihrer Seite.

»Mitten ins Leben hinein«, erwiderte Sybille. »Lassen Sie sich überraschen.«

Von vorne hörte sie ein spöttisches Lachen. Dann begann er mit einer Art Monolog, als wollte er sein vorheriges Schweigen Lügen strafen. »Ins Leben hinein, ja! Das Leben ist da, wo man es nicht vermutet. In der geheimen Welt, da geht es um alles, um ein Spiel mit hohem Einsatz, das Leben ist Gefahr, und so muss es sein, denn sonst hat es keinen Wert!«

10. KAPITEL

Sie fuhren über die Tauentzienstraße und den Kurfürstendamm und bogen dann über die Leibnizstraße nach Norden ab. Der unheimliche Ludwig mit den schönen und bösen Augen schien sein Ziel zu kennen, geschmeidig steuerte er das Mercedes Cabriolet durch die unübersichtliche Stadt. In einigen Schaufenstern an den Straßenrändern brannte Licht, sonst war nicht viel zu sehen. Marion hatte keine Ahnung, wohin sie fuhren. Sie fühlte sich eingekesselt von dem undurchsichtigen Gewirr der Nacht, geblendet von den Lichtern, den Laternen und erleuchteten Fenstern, und obwohl ihr die städtischen Gefilde, durch die der Wagen streifte, nicht unvertraut waren, überwog der Eindruck einer gefährlichen Undurchschaubarkeit, mit dem das steinerne Labyrinth ihr entgegentrat. Das bedrohliche Unsichtbare gewann an Macht.

»Ich gebe Ihnen einen Rat, Marion«, sagte Sybille. »Er ist ganz einfach und lautet: Befolgen Sie alle meine Anweisungen.«

»Ihre Spielanweisungen, nehme ich an?«, vergewisserte sich Marion, die sicher sein wollte, worauf sie sich hier einließ.

»Sie dürfen die Regeln, die wir aufstellen, nicht brechen, auch wenn das eine oder andere ungewöhnlich erscheinen mag«, antwortete Sybille. »So haben Sie beste Chancen, die Nacht unbeschadet zu überstehen.«

Das konnte ja heiter werden, dachte Marion, immerhin hatte sie, anders als Rolf Michalik, offenbar Aussichten, das Ganze zu überleben.

Die Straßen, durch die sie rollten, waren leerer geworden. Die Scheinwerfer des Wagens ließen den Asphalt der Fahrbahn hinter der Windschutzscheibe wie die glatte Wasseroberfläche eines Kanals silbrig glänzen.

»Wollen wir zum Du übergehen?«, fragte Sybille nach einer Weile.

»Meinetwegen«, gab Marion zurück, obwohl sie den Vorschlag als ungewöhnlich empfand, da sie sich gar nicht kannten. Seltsamerweise war auch ihr so, als ob Sybille und sie sich schon recht nahegekommen waren. »Wenn wir schon beim Du sind, könntet ihr mir auch verraten, in wessen Auftrag ihr mich von der Straße weg an ein unbekanntes Ziel entführt?«

»Du wirst es erfahren, wenn die Zeit dafür gekommen ist«, gab Sybille zurück.

Der Mercedes erreichte die Gegend der noblen Mietshäuser, die zwischen dem Kurfürstendamm im Süden und der Bismarckstraße im Norden lag. Letztere war eine der breiten, baumbestandenen Prachtstraßen, von denen es in Berlin, besonders in Charlottenburg, recht viele gab. Ludwig fuhr nicht lange auf der Allee weiter, sondern bog wieder an der nächsten Ecke ab und rollte in die Richtung zurück, aus der sie gekommen waren.

Marion gewann den Eindruck, dass Ludwig einen Zickzackkurs fuhr, als wollte er ihr die Orientierung nehmen. Doch wahrscheinlich hatte er sich nur selbst zurechtfinden müssen, denn unerwartet stoppte der Wagen am Straßenrand. Bevor Marion auf den Gedanken kommen konnte, aus dem Auto zu springen, spürte sie einen Stoß gegen ihre linke Schulter und blickte erneut in die Mündung der kleinen Pistole, die Sybille mit der Linken auf sie gerichtet hielt, während sie ihr mit der anderen Hand ein Tuch reichte.

»Verbinde dir damit die Augen«, sagte sie. »Aber mach es richtig. Ich merke, wenn du mich zu täuschen suchst. Sobald wir angekommen sind, nehme ich dir die Binde wieder ab.«

Marion folgte der Aufforderung, versuchte keine Tricks, und als sie das schwarze Tuch vorgebunden hatte, sah sie tatsächlich nichts als die ununterscheidbare Finsternis um sich herum. Ludwig fuhr weiter, und während sie von der Schwärze vollständig eingeschlossen war, kreuzten sie durch ein paar Straßen. Es dauerte ein paar Minuten, dann wurde der Wagen wieder langsamer, rumpelte über etwas hinweg, das sich wie eine Auffahrt anfühlte, und als er erneut zu stehen kam und sie die Binde abnehmen durfte, sah sie, dass sich der Mercedes in einem Hinterhof befand, um den herum hoch Häuser aufragten. Ludwig stellte den Motor aus und Sybille bedeutete ihr auszusteigen.

»Später bringt ihr mich im Wagen zurück, nicht wahr, so wie versprochen?«

»Aber ja, meine Liebe«, erwiderte Sybille.

Marion dachte an das Protokoll und beschloss, ihre Handtasche im Wagen zu lassen. Dann war sie schon draußen in der milden Spätsommernacht.

Der Anblick der dunklen Silhouetten zu allen Seiten lieferte Marion keinen Hinweis darauf, wo sie sich befanden. Sie war sich allerdings sicher, dass der Wagen das prächtige Viertel nicht verlassen hatte.

Nicht nur der Hof war dunkel, auch das Haus. Ein mächtiges schwarzes Gebäude, in dem keine Lichter mehr brannten. Sämtliche Bewohner mussten schlafen oder waren nicht zu Hause. Zu dritt gingen sie auf den Hintereingang des Gebäudes zu. Sybille öffnete die Tür und schloss sie hinter ihnen wieder ab. Sie legte einen Schalter um, und weiter ging es über einen erhellten Kellerflur, dann eine Treppe hinauf, durch eine weitere Tür, dann standen sie in einer Halle, die vollständig aus Marmor zu bestehen schien. Es blieb düster, aber man konnte erkennen, dass es sich um ein Gebäude mit teuren Wohnungen handelte. Marmorne Treppenstufen führten nach oben, daneben gab es einen Fahrstuhlschacht, der die Treppen begleitete.

Die Gesichter von Marions Begleitern lagen im Schatten, als sie den Lift betraten, und keiner sah den anderen an, während sie stumm nach oben fuhren. Marion war nicht wohl zumute, sie beruhigte sich aber mit dem Gedanken, dass sie das Schlimmste des Abends bereits hinter sich hatte.

Die Etage, in der sie ausstiegen, unterschied sich nicht vom Rest des Hauses: Marmor und schmiedeeiserner Stahl. Es gab nur zwei Wohnungen. Kein Namensschild befand sich an oder neben der Tür, vor der Sybille stehen blieb. Sie öffnete die Tür mit einem Schlüssel und sie traten ein. Die Wände des Flurs waren mit schwarzem Holz und rotem Damast bedeckt. Aus Kehlungen an den Wänden drang gedämpftes Licht. Der Gang verlor sich im Ungewissen einer Vielzahl angrenzender Räume.

Die Wohnung wirkte unbewohnt und Marion vermutete, dass keiner ihrer Begleiter hier zu Hause war.

Sybille zog ihren Mantel aus und hängte ihn an eine Garderobe, dann schaute sie Marion an.

»Gib mir deinen Mantel!«

Marion zog ihn aus und reichte ihn Sybille, die ihn ebenfalls an die Garderobe hängte.

Sie drehte sich zu Marion herum und schaute sie eine Weile stumm an, dann berührte sie Marions bloße Schulter und erfasste den Träger des Kleides zwischen ihrem Schulterblatt und ihrem Nacken. »Das Kleid auch, zieh es aus!«

»Wie bitte?«

»Alles ausziehen! Hast du unter dem Kleid noch etwas an?«

Marion schüttelte den Kopf.

»Umso besser. Kleid und Schuhe ausziehen. Ein schönes Mädchen wie du muss nackt vor das Tribunal. Das gehört sich einfach so, und so ist es auch befohlen. Du kennst das doch, im Coco machst du es nicht anders.«

Marion starrte in das reizende Gesicht. Die Augen der anderen loderten wie schwarze Flammen.

»Was für ein Tribunal?«, fragte sie.

»Richtig heißt es wohl Femegericht.«

Marion wurde blass. Von solchen Gerichten hatte sie schon einmal gehört. Sie wusste, dass Femegerichte im Verborgenen handelten, man sah sie nicht, sie waren geheim. Sie luden ihre Opfer zu nächtlichen Gerichtsverhandlungen an versteckten Orten, denen man sich nicht entziehen durfte, wollte man nicht des Todes sein.

Sie wusste auch, dass Femegerichte nur zwei Arten von Urteilssprüchen kannten, Freispruch oder Tod. Wenn letzteres Urteil erging, wurde es unmittelbar nach der Verkündung am Orte des Gerichts vollstreckt.

»Ist das der Name des Spiels? Femegericht?«

»Es liegt an dir, die Rolle gut zu spielen, Marion. Dann hast du nichts zu befürchten. Also befolge meine Spielanweisung und zieh das Kleid aus. Mach es lieber selbst, sonst reißen sie es dir noch vom Leib und wir wollen es doch nicht kaputtmachen.«

Marion schluckte, öffnete einen Knopf und schob die Träger über die Schultern. Sie stieg aus den Schuhen und stand gleich darauf splitternackt vor ihren Begleitern.

»Ludwig, binde ihr die Hände auf den Rücken!«, befahl Sybille ihrem Gehilfen und Freund, und dieser trat sofort hinter Marion, zog ihre Arme nach hinten und irgendetwas kaltes Metallisches, eine Kette, schnappte um ihre Handgelenke.

Sybille ergriff sie am Ellenbogen, führte sie ein Stück den Flur hinunter, öffnete eine Tür und machte Licht. Sie standen in einer Toilette. »Geh aufs Klo!«, sagte sie, ging vor und legte den Klodeckel hoch.

Marion setzte sich auf das Klosett. Sybille blieb in der Tür stehen, während sie pinkelte.

»Ich muss dir etwas die Haare kürzen, Marion, damit der Nacken frei ist.«

Marion riss den Kopf herum. Sybille hatte eine Schere in der Hand, die sie von irgendwoher genommen hatte. »Was ist das für ein dämliches Spiel?«

»Auch Schauspieler müssen das manchmal tun, um in die Rolle zu passen.«

»Warum sind wir hier, Sybille? Was soll das? Gib mir eine vernünftige Erklärung!«

»Wir sind wegen dir hier, Marion, weil nicht wir, sondern du uns ein paar Erklärungen schuldig bist. Und nun hör bitte auf, Fragen zu stellen, sondern konzentrier dich auf dein Spiel. Du selbst wirst Fragen beantworten müssen! Gib deine Antworten wahrheitsgemäß.«

Marion wandte sich ab. Wie kam sie aus dieser Geschichte nur wieder heraus? Wie war sie in diesen Albtraum überhaupt hineingeraten? Es war alles so schnell gegangen, dass sie kaum noch in der Lage war, dem Lauf der Ereignisse zu folgen. Man hatte sie als Opfer ausgewählt, das war ihr klar. Ihr drohte das gleiche Schicksal wie Rolf Michalik oder gar ein schlimmeres. Nackt und gefesselt einem Tribunal ausgeliefert zu werden, ließ für allerschlimmste Befürchtungen Raum. Sie konnte nur hoffen, dass man am Ende wirklich nur einen geschmacklosen Schabernack mit ihr trieb.

Sie sagte nichts mehr, ihre auf den Rücken gefesselten Hände hätten ihr jede Gegenwehr versagt. Die Schere tat ihr Werk und Marions glatte kastanienfarbene Strähnen fanden den Weg in den Müllbehälter neben dem Klosett.

Sie erhob sich vom Klo und trat zurück in den Flur, wo Ludwig wartete. Seine Augen strichen über ihren Körper, sein Gesicht blieb gewollt gleichmütig, während er sie betrachtete, aber sie spürte, wie sehr sie ihm gefiel. Vielleicht war das ganz gut so, dachte sie, wenngleich die Begehrlichkeit, die sich an ihren Körper heftete, keine Gewähr dafür bot, dass man ihr nichts Böses antat. Auch Sybille konnte sie nicht aus den Augen lassen.

»Du hast wirklich einen reizenden Körper, Marion,

wundervolle Haut, überall so rein und seidig glatt, der Teufel hat gute Arbeit geleistet, als er dich schuf.«

»Der Teufel hätte es nicht so gut hinbekommen«, erwiderte Marion leise.

Sybille wirkte für den Bruchteil einer Sekunde irritiert. Sie hatte wohl nicht mit Widerspruch gerechnet. »Sei mir nicht böse«, sagte sie. »Ich führe nur meine Befehle aus. Wir wollen das Tribunal nicht länger warten lassen, gehen wir!«

Marion hob den Kopf und schritt tapfer voran. Sie musste die Herausforderung annehmen, vor die man sie stellte, dachte sie bei sich, durfte nicht verzagen, es war ihre einzige Chance, um den Häschern, die sie entblößten und zu demütigen suchten, zu widerstehen. Doch ihre Tapferkeit verhinderte nicht, dass sie sich wie ein zum Tode Verurteilter auf dem Weg zum Galgen fühlte, und wie sich erweisen sollte, lag sie mit dieser Einschätzung nicht ganz falsch.

Der Flur führte um eine Ecke herum, dahinter erreichten sie eine zweiflügelige Tür. Ludwig öffnete diese und sie gelangten in eine Zimmerflucht aus schwach erleuchteten Räumen, die mit dunklem Holz vertäfelt waren. Hohe Zimmer mit Parkett, Gründerzeitmöbeln und rotem Plüsch. Sie schritten über weiche kostbare Teppiche, vorbei an prächtigen Gemälden, geschlossenen Seidenvorhängen und weichen Ledersesseln, das nackte Opfer, die Tochter des Teufels und der unheimliche Henkersknecht. Wer lebte in einer solchen Wohnung? Lebte überhaupt jemand hier?

Vor einer weiteren Tür machten sie Halt. Ludwig klopfte an das Holz, zweimal laut und kurz hintereinander, dann kam von drinnen ein Ruf, der wie »Eintreten« klang.

Es war ein großes Zimmer, das sie betraten, die Mitte war erleuchtet, doch zu den Wänden hin wechselte das Licht zu Schatten. Marion starrte auf einen schweren, dunkelroten Vorhang im Zentrum, unweit der Stelle, wo der Lichtkreis auf den Boden traf. Ihr Herz klopfte heftig. Sie ahnte, dass sich etwas Furchtbares dahinter verbarg. Außer ihnen war niemand in dem Zimmer zu sehen, sodass sie sich fragte, woher wohl die Stimme, die sie von draußen zu hören gemeint hatte, gekommen war.

»Stell dich ins Licht, das Tribunal wird gleich erscheinen«, sagte Sybille, und nachdem Marion den Lichtkreis betreten hatte, machte sie Ludwig ein Zeichen, und die beiden wandten sich fort, verschwanden durch eine Tür in das Nebenzimmer und ließen Marion allein zurück.

Sie schaute nach vorn und nahm wahr, dass zwei, drei Meter vor ihr ein länglicher Tisch aufgebaut war, mit drei Stühlen dahinter, das war also die Richterbank. Sie schloss die Augen. Warum passierte so etwas ausgerechnet ihr? Weil sie ein schönes Mädchen und obendrein eine Spionin war? Was hatte sie Schlimmes getan? Natürlich wusste sie, welche Tat man ihr vorhalten würde, aber sie hatte doch in gutem Glauben gehandelt, in der Annahme, dass sie etwas Richtiges tat, etwas für das Reich, und sie hatte nicht gewusst, dass sie in den Augen mancher Leute ein Verbrechen beging, als sie dieses verdammte Protokoll fotografierte. Aber darum ging es nicht, das war ihr längst klar, was auch immer man ihr vorhalten würde, um Recht und Unrecht ging es dabei nicht. Man hatte sie benutzt, nicht Rolf Michalik, sondern sein unbekannter Mörder hatte es getan, und sie selbst war gutgläubig in eine Falle getappt. Ihre Naivität würde ihr selbstverständlich in keiner Weise nützen, Unwissen oder Dummheit schützte vor Strafe nicht.

Sie schaute sich um, starrte auf den Vorhang und überlegte, ob sie nachschauen sollte, was sich dahinter verbarg. Sie wandte sich um, aber kaum hatte sie zwei Schritte getan, hörte sie ein Geräusch hinter sich.

Sie hielt inne und warf einen Blick in Richtung der Tür, dann trat sie wieder in den Lichtkreis zurück, als sie Ludwig erkannte, der ohne Sybille zurück in das große Zimmer kam. Er trug nur noch Schuhe und Hosen, sein Oberkörper war nackt. Sie versuchte seinen Blick einzufangen, doch Ludwig beachtete sie nicht, sondern blieb stehen, anscheinend wartete er auf das Erscheinen des Gerichts. Er war gut gebaut, stellte sie anerkennend fest, besaß durchaus etwas Anziehendes, eine Haut, die man gern berührte ... Sie wunderte sich, dass sie selbst in dieser ausweglosen Situation zu solchen Wahrnehmungen noch in der Lage war. Warum er wohl seinen Oberkörper entkleidet hatte? Bestimmt nicht, um mit ihr solidarisch zu sein.

Plötzlich betraten drei dunkle Gestalten den Raum, drei Männer, wie es aussah, in schwarzen Anzügen und mit schwarzen Masken vor dem Gesicht, die sich unverzüglich hinter den Richtertisch begaben und ihre Plätze einnahmen.

Der Anblick der Masken hatte eine zwiespältige Wirkung auf sie. Einerseits konnte sie sich des Eindrucks eines Schabernacks nicht erwehren. Auch spürte sie eine gewisse Erleichterung, weil sie sich sagte, dass die Herren es nicht nötig gehabt hätten, unerkannt zu bleiben, wenn sie entschlossen gewesen wären, ihr das Leben zu nehmen. Die starre und dadurch komische Art der Masken, die die Gesichter der Richter vollständig bedeckten, ließ tatsächlich an den Karneval denken, sodass sie fast geneigt war, innerlich zu lachen. Anderseits erschreckte sie die Symbolik der Masken, denn obwohl diese recht schlicht und schnörkellos gearbeitet waren, trugen sie den Ausdruck teuflischer Fratzen zur Schau.

War das wirklich die Gestapo? Nein, ausgeschlossen. Die Gestapo betrieb nicht einen solchen Mummenschanz. Aber wer waren dann diese maskierten Teufel? Der Geheimdienst einer ausländischen Macht? Eine Verbrecherorganisation? Oder beides zusammen?

Sie spürte die Blicke der Männer auf ihrer Haut, besonders die Augen des Mannes in der Mitte, die bohrend auf sie gerichtet waren, und sie erwiderte den unheimlichen, sie bedrängenden Blick.

»Wie heißen Sie?«, fragte der Mittlere der maskierten Teufel, der anscheinend der Gerichtsvorsitzende war. Seine Stimme klang eigenartig hoch, als ob er versuchte, sie zu verstellen. Die Maske, die auch den Mund bedeckte, konnte wohl kaum dafür verantwortlich sein. Er hatte dunkles Haar, soweit sie es bei den Lichtverhältnissen erkennen konnte, aber ob es schwarz oder braun war, vermochte sie nicht auszumachen.

»Marion Bendt.«

»Alter?«

»Einundzwanzig.«

Bei genauerem Hinsehen gewahrte sie, dass der Gerichtsvorsitzende beim Sprechen die Kehle unterhalb des Kinns mit Daumen und Zeigefinger etwas zusammendrückte, womit er offenbar den fremd wirkenden Klang seiner Stimme hervorrief, und auch, dass er weiße Handschuhe trug. Befürchtete er, dass sie ihn sonst anhand seiner Stimme würde erkennen können? Sie hatte keine Vorstellung, wer sich hinter der Maske verbarg. Aber natürlich mochte er mit dem Verstellen der Stimme auch einer denkbaren späteren Bekanntschaft vorbeugen wollen.

»So jung und schon so verdorben«, sagte er, als wäre sie selbst daran schuld, dass sie splitternackt vor ihm stand.

Marion blieb stumm. Was für ein Hohn, dass ausgerechnet ein Mann, der sein Gesicht hinter einer Teufelsfratze verbarg, in dieser Weise zu ihr sprach. Die Fratze war nicht nur irgendeine Maske, machte sie sich klar, es war eine Larve, eine besondere Art von Maske; es war die Maske eines Menschen, der sich verstellte, weil er böse Pläne hatte, die er geheim halten wollte, ganz gleichgültig, wie er auftrat und welchen Anschein er sich auch gab. Das Böse, das nicht entlarvt werden wollte, hatte sich für sie maskiert.

»Sie haben vor ein paar Tagen eine Nacht in der Wohnung des Majors Böhme verbracht, Marion Bendt«, sagte der Mann, »das wissen wir bereits. Was war der Grund Ihres Besuchs bei dem Offizier?«

Was sollte sie sagen? Die Wahrheit, dachte sie, auch wenn sie lückenhaft war. Etwas anderes blieb ihr kaum übrig.

»Herr Böhme hatte mich eingeladen.«

Seine Augen in den Schlitzen der schwarzen Larve durchbohrten sie so tief, als wollte er die Strukturen des Knochengerüsts unter ihrer Haut ergründen.

»Sie haben sich einladen lassen?«

»Major Böhme und ich haben uns in einer Bar, dem Ciro, kennengelernt.«

»Weshalb sind Sie mit ihm mitgegangen?«

»Wir verstanden uns gut.«

»Aha, Sie verstanden sich gut! Hat sich Herr Böhme auch gut mit Herrn Michalik verstanden?«

Sie wussten also von Rolf. Damit war endgültig klar, worum es ging. »Ich weiß nicht, ob die beiden Herren einander kannten«, antwortete sie.

»Haben Sie mit Herrn Michalik über Ihren Besuch bei Herrn Böhme gesprochen?«

»Ja.«

»Warum?«

Worauf wollte er hinaus? »Die Gestapo hat mich vergangene Nacht darüber verhört«, sagte sie leise.

»Ich bin nicht die Gestapo!«, fuhr der Maskierte sie an. »Erzählen Sie es – mir.«

Marion schluckte. »Herr Michalik hatte mich gebeten, Herrn Böhme zu besuchen, um ihn auszuhorchen«, erklärte sie, weil sie wusste, dass es sinnlos wäre, etwas anderes zu behaupten.

»Was sollten Sie in Erfahrung bringen?«

Sie zögerte. Trotz ihrer misslichen Lage konnte sie ihm nicht antworten wie ein Automat.

»Ich arbeite für die Abwehr und bin leider nicht berechtigt, darüber zu sprechen«, sagte sie. »Ich unterliege einer Schweigepflicht.«

Der Gerichtsvorsitzende lehnte sich zurück. Eine Weile musterte er Marion stumm, als sei er verwundert über ihre Reaktion.

»Sie sind leider nicht berechtigt, darüber zu sprechen«,

kam es höhnisch aus seinem maskierten Mund. »Ach, wie schade.«

»Ich sage nur, wie es ist.«

Unbeweglich starrte die schwarze Fratze sie an. Dann nahm der Maskenträger die Hand von der Kehle, erhob sich von seinem Stuhl und trat hinter der Richterbank hervor. Während er sich ihr näherte, konnte sie förmlich spüren, wie er hinter der Maske höhnisch lächelte und welchen Gefallen er daran fand, dass sie ihm ausgeliefert war.

Kurz darauf stand er vor ihr. »Was für einen schönen langen Hals Sie haben, wie geschaffen, um daran aufgehängt zu werden«, sagte er, wobei er wieder seine Kehle befingerte. Dann sah er zu Ludwig, der mit verschränkten Armen vor dem Vorhang stand.

»Den Vorhang beiseite!«, befahl der Maskierte.

Ludwig zog an einem Strick und der Vorhang rollte zur Seite und gab ihr den Blick auf das, was dahinter lag, frei.

In diesem Teil des Raums gab es keine teuren Teppiche, sondern einen Fußboden aus einem Blechbelag, auf dem eine langgestreckte Bank stand, die anscheinend dazu diente, das Opfer darauf festzuschnallen. Rechts davon fiel ein Galgenstrick von der Decke herab.

Marion begann zu zittern.

»Führ sie zum Galgen und bereite sie zum Hängen vor!«, befahl der schwarze Teufel.

Ludwig trat zu ihr, ergriff sie fest am Arm und zog sie auf das kalte Blech bis zu der Stelle, wo die Schlinge auf Kopfhöhe hing. Er griff danach, zog sie über Marions Kopf und schloss sie fest um ihren Hals.

»Etwas unter ihre Füße und den Strick ganz straff!«

Ludwig trat zur Seite und kam mit einem kaum zehn Zentimeter hohen Bänkchen zurück, das Marion besteigen musste. Er spannte den Strick nach, sodass die Schlinge fest gegen ihren Kehlkopf drückte, und schob den Knoten hinter das Ohr.

»Wenn Sie hängen, wird es Ihnen nichts mehr nützen, Ihre Schweigepflicht eingehalten zu haben«, höhnte der Maskenmann. »Dann schweigen Sie für immer.«

Verdammt, das war kein Spiel mehr. Wenn man das Bänkchen fortzog, würde sie hängen, aber es würde eine Weile dauern, bis sie starb. Eine gute Methode, jemanden zu quälen, wurde ihr klar, diese Irren machten wirklich Ernst.

»Bitte«, sagte sie. »Ich verschweige Ihnen nichts.«

Der Maskenmann trat auf sie zu und ergriff mit der linken Hand die Schlinge und zog fest daran. Am liebsten hätte sie laut geschrien. Doch das war nicht möglich. Sie bekam kaum noch Luft und wand sich, um die Quälerei abzuwehren, und endlich ließ der furchtbare Mann den Strick wieder los.

»Es ist Ihre letzte Gelegenheit, meine Frage wahrheitsgemäß zu beantworten«, sagte er, »anderenfalls hängen Sie.«

Lieber Gott, hilf mir, flehte sie still. Der Strick mit der Schlinge war so straff gespannt, dass sie praktisch bewegungsunfähig war. Sie war verurteilt geradezustehen, denn wenn sie unbeabsichtigt den Halt verlor oder ohnmächtig würde, hinge sie am Hals in der Luft. Wirklich sehr wirkungsvoll, dachte sie.

»Welchen Auftrag gab Michalik Ihnen für den Besuch bei Böhme?«, fragte der Maskierte.

»Ich sollte ein Dokument fotografieren, das sich in seinem Panzerschrank befand«, antwortete sie mit bebender Stimme.

»Haben Sie es fotografiert?«

»Ja.«

»Was war es für ein Dokument?«

»Das Gesprächsprotokoll einer Unterredung des Führers mit seinen hohen Offizieren.«

»Böhme war bei der Unterredung mit dem Führer zugegen?«

»Nein, nicht er selbst. Ein Oberstleutnant Schmundt, mit dem er befreundet ist, hat das Protokoll angefertigt. Von diesem hatte Böhme eine Abschrift des Protokolls erhalten, wie mir berichtet wurde.«

»Wann hat das Gespräch stattgefunden?«

»Am 23. Mai dieses Jahres.«

»War das Datum im Protokoll vermerkt?«

»Ja, auf dem ersten Blatt.«

»Was war der Inhalt des Gesprächs?«

»Es ging um einen militärischen Angriff der Wehrmacht auf Polen, genau genommen um die Hintergründe dieses Angriffs. Der Führer äußerte, dass er Polen in jedem Fall angreifen würde, ganz egal, ob seine Forderungen an das Land erfüllt würden oder nicht.«

Es war die Fortsetzung des Verhörs, das der Gestapomann Krausnick in der vergangenen Nacht mit ihr begonnen, aber nicht zu Ende geführt hatte, ging ihr durch den Kopf. Bestand eine Verbindung zwischen Krausnick und dem Gericht?

»Was für eine Kamera haben Sie zum Fotografieren benutzt?«

»Ein neuartiges Minox-Modell.«

»Wo befindet sich die Kamera?«

»Ich gab die Kamera samt Film Herrn Michalik.«

»Und was hat er damit getan?«

»Er hat die Fotos entwickelt, das nehme ich wenigstens an.«

»Das nehmen Sie an? Wollen Sie damit sagen, Sie hätten die Fotos nicht gesehen?«

Sie überlegte nicht, denn jedes Zögern hätte eine Grausamkeit von Seiten des Maskierten zur Folge gehabt. »So ist es«, sagte sie. »Ich war nicht dabei, als Michalik die Fotos entwickelte.«

»Sie haben eben den Inhalt des Protokolls zitiert, woher kennen Sie diesen Inhalt?«

Wieder kam ihre Antwort wie aus der Pistole geschossen. »Herr Michalik beauftragte mich, jedes Blatt des Protokolls genau zu lesen, während ich die Fotos machte, und das habe ich getan. Wenn Sie es möchten, kann ich Ihnen weitere Einzelheiten berichten.«

Er ging nicht auf Ihr Angebot ein. Der Inhalt des Protokolls schien ihn nicht wirklich zu interessieren.

»Sie scheinen ja ein sehr cleveres Mädchen zu sein«, sagte er stattdessen. »Fotografieren heimlich Schriftstücke und verstehen es, sie dabei auch noch zu lesen. Das gibt es nicht so oft! Oder war es anders? Hat Michalik Ihnen die Fotos gezeigt?«

»Nein, ich las das Protokoll, während ich es fotografierte.«

Es war unwahrscheinlich, dass man sie töten würde, dachte sie bei sich. Die Antworten, die sie gab, mochten wichtig sein, aber für ihr Schicksal waren sie kaum entscheidend. Vor allem ging es dem Maskierten darum, ihr Angst zu machen, damit er sie für seine Zwecke benutzen konnte, das war ihr längst klar. Mit Drohungen, Demütigungen und Folter würde man versuchen, sie zu brechen und ihren Gehorsam zu erzwingen. Das war der erste Schritt, und nur wenn dieser nicht erfolgreich wäre, würde der zweite folgen. Es war ein wiederkehrendes Muster in ihrem Leben, dass man sich ihrer zu bemächtigen suchte. Aber zu ihrem Charakter gehörte es, selbst dann, wenn man ihr ernstlich drohte, offenen oder heimlichen Widerstand zu leisten, was der Gerichtsvorsitzende zu ahnen schien. Um Erfolg zu haben, würde er sehr weit gehen müssen, fast bis zum Äußersten, aber eben nur fast, da er anderenfalls nicht auf seine Kosten kam. Ja, es war tatsächlich ein Spiel, ein sehr böses Spiel, und auch eines, das tödlich für sie enden könnte, wenn sie die Spielregeln, in die man sie einwies, nicht befolgte. Sie befand sich mitten in einem teuflischen Ritual, durch das man sie in eine bestimmte Rolle zwang. Deshalb die Masken, die verstellte Stimme, deshalb ihre Entblößung. Man konnte das Bänkchen unter ihr wegziehen und sie würde zappeln und leiden, aber sterben würde sie an dem straff gespannten Strick so schnell nicht. Das Bänkchen wäre schnell wieder unter ihre Füße gestellt; Ludwig würde schon dafür sorgen, dass der Strick sie nicht so bald erdrosselte, das war seine Aufgabe, ahnte sie, eine seiner Aufgaben und der Grund, weshalb er neben ihr stand.

»Besitzen Sie Abzüge der Fotos? Dass Sie das Protokoll gelesen haben, heißt nicht, dass sich nicht Fotos in Ihrem Besitz befinden können. Überlegen Sie sich Ihre Antwort gut!«

Das starre Maskengesicht bewegte sich nicht. Gut, dass sie ihre Handtasche im Wagen gelassen hatte, dachte sie bei sich. Wenn sich auch nicht die Fotos darin befanden, sondern nur die Protokollabschrift, hätte sie doch erklären müssen, wie diese in ihren Besitz gekommen war. Klar und deutlich sagte sie deshalb: »Nein.«

Der Maskenmann wandte sich zu seinen vermummten Kollegen um, die bisher wie unbeteiligte Statisten dagesessen hatten. Der Maskierte auf der linken Seite hob die Hand, wie um den Befrager zu sich herzuwinken. Der Gerichtsvorsitzende setzte sich in Bewegung und ging auf die Richterbank zu. Die Männer flüsterten miteinander. Danach kam der Wortführer zu Marion zurück.

»Wissen Sie, wo Herr Michalik sich aufhält?«, fragte er sie.

»Nein«, antwortete sie.

»Warum sagen Sie nicht, dass er zu Hause ist.«

»Weil ich es doch nicht weiß.«

»Nehmen Sie es an?«

Natürlich konnte sie nicht sagen, dass er sich wahrscheinlich in der Leichenhalle befand.

»Ja, allerdings, ich nehme es an.«

»Werden Sie weiterhin für die Abwehr tätig sein?«

»Sofern man mir einen Auftrag erteilt, sicherlich.«

Wieder war sie eine Zeitlang dem bewegungslosen Starren der Maske ausgesetzt.

»Gehen Sie gern mit Wehrmachtsoffizieren ins Bett?«

Sie sagte nichts und senkte den Blick.

»Spielen Sie nicht die Unschuld vom Lande«, schrie der Maskierte sie so unerwartet laut an, dass sie zusammenfuhr. »Das glaubt Ihnen doch niemand! Antworten Sie!«

»Wenn der Offizier – nett ist, dann ja.«

Der Maskierte griff wieder zu dem Strick und zog ihr den Hals zusammen.

»Was für ein schamloses Frauenzimmer sind Sie? Verführen einen anständigen Offizier und bestehlen ihn heimlich, während er schläft«, schrie er, ließ den Strick aber wieder locker. »Sie können jemandem wie ihm dadurch schweren Schaden zufügen, gar seine Hinrichtung bewirken, wenn die Sache vor dem Kriegsgericht schlecht für ihn läuft. Ein so schamloses Weibsbild wie Sie ist mir mein Leben lang noch nicht unter die Augen gekommen. Sie haben den Tod verdient!«

Marion merkte, dass sie zitterte. »Es war ein Auftrag«, krächzte sie.

»Ja, ein Auftrag!«, brüllte er. »Wissen Sie was? Ich sollte Ihnen dieses Bänkchen unter den Füßen wegtreten, nur dann würde Ihnen Recht geschehen! Sie haben einen schimpflichen und qualvollen Tod verdient, da Sie durch Spionage bei einem Wehrmachtangehörigen eine schwere Straftat zum Nachteil des deutschen Volkes begangen haben. Es wäre keine falsche Entscheidung, wenn wir Sie aufknüpften. Wenn wir es heute nicht tun, ist das kein Freispruch, sondern nur ein Aufschub unseres Urteilsspruches über Ihre weiterhin mögliche Hinrichtung. Wir wollen noch keine endgültige Entscheidung treffen, sondern noch den einen oder anderen Beweis erheben. Bis dies abgeschlossen ist und Sie wieder von uns hören, können Sie sich bewähren. Es ist Ihre letzte Chance. Wenn Sie sie verspielen«, er machte eine Kopfbewegung zu dem Galgenstrick hinauf, »dann werden Sie aufgehängt.«

Eine Weile noch blieb das bösartige Larvengesicht starr und unbeweglich vor ihr, nur einen Augenblick lang konnte sie den Ausdruck der hasserfüllten Augen in den Sehschlitzen ertragen, dann senkte sie den Blick und der üble Mensch wandte sich abrupt von ihr ab und entfernte sich zurück zu der Richterbank. Selbst während er schrie, hatte er die rechte Hand nicht von seiner Kehle gelassen, sich also durchaus unter Kontrolle gehabt.

Sie spürte, dass Ludwig hinter sie getreten war. Auf ihrem Rücken fühlte sie die nackte Haut seiner Brust, so als wollte er ihr Halt geben, ihre Angst beschwichtigen und den Anwürfen des grausamen Richters auf diese Weise widersprechen. Der körperliche Kontakt zu ihm war ihr nicht unangenehm. Er wollte wohl auch noch etwas anderes, spürte sie und erwiderte den Druck seines Körpers, indem sie sich leicht an ihn lehnte. Seine Hände strichen ihre Taille entlang, schienen die unter ihrer Haut hervortretenden Rippenknochen zu zählen, wanderten über die Hüftknochen herab zu ihrem Po. Obwohl sie es nicht wollte, empfand sie ein angenehmes Ziehen. Seine Hände wanderten hoch, streichelten fast zärtlich ihren Bauch und ihre Brüste, glitten wieder hinab und legten sich schließlich auf ihre Hüften, wo sie verharrten.

»Genug für heute«, vernahm sie die hohe Stimme des Gerichtsvorsitzenden. »Sie soll gehen. Auf die gleiche Weise, wie sie gekommen ist!«

Ludwigs Hände lösten sich von ihren Hüftknochen und sie spürte sie an ihrem Hals, als er die Schlinge lockerte und über ihren Kopf zog. Er fasste sie am Ellbogen und ließ sie von dem Bänkchen zurück auf das kalte Blech treten, und während er sich daranmachte, die

Fesselkette von ihren Handgelenken zu lösen, sah sie, wie die maskierten Männer sich von ihren Plätzen erhoben und dann in den Nebenraum verschwanden. Der empörende Spuk war fürs Erste vorbei.

»Nun, war es so schlimm?«, fragte Ludwig, indem er ihr von Angesicht zu Angesicht gegenübertrat und sie aufmunternd anschaute. Meinte er die Frage ernst?, dachte Marion. Es war nicht zu fassen. Scheinbar hielt er das Ganze tatsächlich für ein Spiel.

»Was für ein entsetzliches Spiel! Ist es wirklich vorüber?«

»Ja, das Spiel ist aus.«

»Was hättest du getan, wenn er den Befehl gegeben hätte, das Bänkchen unter meinen Füßen wegzuziehen, Ludwig?«, fragte sie.

»Ich habe damit gerechnet, dass er es sagt.«

»Ernsthaft?«

Er lächelte. »Du hättest es überlebt. So schnell wärst du an dem Strick nicht gestorben. Ich hätte dich von hinten festgehalten.«

Sie starrte ihn stumm an. Über den hohen Wangenknochen lagen seine dunklen Augen tief in ihren Höhlen, was ihm diesen unheimlichen, diabolischen Gesichtsausdruck verlieh. Obwohl er daran beteiligt war, ihr Angst zu machen und sie zu quälen, übte sein Anblick einen gewissen Reiz auf sie aus, sodass sie eine Weile damit verbrachte, den Impuls niederzukämpfen, sich an die glatte, muskulöse Brust des schrecklichen Henkersknechtes anzulehnen.

»Ich brauche mein Kleid«, sagte sie und legte ihre Hand auf seine glatte Brust, also wollte sie ihm für seine

Hilfe danken. Dabei gab es überhaupt keinen Grund dafür. Es mochte an der Anweisung des Maskenmannes liegen, dass er die Berührung nicht erwiderte. Zum Glück, dachte sie und zog ihre Hand zurück. Es war besser, so schnell wie möglich die elende Wohnung zu verlassen. Wo war eigentlich Sybille?

»Warte«, sagte Ludwig, ließ sie stehen und verschwand durch die Tür in den benachbarten Raum. Als er wieder herauskam, hatte er seine Jacke in der Hand. »Gehen wir«, sagte er, während er sich die Jacke anzog. »Ich bringe dich nach Haus.«

Die Wohnung, die sie stumm durchschritten, war leer und still. Als sie den Eingangsbereich mit der Garderobe erreicht hatten, zog sie Kleid, Schuhe und Mantel wieder an.

Der Mond warf einen silbernen Schein in den Hof und glitzerte auf dem Lack des schwarzen Cabriolets, das ein paar Meter vom Haus entfernt stand. War es Ludwigs Wagen? Es war kaum vorstellbar, dass ein junger Mann wie er ein so teures Auto besaß. Er war nur der Chauffeur, dachte sie, der Angestellte jener schrecklichen Männer, denen sie nur für den Moment entronnen war; nicht nur das Fahren schien zu Ludwigs Aufgaben zu gehören.

Sie trat zu dem Wagen, doch dann fuhr sie erschrocken zurück. Die hintere Tür hatte sich geöffnet.

»Du lebst, meine Liebe«, lächelte Sybille ihr von der Rückbank her zu, »etwas blass, aber wunderschön, ich freue mich, dich nach deiner Einweihung bei guter Gesundheit zu sehen.«

Marion stieg zu Sybille in den Wagen, ohne etwas zu

sagen. Sie griff zu ihrem Handtäschchen, das sich noch dort befand, und legte es auf ihren Schoß. Ludwig startete den Motor. Sybille reichte ihr die Augenbinde und Marion legte sie an. Als sie nichts mehr sah, fuhr Ludwig an. Der Wagen rollte über den Hof und bog ab in eine Straße ein. Marion genoss die Schwärze vor ihren Augen ein paar Minuten lang, dann nahm Sybille ihr die Binde wieder ab.

»Was meinst du mit Einweihung?«, fragte Marion sie nach einer Weile. »Willst du damit sagen, die Drohungen, die man gegen mich ausstieß, seien nicht ernst gemeint gewesen? Du hast nicht gehört, was dieser grässliche Gerichtsvorsitzende zum Schluss zu mir sagte, nämlich dass meine Hinrichtung nur aufgeschoben sei. Es war widerlich.«

»Bei den Schauspielern auf der Bühne klingt doch auch alles ganz ernst. Aber es liegt an dir. Wenn du darüber schweigst, wenn du dich bewährst, wenn du alle Befehle befolgst, wird man dir nichts tun.«

»Nun ist es an der Zeit, mir zu sagen, in wessen Auftrag ihr mich in dieses Haus gebracht habt«, sagte Marion. »Wer waren diese maskierten Kerle?«

»Nein, du irrst«, erwiderte Sybille. »Es ist noch nicht an der Zeit.«

Nicht lange danach erreichten sie den Kurfürstendamm, dann die Kaiserallee und etwas später die Prager Straße.

Marion dachte an Felix. Sicher würde Ludwig sie zum Bülowbogen fahren, wenn sie ihn darum bat. Aber die Nacht war weit vorangeschritten; zu spät, um ihn noch aus dem Bett zu klingeln, und sie entschied sich dafür, bis morgen zu warten. Sie hatte anders als sonst das Bedürfnis, allein zu sein.

»Wir sehen uns bald wieder«, sagte Sybille zum Abschied, bevor Marion ausstieg. »Vielleicht schon morgen Abend, es wird sich zeigen. Halte dich bereit.« Sybille lächelte rätselhaft. »Uns verbindet die Liebe zum Tango«, fügte sie hinzu, »und das enger, als du denkst.«

11. KAPITEL

An Schlaf war nicht zu denken. Vor ihrem inneren Auge zogen die Bilder des Abends und der Nacht vorüber, der tote Rolf Michalik und sie selbst als nacktes Opfer vor dem Femegericht. Furchtbare Bilder, die sie zeit ihres Lebens nicht vergessen würde. Was für eine unheilvolle Kette von Ereignissen suchte sie nur heim! Wer hätte gedacht, dass der Auftrag Böhme solche Ungeheuerlichkeiten nach sich ziehen könnte? Wie würde es bloß weitergehen?

Sie wusste, dass es in Berlin und in Deutschland viel Furchtbares gab, das nie in den Zeitungen stand. Nicht erst heute, auch schon in früherer Zeit. Sie erinnerte sich gut an die Erzählungen ihrer Mutter über die grausigen Morde im Stadtteil Lichtenberg in der Zeit der deutschen Revolution im März 1919, denen ihr Vater zum Opfer gefallen war. Aus purem Hass und Rachedurst hatten die Truppen der deutschen Gegenrevolution eintausend oder zweitausend unschuldige Menschen massakriert, während anderswo in Berlin lustig getanzt und ausgelassen gefeiert wurde. Arme Menschen, die nicht nur auf furchtbare Weise gestorben, sondern von den meisten Berlinern und anderen Deutschen längst vergessen worden waren.

Es wäre ein Fehler, das Tribunal als eine Art Einweihungsveranstaltung abzutun. Es war auch kein bloßer Scherz oder Schabernack gewesen, den man mit ihr getrieben hatte, sondern sie nahm die Drohung des Gerichtsvorsitzenden ernst. Falls sie nicht tat, was dieser maskierte Teufel oder seine Gehilfen von ihr verlangten, würde das schreckliche Femegericht erneut zusammentreten, und es lag in der Natur der Sache, dass die Quälerei, die sie dann mit ihr anstellen, und das Urteil, das sie dann über sie verhängen würden, einen Schritt weiter gehen würde als beim ersten Mal. Man würde sie womöglich foltern oder sogar erhängen, wahrscheinlich beides, eins nach dem anderen. Vorher würde man sie vermutlich vergewaltigen, das hatte heute schon in der Luft gelegen. Sie war ein Opfer auf Abruf, daran zweifelte sie nicht.

Marion beängstigte auch die Botschaft, die in allem lag. Wenn man sie von der Straße weg vor ein Tribunal aus grausamen, maskierten Männern zerren konnte, das die Macht hatte, frei über ihr Leben zu verfügen, ohne dass eine Polizei oder sonst jemand etwas dagegen ausrichten konnte, dann war alles möglich, dann war sie Freiwild in dieser Stadt. Anscheinend war sie auf eine schwarze Liste geraten, von der sie nicht mehr herunterkam. Das alles konnte nur funktionieren, weil diese Leute den Schutz von Mächtigen besaßen.

Sie setzte sich auf, griff trotzig nach dem Roman auf ihrem Nachtschrank, in der Hoffnung, sich durch Lesen ablenken und ein wenig Normalität erleben zu können. Es war ein Kriminalroman von Edgar Wallace, der seit Tagen neben ihrem Bett lag, doch sie schaffte nicht einmal eine halbe Seite, dann warf sie das Buch auf den Boden. Ihr Leben glich in diesen Tagen selbst einem Kriminalroman; sie wurde verfolgt und von finsteren Mächten, die sie nicht kannte, bedroht.

Ihr Blick wanderte zu der Kommode mit dem Bild ihres Vaters. Ob es auch ihr bestimmt war, jung zu sterben? Doch wer bestimmte, wann sie starb? Wer war dafür verantwortlich, dass sie in einen Wirklichkeit gewordenen Roman hineingeschlittert war? Keine Sekunde zweifelte sie daran, dass es einen Verfasser gab, der ihr ihre Rolle in seinem Stück zugewiesen hatte. Was sie erlebte, war Teil eines Plans, eines abgekarteten Spiels, und Urheber dieses Plans war einer, der ein Interesse daran hatte, dass sie die strafwürdige Tat beging, zu der er sie verführte, um ihr danach vorzuwerfen, dass sie in seine Falle gegangen war.

Sie musste versuchen, über Sybille und Ludwig an die Hintermänner heranzukommen. Wer waren diese beiden? In welchem Verhältnis standen sie zu den maskierten Verbrechern? Es würde ihr daher kaum etwas anderes bleiben, als sich mit ihnen gut zu stellen, um ihnen Informationen zu entlocken, keine ungefährliche Angelegenheit.

Sie schlief ein, als der Morgen bereits graute, und erwachte spät. Es war schon lange hell. Etwas hatte sie geweckt, fiel ihr ein. Sie setzte sich auf und spitzte die Ohren. Ihr Unterbewusstsein hatte ein Geräusch registriert. Dann begriff sie, dass es die Klingel gewesen war, denn es schellte erneut an der Tür. Sie sprang aus dem Bett, trat zum Schrank, wählte einen Rock und eine kurzärmelige Bluse, zog rasch beides an, schlüpfte in ihre Schuhe und eilte über den Flur. Vielleicht war es Felix, dachte sie.

Sie riss die Tür auf und starrte in das leere Treppenhaus. War sie zu spät gekommen? Hatte Felix schon kehrt gemacht? Das wäre ärgerlich. Sie trat zum Treppengeländer, blickte hinunter, aber es war niemand zu sehen. »Felix, Felix!«, rief sie, es klang seltsam verzweifelt, fast hilflos, und es kam keine Antwort zu ihr zurück.

»Versuchen Sie es mal mit mir«, hörte sie da eine andere Stimme leise sagen, und als sie den Kopf erschrocken herumriss, erblickte sie neben der Wohnungstür einen schlanken, blonden Mann, der eine schwarze SS-Uniform trug.

»Fräulein Bendt?«, fragte er.

Sie nickte. »Ja, die bin ich.«

»Mein Name ist Bredow. Ich bin vom Sicherheitsdienst der SS.«

Sie sagte nichts, sondern sah ihn nur an. Er hatte ein hartes, verwegenes Gesicht und durchdringende Augen. Sie schätzte ihn auf Anfang dreißig.

»Sie sind mit Rolf Michalik bekannt«, sagte er. »Ist das richtig?«

»Ja, das stimmt.«

»Ich habe leider schlechte Nachrichten«, fuhr er fort. »Herr Michalik ist – tot.«

Einige Momente blieb sie still. Die Zeit reichte immerhin aus, um zu entscheiden, wie sie sich dem Herrn gegenüber verhalten sollte. Natürlich konnte sie nicht sagen, dass die Nachricht keine Neuigkeit für sie war.

»Er ist tot? Mein Gott, ich habe ihn doch erst … vor ein paar Tagen getroffen. Was ist denn geschehen?«

»Offenbar hat er sich erschossen.«

»Selbstmord?«

»Ja.«

Sie blickte zur Tür. »Entschuldigen Sie, wollen Sie einen Moment hereinkommen?«

»Danke, gern.«

Sie ließ ihn ein, schloss hinter ihm die Tür und ging voraus.

»Der SD, für den ich tätig bin, und die Abwehr, für die Michalik gearbeitet hat, stimmen ihre Aufgaben in letzter Zeit immer häufiger aufeinander ab«, sagte Bredow, nachdem er auf einem der Sessel im Wohnraum Platz genommen hatte, »zuweilen überschneiden diese Aufgaben sich. Michalik war Ihr Führungsoffizier. Eine uns beiden vorgesetzte Stelle hat beschlossen, dass ich einen Teil seiner Aufgaben übernehme, hierzu gehört auch das Sachgebiet, auf dem Sie ihm zugearbeitet haben.« Er schwieg und ließ seine Worte auf sie wirken.

Marion hatte sich in den anderen der beiden Sessel gesetzt, die das kleine Sofa und das runde Tischchen davor flankierten.

»Das heißt«, sagte sie nach einer Weile, »dass Sie mein neuer Führungsoffizier sein sollen?«

»Ganz recht. In Zukunft werde ich Ihr Ansprechpartner sein und auch derjenige, der Ihnen Aufträge erteilt.«

Die Selbstverständlichkeit, mit der er voraussetzte, dass sie für ihn arbeiten würde, behagte ihr nicht. Wer war überhaupt der Sicherheitsdienst der SS? Ein weiterer Geheimdienst, er hatte es ja gesagt; der SD der SS war neben Abwehr und Gestapo der Dritte im Bunde der geheimen Dienste. Doch wie waren diese Dienste miteinander verbunden? Wer war die vorgesetzte Stelle? Allmählich wurde es richtig verworren.

»Sofern ich meine Tätigkeit für die Geheimdienste fortsetzen möchte«, sagte sie. »Wenn ich aber so darüber nachdenke, glaube ich gar, dass ich es nicht mehr möchte. Ich habe meinen Beruf als Tänzerin.«

Bredows Augen, mit denen er sie eine Weile stumm ansah, waren schmal, hell, aber undurchdringlich. Eine Weile blieb er stumm, schließlich erhob er sich und machte ein paar Schritte zum Fenster, als ob er in ihrer Wohnung zu Hause war, warf einen Blick in den Hof, drehte sich um, und kehrte in die Ausgangsposition zurück. Er bewegte sich leichtfüßig mit federnden Schritten.

»Hören Sie, mein Fräulein«, sagte er. »In einigen Tagen werden wir uns im Kriegszustand befinden, und spätestens dann wird es für jeden Deutschen nicht mehr darum gehen, was er gern tun oder lassen möchte, sondern darum, wie und an welcher Stelle er seine Pflicht zu erfüllen hat. Was Ihre Pflichten sein werden, habe ich Ihnen eben gesagt. Ihre Arbeit wird sich nicht sehr von der unterscheiden, die Sie für Herrn Michalik erbracht haben. Im Übrigen können Sie unbesorgt sein. Sie werden nicht nur Ihre Pflichten zu erfüllen haben, sondern Ihre Arbeit wird auch in dem bisherigen Umfang vergütet werden. Ihren Beruf als Tänzerin üben Sie natürlich weiterhin aus. Schließlich brauchen Sie eine Tarnung.«

Neben ihm fiel ein Sonnenstrahl durch das Fenster, tanzte als Lichtstreifen über den Fußboden, und wurde von einer Wolke am Himmel wieder zum Verschwinden gebracht.

Marion sagte nichts, sie überlegte. Recht bedacht nahm das Angebot des schneidigen SS-Offiziers sie nicht nur in die Pflicht, sondern gab ihr auch einen gewissen Schutz.

Als gebranntes Kind scheute sie zwar inzwischen das Feuer, aber wenn dieser SD-Offizier die Arbeit mit ihr fortsetzen wollte, konnte sie daraus schließen, dass ihre Tätigkeit in Sachen Böhme aus seiner Sicht kein strafwürdiges Vergehen gewesen war, sodass sie von ihm Rückendeckung erhalten müsste, auch gegen die finsteren Gesellen der letzten Nacht.

»Ich werde darüber nachdenken«, sagte sie, um nicht unterwürfig zu erscheinen.

Er reagierte nicht aufbrausend, wie sie befürchtet hatte, sondern blieb still.

»Kommen wir auf die Sache Böhme zu sprechen«, ließ sich Bredow nach einer Weile vernehmen. »Hatten Sie Erfolg?«

»Herr Michalik war mit mir zufrieden.«

»Sie haben Fotos von einem geheimen Protokoll hergestellt, soviel ich weiß.«

Sie bestätigte es. Mittlerweile war es das dritte Verhör über die Sache Böhme, ging ihr durch den Sinn.

»Wann ist das gewesen?«, fragte Bredow.

»Vor drei Tagen.«

»Wo befinden sich die Fotos?«

»Ich übergab Herrn Michalik die Kamera mitsamt dem Film.«

»Sie wissen, dass über die ganze Angelegenheit striktes Stillschweigen zu bewahren ist«, stellte er fest.

»Selbstverständlich.«

»Ich frage nicht, weil ich Ihnen misstraue, sondern weil ich die Gefahr sehe, dass man an Sie herantreten und womöglich unter Druck setzen wird. Sie sollten darauf vorbereitet sein. Es ist nicht auszuschließen, dass Personen von Ihrer Unternehmung in Sachen Böhme wissen, für die diese Information nicht bestimmt ist. In diesem Fall müssen Sie darauf beharren, dass Ihnen nichts von dem bekannt ist, was die Fotos wiedergeben –, natürlich mit Ausnahme der Dinge, die ins Auge fallen, da Sie sonst unglaubwürdig erscheinen würden.«

Sollte sie ihm erzählen, dass sie in der vergangenen Nacht verhört und gefoltert worden war und einiges von dem gestanden hatte, was sie über die Sache wusste? Nein, vorerst besser nicht, sagte sie sich. Es war ihr noch immer nicht ganz klar, wie sie mit dem furchtbaren Erlebnis umgehen sollte und welche Bedeutung das Femegericht besaß.

»Was soll ich denn tun, wenn das passiert?«, fragte sie.

»Es wird Ihnen schon etwas einfallen. Sie sind ein aufgewecktes Mädchen, wie ich hörte. Nie mehr einräumen, als notwendig ist.«

»Notwendig wofür?«

»Notwendig, um zu überleben.«

»Ich werde achtgeben«, sagte sie.

Er schaute sie an. »Das hoffe ich. Es ist für unsere Zusammenarbeit wichtig, dass Sie alle meine Anweisungen ausnahmslos befolgen.«

»Ich habe stets alle Anweisungen meines Führungsoffiziers befolgt. Ich konnte mich darauf verlassen, dass Rolf Michalik nichts Unzumutbares von mir verlangen würde.«

Was in Bezug auf den letzten Auftrag zwar nicht stimmte, aber das ging diesen arroganten Herrn nichts an.

»Ich hoffe, wir werden uns darüber einig, was Ihnen zuzumuten ist«, sagte er in etwas milderem Ton.

»Das ist in meinem Sinne.«

Zum ersten Mal, seitdem er bei ihr erschienen war, trat ein Lächeln auf sein Gesicht. Er hatte ihre letzte Bemerkung wohl als die endgültige Zustimmung gewertet.

»Michalik war an einer Gruppe von Personen dran, die man wohl als eine Geheimdienstorganisation bezeichnen muss«, sagte Bredow. »Ich bezeichne die Gruppe als deutsch-britischen Herrenklub. Sie steht zwar nicht unbedingt auf der gegnerischen Seite, aber sie handelt eigenmächtig und könnte Probleme bereiten. Es ist nicht die Gruppe an sich, die uns Sorgen macht, sondern die Tatsache, dass sich unter ihren Mitgliedern Personen befinden, die vertrauliche Informationen an uns feindlich gesonnene Kräfte verraten könnten.«

Eine Gruppe, ein Herrenklub, ja, dachte Marion. Dieses maskierte Femegericht hatte auch etwas von einem Herrenklub gehabt. Doch ging es hier nicht um derbe Scherze, die man diesen Klubs sonst nachsagte. Diese Herren hegten böse Absichten und hatten offenbar Spaß daran, ein junges Mädchen zu quälen und in Todesangst zu versetzen.

»Ganz habe ich es nicht verstanden«, sagte sie. »Sind diese Herren nun Freunde oder Feinde?«

»Sie sind nicht unbedingt Feinde. Ihr Traum ist, dass Deutsche und Briten gemeinsam die Welt beherrschen. Sie suchen daher zu verhindern, dass England sich an einem Krieg gegen Deutschland beteiligt. Was löblich ist, da auch der Führer keinen Krieg mit England will. Dennoch gehören diesem Kreis einige Herren an, die nicht über jeden Verdacht erhaben sind.«

»Welcher Verdacht besteht konkret gegen sie?«

»Dass sie britischen Spionagekreisen zuarbeiten, den Kreisen also, die dafür werben, Deutschland den Krieg zu erklären, wenn die Wehrmacht gen Osten marschiert. Die Engländer sind in dieser Frage gespalten.«

»Wer gehört zu dem Herrenklub? Gibt es Klubräume? Wo befinden sie sich?«

»Die Zusammenkünfte des Klubs finden gewöhnlich in Gaststätten statt. Genaueres ist mir nicht bekannt. Einige der Mitglieder kenne ich mit Namen, aber das hilft nicht viel weiter. Michalik selbst besaß Verbindungen zu dem Klub. Er hatte bessere Informationen, als ich sie besitze, er kann uns keine Antworten mehr geben. Wenn man Kontakt zu Ihnen aufnimmt, werden Sie die Möglichkeit haben, an Hinweise auf verdächtige Personen zu gelangen. Das ist mein erster Auftrag für Sie, Fräulein Bendt. Beobachten Sie die Mitglieder dieses Klubs.«

Dass sie möglicherweise bereits in Kontakt zu den besagten Herrschaften stand, verschwieg sie Bredow. Bisher spürte sie wenig Vertrauen zu diesem Herrn vom Sicherheitsdienst der SS. Nicht so, wie sie es Rolf Michalik gegenüber empfunden hatte. Das Vertrauen würde sich erst noch einstellen müssen. Die nächste Zeit würde zeigen, ob es gelang. Falls nicht, würde sie für Bredow nicht erfolgreich arbeiten können.

»Die Herren wissen also von mir?«

»Die Herren werden nach Ihnen suchen«, sagte Bredow. »Achten Sie auf Personen, die mit Ihnen in Verbindung treten. Vor allem in der Tanzbar, in der Sie beschäftigt sind.«

»Woher wissen die Herren von der Existenz des Protokolls?«

»Durch Michalik selbst.«

Sie runzelte die Stirn. »Wie kann das sein?«

»Ich nehme an, dass sich Abwehroffiziere, die dem Klub angehörten, an ihn wandten, um an eine Kopie des Protokolls zu gelangen. Er sprach zu mir von seinem Verdacht, dass es Kreise gab, die seiner Arbeit feindlich gegenüberstanden, ihn aber gleichwohl für ihre Zwecke einzuspannen versuchten. Sein plötzlicher Tod verhinderte, dass er mir Einzelheiten oder Namen nennen konnte. Es ist nun an Ihnen, seine Arbeit fortzuführen.«

Über den ihr erteilten Auftrag hatte Michalik sicher nicht aus freien Stücken gesprochen, dachte Marion. Wenn überhaupt, dann nur über das Protokoll. Oder war er gezwungen worden? Hatte jemand etwas gegen ihn in der Hand gehabt?

»Von wem kam der Auftrag an Michalik, Fotos zu beschaffen?«, fragte sie.

»Das ist eine wichtige Frage, die ich leider noch nicht beantworten kann«, gab Bredow zurück. »Möglicherweise steckt jemand dahinter, der nicht auf unserer Seite steht.«

»Ein Verräter in der Abwehr?«

»Wenn Sie so wollen, ja.«

Sie zögerte, aber dann wagte sie es zu fragen: »Denken Sie, dass mit seinem Tod etwas nicht in Ordnung ist? Musste er sterben, damit er seinen Auftraggeber nicht verraten kann?«

Bredow warf ihr einen Seitenblick zu. »Nun, eindeutig sind die Umstände seines Todes nicht. Aber ich möchte im Moment nicht darüber spekulieren.«

»Ich verstehe«, sagte sie. »Wann ist übrigens die Trauerfeier? Ich würde gern an der Beerdigung teilnehmen.«

»Soviel ich gehört habe, findet die Trauerfeier nicht in Berlin, sondern in seiner norddeutschen Heimat statt. Wann genau das sein wird, ist mir nicht bekannt. Es dürfte schwierig sein, dorthin zu reisen. Da die Reichsbahn praktisch vollständig für Soldatentransporte eingesetzt ist, sind die Reisemöglichkeiten für Privatpersonen eingeschränkt, im Moment nahezu unmöglich. Sie sollten sich besser auf Ihre Aufgaben hier in Berlin konzentrieren.«

»Auf Ihren Auftrag, wollen Sie sagen.«

»So ist es.« Er wandte sich zum Gehen, drehte sich aber noch einmal zu ihr um, zwang sich zu einem Lächeln und streckte ihr die rechte Hand entgegen. »Schlagen Sie ein?«

Sie nahm seine Hand und er drückte fest zu. »Auf eine erfolgreiche Zusammenarbeit!«

»Ja«, murmelte sie. »Auf eine erfolgreiche Zusammenarbeit.«

Er griff in seine Tasche und reichte ihr einen Zettel. »Wenn Sie mich dringend erreichen müssen, wählen Sie diese Telefonnummer«, sagte er.

Sie steckte den Zettel mit der Nummer ein. Einerseits war sie froh über den neugewonnen Verbündeten, andererseits fürchtete sie, was ihr drohen könnte, wenn jemand durchschaute, dass sie sich auf ein doppeltes Spiel eingelassen hatte.

12. KAPITEL

Die Dämmerung schritt voran, als Marion am Bülowbogen die Hochbahn verließ und ihre Schritte in Richtung Dennewitzplatz lenkte. Es war eine verrufene Gegend, die sich doch von ihrer eigenen Welt nicht groß unterschied. Es war nicht ihr erster Besuch in diesem Teil der Stadt. Provozierende Nacktheit, wohin man sah. Hübsche junge Frauen, wahrscheinlich Prostituierte, zeigten ihre Körper. Es mochten auch höhere Töchter unter ihnen sein, die etwas erleben wollten, solange es noch ging. Noch vor zwei oder drei Jahren hatten es die meisten Frauen vermieden, ohne Jäckchen auf der Straße zu erscheinen, doch in diesem Sommer scherte sich niemand mehr um Sitte und Anstand, ebenso wenig wie um die Straßenprostitution, obwohl diese jahrelang von den Behörden verfolgt und geächtet worden war. Die Unmoral bedurfte nicht mehr der Heimlichkeit oder Verschleierung, sondern schien auf das Licht geradezu versessen zu sein.

Es war kein Wunder, dass es in der Bülowstraße besonders umtriebig zuging. Prostitution, Rauschgifthandel und zweifelhafte Vergnügungsbetriebe hatte es an diesem Ort schon vor Jahrzehnten gegeben, nicht wenige Mütter hatten ihre Töchter vor einem Aufenthalt in dem Viertel eindringlich gewarnt. Natürlich wohnten in den Straßen hauptsächlich ganz normale, einfache Leute, die Potsdamer Straße, die das Viertel durchzog, galt sogar als gutbürgerlich. In den letzten Jahren war einiges verschwunden, woran man früher Anstoß genommen hatte. Die übelsten Kaschemmen waren auf Betreiben der Nazis geschlossen worden. Eine gewisse Anrüchigkeit hatte sich dennoch erhalten, so manches Lokal, das nicht über jeden Zweifel erhaben war, hatte die Säuberung überlebt.

Marion ging die Steinmetzstraße hinunter. Es gab ein paar Geschäfte, Kneipen, einfache Pensionen, aber heimelige Gefühle stellten sich bei ihr nicht ein. Sie fröstelte plötzlich, dabei war es ziemlich warm. Eine seltsame Angst, die fremd für sie war, ein ungutes Gefühl hatte Besitz von ihr ergriffen. Sie konnte sich seine Ursache nicht erklären, schob es beiseite, indem sie schneller ging. Nur vereinzelt brannten trübe Straßenlaternen. Der zweifelhafte Charme, den das Viertel an manchen Tagen besaß, teilte sich ihr an diesem Abend nicht mit. Zum Glück war es erst Dämmerstunde und noch nicht finstere Nacht.

Aus dem Schatten eines Torwegs trat ein Mann auf sie zu und versperrte ihr den Weg. »Na, Hübsche, wie wäre es mit uns? Ah ja, du scheinst etwas ganz Besonderes zu sein. Ich habe Geld. Was willst du haben?«

»Hau ab, du Idiot«, entfuhr es ihr und sie stieß den Kerl fast zur Seite, »du hast dich in der Adresse geirrt.«

Der Mann wich zurück und sie eilte weiter durch den Schein der Straßenlaterne, drehte sich aber nach gut zwanzig Metern noch einmal um. Der Kerl stand noch immer im Laternenlicht und starrte verblüfft hinter ihr her.

Sie ging weiter, bis sie vor einem hohen Gebäude mit einer geschwärzten Backsteinfassade stand. Durch ein enges Treppenhaus stieg sie in den dritten Stock hinauf. Schließlich stand sie vor einer schmalen Tür, an der ein Pappschild mit dem Namen »Neuburger« hing. Sie klopfte ein paarmal, zuerst verhalten, dann lauter.

Felix öffnete ihr die Tür. Er war mit einer schlichten dunklen Hose und einem weißen Unterhemd bekleidet.

»Marion!«

Er schien nicht nur überrascht, sondern fast bestürzt, sie zu sehen, und sie fühlte sich einmal mehr unangenehm berührt, weit stärker noch als draußen auf der Straße.

»Felix, wie froh bin ich, dich zu sehen«, sagte sie, um ihrer Bedrückung zu trotzen, und schaute ihn an. Er erwiderte stumm ihren Blick, rührte sich aber nicht. Bisher hatte sie den Umgang mit ihm selten anders als leidenschaftlich erlebt. Weshalb nahm er sie nicht in den Arm? Hatte er sich keine Sorgen um sie gemacht?

»Hast du Besuch?«, fragte sie, plötzlich argwöhnisch geworden.

Felix schüttelte den Kopf. »Nein. Komm herein.«

Sie folgte ihm ins Innere der kleinen Wohnung. Einen kurzen Augenblick standen sie sich dort einander stumm gegenüber, ohne dass er Anstalten machte, sich ihr körperlich zu nähern. Sie fühlte, dass etwas Unausgesprochenes zwischen ihnen stand, eine unsichtbare Wand, die in all den Wochen, in denen sie sich kannten, nicht dagewesen war. Nicht sie selbst hatte diese Wand erschaffen, doch sie nahm alle Kraft zusammen, um sie zu durchbrechen.

»Wie du siehst, bin ich wieder da«, sagte sie und fühlte sich hilflos wie selten zuvor.

»Ich bin froh, dass dir nichts passiert ist«, gab er zurück.

Sie setzte sich in einen Sessel.

»Du hast mich gestern Abend versetzt«, sagte sie. »Warum hast du bei Mustafa gekündigt?«

Er ließ sich auf das kleine Sofa fallen, das durch ein Tischchen von ihrem gegenüberliegenden Platz getrennt war.

»Was sollte ich denn tun?«, fragte er. »Es wäre zu gefährlich gewesen, einfach weiterzumachen, als wäre nichts geschehen.«

»Hat die Gestapo dir Schwierigkeiten gemacht?«

»Nein, bisher nicht.«

»Wovor hast du dann Angst?«

Ein Ausdruck von Unwillen huschte über sein attraktives Gesicht. »Das fragst du mich? Hast du vergessen, dass ich dabei gewesen bin, als sie dich abgeholt haben?«

»Als Vierteljude brauchst du doch keine Angst zu haben.«

Sie sagte es, obwohl sie nach wie vor keine Ahnung über seine Herkunft hatte. Halb, viertel oder ganz; es war ihr an sich auch völlig egal, nur die herrschenden Umstände zwangen sie, sich dafür zu interessieren.

»Halbjude nach diesen irrsinnigen Gesetzen«, bemerkte er knapp und sah stumm vor sich hin.

Es war schon richtig, dass er auf sich aufpassen musste, dachte sie, dennoch verstand sie seine Zurückhaltung nicht recht. »Hast du damit gerechnet, ich würde nicht wiederkommen?«, wollte sie wissen.

Er blickte auf. »Natürlich nicht.«

Es kam nicht von Herzen, merkte sie. »Mit deiner Anteilnahme an meinem Geschick scheint es nicht weit her zu sein. Du tust ja so, als würden wir uns kaum kennen und wären nicht seit ein paar Wochen ein Liebespaar.«

»Ich habe natürlich damit gerechnet, dass sie dich wieder frei lassen«, erwiderte er. »Es lag ja nichts gegen dich vor. An meinen Gefühlen für dich hat sich nichts geändert.«

Ihr Blick schweifte durch das Zimmer. Seltsam, es gab nichts Persönliches in der Wohnung, fiel ihr auf. Ihre gemeinsamen Nächte hatten sie fast immer bei ihr in der Prager Straße verbracht, und bei ihren zwei vorangegangenen Besuchen hatte sie nicht wahrgenommen, was ihr nun so deutlich ins Auge stach. Was wohl auch daran gelegen hatte, dass es anders als heute späte Nacht gewesen war, als sie zu ihm kam, und sie nichts anderes im Sinn gehabt hatten, als übereinander herzufallen. Als sie das erste Mal hier gewesen war, erinnerte sie sich, hatten sie es drei- oder viermal miteinander gemacht.

Ihr Blick blieb an einem Regal hängen, in dem ein paar Bücher und Hefte lagen, das war alles, Felix war ein Mann ohne Vergangenheit, wie es schien.

»Man könnte denken, du hättest noch nie etwas von der Gestapo gehört«, sagte sie. »Und davon, dass Leute, die abgeholt wurden, auf Nimmerwiedersehen verschwunden sind, und das aus weniger schwerwiegenden Gründen als dem, den man uns vorwirft.«

»Was hätte ich tun sollen?«

»Du hättest nichts tun müssen. Nur etwas mehr Anteil an meinem Schicksal nehmen. Ich hatte damit gerechnet, dass du dich freust, mich zu sehen, mich in den Arm nimmst und dich froh und erleichtert zeigst, mich wieder zu haben. Du fragst nicht einmal, wie es mir ergangen ist. Es scheint dich gar nicht zu interessieren.«

»Ich hätte schon noch danach gefragt. Aber wenn so etwas passiert ist, überfällt man den anderen nicht gleich mit Fragen.«

»Mag sein«, sagte sie leise dahin. Es änderte nichts an der Tatsache, dass er ganz anders war als sonst.

Warum war sie eigentlich hier? Hatte sie sich Hilfe von Felix erhofft? Und wenn ja, wobei? Nein, keine Hilfe, dachte sie, nur ein wenig Liebe und Nähe, Zärtlichkeit und Verständnis. Sie hatte das Gefühl, all das verdient zu haben, aber offenbar war es nach dem, was geschehen war, zu viel verlangt. Sie hatte ihn für mutiger gehalten. Eigentlich kannte sie ihn kaum, ging es ihr durch den Sinn, es war kaum sechs Wochen her, dass sie ihm das erste Mal begegnet war. Ihr wurde beklommen zumute. Anscheinend hatte sie sich in ihm getäuscht.

»Es ist nicht gut, wenn man uns zusammen sieht«, sagte er. »Wir müssen befürchten, dass man uns beobachtet. Wenn ein Land Krieg führt, gibt es keinerlei Rücksichten mehr. Dann werden Dinge möglich, an die man in Friedenszeiten nicht einmal gedacht hat. Es sind gefährliche Tage, gefährliche Wochen, ich weiß nicht, wie lange es gehen wird.«

Sie betrachtete ihn, seine schlanke, aber doch muskulöse Erscheinung.

»Ich wundere mich über dich.«

»Worüber bist du verwundert?«

»Mir war danach, mit dir zusammen zu sein«, antwortete sie leise. »Deshalb bin ich hergekommen. Ein wenig gefährlich ist es vielleicht. Aber noch haben wir keinen Krieg.« Sie begann ihre Bluse aufzuknöpfen. »Wir sind allein, Felix. Anders als im Coco kann uns niemand zusehen. Oder denkst du, sie kommen durch die Tür hereingestürmt, um dich wegen Rassenschande zu verhaften?«

»Mach es mir nicht so schwer, Marion. Lass bitte die Bluse an! Leider kann und darf ich nicht so, wie ich möchte. Man wird schier verrückt in diesem Land.«

Sie hielt inne und sah ihm ins Gesicht. Er vermied es, ihren Blick zu erwidern. Doch der Schlag hatte gesessen. Hatte schon einmal ein Mann sie zurückgewiesen? Nein, es war ihr schlicht noch nie passiert. Wäre es passiert, hätte sie es noch gewusst. Nun gut, alles geschah einem irgendwann das erste Mal. Aber dass es ihr ausgerechnet mit Felix passierte, mit dem Mann, mit dem sie so wunderbar harmonierte, war nicht fair.

»Ich soll gehen, oder? Ist es das, was du mir sagen willst?«

Er schüttelte den Kopf. »Nicht ich will, dass du gehst. Es ist nur besser, wenn wir uns in nächster Zeit nicht sehen. So sind die Zeiten, leider.«

»In nächster Zeit, sagst du? In nächster Zeit ist Krieg.«

»Auch der Krieg geht mal zu Ende.«

Sie starrte ihn an. »Ja, sogar ein Krieg geht mal zu Ende. Aber erst einmal möchtest du unser Verhältnis beenden, nicht wahr?«

Er zögerte einen Augenblick, dann sagte er mit fester Stimme: »Nein, nur vorübergehend. Ich habe nicht in der Hand, was mit uns wird. Ich muss nachdenken, wie es mit mir weitergehen soll.«

Sie knöpfte die Bluse wieder zu. »Vorübergehend, so was gibt es nicht«, sagte sie. »Später ist es zu spät. Wenn die Tür erst geschlossen ist, dann geht sie nicht wieder auf. Was hast du denn für Pläne?«

Er zögerte, fasste sich dann aber ein Herz und sagte: »Nun gut! Es mag sein, dass ich Deutschland verlassen muss.«

Eine Zeitlang blieb sie stumm. »Wohin willst du gehen?«, fragte sie dann.

»Ich möchte nicht darüber sprechen«, sagte er. »Nicht, weil ich dir nicht vertraue, sondern weil es in der heutigen Zeit besser ist, nicht so viel zu wissen.«

Wenigstens war er ehrlich, dachte sie. Verdammter Mist. Es blieb nicht bei einem Schrecken. Wenn es kam, dann kam es immer ganz dicke. Ihr Tangogeliebter wollte sie wirklich verlassen.

»Wenn du aus Deutschland fortgehst, spielt es auch keine Rolle mehr, wohin du gehst«, sagte sie leise. »Dann bist du weg, dann sehen wir uns nicht mehr.«

»Es ist nicht für immer, Marion. Ich möchte nicht alle Brücken zwischen uns abbrechen. Ich muss bloß aufpassen; weiß ich denn, was die Zukunft bringt? Wenn ich gehe, ist es nicht für immer, eines Tages kehre ich zurück.«

»Ich verstehe dich nicht«, sagte Marion zweifelnd. »Wer weiß schon, was die Zukunft bringt? Man könnte denken, dass du ein anderes Mädchen hast.«

»Rede keinen Unsinn! Das ist es nicht, bitte glaub mir das! Es ist der drohende Krieg, die Gestapo, meine Herkunft, die zum Handeln zwingt.«

Marion wusste von ihm nur, dass er zwei Jahre älter

als sie war, eine Kaufmannslehre gemacht und eine Zeitlang in einem Hotel gearbeitet hatte, mehr hatte er nicht von sich preisgegeben und weiteres Nachfragen von ihr hatte er stets abgeblockt. Aber wenn die Dinge so standen, wie sie sich gerade abzeichneten, spielte seine Vergangenheit ohnehin keine Rolle mehr.

»Ich muss auch handeln«, sagte sie und dachte an Ludwig und Sybille, die ihr plötzlich wie Vertraute erschienen, obwohl sie sie erst seit dem vergangenen Abend kannte. Sie fühlte sich allein gelassen und einsam.

Sie erhob sich aus dem Sessel und ging zur Tür. Worauf sollte sie noch warten? Es war alles gesagt.

»Ich melde mich bei dir, bevor ich außer Landes gehe«, sagte Felix, der noch im Sofa saß, hinter ihr. »Damit wir Abschied voneinander nehmen können.«

Sie drehte sich nicht mehr zu ihm um. »Alles Gute!«, sagte sie, dann war sie fort.

Im Treppenhaus kamen ihr die Tränen. Dieser Schuft, dachte sie. Da war sie zu ihm gegangen, weil sie sich Sorgen um ihn gemacht hatte und der Kerl warf sie kurzerhand hinaus. Etwas anderes war sein Verhalten doch nicht gewesen! Ob er sich nun Sorgen um sein eigenes Schicksal und Fortkommen machte oder nicht! Es war nicht einmal so, dass sie ihn nicht verstehen konnte. Warum sollte er sich als Halbjude ausgerechnet mit einer wie ihr abgeben, hinter der die Gestapo her war? Es gab genug andere prächtige Mädchen in Berlin und anderswo in der Welt. Nur ritterlich war so ein Verhalten nicht. Und dass es ausgerechnet heute passierte, war empörend; als wären die schrecklichen Erlebnisse der vergangenen zwei Tage nicht genug gewesen. Die Sterne schienen ihr im Moment wahrlich nicht gewogen zu sein. Ach, was interessierten sie die verdammten Sterne! Es gab noch andere gut aussehende Männer, mit denen sie Vergnügen haben könnte, wenngleich nicht zu übersehen war, dass die Mordmaschine des Krieges die besten von ihnen fordern würde.

Sie schritt auf der finsteren Straße nach Norden. Menschen begegneten ihr kaum.

Seltsam, dass die Gestapo Felix nicht belangt hatte, dachte sie, nachdem ihre Tränen versiegt waren. Aber stimmte das überhaupt? Hatten sie ihn womöglich aufgefordert, mit ihr zu brechen und nichts darüber verlauten zu lassen? Hatte sie ihm unrecht getan? Nein, Unsinn, wenn ihm wirklich etwas an ihr liegen würde, hätte er wenigstens eine Andeutung darüber gemacht.

In der Ferne sah sie die Hochbahnanlage über der Bülowstraße und sie beschleunigte ihre Schritte. Ihr wurde etwas wohler, als sie den Teil der Straße erreichte, in dem sich Pensionen und Lokale befanden. Dennoch fühlte sie sich nicht sicher. Als sie fast schon an der Bülowstraße war, kamen zwei Männer auf sie zu. Nicht schon wieder die Gestapo, dachte sie, und ihr Herz begann schneller zu schlagen. Doch die Männer gingen an ihr vorbei. Sie drehte sich noch einmal um. Niemand folgte ihr.

Schlimm war, dass es keinen Anlass zu Beruhigung gab, dachte sie. Es spielte keine so große Rolle, ob jemand sie tatsächlich verfolgte oder nicht. Es konnte jeden Augenblick geschehen, dass sich jemand an ihre Fersen heftete, und über kurz oder lang würde es auch geschehen. Solange nichts passierte, war die Angst vor der Ungewissheit gar belastender als die Bedrohung selbst. Sie hatte sich bisher für ein mutiges Mädchen gehalten, doch ihre Unbekümmertheit, ihre Gelassenheit schienen nicht so tief in ihrem Wesen verankert zu sein, dass sie nicht erschüttert werden könnten. Manches, was ihr bis vor ein paar Tagen noch als selbstverständlich erschienen war, stand in Wahrheit auf tönernen Füßen.

Sie erreichte die Hochbahn und fuhr ein paar Stationen nach Westen. Der Kurfürstendamm leuchtete wie in alten Zeiten. Unter den aufblitzenden Bogenlampen donnerten Autobusse dahin. Auch an diesem Abend schlenderten Paare im Schein der Lichtreklamen und Bogenlampen den Boulevard entlang. Einige von ihnen weinten. Ein ungewöhnlicher Anblick in dieser betörenden Kulisse. Immerhin war sie nicht allein, sagte sie sich. Auch alle anderen Deutschen lebten in Spannung, Ungewissheit und Angst; kam der Krieg oder kam er nicht? Nein, nicht alle, stieß es ihr bitter auf; ein paar Leute waren anders gestrickt. Und gerade diese Wenigen gaben den Ton an. Sie hatten die Stadt zu der gemacht, die sie inzwischen war. Es musste viel passieren, bevor der Kurfürstendamm seinen Lichterglanz verlor, doch es war nicht undenkbar, und sie ahnte, dass der Tag kommen würde, an dem es geschah, er lag wohl nicht einmal mehr fern. Die Lichter würden verlöschen und dann war alles aus.

13. KAPITEL

Im Coco schien es ein ruhiger Abend zu werden. Die Zahl der Gäste war überschaubar. Die Akteure auf der Bühne agierten verhalten.

Mustafa, der umtriebige Ägypter, machte ein ernstes Gesicht. »Mit wem sollen die Damen tanzen, wenn die Männer Soldaten werden?«, seufzte er.

»Kann es nicht sein, dass der Feldzug bald wieder vorbei ist?«, erwiderte Marion ihm. »Was hast du? Gestern warst du noch guter Dinge?«

»Meine Stimmung schwankt wie die tägliche Lage«, sagte er, »doch am Ende wird nichts besser. Ein Schritt vor, zwei zurück, ein Eiertanz in Richtung Abgrund. Inzwischen bleiben auch die Touristen aus. Wie sollen sie nach Berlin kommen, wenn das Militär die Züge für sich requiriert.«

Die Überzeugung von der Unausweichlichkeit der Katastrophe nahm bei allen Menschen von Tag zu Tag zu, selbst ein optimistischer Mensch wie Mustafa blieb nicht davon verschont. Marion wollte trotz allem die Hoffnung nicht aufgeben. Was blieb ihr auch anderes übrig? Sie suchte nach einem Licht, das ihr einen Ausweg aus dem Dunkel wies, das seit Rolf Michaliks Tod ihre Existenz umlagerte.

»Die Touristen waren noch nie unser hauptsächliches Publikum«, sagte sie. »Es gab immer schon solche Tage.

Die Party findet heute Abend woanders statt. Es kann sich auch zum Besseren wenden. Morgen wird es im Lokal wieder voller sein.«

»Weißt du noch letztes Jahr, als so ein paar Parteibonzen am Moka Efti Schilder aufgestellt haben ›Swing Tanzen verboten‹?«, sinnierte Mustafa. »Das kann wieder passieren.«

»Wer hat sich denn damals daran gehalten? Tänze kann man eben nicht verbieten.«

Ihre Zuversicht, so bemüht und verzweifelt sie war, schien Mustafa doch zu helfen, die Dinge in einem günstigeren Licht zu sehen. »Ich will mal denken, dass du recht hast«, meinte er. »Die Leute stehen unter Schock, weil alles so schnell geht. Ja, morgen kann es schon wieder anders aussehen. Wenn die Leute die neuesten Nachrichten verdaut und eine Nacht darüber geschlafen haben, fassen sie neuen Mut. Die neue Frisur steht dir übrigens gut.«

Sie legte die Hand in den nackten Nacken. »Es ist mein Protest gegen den Krieg, ich habe sie mir von einer Freundin abschneiden lassen. Aber viel länger waren sie vorher auch nicht.«

»Einen schönen Menschen wie dich kann eben nichts entstellen«, erwiderte er. »Egal, was du machst, du siehst einfach immer nur besser aus.«

Marion ließ den Blick über die Tische gleiten. Sie hatte nicht den Eindruck, dass unter den Gästen schlechte Laune herrschte. Man wusste von der drohenden Gefahr, aber sprach nicht darüber.

»Darf ich mich zu Ihnen setzen, Marion?« Es war Gustav Baron, der sich bereits auf einen der Hocker am Tresen geschwungen hatte.

»Ja, natürlich, Sie sitzen ja schon. Ich freue mich, dass Sie da sind, Gustav.«

»Ich nehme an, der Tangotänzer ist auch heute Abend verhindert?«

»Allerdings, und ich fürchte, es kann noch eine ganze Weile dauern, bis wir wieder einen gemeinsamen Auftritt haben werden.«

»Schade, jammerschade.« Scheinbar bekümmert schüttelte Baron den Kopf, aber dann lächelte er ihr zu. »Ich will mich nicht beklagen, solange Sie da sind, Marion. Was könnte es Reizvolleres geben, als mit einer Frau wie Ihnen zusammenzusitzen.«

»Keine Sorge. Ich bleibe hier, wenn man mich lässt.«

Baron seufzte. »Nun kommt er also doch, der Krieg. Hoffen wir, dass er bald wieder vorüber ist. Im Rheinland, in Österreich und in der Tschechoslowakei hat der Führer bemerkenswert schnell Erfolg gehabt.«

»Da brauchte es auch keine Waffen«, gab Marion zurück. »Vielleicht erinnert sich der Führer noch rechtzeitig daran.«

»Ein wichtiger Unterschied, den Sie ansprechen, allerdings. Nun, man wird sehen. Zum Glück muss ich nicht mehr an die Front, jedenfalls nicht sofort. Bis man die über 50-Jährigen einzieht, werden noch ein paar Schlachten geschlagen werden müssen.«

Zuerst starben die Jungen, dachte Marion, danach erst kamen die Alten dran. Aber mit den Alten war natürlich auch kein Krieg zu gewinnen. Konnte man einen Krieg überhaupt gewinnen? Die daran Beteiligten verloren immer, und doch gab es ein paar Gewinner; es waren nur nicht diejenigen, die die Schlachten schlugen.

»Die Menschen, die von ihrer Hände Arbeit leben, werden wie immer die Leidtragenden sein«, schlussfolgerte Marion.

Gustav Baron nickte, sagte aber nichts mehr, sondern nippte an seinem Bier. Seine Verehrung ihr gegenüber war nicht so groß, als dass er nicht im Hinterkopf gehabt hätte, dass auch die reizendste Bardame unter Umständen eine Spionin oder Denunziantin sein konnte.

»Was machen Sie eigentlich, wenn Sie nicht hier sind, Gustav?«, fragte sie.

»Als ein Handelsagent habe ich die Welt bereist«, gab Baron zurück, »und ich habe weiterhin vor, es zu tun. Mit diesem und jenem gehandelt und ein kleines Vermögen damit verdient – ich gebe es zu, denn meinen Neidern ist es ohnehin bekannt – und nun will ich etwas kürzertreten.«

»Sie möchten sich zur Ruhe setzen?«

»Nicht ganz, aber ich genieße vermehrt die angenehmen Seiten des Lebens und kann es mir leisten, Ihnen ein häufiger Gast zu sein, Marion. Deshalb will es mir auch nicht gefallen, dass nun ein Krieg ausbricht.«

»Sie sind um Ihren Beruf zu beneiden.«

»Sagen Sie das nicht. Es war nicht immer leicht. Auch das Reisen fällt einem zuweilen schwer. Je öfter man es tut und umso älter man wird, desto mehr verliert es seinen Reiz.«

»Das Reisen wird durch einen Krieg nicht leichter werden«, sagte Marion nach einer Weile.

»Das Reisen könnte sogar ganz ausfallen«, sagte Gustav Baron. »Was natürlich schade wäre. Im näheren Ausland bin ich nach wie vor gerne unterwegs.«

Sie plauderten noch eine Weile über Unverfängliches, dann verabschiedete sich Baron, um nach Hause zu gehen.

Doch neue Gesellschaft ließ nicht lange auf sich warten, wenigstens nicht an diesem Abend. Sie kam in Gestalt der beiden Gäste, die eine halbe Stunde später zu ihr an den Tresen traten. Es waren Ludwig und Sybille. Beide machten einen gut aufgelegten Eindruck, anscheinend wurde ihre Stimmung durch die Aussichten auf einen Krieg nicht getrübt.

Obwohl Marion mit dem Erscheinen des bösen Pärchens gerechnet hatte, wurde sie innerlich durch den Anblick der beiden auf eine Probe gestellt. Sie wusste nicht, ob das, was sie bei dem Anblick der beiden fühlte, Freude oder Erschrecken war. Wahrscheinlich war es ein Gemisch aus beidem, dachte sie, wobei an ihrem Erschrecken die schwarze SS-Uniform Anteil hatte, die Ludwig an diesem Abend trug. Die Uniform schien ihn vollständiger zu machen. Ihr Blick verweilte auf seinen hohen Wangenknochen und den schmalen, dunklen Augen. Seine Erscheinung übte einen gewissen Reiz auf sie aus. Sie kam nicht umhin, es sich einzugestehen.

»Mach dich frei für den Rest der Nacht, Marion«, sagte Sybille zu ihr.

»Warum?«

»Wir haben noch eine Verabredung.«

Sybille trug ein Kleid, das mehr Haut freilegte als es bedeckte, und Marion spürte, wie sich bereits vom ersten Moment der Begegnung an eine erotische Spannung zwischen ihnen dreien aufzubauen begann. Nun gut, sagte sie sich, wenn Felix sie zurückwies, musste sie ihr Glück eben woanders suchen.

Sie hatte Lust etwas zu unternehmen. Hoffentlich begab sie sich nicht in Gefahr. Eingedenk der Anweisungen ihres neuen Führungsoffiziers blieb ihr ohnehin nichts anderes übrig als mitzuspielen und so fragte sie auch nicht, worum es bei der Verabredung gehen sollte.

»Wir warten draußen im Wagen«, sagte Ludwig. »Sieh zu, dass du in zehn Minuten bei uns bist. Du brauchst den Ägypter nicht zu fragen. Wir haben mit ihm gesprochen. Er ist einverstanden.«

»So, ist er das? Was habt ihr ihm gesagt? Dass ihr von der Gestapo seid?«

»Das hätte er bei einer Frau kaum geglaubt«, antwortete Sybille. »Wir haben uns als Mitarbeiter einer Parteiorganisation bezeichnet. Er hat genickt und gemeint, dass er heute Nacht gut ohne dich auskommen wird. Schlau, wie er ist, sucht er keinen Streit. Immerhin hat er gefragt, ob du morgen Abend wieder bei ihm arbeiten darfst.«

»Und was habt ihr ihm geantwortet?«

Sybille lächelte. »Dass du morgen Abend wohlbehalten zu ihm zurückkehren wirst – und dass du an die Nacht, die dann hinter dir liegt, nur die allerbesten Erinnerungen haben wirst.«

Eine Viertelstunde später stieg Marion hinten in den Mercedes ein, der vor dem Coco stand.

Ludwig wandte den Kopf herum und lächelte ihr aufmunternd zu. »Freut mich, dass wir wieder beisammen sind«, meinte er und ließ den Motor anspringen. »Du wirst sehen, heute wird ein besonderer Abend.«

Marion musste schmunzeln, denn so richtig passte es nicht zu ihm, wenn er versuchte, charmant zu sein. Aber irgendetwas kam doch bei ihr an.

»Komisch, dass sie dir dein Auto noch nicht weggenommen haben«, sagte sie. »Hast du keine Angst, dass es dir unter dem Sitz weg beschlagnahmt wird?«

Sie wusste aus der Zeitung, dass die Beschlagnahme privater Autos drohte, sodass jeder, der seinen Wagen in der Öffentlichkeit benutzte, ein erhebliches Risiko einging.

Ludwig lachte. »Nicht die Beschlagnahmen sind das Problem«, sagte er, »sondern dass Privatautos kein Benzin mehr bekommen. Das gilt aber nicht für dieses Auto, denn das gehört bereits dem Reich. Mach dir deshalb keine Sorgen.«

»Deshalb bestimmt nicht«, erwiderte Marion. »Gibt es einen anderen Grund, mir Sorgen machen zu müssen, was die heutige Nacht angeht?«

»Nicht den geringsten«, gab Ludwig zurück. »Im Gegenteil.«

»Wir fahren auf eine Party«, erklärte Sybille, »wir werden eine Menge Spaß miteinander haben.«

Sie betonte das Wort »miteinander« auf eine Weise, dass Marion sich fragte, an welche Art von Spaß sie gerade dachte. Nun, es war ihr einerlei, ein bisschen Vergnügen war ihr allemal lieber als das, was sie in der vergangenen Nacht erlebt hatte. Aber ihr war natürlich klar, dass erotische Vergnügungen nicht die Hauptbeschäftigung ihrer Arbeit für den Sicherheitsdienst bilden würden.

»Wir werden auch ein paar Fotos machen«, fügte Sybille hinzu. »Es ist zu deinem Schutz. Du lässt damit erkennen, dass du dich loyal gegenüber deinen Auftraggebern verhältst.«

»Muss ich mich ausziehen?«

»Damit hast du doch kein Problem, oder?«, fragte Sybille.

»Also muss ich es?«

»Es ist nicht wie gestern.«

»Und warum muss ich es heute tun?«

»Damit man sagen kann, dass du für Geld alles machst, eben auch solche Fotos, es ist ein Druckmittel zu deinem Schutz.«

»Wovor soll mich ein Druckmittel schützen?«

»Gerade davor, dass man noch einmal so etwas wie gestern mit dir machen muss.«

»Nachher wirst du es verstehen«, sagte Ludwig. »Heute Nacht machen wir das von gestern wieder gut.«

Die beiden waren nie um irgendeine rätselhafte Antwort verlegen, dachte Marion, und beschloss, keine Fragen mehr zu stellen. Sie würde tun, was sie tun musste, und selbst ihre Rückschlüsse ziehen. Sie kannte die Grenzen, die sie nicht überschreiten würde.

Während sie weiterfuhren, dachte sie an Felix und fragte sich, ob wirklich schon das letzte Wort über ihr Verhältnis gesprochen worden war. Sie war sich nicht sicher, spürte aber fast keinen Ärger mehr über ihn. Eigentlich war sie auch nicht besser als er, sagte sie sich. Wie viele Männerherzen hatte sie nicht schon gebrochen! Ein neues Abenteuer war dennoch das beste Mittel, um den Schmerz der Trennung zu vergessen. Ob es mit Felix noch eine Zukunft gab, würde sich später zeigen.

Der Wagen glitt langsam durch die Straßen des Bayerischen Viertels. Es war eine gediegene Wohngegend, durch die sie streiften, die Häuser hatten elegante Fassaden, verzierte Türmchen und schmucke Vorgärten, und Marion wusste, dass es dahinter große Wohnungen mit Empfangsräumen und regelrechten Zimmerfluchten gab.

Vor einem Haus in einer Seitenstraße hinter dem Bayerischen Platz rollte der Wagen an den Straßenrand. Sie stiegen aus und Marion blickte sich um. Das hohe Gebäude, vor dem sie standen, hatte kleine Ecktürme und erinnerte ein wenig an eine mittelalterliche Burg. Sie stiegen die Marmorstufen hinauf bis in den ersten Stock. Ein livrierter Diener öffnete ihnen.

»Sybille Seeckt«, stellte diese sich vor. »Sie finden meinen Namen auf der Gästeliste, ebenso die Namen von Herrn Ludwig Krieck und von Fräulein Marion Bendt.«

Der Mann verzog keine Miene. »Bitte treten Sie ein.« Er führte sie zu einer Garderobe und nahm ihnen die Mäntel ab.

Marion warf einen Blick in den großen, goldumrandeten Spiegel an der Wand. Das kniekurze, ärmellose Kleid stand ihr ausgezeichnet und trotz der Tatsache, dass sie sich in einer zweifelhaften Situation befand und ungewissen Stunden entgegensah, fühlte sie sich gut. Sie fing den Blick von Sybille auf, deren reizvolle Erscheinung der ihren ebenbürtig war, und die ihr zeigte, dass sie ähnlich empfand. Sie lächelten Ludwig zu, dessen Gesicht im Spiegel zwischen ihnen sichtbar wurde, tauschten Blicke mit ihm aus.

Der Raum, in den sie gelangten, war mit Stuckverzierungen und einem Kristallleuchter geschmückt. Sie sah dunkle Anzüge und Goldtressen, blaue Tabakrauchschwaden und dämmeriges Licht. Ein passendes Ambiente für die eleganten Gestalten, die sich in dem

Raum versammelt hatten. Ein paar Offiziere in Uniform, Männer, elegant gekleidet, einige der Herren mit hübschen Begleiterinnen. Die Uniformen waren grau oder schwarz, braune Uniformen waren keine zu sehen. Die meisten Gäste, die in der Wohnung umherflanierten, hatten entspannte Gesichter, und einige der anwesenden Herren nickten Marion freundlich zu, während sie sich in ihrem engen, textilarmen Kleid durch das Spalier der Köpfe, die sich zu ihr herumwandten, schlängelte. Es wirkte, als ob sie in der Gesellschaft, die sich in der weitläufigen Wohnung zusammengefunden hatte, eine alte und gern gesehene Bekannte war.

Ein sehr junger, schwarz uniformierter SS-Mann trat auf Sybille zu, begrüßte sie mit einer zarten Umarmung und Küsschen, und Ludwig mit Handschlag. Er war schlank, fast schmal gebaut, und von einer jungenhaften Ausstrahlung.

»Roland, ich möchte dir Marion vorstellen«, sagte Sybille zu dem jungen Mann.

Sie gaben sich die Hand, und Roland hielt die von Marion ziemlich lange fest. »Dann sind wir ja vollständig«, sagte er.

Marion fragte: »Vollständig, wofür?«

Roland zögerte, dann grinste er. »Um Spaß zu haben. Zum Beispiel beim Tanzen.«

Eine Tanzkapelle war nicht zu sehen, doch man hörte Swingmusik, die von einer Grammofonplatte kam. Auch in besseren Kreisen und unter Offizieren schien man Musik zu mögen, die in Parteikreisen offiziell verpönt war. Tanzpaare waren allerdings nicht zu entdecken.

»Ja«, sagte sie, »Tanzen geht besser zu zweien.«

»Oder zu vieren, wenn es zwei Paare sind«, ergänzte Ludwig mit einem Schmunzeln.

Ein Dienstmädchen mit weißer Schürze ging mit einem Tablett voller Sektgläser durch den Raum. Roland nahm zwei Gläser vom Tablett, reichte eines Marion, das andere Sybille und nahm zwei weitere für Ludwig und sich selbst zur Hand. Sie stießen an, bevor sie sich weiter durch die Gesellschaft treiben ließen.

Was Marion sofort auffiel, war die Tatsache, dass die Bedrückungen und Sorgen, die der drohende Krieg sonst überall in der Stadt auslöste, in der Atmosphäre dieser Feier nicht zu spüren waren, sie schienen in diesen Räumen keine Rolle zu spielen. Hier waren die Leute, die keine Angst vor dem Krieg hatten, weil sie glaubten, keine Angst davor haben zu müssen, und wahrscheinlich lagen sie mit ihrer Annahme auch nicht falsch.

»Was ist es für eine Feier?«, fragte Marion in die Runde ihrer Begleiter. »Hat jemand Geburtstag?«

»Eine Abschiedsfeier möchte ich es nennen«, erwiderte Sybille. »So hat man mir gesagt. Ist es nicht so, Roland?«

»Der Abschied von der alten Zeit, bevor der Einmarsch beginnt, so denke ich«, erklärte der Gefragte.

Marions Blick streifte die Männer in den Uniformen. »Weil einige der Herren in den nächsten Tagen einrücken müssen, nehme ich an«, sagte sie. »Wie ist es mit Ihnen, Roland? Müssen Sie auch in den Osten?«

»Ich werde in der Hauptstadt gebraucht«, gab der aparte SS-Junge zurück.

»Wenn du dich hier umsiehst, wirst du kaum jemanden entdecken, der an der vordersten Linie kämpfen wird«, meinte Ludwig, der als Chauffeur anscheinend auch keinen Kriegsdienst zu leisten hatte. »Soweit einer der anwesenden Herren in das Kriegsgeschehen involviert ist, findet die Mitwirkung daran vom eigenen Schreibtisch aus statt.«

Er hatte es in einem verächtlich klingenden Ton geäußert, blieb aber eine Erklärung schuldig, worin seine eigene Aufgabe bestand. Sie fragte ihn nicht danach, weil sie bezweifelte, eine aufschlussreiche Antwort zu erhalten. Ludwig und Roland waren ihr nicht ganz geheuer, sie gehörten der SS an und wirkten wie Jungens, die vor nichts zurückschreckten.

»Hast du schon einen Raum entdeckt, wo wir hingehen können, Roland?«, fragte Sybille. »Die Wohnung ist wirklich groß.«

»Ich gebe euch bald Bescheid«, gab dieser zurück, und er sagte es so leise, dass seine Stimme fast wie ein verschwörerisches Flüstern klang.

Marions Aufmerksamkeit wurde auf eine Gestalt gelenkt, die an einer Tür auf der rechten Seite aufgetaucht war, ein hochgewachsener Mann im schwarzen Smoking, der sie prüfend betrachtete. Lässig an einen Türrahmen gelehnt, zündete er sich eine Zigarette an, und während er den Rauch inhalierte, blickte er mit nur halb geöffneten, aber erwartungsvollen Augen zu ihnen herüber, was ihm einen unterkühlten Ausdruck verlieh.

Sie kannte den Herrn. Fritz Welzer, der Fotograf, dem sie neulich im Coco in der Gesellschaft von Gustav Baron begegnet war. Was für eine Überraschung. Welche Verbindung bestand zwischen den Eignern der Wohnung und ihm? Als hätte er ihre Gedanken gelesen und vor, ihre Fragen zu beantworten, löste er sich von der Tür und kam zu ihr.

»Wir kennen uns«, sagte er. »Sie sind Marion. Darf ich Sie beim Vornamen nennen?«

»Tun Sie es ruhig! Sie sind Fritz Welzer, nicht wahr? Ich erinnere mich aus der Coco-Bar an Sie. Was machen Sie hier?«

Sie bemerkte, dass Sybille und Ludwig ihm freundlich zunickten, vermutlich kannten die beiden und Welzer sich ebenfalls.

»Ich bin der Fotograf«, sagte Welzer.

Natürlich war er der Fotograf, dachte sie. Was auch sonst? Hatte er nicht angekündigt, sie fotografieren zu wollen? Sybille hatte bestätigt, dass es Fotos geben sollte. Das Ganze fand also hier irgendwo auf der Feier statt, in einem Raum, den der SS-Mann Roland noch ausfindig machen sollte. Nun gut, so schlug sie zwei Fliegen mit einer Klappe. Welzer bekam seine Fotos, genauso wie Ludwig und Sybille. Sie hatte zugestimmt, fotografiert zu werden, und Ludwig und Sybille freiwillig begleitet. Trotzdem konnte es nicht schaden, dem Herrn ein wenig auf den Zahn zu fühlen.

»Sie machen Fotos von den Gästen?«

Er nickte. »Nun, sagen wir, von ausgewählten Gästen.«

Marion blickte sich vorsichtig um. »Von welchen Gästen denn?«

Welzer blickte zu Sybille und Ludwig hinüber, als hoffte er, einer von ihnen würde sich zu einer Antwort bequemen, doch die Hoffnung erfüllte sich nicht.

»Wir sehen uns später«, sagte Sybille stattdessen zu Marion, dann zog sie Ludwig am Arm und ließ sich mit ihm zusammen davontreiben. Roland hatte sich bereits aus der Runde entfernt.

Fritz Welzer legte die Hand auf Marions Ellenbogen. »Von Ihnen zum Beispiel, Marion«, sagte er.

»Von mir? Warum?« Sie zog den Arm sanft zurück.

Er lächelte. »Können Sie sich das nicht denken?«

»Mag sein, dass ich es mir denken kann, aber was, wenn ich es nicht möchte?«

»Kommt es denn darauf an, ob Sie es möchten?«

»Etwa nicht?«

»Sie sollten es sich wünschen, von mir fotografiert zu werden«, sagte Welzer. »Verhindern können Sie es nicht. Es gibt keinen Grund, es nicht zu wollen. Im Gegenteil! Sie werden sehen. Kommen Sie, ich stelle Sie einigen der Herren vor.«

Sie begleitete Welzer durch die offene Flügeltür in einen Raum, der Teil einer weitläufigen Zimmerflucht war. Der mit Parkett belegte Raum war mit einem Kristallleuchter geschmückt. Im nur leicht gedämpften Licht wandten sich Köpfe zu ihr herum, machten sich Blicke an ihrer geschmeidigen Gestalt fest, aber niemand sprach sie an, man beließ es bei durchdringenden Blicken, denen allenfalls ein leichtes Kopfnicken folgte.

»Wo befindet sich Ihr Atelier, Fritz?«, fragte sie ihn, als er stehen blieb.

Er nannte ihr eine Adresse am Kurfürstendamm. »Ich wohne dort auch«, fügte er hinzu. »Ein paar Stockwerke darüber. Besuchen Sie mich einmal.«

Links von ihr standen zwei Männer, die sich angeregt unterhielten.

»Es geht bald los«, hörte sie den einen sagen, »nicht in dieser, aber in der nächsten oder übernächsten Nacht. Man wird einen Angriff gegen deutsche Grenzposten starten.«

»Es ist wohl nicht anders möglich«, sagte der andere. »Chamberlain, dieser Narr, hat es selbst zu verantworten. Seine Garantie für Polen ist der größte Irrsinn der Weltgeschichte.«

Marion hatte den Blick auf die beiden Herren gerichtet. Sie hatten ihre Äußerungen getan, ohne dass sie sich bemüht hätten, leise zu sprechen. Offenbar befand man sich hier auf vertrautem Terrain und musste nicht befürchten, etwas Falsches zu sagen oder gar denunziert zu werden. Vielleicht verhielt es sich auch so, dass der gesellschaftlich hohe Rang die Männer über die Regeln, die für das gemeine Volk galten, hinaushob.

Der eine Herr war ein Wehrmachtsoffizier, an dessen Uniform das Generalsgold glitzerte, ein schlanker, drahtiger Mann mit vollem dunkelblondem Haar und metallblauen Augen von etwas mehr als fünfzig Jahren. Sein Gesicht war hager, mit ausgeprägten Zügen, seine Haut hatte eine gesunde Bräune. Er sah genau so aus, wie man sich einen General vorstellte.

Der andere Herr war älter, um die sechzig. Sein dunkelblauer Nadelstreifenanzug war tadellos geschnitten. Der Hakenkreuzanstecker am Revers glänzte in dem Licht, das von der Decke fiel. Er war etwas über mittelgroß, hatte festes, schwarz-silbernes Haar und einen starren Blick. Seine schmalen Lippen bilden eine harte Linie, was ihm etwas Energisches verlieh. Trotz seines zivilen Anzugs besaß auch er die Art und Haltung eines Offiziers.

Inzwischen hatten die Herren Welzer und Marion bemerkt.

»Wen haben Sie uns denn da Reizendes mitgebracht, Herr Welzer?«, fragte der Mann im Nadelstreifenanzug.

»Ich möchte Ihnen Fräulein Bendt vorstellen«, antwortete Welzer. »Meine reizende Begleiterin ist Tänzerin in einer Bar in der Augsburger Straße. Sie ist für ihre eindrucksvollen Auftritte bekannt.«

Die Männer sahen sie an und beide bekamen leuchtende Augen. Die beiden sahen sich auf eigenartige Weise ähnlich, sodass man sie ohne den Unterschied zwischen Zivilanzug und Uniform leicht miteinander hätte verwechseln können.

»Noch hatte ich nicht das Vergnügen«, sagte der Wehrmachtsoffizier mit dem Generalsgold auf den Schulterstücken, »aber ich freue mich sehr, heute Abend von Ihnen zu hören, mein Fräulein – und noch mehr, Sie zu sehen. Mein Name ist Reimer. Der Herr zu meiner Rechten ist Herr Markgraf. Er war einst Offizier in der Reichswehr. Heute lebt er im Ruhestand. Ein Militärstratege, wie er im Buche steht.« Er blickte zu dem Fotografen. »Sie haben wirklich Glück mit Ihren Begleiterinnen, Herr Welzer. Gratulation.«

Marion verzichtete auf die Klarstellung, dass sie nicht als Welzers Gast zu der Feier gekommen war, sondern sagte höflich: »Ich freue mich auch, Sie kennenzulernen, meine Herren. Lassen Sie sich in Ihrem Gespräch nicht unterbrechen. In diesen Tagen ist man auch als Frau erpicht darauf zu erfahren, was es an Neuigkeiten gibt.«

»Was denken Sie denn, worüber wir gesprochen haben?«, fragte Markgraf.

»So ganz genau habe ich es nicht verstanden, aber ich hatte den Eindruck, als ginge es um das, worüber alle reden, woran sie wenigstens denken, den drohenden Krieg«, sagte Marion, die spürte, dass beide Männer nicht ganz ungefährlich waren. »Sollte ich mich geirrt haben, tut es mir leid.«

»Fräulein Bendt macht sich natürlich Sorgen«, erklärte Welzer neben ihr, als ob sie selbst zu dumm oder als weibliches Wesen nicht in der Lage dazu war, »aber wie so viele andere hoffen sie und ich auch noch immer, dass ein Krieg verhindert werden kann.«

Offenbar hatte Welzer das Gespräch, das er gestern Nacht mit ihr im Coco über das Thema geführt hatte, nicht vergessen.

»Sie müssen sich nicht entschuldigen, Fräulein Bendt«, erklärte Markgraf. »Natürlich ging es bei uns um den Konflikt mit Polen. Ja, auch Generalmajor Reimer und ich erwarten, dass es einen Krieg geben wird. Die Polen allein haben es in der Hand, einen deutschen Angriff noch abzuwenden. Nur steht zu befürchten, dass sie die Chancen, die sie haben, nicht nutzen werden.«

In seinen Kreisen erwartete man den Krieg, dachte Marion; man befürchtete ihn nicht, wie es sonst überall geschah.

»Wir sprachen eben über Chamberlains irrsinnige Garantie vom März dieses Jahres, worin er versprach, dass England und Frankreich Polen zu Hilfe eilen würden, falls seine Unabhängigkeit durch eine Aktion bedroht werde und es sich zum Widerstand entschlösse«, erklärte der Generalmajor Reimer. »Mit dieser Beistandsgarantie hat der britische Premier Polen einen Blankoscheck zur Anzettelung eines europäischen Krieges ausgestellt.«

»War es nicht zu erwarten, dass die Engländer sich mit den Polen zusammentun?«, fragte Marion.

»Keineswegs! Selbst aus britischer Sicht ist der Polnische Korridor, der uns von einem Teil des Reiches trennt, eine Absurdität«, antwortete Markgraf anstelle des Generals. »Danzig war stets eine deutsche Stadt, seine Bevölkerung besteht zu mehr als neunzig Prozent aus Deutschen. Gegen seine Heimkehr ins Deutsche Reich haben die Briten nichts einzuwenden, solange diese mit friedlichen Mitteln geschieht. Umso unverständlicher ist diese Garantie, welche Polen zu seiner selbstmörderischen, unbeugsamen Politik gegenüber Deutschland verleitet hat. Die Furcht, nach Polen werde Hitler Großbritannien angreifen, ist völlig unbegründet.«

»Was genau sind die Forderungen des Führers?«, fragte Marion, die sich nicht sicher war, auf dem allerneusten Stand zu sein.

Markgraf antwortete: »Ribbentrop hat dem polnischen Botschafter angeboten, dass, wenn Warschau der Wiedervereinigung Danzigs mit dem Reich zustimme und Deutschland erlaube, eine exterritoriale Autobahn durch den Korridor zu bauen, das Deutsche Reich die Kontrolle über das Wirtschaftsleben weiterhin den Polen überlassen und die polnischen Grenzen anerkennen werde. Was will man denn noch unternehmen, um den polnischen Herren entgegenzukommen?«

»Das Angebot des Außenministers klingt allerdings sehr maßvoll«, gab Marion in unverbindlich klingendem Tonfall zurück.

»Großbritannien besitzt überhaupt keine Möglichkeit, den Polen wirksame Hilfe zu leisten«, sagte der General. »Doch Chamberlains irrsinnige Garantie verpflichtet es, Deutschland den Krieg zu erklären, wenn Polen es verlangt. Polen gegen einen deutschen Einmarsch zu verteidigen, ist ungefähr so leicht wie Mexiko vor einer Invasion durch die Vereinigten Staaten zu schützen. Die Briten hetzen die Polen in einen aussichtslosen Kampf.«

»Aber geht es dem Führer denn nur um den Polnischen Korridor?«, fragte Marion. »Geht es denn nicht auch um Lebensraum im Osten?«

Sie hoffte, dass sie sich mit dieser Frage nicht zu weit vorgewagt hatte, aber sie wusste, dass der Führer in früherer Zeit bereits die Ansicht vertreten hatte, Deutschland bräuchte neuen Lebensraum im Osten, wenn auch erst aus der Besprechung mit seinen Offizieren hervorgegangen war, dass er dieses Vorhaben unmittelbar in die Tat umzusetzen gedachte.

Markgrafs Augen blitzten sie an, doch bevor er antworten konnte, reagierte der General. »Der Führer will ein Reich im Osten, das ist richtig«, sagte er. »Gerade deshalb will er das britische Weltreich nicht antasten, sondern mit England ein Bündnis schließen. Es ist unverständlich, dass man von britischer Seite aus nicht auf das Angebot eingeht. England hat nichts zu verlieren, kann aber durch ein Bündnis mit Deutschland viel gewinnen. Indem es Deutschland im Westen den Rücken freihält, verschafft es unserem Land die Möglichkeit, sich gegen den Bolschewismus zu wenden und ihn zu zerschmettern, womit auch den Briten geholfen wäre.«

Umso merkwürdiger war der Freundschaftspakt, den das Deutsche Reich in der vergangenen Woche mit Sowjetrussland geschlossen hatte, fiel Marion ein.

»Wir waren alle außerordentlich überrascht, dass der Führer sich mit den Russen verbündet hat«, sagte sie. »Es fällt nicht leicht, das Bündnis mit den Russen in Übereinstimmung mit den deutschen Plänen von einem Reich im Osten zu bringen.«

»Sie haben ganz recht«, sagte Reimer. »Eigentlich wollte Deutschland Polen als Verbündeten im Kampf gegen den Bolschewismus gewinnen. Erst aufgrund der britischen Garantie, änderte der Führer seine Pläne und kündigte den Nichtangriffspakt mit Polen, womit er dem Obersten Beck einen Wink mit dem Zaunpfahl gab: ›Statt uns Danzig zurückzugeben und gemeinsam mit uns gegen Stalin zu marschieren, wollt ihr euch mit den Engländern verbünden, von denen ihr keine Hilfe erwartet könnt!‹«

»Die Polen werden es noch bedauern, dass sie das deutsche Freundschafts- und Bündnisangebot ausgeschlagen haben«, mutmaßte Welzer, der auch etwas zu der Unterhaltung beisteuern wollte.

»Wenn die Briten mit uns zusammengingen, könnten wir gemeinsam Großes vollbringen, ohne dass uns der Russe dazwischenfunken kann«, sagte Markgraf. »Politiker wie Chamberlain und Halifax wollen das leider nicht verstehen.«

»Nachdem wir mit den Russen den Pakt geschlossen haben, werden diese uns kaum in den Rücken fallen«, wandte Marion ein. »Egal, ob es in einen Krieg gegen England geht oder nicht.«

»Oh, da irren Sie sich«, sagte Reimer. »Die Russen warten nur darauf, dass Deutschland in einen Krieg mit den Westmächten verwickelt wird. Sie sind die natürlichen Gegner einer Partnerschaft zwischen Briten und Deutschen. Wenn es so weit ist, werden die Russen nicht lange fackeln und wie die Horden von Iwan dem Schrecklichen in Deutschland einfallen, Pakt hin, Pakt her.«

»Was einen Zweifrontenkrieg bedeuten würde, der schlimmste denkbare Fall, den Deutschland unbedingt vermeiden müsste«, sinnierte Markgraf. »Deshalb ist ein Frieden mit England so wichtig. Eine Front im Westen gegen Frankreich und England darf nach der Niederwerfung von Polen nicht entstehen.«

Marion kam ein merkwürdiger Gedanke, den sie nicht auszusprechen wagte. Wenn Deutschland einen Zweifrontenkrieg verhindern wollte, überlegte sie, der Nichtangriffspakt mit den Russen aus deren Sicht aber dazu führen sollte, dass sich für Deutschland als Folge eines Angriffs auf Polen eine Front im Westen gegen Frankreich und England auftat, dann hätte doch der Pakt nichts anderes bedeutet, als dass Hitler mit diesem Nichtangriffspakt dem Sowjetführer Stalin auf den Leim gegangen war.

»Deutschland liegt in der Mitte Europas«, sagte sie. »Ich weiß nicht viel von militärischen Strategien, aber dass Deutschland aufpassen muss, nicht an zwei Fronten Krieg führen zu müssen, lernt man bereits in der Schule.«

»Sie sind gut orientiert, Fräulein Bendt«, sagte Reimer. Und leiser fügte er hinzu: »Das ist das Bedenkliche an der kommenden Entwicklung. Wenn England es auf einen Krieg mit dem Deutschen Reich ankommen lässt und dadurch die Russen auf den Plan ruft, dann ist der Krieg verloren, kaum dass er begonnen hat.«

»Sie sehen zu schwarz, mein lieber Reimer«, sagte Markgraf und setzte damit einen vorläufigen Schlussstrich hinter die Unterhaltung.

Marion ließ den Blick zur Seite schweifen. Die Frauen waren in der Minderzahl. Jung wie sie selbst, mit schmalen, nackten Schultern, bildeten sie unter den dunklen Anzügen und martialischen Uniformen einen reizvollen Kontrast. Es war eine Männergesellschaft, die sich mit ein paar schönen Frauen schmückte, das war nicht zu übersehen. In dieser Gesellschaft war alles anders als sonst im Lande, dachte sie. Keine Spur von Lebensmittelrationierungen, keine Angst vor dem Krieg. Hier waren die Leute, die ihr Vater gehasst hatte, die Offizierskaste und die Männer mit dem Geld, der militärische und wirtschaftliche Apparat, und es waren dieselben Leute, die ihren Vater auf dem Gewissen hatten. Wie konnte es bloß geschehen, dass sie mit einem Male selbst einen Teil dieser Gesellschaft bildete?

Ganz in der Nähe entdeckte sie Ludwig. Er machte eine leichte Kopfbewegung in ihre Richtung, wie um ihr anzudeuten, dass er mit ihr sprechen wollte.

»Entschuldigen Sie mich einen Moment«, sagte Marion, löste sich aus der Runde und trat zu Ludwig.

»Wir treffen uns in einer halben Stunde«, sagte er. »Das letzte Zimmer rechts am Ende des Flurs. Du wirst es schon finden, falls nicht, wird einer von uns nach dir suchen.«

»Keine Angst, ihr werdet mich nicht vermissen, sagst du mir auch, was mich in dem Zimmer erwarten wird?«

»Lass dich überraschen«, grinste er, »ich bin sicher, dass es dir gefallen wird.«

Er wandte sich zum Weitergehen und sie selbst glitt in die Runde der drei anderen Männer zurück.

»Inzwischen setzt London Warschau unter Druck«, sagte Generalmajor Reimer. »Es soll einen Bevollmächtigten nach Berlin entsenden, der befugt ist, über die Abtretung Danzigs zu verhandeln. Das ist zu dieser Stunde der Stand der Dinge. Die Polen haben eine letzte Chance.«

»Dann will ich die Hoffnung wirklich noch nicht aufgeben«, sagte Marion leise.

»Der Führer hat wahrscheinlich recht«, hörte sie Markgraf in scharfem Ton sagen. »Hinter der britischen Regierung stehen die Kräfte des internationalen Finanzkapitals, die hetzen die Völker gegeneinander auf, weil Kriege ihre beste Einnahmequelle sind.«

Reimer hatte einen Kommentar zu Markgrafs Bemerkung parat, aber Marion hörte nicht mehr richtig hin. Sie hatte jemanden entdeckt, dessen Anblick ihr einen leisen Schrecken versetzte.

Der Mann, den sie erblickt hatte, war auch ein Wehrmachtsoffizier, er stand mit einem Glas Sekt in der Nähe eines mit dunklen Seidenvorhängen gerahmten Fensters. Der Mann war der Major Böhme, aus dessen Tresor sie die Original-Abschrift des Protokolls fotografiert hatte. Der Offizier hatte sie ebenfalls bereits erblickt und schaute neugierig in ihre Richtung.

Die Männer an ihrer Seite waren so sehr in ihren Disput über Krieg und Frieden vertieft, dass sie kaum registrierten, wie Marion, die sich nicht länger an der Unterhaltung beteiligen mochte, sich aus der kleinen Runde entfernte.

»Was für eine Überraschung, dass wir uns so schnell wiedersehen«, sagte Böhme, als sie bei ihm stand. »Sie sind mit dem Hausherrn bekannt?«

Es war erst drei Tage her, dass sie mit dem Major in seiner Wohnung in Steglitz zusammengetroffen war, fiel ihr ein. In diesen drei Tagen war viel passiert. Mit Böhme aber hatte alles angefangen.

»Ich bin mit Freunden hier«, erwiderte sie ausweichend. »Den Hausherrn kenne ich nicht, aber mit ein paar der anwesenden Gäste hat man mich bereits bekannt gemacht.«

»Sie sprachen doch eben mit dem Hausherrn.«

»Wie, Herr Markgraf ist der Hausherr?«

»Nein, der andere, Generalmajor Reimer.«

»Oh, das wusste ich nicht. So habe ich mich nicht einmal für die Einladung bedankt.«

»Er wird es verschmerzen. Haben Sie sich gut unterhalten? Ich nehme an, sie sprachen mit Ihnen über den Krieg?«

»Es ging vor allem um die britische Beistandsgarantie für Polen.«

»Reimer und Markgraf können gut reden. Über dieses Thema können die Herren sich stundenlang austauschen.«

Das war deutlich, dachte Marion, eine leise Kritik, der Generalmajor schien nicht sein unmittelbarer Vorgesetzter zu sein.

»Und sind ganz entspannt dabei«, wagte Marion zu sagen. »Als ginge der Krieg sie selbst nichts an und sei das Problem anderer Leute. Doch vielleicht täusche ich mich.«

»Ihr Gefühl täuscht Sie nicht, Marion«, sagte Major Böhme. »Überall im Land eilen die Männer zu den Waffen, Ehefrauen und Mütter verzehren sich vor Sorge, doch in diesem eleganten Ambiente scheint man von all dem nicht betroffen zu sein.«

»Ich hatte mich schon gewundert, weshalb mir trotz der bevorstehenden Ereignisse die Stimmung auf dieser Feier so bemerkenswert gelassen erscheint«, sagte Marion.

Böhme nickte und lächelte ihr zu. »Das haben Sie nett gesagt. Ja, wenn man sich umschaut, könnte man denken, wir lebten im tiefsten Frieden. Die anwesenden Herren sind Offiziere und Geschäftsleute aus den besseren Kreisen, die daran denken, welche Vorteile sich aus einem Krieg für sie persönlich ergeben könnten. Gewöhnliche Leute finden Sie hier nicht.«

Es war eigenartig, dass Böhme so offen zu ihr sprach, dachte sie. Er hatte sie als Prostituierte kennengelernt, was in dem Fall ja auch stimmte, selbst wenn sie es nicht so richtig wahrhaben wollte. Doch würde Böhme ihr so etwas anvertrauen, wenn er nicht doch mehr in ihr sah?

»Was denken Sie?«, fragte Marion. »Werden die Engländer zu ihrer Beistandsgarantie für Polen stehen?«

Böhme nippte an seinem Kognakglas. »Ich befürchte es.«

»Kann ein Krieg noch verhindert werden?«

»Es steht nicht gut«, sagte Böhme. »Aus der Reichskanzlei ist zu vernehmen, dass die Lage sehr ernst ist. Hitlers Mindestforderung lautet: Danzig und der Korridor. Beides. Wenn diese Forderung nicht erfüllt werde, gebe es Krieg, hat er erklärt, und zwar mit den brutalsten und unmenschlichsten Mitteln.«

Eine Weile schwieg sie betroffen. Was sollte bloß aus allem werden, aus Deutschland, aus Berlin?

»Sie sind offenbar der Einzige aus dieser Gesellschaft, der in den nächsten Tagen einrücken muss«, sagte sie in Erinnerung an seine Äußerungen in der Nacht ihres Besuchs.

»Noch ist es nicht so weit«, gab Böhme zurück, »aber der Tag wird kommen, an dem es auch für mich ernst werden wird, fürchte ich.«

»Sie glauben nicht an ein rasches Ende des Feldzugs?«

»Nein.«

»Was wird geschehen?«

»Es wird ein langer Krieg werden, ein sehr langer und erbarmungsloser Krieg, doch –«, er zögerte und sah sie an und sie erwiderte offen seinen Blick, sodass er hinzusetzte: »– er wird da enden, wo er beginnt. In Berlin.«

Böhmes Offenheit war beeindruckend, doch umso mehr war sie auf der Hut. Der Major wäre nicht hier, wenn er nicht in Verbindung mit den anwesenden Gästen oder auch mit dem ominösen Herrenklub gestanden hätte. Es war ihr nicht möglich, zu beurteilen, ob er ihr eine Rolle vorspielte, um sie selbst zu einer Unvorsichtigkeit zu veranlassen, oder ob er einfach nur ehrlich war, weil sie sich in einem Kreis befanden, der einen gewissen Schutz vor Denunziationen bot. Es war inzwischen auch in Deutschland eine verbreitete Methode, jemandem dadurch zu schaden, dass man ihn in die Gefahr brachte, behördlichen Repressalien ausgesetzt zu sein.

»Der Pakt zwischen Deutschland und Russland wird nicht halten, oder?«, fragte sie in dem Bewusstsein, dass sie nichts über Böhmes Rolle erfahren würde, wenn sie nichts riskierte.

»Nein, er ist nicht mehr als eine Atempause.«

»Man darf diesen Krieg gar erst nicht beginnen, nicht wahr?«, fragte sie leise.

»Sie könnten recht haben«, sagte er ebenso leise.

»Immerhin könnten die Russen auch dann gegen Polen und Deutschland marschieren, wenn die Wehrmacht nicht in Polen angreift?«

»Stalin wird es sich zweimal überlegen, ob er sich auf ein so gefährliches Abenteuer einlässt«, erwiderte er. »Aber wenn er es tut, werden wir uns verteidigen. Ein Verteidigungskrieg ist etwas völlig anderes als ein Angriffskrieg. Es ist unwahrscheinlich, dass die Franzosen und die Briten uns in einer solchen Situation in den Rücken fallen würden. Sie mögen uns nicht, aber sie fürchten den Kommunismus nicht weniger als wir.«

Seine Einschätzung lag näher an der Wahrheit als die aller anderen, dachte sie, und plötzlich war sie davon überzeugt, dass es genauso kommen würde, wie Böhme dachte. Ihr Mut hätte ob dieser Erkenntnis sinken müssen, doch so war es nicht. Wenn man die Wahrheit erkannte und aufhörte, sich die Dinge schönzureden, gab einem dies mitten in den Stürmen des Lebens eine gewisse Standfestigkeit.

Böhme hatte sich zur Seite gewandt und blickte zum Fenster hinaus, wo ein paar Lichter im schwarzen Himmel glitzerten.

»Es ist ein seltsamer Sommer«, sagte er. »So spät, so

warm und so voll von unheimlicher Bedrohung. Berlin wird nie wieder so sein wie in diesem Sommer, nie wieder so wie in dieser Nacht.«

»Es ist meine Heimatstadt«, sagte Marion. »Ich habe Berlin immer sehr geliebt und liebe es immer noch.«

Böhme nickte und nach einer Weile schaute er Marion wieder an. »Ich weiß nicht, wer Ihre Freunde sind, Marion«, sagte er, »aber in den Kreisen der Leute, die Sie hier antreffen, sollten Sie sie besser nicht suchen.«

»Ich suche sie nicht in diesen Kreisen«, sagte sie, »aber aus diesen Kreisen suchen sie nach mir.«

Er ließ den Blick von ihr hinüber zu den Gästen schweifen. »Niemand ist vor ihnen sicher, das ist wahr, auch die Frauen nicht, vor allem dann nicht, wenn sie so schön sind wie Sie. Versuchen Sie trotzdem, sich von ihnen nicht einfangen zu lassen. Es sind Leute unter ihnen, die haben es nicht nur auf Ihren Körper, sondern auch auf Ihre Seele abgesehen.«

»Es ist nicht leicht, ihnen zu entkommen«, erwiderte Marion. »Dabei weiß ich nicht einmal, wer sie sind. Können Sie es mir nicht sagen? Diese Offiziere und Geschäftsleute – sie bilden den deutsch-britischen Herrenklub, nicht wahr?«

»Hat man Ihnen von diesem Klub erzählt?«

»Ja, meine Freunde sprachen davon.«

»Manche der anwesenden Herren gehören dem Klub an, andere stehen ihm nahe, so wie ich.«

»Reimer und Markgraf gehören dazu?«

Böhme nickte. »Ja, gewiss.«

»Sie sind nicht gut auf diese Personen zu sprechen, warum ist das so?«

»Ich falle etwas aus dem Rahmen, das stimmt. Vieles hat sich geändert, nichts bleibt, wie es war. Dass es vor dem Hintergrund der aktuellen Entwicklungen auch in unseren Reihen zu Meinungsverschiedenheiten kommen kann, dürfte Sie nicht überraschen. Ich kann nicht darüber sprechen, weshalb ich an den Rand geraten bin. Passen Sie gut auf sich auf, Marion.«

»Was auch immer geschieht«, sagte sie leise, »meine Seele bekommen sie nicht.«

Böhme seufzte. »Da kommt jemand, der mit mir unbedingt ein Glas zusammen leeren will«, sagte er. »Leben Sie wohl, vielleicht sehen wir uns einmal wieder.«

»Ganz bestimmt sehen wir uns wieder«, sagte sie. »Leben Sie auch wohl, Henning.«

Sie beschloss, sich rarzumachen, und glitt durch den Raum, an den redenden und trinkenden Männern vorbei, an den hübschen jungen Frauen. Sie vermied es, jemanden anzusehen, damit sie nicht erneut in ein Gespräch über Krieg und Frieden oder was auch immer verwickelt würde. Schließlich schritt sie durch eine Tür und gelangte in den Flur, in dem nur ein paar schwache Lichter brannten. Der Flur führte um eine Ecke herum. Nach ein paar Metern bemerkte sie eine Tür auf der rechten Seite, die angelehnt war. Vorsichtig schob sie sie auf.

Es war ein Raum in schummerigem Licht, dicken, roten, seidenen Vorhängen und goldumrandeten Spiegeln an der Wand. Mitten im Raum stand ein vergoldeter Wandschirm, seitlich davon ein schwarzes Ledersofa und mehrere Ledersessel. An der Rückseite des Raumes befand sich ein erhöhter, ausladender Diwan mit ein paar Kissen und Decken darauf, groß wie ein

Doppelbett und von allen Seiten mit Spiegeln ausgeleuchtet und umfasst.

Vor dem Diwan stand Ludwig. Sein Oberkörper war nackt, glatt und gut gebaut. Wegen der Spiegel war es, als ob sie ihm mehrfach begegnete. Sie ging zu ihm, sein Anblick zog sie an und ein angenehmes Gefühl durchströmte sie; ohnehin war sie schon entschlossen, sich auf ein erotisches Abenteuer mit ihrem neuen Bekannten einzulassen. Ihr Misstrauen gegenüber Ludwig hatte sie im Hinblick auf die reizvollen Aussichten, die sich ihr boten, zurückgestellt.

»Ich wusste, dass du kommen würdest«, sagte er.

»Und ich, dass du auf mich warten würdest.«

Sie dachte kurz an Böhmes Warnung. Noch könnte sie umdrehen und einfach gehen, nicht nur aus dem Zimmer, sondern auch aus der Wohnung. Es wäre vielleicht der richtige Schritt, bevor die Dinge sich in die absehbare Richtung entwickelten. Aber wollte sie das? Sie würde es nicht tun, dachte sie, sie würde nicht gehen, nicht in dieser Nacht.

Ludwig trat nahe an sie heran, erfasste mit beiden Händen ihre Taille, sie widersetzte sich nicht. Seine rechte Hand wanderte höher, strich über ihre nackte Schulter, schob sich unter den Träger ihres Kleides und umfasste schließlich ihre Brust. Sie seufzte leise, dann lehnte sie ihren Kopf gegen seinen Hals. Nach einer Weile fasste er sie sanft bei den Schultern, und während er den Verschluss ihres Kleides öffnete, zog er sie auf das Lager herab. Als sie nackt war, erhob er sich und zog sich selbst vollständig aus.

»Es kann jeden Augenblick jemand hereinkommen«, sagte sie. »Kannst du nicht die Tür abschließen?«

»Ich habe keinen Schlüssel«, sagte er. »Stört es dich?«

Sie seufzte. Sollte doch der Hausherr kommen und sie hinauswerfen, dachte sie. »Nicht wirklich. Hast du ein Fromms?«

»Natürlich. Roland wird einen Schlüssel haben. Nachher, wenn er kommt, schließt er ganz sicher ab.«

Sie setzten sich auf den Diwan, er schob den linken Arm um ihren Rücken, dann lehnten sie sich in die Kissen zurück. Seine rechte Hand strich über ihre Brüste, über ihre Rippen, über ihren Bauch. Sie erwiderte seine Liebkosungen. Er war geschickt, und zärtlicher, als sie vermutet hatte, und es dauerte nicht lange, bis sie leise zu wimmern begann. Sie setzten sich auf, probierten etwas herum, und als sie in eine kniende Position kam, spürte sie seinen Körper hinter sich, seine Hände auf ihren Hüftknochen.

Sie hörte ein Geräusch und blickte auf. Wie sie befürchtet hatten: Sie bekamen Besuch. Der Fotograf Welzer hatte das Zimmer betreten und kam um den Wandschirm herum. Er trug eine Tasche um die Schulter gehängt und langsam kam er näher, trat an den Diwan heran und lächelte ihnen zu.

»Wie ich sehe, steht alles schon bestens. Dann kann ich gleich mit der Arbeit beginnen.«

Er nahm die Umhängetasche von der Schulter, holte die Kamera heraus und ging neben dem Diwan in die Hocke.

»Können Sie nicht warten, bis wir fertig sind?«, fragte Marion.

»Nein, bessere Motive als jetzt würde ich nicht finden«, sagte Welzer.

»Wer weiß«, flüsterte sie bei dem Gedanken an weitere erotische Vergnügungen in dieser Nacht.

Der Fotograf hatte das Auge schon am Sucher der Kamera, um die beste Einstellung zu finden. »Machen Sie einfach weiter, als wäre ich nicht da«, sagte er.

Ludwig ließ sich von der Kamera nicht stören. Er war in sie eingedrungen und tat alles, um ihr Verlangen zu steigern. Nicht lange, dann kam ein Blitz, und dann noch einer, es war ein Fotoapparat mit eingebauter Belichtungsautomatik, der dafür sorgte, dass ihr Abenteuer mit Ludwig für die Nachwelt festgehalten wurde und nicht in Vergessenheit geriet.

Sie ließ die auf sie gerichtete Kamera aus den Augen, als sie wahrnahm, dass weitere Gäste den Weg ins Zimmer gefunden hatten, Sybille und Roland, jeder von ihnen hielt eine Flasche Sekt in der Hand, sie traten an den Diwan, blieben davor stehen.

»Dürfen wir zusehen?«, fragte Sybille.

Marion nickte nur. Ihre Lippen zitterten. Inzwischen war ihr alles egal. Das süße Ziehen in ihrem Unterleib war machtvoll und fordernd, sie konnte nicht mehr zurück.

Die beiden Neuankömmlinge setzten sich zu ihnen auf den Diwan. Marion ließ alle Hemmungen fallen, und unter den blitzlichternden Blicken der Kamera und den neugierigen Augen des anderen Paares setzten Ludwig und sie ihr leidenschaftliches Liebesspiel bis zum Höhepunkt fort.

»Meine Auftraggeber werden zufrieden sein«, hörte sie den Fotografen sagen, als es vorüber war. Er brummte etwas, das nicht zu verstehen war, schaltete die Kamera aus und packte sie in die Bereitschaftstasche zurück. »Ich wünsche noch eine vergnügliche Nacht«, sagte er und wandte sich zur Tür.

Sybille ging hinterher und verschloss die Tür von innen, sodass endlich niemand mehr hereinkommen konnte. Den Schlüssel ließ sie im Türschloss stecken.

»Lasst uns etwas trinken«, sagte Sybille, »gönnen wir unseren Vorturnern eine kleine Pause.«

Marion, noch immer benommen und verwirrt, stieg von dem Diwan und Ludwig folgte ihr. Sybille suchte nach Gläsern, fand sie auf einer Anrichte, Roland ließ den Korken knallen, dann schenkte er die Gläser voll und reichte jedem von ihnen eines. Sie stießen auf gutes Gelingen an und lachten.

Sybille stellte ihr Glas ab und zog ihr Kleid aus, dann half sie ihrem Partner aus Hemd und Hose, sodass keiner im Raum noch etwas am Leibe trug.

Marion betrachtete die ungefähr gleichaltrige Frau. Sie war mager und flachbrüstig mit einer hellen durchscheinenden Haut, unter der man ihre Rippen zählen konnte. Mit dem kurz geschnittenen hellen Haar sah sie fast wie ein schöner Junge aus. Roland war ihr ähnlich, hätte ihr Zwillingsbruder sein können. Nackt sah er süß aus, nicht so kalt und gefährlich wie in Uniform. Er konnte höchstens zwanzig Jahre alt sein, dachte sie. Ein überaus reizendes Paar, aber waren sie überhaupt ein Paar?

»Gefalle ich dir?«, fragte Sybille und schaute Marion an. »Na ja, mein Busen ist nicht eben üppig, aber mir gefällt er. Ich glaube, wir werden viel Freude aneinander haben.« Sie strahlte.

Marion war hin- und hergerissen. Ein Gefühl von Panik kam in ihr hoch. Ach, warum war Felix nicht da?

Mit ihm zusammen hätte ihr das alles nichts ausgemacht, hätte sie keinerlei Skrupel gefühlt, sondern selbst die Regie übernommen, um ihre eigenen Wünsche in die Tat umzusetzen.

Und was, wenn sie einfach verschwand? Noch war dafür Zeit. Sie blickte zur Tür. Der Schlüssel steckte noch von innen im Schloss. Ihr kam ein Gedanke.

»Ich muss aufs Klo«, sagte sie und blickte sich um. »Wo ist mein Kleid?« Sie konnte es nicht entdecken.

»Zum Anziehen brauchst du heute Nacht nichts mehr«, sagte Sybille und deutete auf eine Tapetentür unweit des Diwans, die Marion bis dahin noch nicht aufgefallen war. »Dahinter ist ein Klo.«

Es gab kein Entkommen aus dem Liebesnest, wurde ihr klar, ihre Mitspieler hatten wirklich an alles gedacht …

14. KAPITEL

Durch den Spalt im Vorhang drang erstes Tageslicht herein. Marion deckte sich auf, erhob sich, und nachdem sie eine Weile gesucht hatte, fand sie ihr Kleid. Es lag auf dem Fußboden hinter dem Diwan. Sybille musste es unbemerkt dort hingeschoben haben, damit sie sich nicht so leicht davonmachen konnte. Sie streifte das Kleid über und strich es glatt, auch ihre Schuhe waren da. Die anderen drei schliefen noch. Es war noch nicht lange her, dass sie müde von der Liebesnacht in die Kissen gesunken waren, doch inzwischen war Marion wieder munter.

Sie trat zur Tür und drehte den Schlüssel im Schloss, dann sah sie noch einmal zurück, aber keiner der Schlafenden hatte sie gehört. Sie schlüpfte durch den Spalt und schloss leise die Tür.

Sich selbst überlassen wandelte sie durch die stillen Räume. An manchen Ecken standen benutzte Gläser herum, aber niemand von den anderen Gästen war mehr zu sehen. Weder Welzer noch sonst jemand, der den Absprung noch nicht gefunden hätte.

Doch als sie die Tür zum Treppenhaus erreichte, kam ein Dienstmädchen mit weißer Schürze aus der Küche der Wohnung; dasselbe Dienstmädchen, das in der vergangenen Nacht die Gäste mit Getränken versorgt hatte.

»Guten Morgen, gnädige Frau«, sagte die junge

Bedienstete. »Sie möchten sicher Ihren Mantel? Soll ich Ihnen ein Taxi rufen?«

»Ach ja, der Mantel«, sagte Marion. »Den hätt' ich fast vergessen. Den Mantel ja, ein Taxi nein. Draußen wird es bereits hell und ich wohne nicht weit von hier. Ich geh zu Fuß.«

»Möchten Sie eine Tasse Kaffee, bevor Sie gehen, schöne Dame?«

»Ach ja, gern – und ein Glas Wasser, wenn möglich.«

Das Mädchen verschwand in der Küche und kehrte keine Minute später mit einer Tasse Kaffee und einem Wasserglas zurück. Marion nahm das Glas und trank es halb leer.

»Hatten Sie eine angenehme Nacht, gnädige Frau?«, fragte die Bedienstete.

Marion nahm einen Schluck Kaffee. »Sehr angenehm.« Die andere Frau schien zu ahnen, was sich abgespielt hatte. »Sie haben gelauscht?«

»Nein, es ergab sich. Ich bin von Natur aus nicht neugierig, muss aber stets aufmerksam sein, so wird es von mir verlangt.«

»Fiel es denn auf, dass wir uns zurückgezogen haben?«

»Das weiß ich nicht. Ich denke aber nicht, es war ja schon spät und die ersten Gäste gingen bereits.« Sie hatte einen offenen, freimütigen Blick. »Ich stehe auf dem Standpunkt, dass man die Gelegenheiten nutzen muss. Man hat ja sonst keinen Spaß in dieser Zeit.«

»So sind wir einer Meinung«, erwiderte Marion.

Die junge Bedienstete schaute zum Fenster. »Ach, sehen Sie, es wird heller draußen. Der letzte oder vorletzte Tag des Friedens ist angebrochen.«

Marion zuckte zusammen. »Wissen Sie das so genau?«

Sie nickte. »Ich bin nicht dumm, obwohl manche der heute Nacht anwesenden Herren das zu denken schienen. Ich verstehe, worüber gesprochen wird. Morgen oder übermorgen geht es los. Jemand hat es gesagt. Mein Liebster, mein Verlobter, ist schon auf dem Weg nach Polen.«

»Hoffentlich kommt er bald gesund zurück«, sagte Marion.

Das Dienstmädchen blickte sie plötzlich scharf an. »Hoffen Sie das wirklich oder sagen Sie das nur so daher, gnädige Frau?«

»Warum zweifeln Sie an mir?«

»Weil die Gäste von Herrn Generalmajor Reimer …«, sie unterbrach sich. »… weil alle wissen, dass das kein Krieg wird, der schnell vorüber ist. Sie sprechen von einem großen Krieg. So nennen es die Generäle. Ich nenne es ein großes Sterben.«

Marion erwiderte den Blick der Frau. Ihre Augen hatten ein trauriges Schimmern angenommen, traurig über das Wissen um eine leidvolle Zukunft, das Marion tief berührte. »Alles, wofür es sich zu leben lohnt, wird einem verdorben«, sagte sie.

Schließlich ließen sie einander aus den Augen und Marion fragte leise: »Sagen Sie: Hat Generalmajor Reimer einen Sohn?«

»Aber ja, kennen Sie ihn nicht? Roland Reimer, er war auch auf der Feier, er ist … bei der SS. Habe ich Sie nicht mit ihm zusammen gesehen?«

»Ich wusste nicht, dass er der Sohn des Hausherrn ist.«

»Er ist der einzige Sohn von Generalmajor Reimer«, sagte das Dienstmädchen. »Fräulein Seeckt ist seine Nichte.«

Marion zuckte zusammen. »Wie, seine Nichte?« Sie starrte die andere Frau entgeistert an. »Sind Sie sicher?«

»Aber gewiss. Die Mutter von Fräulein Seeckt ist früh verstorben, sie war die jüngere Schwester von Herrn Generalmajor.«

Marion blieb eine Weile stumm und dachte an das Liebesspiel zu viert. Das war ja heiter. »Sybille Seeckt und Roland Reimer sind Cousin und Cousine?«

»Na ja, jedenfalls so halb.«

»Warum halb?«

»Frau Seeckt war die Halbschwester von Herrn Generalmajor, wenn ich richtig informiert bin.«

Was immer daraus für die Beziehung der beiden Abkömmlinge zu folgern war. Marion wusste es nicht. Eigentlich war es ihr auch egal. Sollten sie doch miteinander tun, wonach ihnen behagte. »Herrn Krieck kennen Sie auch, nehme ich an?«, fragte sie schließlich. »Ist er auch mit Generalmajor Reimer verwandt?«

»Nein«, lächelte das Dienstmädchen. »Ludwig ist nur sein Chauffeur.«

Die Vögel zwitscherten, als Marion ins Freie trat. Das Bayerische Viertel lag im morgendlichen Spätsommerlicht. Die ersten Straßenbahnen verkehrten bereits. Menschen, die auf dem Weg zur Arbeit waren, kamen ihr entgegen. Ob es wirklich einer der letzten Tage des Friedens war? Jedenfalls war es einer der letzten beiden Tage im August und auch dieser Augusttag versprach, ein warmer Sommertag zu werden. Jemand wie Fritz

Welzer sollte die beiden Tage nutzen und tunlichst so viele Fotos wie möglich von Berlin schießen, dachte sie. Wenn das Dienstmädchen und der Major Böhme recht hatten, würde das Berlin, wie es heute noch war, bald Geschichte sein.

Als sie in ihrer Wohnung war, zog sie ihr Kleid aus, nahm eine Decke und legte sich auf das Sofa, und während sie vor sich hin dämmerte, dachte sie darüber nach, wie es mit ihr weitergehen sollte. Es war nur eine Frage der Zeit, bis Sybille und Ludwig sie erneut auf ihr Lager bitten würden, doch was, wenn das unzüchtige Vergnügen nur der Anfang war? Nur der erste Schritt auf einem Weg, der sie in einen Pakt mit dem Teufel oder in einen Abgrund führte? Sybille und Ludwig waren gut darin, dem Teufel neue Jünger zu verschaffen und sie auf seine Seite zu ziehen.

Im Nachhinein behagte es ihr nicht, dass der erste Akt ihres nächtlichen Sündenfalls von seiner Kamera abgelichtet worden war. Während es passierte, war es ihr fast gleichgültig gewesen, aber inzwischen hatte sie einen anderen Blick auf das Geschehen. Zu welchem Zweck hatte der Mann die Fotos hergestellt, in wessen Auftrag hatte er gehandelt? Damit man sie mit dem Vorwurf der Pornografie konfrontieren konnte? Die anderen Vorwürfe, die man gegen sie erhob, wogen schwerer. Es war auch nicht verboten, nackt oder bei der Liebe für Fotos zu posieren; Probleme gab es nur, wenn man einen Handel mit solchen Lichtbildern betrieb. Dennoch konnte sie nicht wissen, wofür Welzer die Fotos benutzen würde.

Sie musste an die Affäre des Reichskriegsministers Blomberg im vergangenen Jahr denken. Der Minister hatte eine Berliner Prostituierte geheiratet, von der pornografische Fotos aus ihrer bewegten Jugend im Umlauf gekommen waren, Fotos, die obendrein ein jüdischer Liebhaber der jungen Frau angefertigt hatte. Hitler war bei der Eheschließung Trauzeuge gewesen. Als die Sache publik geworden war, hatte man den Minister mit goldenem Handschlag in den Ruhestand verabschiedet. Die Ehe mit seiner sehr viel jüngeren Frau schien darunter immerhin nicht gelitten zu haben und für die ehemalige Prostituierte hatten die pornografischen Fotos keine Konsequenzen gehabt.

Konnten die Fotos für sie als Agentin hinderlich sein? Würde sie dadurch weniger glaubwürdig und seriös wirken? Die Bilder konnten sie bei staatlichen Stellen oder anderen einflussreichen Personen in Misskredit bringen. Sie seien zu ihrem Schutz, hatten Sybille und Ludwig gemeint. Sie hätte keine anderen Repressalien zu befürchten, solange ihre Widersacher mit den Fotos etwas gegen sie in der Hand hätten. Ein zweifelhafter Schutz, dachte Marion. Ihre Gedanken schweiften zu den Gesprächen zurück, die sie auf der Feier im Bayerischen Viertel geführt hatte. Da waren Generalmajor Reimer und der ehemalige Reichswehroffizier Markgraf, aber auch Major Böhme, der eine noch rätselhaftere Gestalt war als die beiden anderen Herren. Sie konnte nicht ausschließen, dass der Major von ihrer Rolle als Agentin mehr wusste, als er bei ihrem nächtlichen Gespräch hatte durchblicken lassen. Vielleicht wusste er sogar vollumfänglich über ihren Spionageauftrag Bescheid. War er etwa daran interessiert, dass das streng geheime Protokoll in die Hände der Briten, der

Amerikaner, der Russen oder anderer Personen gelangte, die in der Lage waren, auf die Entwicklung des Krieges Einfluss zu nehmen?

Es gab noch ein anderes Problem, machte sie sich bewusst. Sie musste sich darüber klar werden, was sie mit den Unterlagen, die sie aus Rolf Michaliks Wohnung mitgenommen hatte, anfangen wollte. Es galt, einen sicheren Aufbewahrungsort zu finden, und das war alles andere als leicht.

Sie stand von dem Sofa auf und warf im Kommodenspiegel einen Blick auf ihre gertenschlanke, hochbeinige Gestalt, auf die gelungene Symmetrie ihrer Glieder. Äußerlich hatten ihr die vergangenen Tage erstaunlicherweise nicht zugesetzt, eher im Gegenteil. Ihre Haut hatte diesen prickelnden samtenen Ton angenommen, den sie von Natur aus schon besaß, der aber heute noch schöner schimmerte als sonst.

Sie schaltete das Radio an, das auf einer Kommode stand, und fand einen ausländischen Sender, der Jazzmusik spielte. Dann wandte sie sich dem Wandregal zu, das den Ordner enthielt, in dem sie die maschinengeschriebene Abschrift des Protokolls verwahrte. Ein ähnliches Versteck wie das, was Rolf selbst verwendet hatte. Sie blätterte bis zu der Stelle, wo sie die Abschrift hingesteckt hatte, doch zu ihrer Verwunderung konnte sie diese nicht finden. Sie stutzte. Täuschte sie sich etwa?

Es gab noch drei weitere Ordner in dem Wandregal, sie nahm alle heraus, setzte sich mit ihnen auf den Fußboden und blätterte sie aufmerksam und Seite für Seite durch, konnte das Protokoll aber auch hier nicht finden. Nur um ganz sicherzugehen wiederholte sie die Prozedur, doch es war wie schon befürchtet – die Abschrift des Protokolls war verschwunden.

Sie stellte die Ordner ins Regal zurück und richtete sich auf. Ihr war ganz warm geworden. Sie zwang sich zur Ruhe und überlegte. Die Fotoabzüge hatte sie in ihrem Garderobenschränkchen im Coco versteckt, die Maschinenschrift aber nicht, die hatte sich in besagtem Ordner befunden, sie war sich sicher, und wenn sie nicht mehr da war, musste irgendjemand sie entwendet haben. Sie blickte sich um. War jemand in ihre Wohnung eingedrungen? Sie kniff die Augen zusammen, versuchte zu ergründen, ob irgendetwas anders war als sonst, doch fiel ihr keine Veränderung ins Auge. Der Eindringling musste sehr behutsam vorgegangen sein.

Das Schloss der Wohnungstür war nicht beschädigt gewesen, fiel ihr ein, wahrscheinlich hatte der Dieb einen Dietrich benutzt. Um sicherzugehen, dass das Schloss der Tür tatsächlich unbeschädigt war, trat sie in den Flur und nahm es eingehend in Augenschein. Ihr Schlüssel steckte von innen, sie konnte keine Unregelmäßigkeit finden.

Fritz Welzer, dachte sie. Was hatte er getan, nachdem er vergangene Nacht das Zimmer der Lust und der Sünde verlassen hatte? Hatte er der Feier den Rücken gekehrt und sich Zutritt zu ihrer Wohnung verschafft, weil er gewusst hatte, dass sie außer Haus sein würde? Doch woher hatte er überhaupt von der Protokollabschrift gewusst? Oder hatte er gar nicht davon gewusst? Vielleicht war er auf gut Glück bei ihr eingedrungen, in der Hoffnung, irgendetwas Nützliches zu finden, das die Sache Böhme betraf.

Plötzlich fiel ihr etwas ein. Sybille hatte schon im

Wagen gesessen, als Ludwig und sie von dem schrecklichen Tribunal zurückgekehrt waren. Im Fond des Wagens hatte ihre Handtasche gelegen, in der sich zu diesem Zeitpunkt das Protokoll befunden hatte. Es war nicht auszuschließen, dass Sybille den Inhalt ihrer Handtasche inspiziert und auf das Dokument gestoßen war. Sie hatte es nicht mitgenommen, um bei Marion keinen Argwohn zu erwecken, doch sie könnte Fritz Welzer einen Tipp gegeben haben, dass sich eine Inspektion ihrer Wohnung lohnte. Wenn sich schon eine maschinengeschriebene Protokollabschrift in ihrem Besitz befand, so mochten ihre neuen Bekannten gemutmaßt haben, könnten sich wohl auch Abzüge oder die Negative der Protokollfotos dort finden lassen.

Mit Schrecken kam ihr ein weiterer Gedanke: Auch in Rolf Michaliks Wohnung war jemand eingedrungen, den sie zudem für seinen Mörder hielt. War dieser unheimliche Fremde nicht nur bei ihr eingedrungen, um die Protokollabschrift zu entwenden, sondern auch, um ihr persönlich etwas anzutun?

Sie hatte einen Feind, wurde ihr klar, einen bösen Feind. Sie wusste nicht, wer er war, doch sie wusste, dass es ihn gab.

Etwas in ihrem Leben war seit ein paar Tagen völlig verdreht. Sie hatte sich selbst nicht mehr klar vor Augen. So hatte der Gott, der sie geschaffen hatte, sich die Sache nicht vorgestellt, das schien ihr gewiss.

In diesem Moment klingelte es an der Tür. Sie fuhr heftig zusammen, schaltete das Radio aus. Noch nackt schlüpfte sie in aller Eile in ihr Kleid. Sollte sie die Wohnungstür öffnen oder darauf hoffen, dass der Besucher sich entfernte? Zum Glück hatte sie die Tür verschlossen und der noch steckende Schlüssel machte das Öffnen mit einem Dietrich unmöglich.

Sie zwang sich zur Ruhe. Der Besuch an der Tür mochte harmlos sein. Sie konnte sich nicht dauerhaft verstecken, sondern musste handeln, wenn sie nicht wollte, dass sie ihre Freiheit zur Gänze verlor. Sie fasste sich ein Herz, trat entschlossen zu der Tür, drehte den Schlüssel um und machte auf.

Vor ihr stand Reinhard Bredow, ihr neuer Führungsoffizier.

»Störe ich?«, fragte er.

Er war doch erst gestern dagewesen, dachte sie. Hatte er etwa vor, sie jeden Morgen zu besuchen?

Nachdem sie einen Augenblick überrascht geschwiegen hatte, schüttelte sie den Kopf. »Kommen Sie herein.«

Sie wusste nicht, ob sie erleichtert oder aber besorgt sein sollte. Immerhin hätte es schlimmer kommen können, sagte sie sich.

»Jemand hat mir berichtet, dass sie gestern Abend Gast auf der Feier von Generalmajor Reimer gewesen sind«, sagte Bredow, nachdem sie sich in die Sessel gesetzt hatten. »Wie ist es Ihnen dort ergangen?«

»Wer hat Ihnen davon berichtet?«, fragte sie.

»Stimmt es etwa nicht?«

»Es stimmt, nur bin ich verwundert, dass Sie darüber schon Bescheid wissen. Es ist fast, als ob ich unter ständiger Beobachtung stünde.«

»Und wenn es so wäre?«

»Es würde mir nicht gefallen.«

»Sie können sich vielleicht denken, dass Sie nicht

meine einzige Mitarbeiterin sind, Fräulein Bendt. Wenn es sich ergibt, dass mir einer meiner Gewährsleute von dieser Party erzählt und dabei ihr Name fällt, dann habe ich eben von Ihrer Anwesenheit erfahren, eher zufällig, wenn Sie so wollen. Nein, Sie werden nicht ständig überwacht. Auch die Gestapo hat nicht so viele Leute, als dass sie für die fortlaufende Überwachung von Personen, über die man gern mehr hören würde, zur Verfügung stünde.«

»Was wollen Sie denn wissen?«

»Wer hat Sie zu dieser Party eingeladen?«

»Ein junges Paar. Sie heißen Sybille Seeckt und Ludwig Krieck, ich bin ihnen im Coco begegnet.«

»Man hat also Kontakt zu Ihnen aufgenommen. Erzählen Sie mir von den beiden! Sind Sie sicher, dass es ihre richtigen Namen sind?«

Die Informationen, die sie von Reimers Hausmädchen über Ludwig und Sybille erhalten hatte, schienen ihr verlässlich zu sein, auf der anderen Seite waren ihr die beiden nach wie vor rätselhaft. Sie zuckte mit den Achseln. »Wer kann das schon sicher sagen, wenn man nichts weiter von jemandem weiß. Ludwig Krieck trug auf der Feier eine schwarze SS-Uniform, genau wie Sie, mit den Rangabzeichen kenne ich mich nicht so aus.«

Bredow ließ den Hinweis auf die SS unbeachtet. »Erzählen Sie mir, wer die Gäste waren.«

»Die meisten Gäste waren Männer mittleren Alters, Offiziere der Wehrmacht und Herren, die wie Diplomaten oder internationale Bankiers aussahen, dazu ein paar feine junge Damen. Ich weiß nicht, was für einen Charakter die Gesellschaft hatte, aber einige der anwesenden Herren gehörten zweifellos dem deutsch-britischen Klub an.«

»Mit wem hatten Sie Kontakt?«

»Ich sprach mit dem Generalmajor Reimer und einem Privatier namens Markgraf, außerdem mit dem Major Böhme, der auch unter den Gästen war.«

»Worüber sprachen Sie?«

»Ich habe mich mit den schon genannten Herren über die britische Beistandsgarantie für Polen unterhalten?«

»Und außerdem? Was haben Sie noch auf der Feier gemacht?«

»Mich mit Sybille und Ludwig, meinen neuen Freunden amüsiert. Briten sind mir übrigens auf der Party nicht begegnet.«

»Das erstaunt nicht«, erwiderte Bredow. »Die meisten von ihnen haben in Erwartung des Kommenden die Heimreise angetreten. War jemand unter den Gästen, der sich merkwürdig Ihnen gegenüber benommen hat?«

»Ein Herr Welzer hat Fotos von mir gemacht?«, sagte sie.

»Welzer? Fritz Welzer?«

»Ja.«

»Der Mann ist mir bekannt. Fotos, sagen Sie. Auf der Party? Nun gut, aber warum denken Sie, dass dieser Umstand etwas zu bedeuten hat?«

»Weil ich auf den Fotos nackt bin. Er tat so, als hätte ihm jemand aufgetragen, mich so zu fotografieren. Von wem der Auftrag kam, hat er mir nicht verraten.«

Er starrte sie an. Die Vorstellung, die ihre Bemerkung bei ihm ausgelöst hatte, setzte ihm wohl doch ein wenig zu.

»Mein Gewährsmann erwähnte nicht, dass Sie sich auf der Feier ausgezogen hätten«, sagte er.

»Natürlich nicht. Das Ganze fand in einem Hinterzimmer statt, das den anderen Gästen nicht zugänglich war.«

»Ich verstehe. Und Sie haben sich das gefallen lassen?«

Er würde es nur verstehen, wenn sie ihm von ihrem Auftritt vor dem Femegericht in der Nacht davor erzählte. Gestern hatte sie nicht darüber sprechen wollen, das Erlebnis war zu frisch gewesen; aber gab es denn wirklich einen Grund, ihm ihren Auftritt vor diesem Tribunal zu verschweigen? So wie sie Sybille und Ludwig einschätzte, hätten diese nicht mit der Wimper gezuckt, wenn das unheimliche Gericht sie zum Tode verurteilt hätte, sondern ungerührt dabei zugesehen, wie sie an einem Galgenstrick starb. Nein, sie war den beiden nichts schuldig. Der Mann war ihr Führungsoffizier, und er war vom Sicherheitsdienst der SS, wenn sie auch spürte, dass er gefährlich war, blieb er für sie doch jemand, der ihr eine gewisse Unterstützung sicherte.

»In der Nacht, bevor Sie mich aufgesucht haben, haben mich die beiden in ein anderes Haus mitgenommen, in dem ein Femegericht meinetwegen abgehalten wurde«, begann sie und schilderte Bredow in groben Zügen von ihrem Erlebnis in dem unbekannten Haus nahe dem Kaiserdamm. »Das Tribunal hat darüber beraten, ob ich wegen Spionage gegenüber einem Wehrmachtsoffizier gehängt werden soll. Ich konnte es zuerst gar nicht glauben, aber ich vermute, dass diese Leute tatsächlich vor nichts zurückschrecken, solange es ihren Zwecken dient. Die Mitglieder des Tribunals, so nehme ich an, waren auch Mitglieder des Herrenklubs.«

Eine Zeitlang blieb er stumm, starrte sie nur an. »Warum haben Sie mir gestern nicht schon von Ihrem Erlebnis erzählt?«

»Ich hätte es tun sollen«, räumte Marion ein, »aber ich war mir nicht sicher, ob es richtig wäre, darüber zu sprechen. Das Ganze war auch noch zu neu und belastete mich gestern stärker als heute.«

Er schüttelte den Kopf. »Ein Femegericht aus Mitgliedern des Herrenklubs? So wie Sie mir diese Verhörprozedur geschildert haben, könnte man zweifeln, ob das Ganze ernst gemeint war. Man hat Ihnen etwas vorgegaukelt, um Näheres über Ihren Auftrag zu erfahren, nehme ich an. Nackt, gefesselt, ein Femegericht aus maskierten Männern, ich muss an freimaurerische Rituale denken, an Einweihungsrituale, die recht beeindruckend sein können, deren Ziel es aber nicht ist, den Einzuweihenden zu töten.«

»Natürlich ging es vor allem darum, mir Angst zu machen, aber die Drohung, mich zu töten, wenn ich nicht mache, was andere wollen, war nicht besonders witzig. Sie selbst waren es, der mir gestern diesen Klub bezeichnete. Ich weiß nicht, wer sonst dahinterstecken sollte.«

»Und Sie wissen nicht, wo dieser böse Spaß stattgefunden hat?

Sie schüttelte den Kopf. »Ich wurde mit verbundenen Augen hingeführt und wieder weggebracht. Verstehen Sie jetzt, weshalb ich mir die Sache mit den Fotos gefallen ließ? Im Vergleich zu dem, was man mir in der Nacht davor zugemutet hat, waren diese Nacktfotos so belastend wie ein Kaffeekränzchen.« Dass sie sich die Fotos recht bereitwillig hatte gefallen lassen und ihr die Fotoaktion ziemlichen Spaß gemacht hatte, brauchte Bredow nicht zu wissen.

Eine Weile sagte er nichts, schien zu überlegen, wie er die Sache einordnen sollte. »Ich denke, Sie haben sich richtig verhalten, was diese Fotos angeht«, meinte er schließlich.

Marion fragte: »Der Auftrag kam nicht zufällig von Ihnen?«

»Natürlich nicht.«

»Ich fragte nur, weil Sie Herrn Welzer kennen.«

»Ich weiß von ihm, mehr ist es nicht. Die meisten Mitglieder des Klubs sind mir einigermaßen gut bekannt, was aber nur bedeutet, dass ich von ihren persönlichen Lebensumständen weiß, nicht aber, dass ich die geheimen Absichten eines jeden von ihnen kennen würde. Um solche Absichten herauszufinden, beschäftige ich Mitarbeiter wie Sie.«

»Welzer gehört also zu dem Klub?«

»Davon ist auszugehen.«

Sie war überrascht, obwohl es sie eigentlich nicht wundern sollte.

»Hat dieser Herr Welzer Ihre neuen Freunde auch fotografiert?«, fragte Bredow.

»Teilweise«, sagte sie ausweichend. »Er hatte es vor allem auf mich abgesehen.«

»Mag sein, dass er von den anderen schon Fotos hat«, sinnierte der SD-Offizier.

»Das ist sogar wahrscheinlich, Welzer und die anderen kennen einander jedenfalls.«

»Interessant«, sagte Bredow. »Irgendetwas stimmt mit Welzer nicht. Sie sollten dem Herrn einmal einen Besuch abstatten, um Näheres über ihn in Erfahrung zu bringen. Sie wissen, wo er wohnt?«

Sie dachte an die verschwundene Protokollabschrift. Blitzschnell entschied sie, den Diebstahl und ihren Verdacht gegen Fritz Welzer nicht zur Sprache zu bringen, sondern sich auf die Ereignisse auf der Feier zu beschränken. Anders als die Sache mit dem Tribunal musste es unbedingt geheim bleiben, dass eine solche Abschrift existierte und sie selbst sie besessen hatte.

»Ja, das weiß ich«, sagte Marion. »Sie haben recht. Ich sollte ihn einmal besuchen.«

Bredow erhob sich vom Sessel. »Gut, ich denke, wir konnten ein paar Punkte klären«, sagte er. »Ich habe das Gefühl, dieser Welzer ist ein falscher Fuffziger. Sprechen Sie mit ihm unter vier Augen, Fräulein Bendt. Lassen Sie Ihren Charme spielen, Sie wissen, wie das geht. Mal sehen, was er Ihnen zu erzählen hat. Sollte er mauern, wäre auch das ein aussagekräftiger Umstand. Ich verlasse mich ganz auf Ihre Intuition.«

15. KAPITEL

Durch die Nachmittagssonne bummelte sie über den Kurfürstendamm und dachte darüber nach, wie sie vorgehen sollte. Was Fritz Welzer getan hatte, konnte sie auch, sagte sie sich, die notwendige Ausrüstung besaß sie, ein Satz Dietriche, den sie in ihrer Handtasche mit sich führte, gehörte ebenfalls dazu. Nicht nur Bredows wegen, sondern auch um ihrer selbst und ihrer eigenen Interessen willen musste sie etwas unternehmen, damit sie nicht länger benutzt werden konnte. Sie wollte die Macht über ihr Schicksal zurückbekommen und würde herausfinden, wer dieser merkwürdige Fotograf war, und ob er Rolf Michalik auf dem Gewissen hatte.

Sie versuchte, sich Welzer mit der Maske vor dem Gesicht vorzustellen. Die Statur des Gerichtsvorsitzenden könnte mit seiner übereinstimmen, dachte Marion, auch das schwarze Haar passte. Seine Stimme war anders als die der maskierten Gestalt, aber das hatte wohl nicht viel zu bedeuten, schließlich hatte die ihre Stimme verstellt.

Die üblichen Nachmittagsspaziergänger schlenderten vorüber: schicke Frauen, Rassehunde und Snobs. Auf den Terrassen der Kaffeehäuser drängten sich die Menschen, genossen die Sonne und schlürften irgendetwas Buntes mit Strohhalmen aus ihren Gläsern. Das Leben nahm trotz allem seinen normalen Lauf.

Als sie das Atelier im westlichen Teil des Boulevards erblickte, hatte sie den Entschluss gefasst, die Sache ganz direkt anzugehen.

»Welzer & Simon«, stand auf dem Schild über der Tür des Gebäudes, vor dem sie stand. Entschlossenen Schrittes ging sie auf die Tür zu. Die Klingel am Eingang, die bei ihrem Eintreten erklang, rief eine junge, blonde Frau, die sich in einem rückwärtigen Raum aufgehalten hatte, hinter den Ladentresen.

»Ja, bitte?«, fragte sie und schaute Marion neugierig an.

»Ich würde gern Herrn Welzer sprechen«, sagte sie.

»Er ist nicht im Geschäft«, erwiderte die junge Frau. »Aber vielleicht kann ich Ihnen helfen. Möchten Sie eine Kamera kaufen oder geht es um Fotoaufnahmen?«

»Das kann ich noch nicht sagen. Aber wissen Sie, ob Herr Welzer heute noch in sein Atelier kommen wird?«

»Herr Simon ist da, vielleicht kann er Ihnen helfen.«

»Das wird er nicht können.«

»Wir schließen um halb sieben«, erklärte die junge Frau. »Also in zwei Stunden. Es mag sein, dass Herr Welzer kurz vor Geschäftsschluss noch einmal hereinsieht.«

»Gut«, sagte Marion, »dann versuche ich es vielleicht später noch einmal.«

»Soll ich Herrn Welzer etwas ausrichten?«

»Danke, aber das ist nicht nötig. Ich werde mich schon mit ihm ins Benehmen setzen.«

»Sie sollten unbedingt ein paar Fotos von sich machen lassen.« Die junge Frau lächelte ihr aufmunternd zu. »Sie sind bestimmt sehr fotogen. Herr Welzer ist immer auf der Suche nach attraktiven Modellen.«

»Ja, das kann ich mir gut vorstellen«, sagte Marion. »Danke, vielleicht komme ich auf das Angebot zurück.«

Sie verabschiedete sich, verließ das Atelier und ging ein paar Schritte auf dem Bürgersteig nach Westen. Sie tat es für den Fall, dass die Angestellte ihr durch das Fenster nachsehen sollte.

Nach einer Weile machte sie kehrt, betrat den Hauseingang neben der Tür zum Atelier und stieg die Treppe zum ersten Stockwerk hinauf, wo sie die Tür mit dem Messingschild und dem Namen Welzer darauf fand. Es war eine von zwei Wohnungen in der Etage. Sie drückte auf den Klingelknopf und wartete eine Weile, aber nichts geschah.

Sie klingelte noch einmal, danach klopfte sie mehrfach an die Tür. Weiterhin passierte nichts, Welzer schien nicht zu Hause zu sein.

Marion lauschte. Alles war still. Sie versuchte den Türgriff, die Tür war verschlossen. Sie nahm den Bund aus der Tasche und probierte die Schlüssel, beim dritten oder vierten Versuch machte es leise klick und das Schloss gab nach, sie schlüpfte in die Wohnung und machte die Tür hinter sich zu.

»Herr Welzer«, rief sie leise, um ganz sicherzugehen; doch sie erhielt keine Antwort.

Sie befand sich in einem schmalen Flur, an dessen Ende eine Tür offen stand. Es roch leicht nach Bohnerwachs. Links sah sie zwei Türen, beide geöffnet. Durch die erste offene Tür blickte sie in eine Küche. Sie machte einen ordentlichen und sauberen Eindruck. Auf einem kleinen Tisch an der linken Längswand stand eine benutzte Tasse, daneben lag eine zusammengefaltete Zeitung. Auf der Anrichte im hinteren Teil neben dem Fenster stand ein leerer Topf, daneben eine Schale mit ein paar Äpfeln. Sie zog ein paar Schubladen auf, fand aber nichts als das übliche Allerlei, das man in Küchen vermutete. Sie verließ den Raum und warf einen Blick in den nächsten. Wie in einer Ku'damm-Wohnung kaum anders zu erwarten, verfügte diese über ein recht großes Badezimmer mit Wanne und Brause. Nobel geht die Welt zugrunde, dachte sie.

Schräg gegenüber sah sie eine geschlossene Tür. Sie drückte die Klinke nieder. Es war das Schlafzimmer, das mit einem großen Doppelbett und einem voluminösen Kleiderschrank ausgestattet war. Sie warf einen Blick in den Schrank, entdeckte nichts anderes als Wäsche und trat in den Flur zurück. Die geöffnete Tür an seinem Ende führte ins Wohnzimmer. Zerschlissene Plüschmöbel vom Anfang des Jahrhunderts, unterhalb des Fensters stand ein Schreibtisch mit einer riesigen Arbeitsplatte. Sie sah sofort, dass es ein Raum war, in dem nicht nur gewohnt, sondern auch gearbeitet wurde.

Sie setzte sich in den Korbsessel vor dem Schreibtisch und begann, eine Schublade nach der anderen aufzuziehen. Es dauerte nicht lange, bis sie auf Fotos stieß, Filmfotos, Momentaufnahmen von Dreharbeiten, die anscheinend in Babelsberg stattgefunden hatten, bekannte und weniger bekannte Schauspieler waren bei der Arbeit zu sehen. Die Fotos lagen lose in Mappen, jede Mappe ein anderer Film, die Mappen über mehrere Schubladen verteilt. Sie suchte weiter. Sämtliche Schubladen enthielten Fotos, nichts anderes als Fotos, kein einziges Dokument.

Es gab noch ein paar weitere Fächer, aber auch in diesen befand sich keine maschinengeschriebene Abschrift des Protokolls. Sie war sich wohl zu sicher gewesen, dass Welzer das Schriftstück besaß, sagte sie sich. Aber gut, sie war nicht nur wegen des Dokuments gekommen, auch wegen der Fotos, die er von ihr gemacht hatte. Mehr noch: weil sie hoffte, irgendetwas herauszufinden, das ihr Aufschluss über den Besitzer der Wohnung und darüber, ob er wirklich für eine fremde Macht spionierte, geben konnte.

In einer der Schubladen entdeckte Marion eine größere Zahl kleinformatiger Fotoalben, sie nahm eines heraus und öffnete es. Holla, dachte sie. Nach ihrem nächtlichen Erlebnis mit Welzer war sie nicht wirklich überrascht, trotzdem hielt sie unwillkürlich den Atem an, während sie die Fotos betrachtete. Es waren keine Filmbilder, sondern Porträts nackter Menschen, oft mehrerer auf einem Foto, teilweise mit pornografischem Inhalt, Abbildungen in beträchtlicher Anzahl. Auch die anderen kleinen Alben, die sie aus der Schublade nahm, enthielten solche Bilder.

Die Fotos waren nicht festgeklebt, sondern nur hinter schmalen Folien eingesteckt, sodass man sie entnehmen konnte, oft zusammen mit mehreren Abzügen.

Sie betrachtete die Personen auf den Bildern, die Akteure waren alle recht ansehnlich und hübsch. Zuweilen fand das Ganze in der freien Natur oder in einem sommerlichen Garten statt, oder auch in ziemlich schlicht ausgestatteten Holzhütten, was an Schrebergartenbuden denken ließ. Ach ja, was die Leute alles so in ihren Gärten trieben, dachte Marion und musste schmunzeln.

Manche Fotos waren lustig, kokettierten mit der preußischen Tradition, bemühten sich, dem Geschlechtlichen eine humorvolle Seite abzugewinnen, zumeist war es allerdings eine eher derbe Komik, die Welzer ins Bild gesetzt hatte; so wie das Bild von zwei nackten Männern, die den rechten Arm zum deutschen Gruß hochgereckt hatten, während zwei junge Frauen vor ihnen knieten und ihre Genitalien massierten.

Es war wohl anzunehmen, dass die meisten Fotos in Berlin oder dem näheren Umland entstanden waren, aber es war niemand auf den Bildern zu sehen, den sie kannte.

Sie schlug ein weiteres Album auf, blätterte es in der Erwartung, auf nichts wesentlich Neues zu stoßen, rasch durch. Sie war fast am Ende angelangt – da fuhr sie zurück, als hätte eine Tarantel sie gestochen.

Das Foto, auf das sie entgeistert starrte, zeigte eine junge Frau und einen jungen Mann, beide nackt bis auf Lendengurte. Doch der springende Punkt war, dass die beiden miteinander tanzten, und dass sie einen Tango miteinander tanzten, war angesichts der Haltung, die sie eingenommen hatten, unübersehbar. Im Hintergrund sah man Tische, an denen Frauen und Männer saßen, die Männer sehr gut, die Frauen sehr leicht bekleidet, es schien sich um eine Kneipe oder das Hinterzimmer eines Lokals zu handeln. Das Allerschlimmste aber war, dass sie die beiden reizenden Tänzer kannte, es waren Sybille Seeckt und Felix Neuburger.

Es war wie ein Schlag ins Gesicht. Der Anblick, der sie so unvorbereitet traf, lähmte sie, und sie konnte nicht sagen, wie lange sie auf das Bild gestarrt hatte. Felix mit

Sybille beim Tango. Wie war diese Verbindung, mit der sie nicht gerechnet hatte, zustande gekommen? Das Foto schien nicht ganz neuen Datums zu sein, jedenfalls schien es aus einer Zeit zu stammen, als Felix und sie selbst sich noch nicht gekannt hatten. Felix' Bekanntschaft mit Sybille war älter als seine Beziehung zu ihr, das schien ihr die allerwichtigste Erkenntnis, aber was hatte das zu bedeuten? Eifersucht war ein Gefühl, das Marion nicht kannte, und auch jetzt spürte sie keinen eigentlichen Neid auf die andere Frau. Weit heftiger und bedrückender war ein anderes Gefühl. Eine schreckliche Art von Betroffenheit, die daraus resultierte, dass das Bild vor ihren Augen die Art ihrer Beziehung, die sie mit Felix verbunden hatte, von Grund auf in Frage stellte.

Sie hatte geglaubt und als selbstverständlich angenommen, dass Felix Neuburgers leidenschaftliche Gefühle für sie genauso echt gewesen waren wie ihre eigenen Gefühle für ihn, doch nun musste sie sich fragen, ob er ihr seine Leidenschaft nicht vorgespielt hatte; nicht weil er keinen Spaß mit ihr gehabt hätte, sondern weil seine Beziehung zu ihr noch einem anderen Zwecke gedient hatte als dem des bloßen sexuellen Vergnügens, von Liebe ganz zu schweigen. Es war nicht zu fassen. Obwohl sie eine lebendige Fantasie besaß, hätte sie sich in ihren schlimmsten Träumen nicht vorstellen können, dass es eine Beziehung zwischen Sybille Seeckt und Felix Neuburger gab oder gegeben hatte, die immerhin so eng war, dass beide fast nackt miteinander getanzt hatten, was zwar dazugehörte, aber aufgrund ihrer eigenen Erfahrungen mit Felix und Sybille konnte sie wohl davon ausgehen, dass es nicht beim Tanzen geblieben war. War es denkbar, dass

Felix Neuburger an dem Komplott, das man gegen sie in Gang gesetzt hatte, beteiligt war?

Durch das Fenster vor ihr drang blendendes Sonnenlicht herein. Am liebsten hätte sie den Vorhang vor das Fenster gezogen und sich auf der anderen Seite des Zimmers mit geschlossenen Augen auf das Sofa gelegt, aber das ging natürlich nicht. Ihr war übel. Sie fühlte sich verraten und verkauft und eine Weile saß sie da wie betäubt.

Sie zuckte zusammen, als sie ein Geräusch hörte und blickte zur Tür. Wo war es hergekommen? Sie hielt den Atem an. Aus dem vorderen Teil der Wohnung? Sie erhob sich leise von ihrem Stuhl, schaute sich um. Gab es ein Versteck? Nicht in diesem Raum, dachte sie, hier gab es keinen Schrank. Sie wartete, spitzte die Ohren, aber es blieb alles still. Das Geräusch musste von irgendwo aus dem Haus gekommen sein. Falscher Alarm, dachte sie und atmete auf.

Sie glitt zurück auf den Stuhl. Es gab mehrere Abzüge des Tanzfotos von Sybille und Felix. Wahrscheinlich würde Fritz Welzer es gar nicht bemerken, wenn einer fehlte, und so schob sie eines der Fotos in ihre Handtasche, dann klappte sie das Album zu und legte es mit den anderen Alben in die Schublade zurück. Plötzlich beschlich sie das Gefühl, dass die Zeit knapp wurde. Sie sollte schleunigst verschwinden. Sie war schon viel länger in der Wohnung als geplant. Die Entdeckung der eindrucksvollen Fotosammlung hatte sie die Zeit vergessen lassen. Sie beschloss, nicht länger nach dem Protokoll zu suchen. Es blieb keine Zeit, alles und jedes durchzusehen. Das Protokoll mochte in Welzers Atelier versteckt sein, aber das Atelier lief ihr nicht weg. Zuerst einmal musste sie sich klar darüber werden, welche Schlussfolgerungen aus der Tatsache zu ziehen waren, dass zwischen Sybille und Felix eine Verbindung bestand.

Sie machte die Schublade zu, nahm die Handtasche und schob den Stuhl an seine alte Stelle. Kurz schaute sie sich um, es schien alles wie vorher zu sein.

Sie durchquerte den Raum und trat in den Flur – und dann fuhr sie heftig zusammen.

Wie angewurzelt blieb sie stehen und starrte in ein böse lächelndes Gesicht mit schwarz funkelnden Augen.

Fritz Welzer hielt eine Pistole in der Hand, deren Mündung direkt auf sie gerichtet war.

»Gehen Sie zurück in das Zimmer«, sagte er, »setzen Sie sich rechts von der Tür in einen der Sessel.«

Marion wich zurück, ohne etwas zu sagen. Was hätte sie auch sagen sollen? Sie war in Welzers Wohnung eingedrungen, da gab es nichts zu erklären. Der Mann mit der Pistole würde sie schon wissen lassen, was er von ihrem Einbruch hielt.

Welzer folgte ihr, als sie über die Schwelle getreten war. »Ich könnte Sie erschießen«, sagte er. »Niemand könnte mir widerlegen, dass ich in Notwehr gehandelt habe, nachdem Sie in meine Wohnung eingedrungen sind.«

Er deutete auf einen der Sessel und Marion nahm darin Platz.

»Glauben Sie das wirklich, dass Sie das tun dürfen?«, erwiderte Marion. »Ich selbst bin unbewaffnet und greife niemanden an.«

Sie fühlte keine wirkliche Angst. Es war zu viel passiert in den vergangenen Tagen, als dass der bloße Anblick von Pistolen sie in Angst und Schrecken versetzen könnte.

»Was haben Sie hier zu suchen?«, fragte Welzer, nachdem er ihr gegenüber auf dem Sofa Platz genommen hatte, die Waffe, deren Mündung nicht mehr auf sie zielte, noch in der Hand.

»Ich habe nach den Fotos gesucht, die Sie von mir gemacht haben«, sagte sie. Es erschien ihr nicht klug, sogleich das Protokoll und ihren Verdacht gegen Welzer selbst zu erwähnen.

»Den Fotos aus der vergangenen Nacht?«, fragte er. »Dachten Sie wirklich, dass ich die bereits entwickelt hätte.«

Sie zuckte mit den Achseln. »Es wäre möglich, und wenn nicht, könnten doch eine Kamera mit Film oder Negativ vorhanden sein.«

»Um Abzüge von diesen Fotos zu bekommen, hätten Sie mich nur zu fragen brauchen, dann hätten Sie welche von mir gekriegt, sobald sie fertig sind«, sagte er.

»Darum geht es nicht.«

»Sondern?«

Um was ging es ihr? Sie war sich plötzlich nicht mehr sicher und musste sich zwingen, sich auf das Gespräch zu konzentrieren und nicht mehr an das Foto von Sybille und Felix zu denken. Welzers Fotos waren der Vorwand, ihr eigentliches Interesse galt dem gestohlenen Protokoll.

»Sie dürfen die Fotos nicht verwenden, ohne mich um Erlaubnis zu fragen«, sagte sie.

Er legte die Pistole griffbereit neben sich auf das Sofa. »Ich habe Sie nicht mit Gewalt vor die Kamera gezerrt, Marion, sondern alles ist mit Ihrem Einverständnis geschehen. Sie werden sich gern des Vergnügens erinnern, das Sie hatten, während ich die Fotos schoss.«

»Sie haben mir bedeutet, dass mir nichts anders übrig bliebe, als Ihre Aufnahmen zu erdulden«, erwiderte Marion. »Ich kann nicht einverstanden sein, wenn Sie mir nicht einmal sagen, wofür die Fotos bestimmt sind. Sagen Sie mir, für wen Sie die Fotos angefertigt haben.«

Er blickte sie gleichmütig an. »Sie werden wissen, weshalb Sie auf der Feier des Generalmajors Reimer erschienen sind. Wer A sagt, muss auch B sagen, so ist das nun einmal. Das eine ist ohne das andere nicht zu haben.«

»Trotzdem würde ich gern wissen, für wen Sie die Bilder machen.«

»Ich weiß nicht, für wen die Fotos sind«, antwortete er mit einem Lächeln. »Jemand sagt mir, dass ich Sie in Posen, an denen Sie selbst Gefallen finden, fotografieren soll. Keine Ahnung, ob der Betreffende mir den Auftrag im Namen der Gestapo, des Sicherheitsdienstes, der Abwehr oder einer privaten Gruppe gab, und vermutlich weiß es der Betreffende selbst nicht.«

»Mit privater Gruppe ist der deutsch-britische Herrenklub gemeint, nehme ich an?«

»Zum Beispiel.«

»Sind Sie ein Mitglied des Klubs?«

»Marion«, sagte er. »Sie waren es, die hier eingebrochen ist, sodass ich Ihnen die Fragen stellen sollte, aber ich bin ein gutmütiger Mensch und nehme den Rollentausch vorläufig einmal hin. Auf Ihre letzte Frage muss ich sagen, dass ich sie nicht beantworten will.«

»Warum wollen Sie es nicht?«

»Sie wissen selbst, dass es nicht auf alle Fragen Antworten gibt. Mir ist natürlich bekannt, dass Sie Mitarbeiterin einer der von mir eben genannten Organisationen sind. Nicht des Herrenklubs natürlich, dafür haben Sie das falsche Geschlecht.«

Dass er Mitglied des Klubs war, wusste sie bereits, sie hatte die Frage nur gestellt, weil sie sich ergeben hatte, außerdem war es das Stichwort gewesen, um zu dem überleiten zu können, worauf sie eigentlich hinauswollte.

»Der Klub gehört demnach zu den geheimen Diensten oder steht in Verbindung mit ihnen?«, fragte sie. »Wird er durch die Partei oder eine der Parteiorganisationen geschützt?«

»Wenn der Klub keinen Schutz hätte, wäre er verboten.«

»Wer gewährt ihm den Schutz?«

»Gestapo, Abwehr, SD, was weiß ich. Sowohl die Partei als auch das Militär kommen in Betracht, oder auch beide.«

»Wer jemanden schützt, erwartet zumeist eine Gegenleistung, oder?«

»Eine Hand wäscht die andere, ja. Sie wissen das vermutlich besser als ich.«

»Ich hatte den Gedanken, dass ein Geheimdienst, der etwas zu erledigen hat, was die Partei missbilligen könnte, den Auftrag gern an einen privaten Klub weitergeben würde? Ist es nicht so?«

»Es mag schon hilfreich sein, wenn man sich als Geheimdienst einer solchen Möglichkeit bedienen kann. Privatpersonen unterstehen nicht denselben Vorschriften wie Beamte und Soldaten.«

»Umgekehrt mag es dann sein, dass sich der Klub in eigenen Angelegenheiten gern bei Mitarbeitern der offiziellen Geheimdienste bedient?«

Er ließ sie aus den Augen und den Blick für eine Weile zu dem Fenster schweifen. Einen Augenblick blieb er still, dann sagte er: »Wissen Sie, was ich denke, Marion?«

»Sie werden es mir sagen.«

»Ich denke, dass Sie nicht wissen, für wen Sie arbeiten, Sie können es auch nicht wissen, und das ist Ihr Problem. Es spielt tatsächlich auch keine Rolle, welcher Organisation Ihr Vorgesetzter angehört. Wer weiß schon, von wem im nationalsozialistischen Deutschland, in dem ein Wirrwarr von Zuständigkeiten und mit- oder gegeneinander arbeitender Behörden und Organisationen herrscht, ein Vorgesetzter seine Anweisungen erhält. Nach Rolf Michaliks Tod irrlichtern Sie durch die Stadt auf der Suche nach Ihrem Herrn und Meister.«

Da lag er wohl nicht ganz falsch, dachte sie, und war zugleich überrascht. Woher wusste er von ihrer Verbindung zu Rolf? Das Terrain, auf dem sie sich bewegte, war nicht nur unsicher, sondern brüchig. »Wie kommen Sie darauf?«

Welzer lehnte sich zurück. »Wie wäre es, wenn Sie zur Abwechslung einmal in mir Ihren Herrn und Meister sehen?«, sagte er, ohne ihr direkt zu antworten.

»Überschätzen Sie sich nicht ein wenig?«, entgegnete Marion. »Warum sollte ich das tun, mal so zur Abwechslung? Was hätte ich davon?«

»Diese Organisationen, von denen wir sprachen, mögen einander unterstützen, wenn es ihnen gerade einmal in den Kram passt. Doch vor allem konkurrieren sie miteinander, weil jeder sich selbst für wichtiger als den anderen hält. All diese geheimen Mächte unterstehen dem Führer, das denke ich wenigstens, und er entscheidet, wer welche Machtbefugnisse hat, doch es ist ein schwer zu durchschauendes System. Man weiß nicht einmal, ob der Führer selbst das Ganze noch durchblickt. Man munkelt, er spiele sie alle gegeneinander aus. Ich jedenfalls habe das System bis heute nicht verstanden. Selbst innerhalb der einzelnen Geheimdienste oder Mächte gibt es ›Seilschaften‹, die gegeneinander spielen und intrigieren. Sie können dort niemandem trauen.«

»Ist das der Grund, weshalb Sie denken, dass ich meine Hoffnungen besser auf Sie setzen sollte?«

»Sie haben für Rolf Michalik gearbeitet, ihm haben Sie vertraut. Dann können Sie auch mir vertrauen. Rolf Michalik und ich waren befreundet.«

Sie war erneut überrascht. »Ach, tatsächlich? Nun, selbst wenn das der Fall gewesen ist, sind Sie damit noch nicht an seine Stelle getreten.«

»Michalik und ich waren immerhin so eng miteinander verbunden, dass ich durch ihn von seinem Auftrag an Sie erfuhr, Fotos eines Gesprächsprotokolls anzufertigen, in dem der Führer sich über seine geheimen Kriegsabsichten auslässt.«

Dass Fritz Welzer von dem Auftrag wusste, der nach allem, was geschehen war, für eingeweihte Klubmitglieder kein Geheimnis mehr war, versetzte sie weniger in Erstaunen als die Behauptung, dass er durch Rolf davon erfahren hatte, und noch mehr wunderte sie sich, dass er diese Dinge so deutlich beim Namen nannte.

»Das kann ich kaum glauben«, erwiderte sie. »Rolf hätte nicht darüber gesprochen. Auf keinen Fall hätte er Ihnen meinen Namen genannt.«

»Ihren Namen hat er mir nicht genannt, den habe ich auch so erfahren. Deshalb kam ich ins Coco, um Sie kennenzulernen.«

In ihrem Kopf machte es klick, etwas stimmte da nicht. Warum hatte er sie kennenlernen wollen? Es war an dem Abend von Rolfs Tod gewesen, dass sie ihm zum ersten Mal begegnet war, erinnerte sie sich. Hatte er zu diesem Zeitpunkt, keine zwei oder drei Stunden nach Rolfs Tod bereits gewusst, was geschehen war? Warum sonst hätte er ausgerechnet in dieser Nacht den Kontakt zu ihr suchen sollen? Das mit der Freundschaft zu Rolf Michalik konnte stimmen oder nicht. Ein merkwürdiger Zeitpunkt für das Zusammentreffen war das Datum des Kennenlernens allemal. Wies es nicht darauf hin, dass der Fotograf etwas mit dem Tod ihres vormaligen Führungsoffiziers zu tun hatte? Was Welzer von sich gab, warf kein gutes Licht auf ihn.

»Wo haben Sie von mir gehört?«, fragte sie.

»Herr Baron erzählte mir von Ihnen, von Ihrem Aussehen, von Ihrem reizenden Tanz. Ich kannte Baron aus einem der anderen Lokale rund um die Augsburger Straße.«

Das alles war kaum zu glauben. Es konnte wohl nicht anders sein, als dass Welzer aus Geheimdienstkreisen von ihr erfahren hatte, ob nun durch jemanden aus dem Herrenklub oder von der Abwehr oder dem SD.

»Wechseln wir einmal das Thema und kommen endlich zu Ihnen«, hob Welzer an, bevor sie etwas entgegnen konnte. »Weshalb sind Sie hier? Und erzählen Sie mir nicht länger den Unsinn von den hübschen Fotos aus der vergangenen Nacht, die Sie wiederhaben wollen, das nehme ich Ihnen nicht ab. Deshalb dringt man nicht in fremde Wohnungen ein.«

»Ich möchte nicht, dass solche Fotos von mir in Umlauf kommen«, widersprach sie mit Nachdruck. »Wie ich gesehen habe, treiben Sie einen schwunghaften Handel mit Fotos dieser Art.«

Er lachte. »Sie irren sich. Was Sie unerlaubterweise gesehen haben, sind sämtlich Auftragsarbeiten. Alles ganz legal. Niemand anderes als meine Auftraggeber oder die Abgebildeten bekommen die Fotos in die Hand.«

Sie rang mit sich, ob sie Welzer um Auskunft darüber bitten sollte, wer das Foto von Sybille und Felix in Auftrag gegeben hatte, das sie in seinem Schreibtisch gefunden hatte. Er musste um die Verbindung zwischen Felix und ihr selbst wissen. Zwar hatte er sie beide nicht tanzen sehen, aber offenbar hatte er von ihnen gehört. Trotzdem blieb fraglich, ob er eine gedankliche Verbindung von ihr zu dem nicht mehr ganz neuen Foto würde herstellen können. Vermutlich nicht. Zudem war es unwahrscheinlich, dass er ihr die erbetene Auskunft geben würde. Besser, sie konzentrierte sich auf die Abschrift des Protokolls, wie es ihrem ursprünglichen Plan entsprach. Wobei es sich nicht vermeiden ließ, die Dinge beim Namen zu nennen, wenn sie weiterkommen wollte.

»Ich bin gekommen, um mir etwas wiederzuholen, das Sie mir weggenommen haben.«

»Ich habe Ihnen nichts weggenommen.«

»In meine Wohnung ist eingebrochen worden und es wurden Dokumente gestohlen.«

Er schaute sie aus seinen schwarzen Augen durchdringend an. »Ich war nicht in Ihrer Wohnung.«

»Wer sonst?«

Er zuckte mit den Achseln. »Die halbe Stadt kann es gewesen sein. Finstere Zeitgenossen gibt es zuhauf. Gewiss auch in Ihrer Umgebung. Was ist mit Ihren neuen Freunden?«

»Sybille Seeckt und Ludwig Krieck haben ein Alibi, jedenfalls, was die vergangene Nacht angeht, sie waren die ganze Zeit mit mir zusammen. Wer bleibt außer Ihnen?«

»Sind Sie sicher, dass Ihnen die Dokumente nicht früher schon gestohlen wurden, zum Beispiel am Abend oder am Nachmittag.«

Er hatte natürlich recht. Ausschließen konnte sie es nicht. »Das ist unwahrscheinlich«, erwiderte sie gleichwohl.

Welzer schüttelte den Kopf. »Bevor wir uns deshalb streiten, sollten Sie mir erst einmal verraten, um was für Dokumente es sich handelte. Wenn Sie glauben, dass ich sie entwendet habe, können Sie mir doch getrost sagen, worum es geht.«

Wer immer das Dokument an sich gebracht hatte, wusste über den Inhalt Bescheid, dachte Marion. Welzer hatte recht. Es gab keinen Grund, der Antwort auf seine Frage auszuweichen, selbst dann nicht, wenn Welzer nicht der Dieb war. Er hatte ja durch Rolf von der Existenz des Protokolls erfahren und war ohnehin orientiert.

»Es handelt sich um eine maschinengeschriebene Abschrift des Protokolls, von dem Sie sprachen«, sagte sie.

»Die Fotoabzüge wurden also nicht gestohlen?«

Sie starrte ihn an. »Wie kommen Sie auf den Gedanken, ich könnte Fotoabzüge besitzen?«

»Rolf Michalik ließ mich wissen, dass er mehr als einen Abzug herstellen lassen würde, und versprach, mir einen zu verschaffen.«

Er hatte eben gerade zwei Fliegen mit einer Klappe geschlagen, dachte sie. Ihre Vorstellung, sie könne den Besitz des maschinengeschriebenen Protokolls zugeben, den Besitz der Fotoabzüge aber geheim halten, erwies sich als Makulatur. Wenn sie das maschinengeschriebene Dokument besessen hatte, konnte Welzer mit einigem Recht vermuten, dass auch Fotoabzüge aus Michaliks Besitz in den ihren übergegangen waren.

»Nein, keine Fotos«, sagte sie.

»Wovon haben Sie denn die maschinengeschriebene Abschrift hergestellt?«, fragte er.

»Ich habe diese Abschrift nicht selbst hergestellt.«

»Dann also Michalik. Die Fotos sind folglich noch vorhanden.«

Marion lehnte sich zurück. Wenn es stimmte, dass er ein enger Freund von Michalik gewesen war, mochte sein Vorschlag, ihm zu vertrauen, nicht unehrlich gemeint sein. Das Ganze konnte aber genauso gut eine Finte sein.

»Was Sie sagen, beweist nicht mehr, als dass Sie Gründe hatten, in meine Wohnung einzudringen«, sagte Marion.

»Sie werden die Abschrift, nach der Sie suchen, bei mir nicht finden, auch wenn Sie meine ganze Wohnung und mein Atelier obendrein auf den Kopf stellen würden«, erwiderte er. »Trotzdem kann ich Ihnen vielleicht helfen, vorausgesetzt natürlich, dass – es eine Sache von Gegenseitigkeit ist, von gegenseitigem Vertrauen, ich sprach bereits davon, dass Sie mir das Vertrauen schenken mögen, das Sie Michalik entgegenbrachten. Und was diese Abschrift angeht, täten Sie besser daran, bei Ihren neuen Freunden danach zu suchen, wobei ich Ihnen aber gleichwohl den dringenden Rat geben möchte, es nicht zu tun, sondern die Sache auf sich beruhen zu lassen. Es ist sogar eine Voraussetzung dafür, dass wir beide uns handelseinig werden. Weiter setze ich voraus, dass weder die Abwehr noch sonst jemand von unserem Gespräch erfährt. Nicht nur ich, sondern auch Sie haben etwas zu verlieren, wenn es anders kommt, als wir denken, das ist Ihnen hoffentlich klar.«

»Wenn Sie mir einen Vorschlag machen wollen, behalte ich dessen Inhalt natürlich für mich.«

Er griff nach der kleinen Pistole und steckte sie in seine Jackentasche.

»Mein Vorschlag ist, dass Sie mir die Abzüge verkaufen, die Sie besitzen, und dadurch das Versprechen einlösen, das Rolf Michalik mir gab.«

Marion überlegte, ob die Fotoabzüge überhaupt noch vorhanden waren. Sich Zutritt zu ihrem Garderobenschränkchen zu verschaffen, wäre noch einfacher gewesen, als in ihre Wohnung einzudringen. Es war möglich, dass auch die Fotos entwendet worden waren. Aber wenn, dann war nicht Welzer der Täter.

»Angenommen, ich könnte Ihnen Fotos verkaufen, woher wüsste ich, dass ich nicht den Interessen des Deutschen Volkes schade, wenn ich sie Ihnen überlasse?«

»Entspricht es den Interessen des Deutschen Volkes, dass der Führer einen Feldzug gegen die Polen unternimmt?«

»Sie erinnern sich sicher an den gestrigen Abend und an die Ansicht einiger Herren, der Führer sei aufgrund der britischen Garantie für Polen quasi gezwungen, diesen Feldzug zu führen?«, insistierte Marion.

»Es ist immer besser, keinen Krieg zu führen«, gab Welzer zurück. »Der Führer muss die Wehrmacht nicht nach Polen einmarschieren lassen. Wenn Sie ebenso wie diese Herren glauben, Deutschland sei in eine Falle gelockt worden, sollte man dafür sorgen, dass die Falle nicht zuschnappt, und das tut man, indem man es unterlässt, Krieg zu führen. So denke ich als Deutscher.«

»Gestern haben Sie sich anders geäußert.«

»Sie wissen, dass man vorsichtig sein muss.«

»Dennoch wäre es Verrat am eigenen Volk, wenn ich Ihnen Fotos übergeben würde, die Sie an den Feind weiterreichen.«

»Wer sagt Ihnen, dass ich das vorhabe?«

Es war kaum auszumachen, wessen Interessen Welzer vertrat. Da der Klub vermutlich bereits Fotos des Protokolls besaß, könnte es ihm schlicht darum gehen, sämtliche existierende Abzüge in die Hand zu bekommen. Aber sie hielt das nicht für wahrscheinlich. Näher lag die Möglichkeit, dass Welzer fremde, gar nichtdeutsche Interessen vertrat und mangels Zugehörigkeit zu der Führungsriege des Klubs keine andere Möglichkeit hatte, an die Fotos zu gelangen, als durch sie. Vielleicht traf auch beides auf ihn zu und er war Doppelagent, der in erster Linie für Geld arbeitete. Dies schien auch die Ansicht ihres neuen Führungsoffiziers zu sein.

»Warum sollte Ihnen sonst an den Protokollabzügen gelegen sein?«, fragte sie.

»Eben haben Sie mich zu dem Eingeständnis gezwungen, dass ich für deutsche Dienste Aufträge erledige, nun halten Sie mich für den Agenten einer ausländischen Macht. Was denn nun? Nein, sagen Sie nichts! Ersparen Sie mir und sich selbst die Antwort. Es ist besser, Sie wissen nicht, wer ich bin. Wir werden beide schweigen, aber es bleibt nur eine Absicht; man weiß nie, welchen Verlauf ein Verhör nehmen kann, in das man unglücklicherweise gerät. Es ist stets besser, nicht zu viel zu wissen. Was uns verbindet, ist Rolf Michalik. Nur weil ich glaube, dass wir beide auf seiner Seite stehen, habe ich den Kontakt zu Ihnen gesucht, um ein Arrangement mit Ihnen zu treffen.«

»Ich möchte nichts tun, wodurch alles nur schlimmer wird«, sagte sie.

»Sie müssen nicht befürchten, dass auch nur ein deutscher Soldat mehr sein Leben verlieren würde, weil Sie mir diese Abzüge überlassen«, erklärte Welzer. »Im Gegenteil!«

»Das kann ich glauben oder nicht. Leider ist der Krieg ohnehin schon beschlossene Sache.«

»Es geht nicht nur um den Krieg gegen Polen. Dieser Feldzug wird Folgen haben, und ob sie gut oder schlecht für Deutschland ausfallen werden, darauf lässt sich noch immer Einfluss gewinnen. Im Übrigen! Sie sollten mir die Fotos ganz unabhängig davon geben, ob Sie mich für einen Spion des Feindes oder einen Gestapomann halten. Es dient Ihrem eigenen Schutz. Mit der heimlichen Herstellung der Fotos haben Sie sich den Galgen bereits verdient. Sie können froh sein, wenn Sie die Abzüge los sind.«

»Nach dem ersten Sündenfall spielt der zweite keine Rolle mehr, wollen Sie sagen?«

»So ungefähr. In jedem Land gibt es für unbefugte Personen strenge Strafen für den Besitz geheimer Dokumente. Wenn man sie bei Ihnen entdeckt, vertiefen Sie die Schwierigkeiten, in denen Sie sich bereits befinden. Ihr Ende wäre besiegelt.«

»Was nützt es denn, wenn man mich jetzt bereits an den Galgen bringen kann?«, erwiderte sie.

»Ich an Ihrer Stelle würde keinem einzigen der Menschen, denen Sie in der vergangenen Nacht begegnet sind, vertrauen«, sagte Welzer. »Diese Leute spielen mit Ihnen. Sie sind zu schön, um schnell geopfert zu werden. Einen Leckerbissen wie Sie spart man sich für eine bessere Gelegenheit auf, doch am Ende werden Sie dem Strick nicht entgehen. Ich bezahle Sie für die Abzüge. Das Geld kann Sie in die Lage versetzen, aus Deutschland zu verschwinden, sobald es sich als notwendig erweist.«

»Prima Aussichten«, sagte sie.

»Leider, ja«, erwiderte er, »aber es ist besser, Sie wissen, wo Sie stehen. Dass man seine Illusionen verliert, ist der erste Schritt auf dem Weg zur Wahrheit.«

Er hatte natürlich recht. Sie wusste selbst, was ihr blühen konnte. Trotzdem war es bitter, die Wahrheit aus dem Munde von jemandem, der es wohl einigermaßen gut beurteilen konnte, hören zu müssen. Was aber war nun für Deutschland das Beste? So wie sie Rolf Michalik kennengelernt hatte, war er ein ehrlicher Mensch gewesen, dem Deutschland sehr am Herzen gelegen hatte. Inmitten des Wirrwarrs undurchsichtiger Interessen, die sich teilweise deckten, aber auch gegenläufig waren, blieben seine Intentionen das Einzige, das ihr eine gewisse Richtschnur für das eigene Handeln bot. Wenn sie sich in seinem Sinne verhielte, läge sie nicht ganz falsch.

»Wenn ich ihnen die Fotos verkaufe, könnte auch das mein Todesurteil sein«, sagte sie.

»Wenn es herauskommt, hätten Sie ein Problem, das ist wahr«, gab Welzer zurück. »Aber ein Problem haben Sie ohnehin. Wenn alles klappt, wie ich denke, sind Sie das Problem los und Sie hätten obendrein das Geld.«

Marion nagte an ihrer Unterlippe. Darüber, ob Welzers Argumente stichhaltig waren oder nicht, konnte man geteilter Ansicht sein. Doch in dem Punkt, dass es besser für sie war, die Fotos loszuwerden, hatte er sicherlich recht. Ihre Intuition riet ihr dazu, auf Welzer Angebot einzugehen. Die einzige Alternative, die in Betracht kam, nämlich Bredow einzuschalten und ihm von Welzers Angebot zu erzählen, schloss sie für sich aus. Dies würde bedeuten, dass sie einen Mann, der vielleicht ein Freund von Rolf Michalik gewesen sein könnte, an die Gestapo verraten hätte. Das wäre das Schlimmste. Mit einer solchen Schande würde sie nicht leben können. Wahrscheinlich ahnte Welzer dies, aber das war ihr egal.

»Welchen Preis bieten Sie?«

»Dreitausend Reichsmark. Und obendrauf fünfhundert amerikanische Dollars.«

Dreitausend Reichsmark waren mehr als die meisten Leute in Deutschland im Jahr verdienten, und Dollardevisen in solcher Höhe zu bekommen, war sogar eine noch bessere Option.

»Gut«, sagte sie. »Sie sollen die Abzüge bekommen, vorausgesetzt, dass ich sie noch beschaffen kann.«

Er nickte, wirkte aber nicht erleichtert, dass sie auf sein Angebot eingegangen war. »Wie schnell können Sie die Abzüge besorgen?«, fragte er.

»Gleich oder gar nicht, das lässt sich schnell klären, heute oder morgen Abend.«

»Morgen Nacht. Bis dahin habe ich das Geld. Wo treffen wir uns?«

»Am besten nahe dem Coco, wenn ich meinen Auftritt hinter mir habe. Sagen wir um halb eins in der Nacht.«

»Das wird gehen. So ungefähr hatte ich es mir vorgestellt.« Eine Weile dachte er nach. »Verlassen Sie das Coco in östlicher Richtung«, sagte er dann, »in der ersten Straße links, der Passauer Straße, werde ich unweit der Straßeneinmündung in einem Auto auf Sie warten. Sobald ich Sie um die Ecke kommen sehe, werde ich mich bemerkbar machen.«

»Gut, dann sehen wir uns morgen Nacht um halb eins«, bestätigte Marion und erhob sich einige Augenblicke später aus ihrem Sessel. »Dann darf ich jetzt gehen, nicht wahr?«

»Bitte«, sagte Welzer und erhob sich ebenfalls von dem Tisch.

Er begleitete sie über den Flur zur Tür. »Passen Sie gut auf sich auf, Marion«, sagte er zum Abschied, als sie bereits im Treppenhaus stand. »Ich hoffe, es hat niemand beobachtet, dass Sie zu mir gekommen sind.«

»Nein, gewiss nicht«, sagte Marion, aber dann musste sie an Welzers blonde Angestellte aus dem Atelier im Erdgeschoss denken, von der sie nicht wusste, ob sie nicht doch hinter ihr hergespäht hatte. Sie verspürte den Impuls, ihre Bemerkung zu korrigieren und wollte Welzer schon einen vorsichtigen Hinweis geben, aber als sie sich zu ihm umdrehte, schloss der Fotograf hinter ihr bereits die Tür, und so sagte sie sich, dass ihre Verbindung zu Welzer ohnehin bekannt war, und behielt ihren plötzlichen Einfall für sich.

16. KAPITEL

»Wir lagen gestern richtig mit unseren Prognosen«, sagte Mustafa. »Das Coco ist gut besucht. Leider sind schon wieder ein paar Gäste da, die nicht um des Vergnügens willen gekommen sind. Sie fragten nach dir und baten um einen Tisch, an dem man sich möglichst ungehört von anderen Gästen unterhalten kann. Die Herren sitzen ganz hinten an der Wand.«

Es brauchte eine Weile, bis sie die Gäste erkannte, von denen der Barbesitzer gesprochen hatte. Da sie an diesem Abend unauffällige Zivilanzüge trugen, waren sie an dem kleinen runden Tisch in dem am weitesten von der Bühne abgelegenen Teil des Lokals nicht sofort auszumachen. Aber schon bevor sie die Gesichter erkannte, ahnte sie, wem sie gehörten. Die Herren waren die Gestapobeamten Krausnick und Göde, die inzwischen fast so etwas wie alte Bekannte waren.

Marion wartete nicht, bis sie von ihnen angesprochen würde, sondern trat hinüber zu ihrem Tisch.

»Sehr freundlich, dass Sie sich zu uns setzen möchten, Fräulein Bendt«, sagte Krausnick, als er sie neben sich erblickte, und tat so, als hätte er nichts als lautere Absichten mit ihr im Sinn. »Trinken Sie ein Glas Sekt mit uns?«

»Sie sind nicht im Dienst?«, fragte Marion, indem sie

sich zu den Männern setzte. »Mir ist es auch viel lieber, Sie als private Gäste begrüßen zu dürfen.«

Krausnick antwortete nicht, sondern winkte einem der Mädchen, das die Tische bediente, und bestellte einen Sekt. Auch Göde blieb stumm. Die beiden Männer hatten halbvolle Biergläser vor sich stehen.

»Wie ich hörte, hat man die Tanznummer mit dem jüdischen Herrn aus dem Programm genommen«, sagte Krausnick. »Der Geschäftsführer des Hauses berichtete es mir.«

»Ja, Sie haben Ihr Ziel erreicht.«

»Sind Sie nicht froh darüber, Fräulein Bendt? Ihrem Ton nach zu urteilen, könnte man fast denken, dass es Ihnen nicht gefällt.«

»Das Tanzen liegt mir im Blut und noch gibt es keinen Ersatz«, gab sie zurück.

»Nehmen wir einmal an, dass das wirklich der Grund ist«, erwiderte Krausnick. »Es würde uns immerhin beweisen, dass Sie eine einsichtige Frau sind, und das macht es für uns viel leichter, von der Einleitung strafrechtlicher Schritte gegen Sie abzusehen.«

»Vielen Dank«, sagte Marion, da ihr nicht nach Wortklauberei zumute war, und sie meinte es sogar ehrlich. Sie hatte wahrlich genug Probleme und war froh, sich weitere vom Hals halten zu können.

»Sie haben es nicht besser gewusst, dass der Herr ein Halbjude ist, nicht wahr?«, meinte Göde, als ob er diese Bestätigung noch brauchte, um sie aus dem Zugriff seiner Ermittlungen zu entlassen.

»Man sieht es ihm nicht an«, entgegnete Marion.

Göde nickte und ließ das Thema damit auf sich beruhen.

»Es ist immer besser, sich gut mit uns zu stellen«, meinte Krausnick, »ich sagte Ihnen ja bereits einmal, dass wir nicht die Unmenschen sind, für die uns manche Personen halten. Wer mit uns zusammenarbeitet, hat nichts zu befürchten.«

»Dessen bin ich mir gewiss«, sagte Marion und bemerkte, kaum, dass sie es gesagt hatte, die Ironie ihrer Worte: Dass jemand, der mit der Gestapo zusammenarbeitete, nicht mit Unannehmlichkeiten seitens dieser Behörde zu rechnen brauchte, musste selbst Gestapobeamten wie Hohn erscheinen. Doch wie sich zeigte, hatten Krausnick und Göde noch etwas anderes mit ihr im Sinn, das sie gedanklich bereits beschäftigte und wodurch sogleich klar wurde, was Zusammenarbeit in den Augen dieser Männer hieß.

»Was die Vorgänge um den Tod von Herrn Michalik anbelangt, werden die Ermittlungen nach allen Seiten fortgesetzt«, sagte Göde.

Marion nahm kaum wahr, dass ihr das Sektglas gebracht wurde und Krausnick der Bedienung einen Geldschein reichte. Was hatte die Aussage des Mannes zu bedeuten? Die Herren von der Gestapo hoben ihre Gläser und sagten »Prost« und Marion tat es ihnen gleich.

Es würde ihr wohl nichts nützen, Gödes Äußerung unkommentiert zu lassen, überlegte sie, während sie an dem Sektglas nippte. Die Gestapo wäre nicht auf Rolf Michalik zu sprechen gekommen, wenn es nicht darum ginge, ihr Angst einzujagen. Folglich musste sie damit rechnen, dass man ihr ihr Schweigen negativ auslegen würde.

»Ermittlungen?«, fragte sie. »Hat Michalik nicht Selbstmord begangen?«

»Wir wissen es nicht sicher«, erwiderte Göde, »deshalb gehen wir Verdachtsmomenten nach, die dagegensprechen.«

Offenbar hatte sie sich zu früh gefreut.

»Ein Unfall kann es kaum gewesen sein«, sagte sie. »Wenn es kein Selbstmord war, könnte Michalik nur durch fremde Hand gestorben sein?«

»Ganz recht. Genauso sehen wir die Dinge auch.«

»Gibt es denn Anhaltspunkte dafür, dass man ihn ermordet hat?«

»Es wurden keine Pulverrückstände an seinen Händen gefunden«, sagte Krausnick.

»Hätten die da sein müssen?«, fragte sie.

»Im Normalfall schon.«

»Vielleicht hat sie jemand abgewischt.«

»Warum sollte das jemand tun?«

Um aus einem Selbstmord einen Mord zu machen, dachte sie, behielt den frevlerischen Gedanken aber für sich. Schon ihre Bemerkung über das Abwischen an sich war dumm und überflüssig gewesen.

»Könnte es nicht unabsichtlich geschehen sein?«, fragte sie. »Zum Beispiel, als man seinen Leichnam fortbrachte.«

»Das glaube ich kaum«, erwiderte Krausnick, »diese Rückstände wischt man so einfach nicht fort.«

Marion hatte das Gefühl, dass beide Männer sie mit Argusaugen betrachteten.

»Warum hätte man ihn ermorden sollen?«, fragte sie. »Sie sprachen von Verdachtsmomenten. Gegen wen richtet sich der Verdacht?«

Göde starrte Marion mit ausdrucksloser Miene an,

sodass sie ihn aus den Augen ließ. »Michalik könnte in Spionagegeschäfte verstrickt gewesen sein«, hörte sie ihn sagen.

»Was für Geschäfte? Er war natürlich ein Abwehr-Mann.«

»Weil er zum Beispiel für eine ausländische Macht spionierte, während er angeblich für die Abwehr arbeitete«, antwortete Göde.

Aus schmalen Augen blickte sie den Gestapobeamten über den Rand ihres Sektglases hinweg an. Verdächtigte man etwa auch sie der Spionagetätigkeit für eine ausländische Macht?

»Das kann nicht sein«, sagte sie. »Ich habe von ihm nie etwas anderes gehört, als dass er für die Abwehr gearbeitet hat.«

»Ob er mit Ihnen darüber gesprochen hat, steht auf einem ganz anderen Blatt«, entgegnete Krausnick.

Sie zuckte mit den Achseln. »Wenn Sie Anhaltspunkte haben, dass er für andere Auftraggeber gearbeitet hat, kann ich das nicht in Abrede stellen, ich selbst mag es nur nicht glauben. Rolf hat Deutschland sehr geliebt.«

»Dass ein Angehöriger eines ausländischen Geheimdienstes für seinen Tod verantwortlich ist, ist auch nur eine der Möglichkeiten, die wir erwägen«, sagte Krausnick, »es gibt noch andere.«

»Und die wären?«

Beide Augenpaare richteten sich mit einer solchen Direktheit auf sie, dass es sie große Kraft kostete, den Blick nicht zu senken.

»Jemand hat uns davon in Kenntnis gesetzt, dass Sie ein Verhältnis mit Rolf Michalik unterhalten haben, bevor sie in die Liebschaft mit Herrn Neuburger gewechselt sind«, sagte Krausnick.

Sie schaute ihn durchdringend an. »Und was, wenn es so gewesen wäre?«

»Michalik wollte Sie nicht gehen lassen, weshalb Sie beschlossen haben, sich seiner zu entledigen.«

Sie lachte, aber es klang nicht ganz echt. Obwohl Krausnicks Bemerkung vollkommen unsinnig war, gelang es ihr nicht, ihre Betroffenheit und ihr Erschrecken vollständig vor den Männern zu verbergen. Statt Rassenschande ging es nun also um Mord.

»Das meinen Sie nicht im Ernst, nicht wahr?«, reagierte sie, nachdem sie sich von der ersten Überraschung erholt hatte. »Glauben Sie wirklich, dass ich es nötig gehabt hätte, Rolf Michalik zu erschießen, um mich von ihm zu trennen. Wir sind ohne Streit voneinander geschieden. Genauso wie viele andere junge Paare vor einer Ehe das tun, wenn sie merken, dass es zwischen ihnen nicht mehr klappt und nichts fürs Leben daraus werden kann.«

»Mag schon sein«, erwiderte Krausnick, »aber ich weiß es nicht. Auch kommt es gar nicht darauf an, was ich über einen solchen Verdacht gegen Sie denke, sondern was man von maßgeblicher Seite darüber denkt.«

»Wenn jemand sich erschossen hat, kann immer behauptet werden, dass einen anderen die Schuld trifft. Das sind Spekulationen, die gänzlich überflüssig sind, und haltlos sind sie obendrein.«

»Tja, ich würde Ihnen ja recht geben, Fräulein Bendt, wäre da nicht jemand, der Sie gesehen hat.«

Sie starrte in Krausnicks Gesicht. »Mich gesehen? Wo?«

»Es ist ein anonymer Brief eingegangen, dass Sie an dem Abend, als Michalik starb, bei ihm gewesen seien. Jemand hat sie gesehen, als Sie das Haus verließen.«

Sie konnte fühlen, wie sie erbleichte.

»Das ist doch unmöglich«, sagte sie hilflos, ihre Stimme war nicht mehr als ein leises Murmeln.

»Sie sind in seiner Wohnung gewesen«, sagte Krausnick mit fester Stimme, »und zwar ungefähr zu der Zeit, als er gestorben ist.«

Sie war einen Augenblick sprachlos. »Ich habe Michalik nicht erschossen.«

»Waren Sie bei ihm in der Wohnung?«

Es würde ihr nichts nützen, ihren Besuch bei Michalik zu bestreiten. Vielleicht hatte man sogar Fingerabdrücke von ihr in der Wohnung gefunden, die sie selbst übersehen hatte.

»Er war schon tot, als ich kam«, sagte sie. »Wer ist es denn, der mich gesehen hat?«

»Das tut nichts zur Sache.«

Könnte es nicht Krausnick selbst gewesen sein? Sie dachte an die Männer, die Rolfs Leichnam aus der Wohnung geholt hatten. Ihr Verdacht, dass das dieselben Männer waren, die ihr nun vorwarfen, für Rolfs Tod verantwortlich zu sein, war nicht einfach von der Hand zu weisen. Leider konnte sie ihren Verdacht nicht äußern. Falls er begründet war, beschuldigten die beiden Männer sie wider besseres Wissen. Der Mörder, oder besser der Fremde, der während ihrer Anwesenheit in Rolfs Wohnung gekommen war, hatte sich nur eine gute Viertelstunde vor dem Erscheinen des schwarzen Leichencabriolets, an dessen Steuer Ludwig Krieck gesessen hatte, von dem Ort des Geschehens entfernt. Es musste irgendeine Verbindung zwischen ihm und den Männern des Leichenkommandos geben.

»Es tut doch etwas zur Sache«, entgegnete sie, »denn wenn jemand behauptet, mich zur Zeit von Rolfs Tod oder kurz danach beim Verlassen des Hauses gesehen zu haben, kann er selbst etwas mit Michaliks Tod zu tun gehabt haben. Wie kommt es denn, dass diese Person sich in der Nähe des Gebäudes aufgehalten hat?«

»Sehr scharfsinnig, Fräulein Bendt; mich interessiert aber mehr, weshalb Sie nicht die Polizei gerufen haben, als Sie den toten Michalik fanden, wie Sie behaupten?«, sagte Krausnick.

»Können Sie sich das nicht denken?«

»Nein.«

»Weil ich Angst hatte. Sie müssten das am besten verstehen, Herr Krausnick. Mein Verhör durch Sie lag erst ein paar Stunden zurück, als ich Rolf fand. Ich konnte ja doch nichts mehr für ihn tun, er war eindeutig tot.«

»Trotzdem verstehe ich es nicht. Wer einen Selbstmörder findet, hat nichts zu befürchten.«

»Das können Sie selbst leicht sagen«, verteidigte sie sich. »Sie hatten mit mir über meine Arbeit für die Abwehr gesprochen. Obwohl ich mir nichts hatte zuschulden kommen lassen, kam mir der Gedanke, dass Rolf Michalik seine Kompetenzen überschritten und deshalb Selbstmord begangen haben könnte. An einen ausländischen Geheimdienst dachte ich nicht, sondern nur daran, dass ich besser daran täte, mich unverzüglich aus der Gefahrenzone zu begeben, um nicht selbst weitere Unannehmlichkeiten zu bekommen. Mir reichten die Probleme, die ich schon hatte.«

Sie musste an die Fotoabzüge aus Rolfs Wohnung denken, die sich nach wie vor in ihrem Garderobenschränkchen befanden. Gleich bei ihrem Eintreffen hatte sie festgestellt, dass niemand sie entwendet hatte. Es wurde wirklich Zeit, dass sie die Fotos loswurde. Sie konnte nur hoffen, dass der unbekannte Beobachter nicht auch noch gesehen hatte, wie sie ein zweites Mal in Rolfs Wohnung gegangen war. Falls dem so war, würde ihr nichts anderes übrig bleiben, als auch diese Tatsache einzuräumen und der Gestapo alles auszuhändigen, was sie mitgenommen hatte.

»Weshalb hatten Sie Michalik aufgesucht?«, fragte der Gestapo-Mann.

»Ihretwegen!«

Krausnick hob die Brauen. »Was heißt das?«

»Um Michalik davon zu berichten, dass Sie mich in der Nacht zuvor in die Rote Burg verfrachtet und dort vernommen haben. Er war mein Führungsoffizier und ich brauchte seine Hilfe.«

Beide Männer nippten an ihren Biergläsern. Es entstand eine längere Pause. Ihre Worte schienen nicht ganz ohne Wirkung geblieben zu sein.

»Um es noch einmal zu wiederholen, Fräulein Bendt«, sagte Krausnick nach einer Weile, »es geht nicht so sehr darum, was ich von Ihnen denke, und auch nicht darum, was mein lieber Kollege Göde von Ihnen denkt – der übrigens nicht so böse ist, wie er zuweilen aussieht – aber, wie soll ich sagen … es gibt uns – und es gibt andere.«

»Andere?«, wiederholte Marion.

»Andere, die nur auf die Gelegenheit warten, kurzen Prozess mit Ihnen zu machen, und jeden Fehler ihrerseits benutzen würden, um Ihnen einen Strick daraus zu drehen – einen Henkersstrick, genauer gesagt.«

Sie dachte an ihr Erlebnis vor dem Femegericht. Dass Krausnick ausgerechnet von einem Henkersstrick sprach, war irgendwie komisch. Ohnehin wurde sie aus dem Mann nicht recht schlau. Er war kein typischer Gestapobeamter. Sie konnte sich des Eindrucks nicht erwehren, dass er noch anderen Inspirationen folgte als denen, die ihm sein Dienst vorgab.

»Denken Sie an jemand Bestimmten?«, fragte sie.

»Natürlich nicht«, sagte Krausnick. »Es gehen stets nur die Gerüchte, die Namen nennt man in unserer Behörde nicht, dennoch sind diese Gerüchte keine bloßen Parolen, sondern kommen aus zuverlässigen Quellen, von Personen, die gut unterrichtet sind.«

Man nahm sie von allen Seiten in die Zange, dachte Marion, es ging darum, sie gefügig zu machen, als ob jemand Angst hatte, dass sie ausbrechen könnte, wenn man den Druck auf sie nicht erhöhte oder beständig aufrechterhielt, und ganz unbegründet war eine solche Angst, wie sie selbst am besten wusste, tatsächlich nicht. Obwohl die Männer, die sie des Mordes verdächtigten, in ihren Augen selbst verdächtig waren, konnte sie nicht verhindern, für etwas zur Rechenschaft gezogen zu werden, an dem sie unschuldig war. Ihren Feinden war es egal, ob die gegen sie vorgebrachten Beschuldigungen stimmten oder nicht.

Krausnick trank sein Bier aus, Göde saß bereits vor einem leeren Glas. Marion spürte intuitiv, dass die Gefahr fürs Erste vorüber war. Die Männer hatten ihr Ziel erreicht, sie durch neue Vorhalte zu verunsichern, mehr hatten sie anscheinend von Anfang an nicht gewollt.

»Wir wollen Ihnen nicht den Abend verderben, Fräulein Bendt«, sagte Krausnick. »Jetzt, wo ein Krieg bevorsteht, haben die Leute Sorgen genug.«

»Danke, dass Sie so viel Rücksicht auf mich nehmen«, sagte sie.

Krausnick grinste. »Ich hoffe, wir werden noch öfter die Gelegenheit haben, in diesem Lokal ein wenig miteinander zu plaudern«, sagte er, wobei er sich ohne großen Erfolg um einen charmant klingenden Tonfall bemühte. »Frauen wie Sie können uns sehr nützlich sein, und solange wir einen netten Umgang pflegen, steht doch alles zum Besten. Wir verstehen uns?«

Marion nickte. »Ich verstehe Sie, meine Herren. Mich freut auch, dass Ihnen die Lokalität inzwischen besser zusagt als bei Ihrem ersten Besuch.«

Die beiden Männer erhoben sich von ihren Plätzen. Krausnick sah zu ihr herab.

»Bleiben Sie uns wohlgesonnen, schönes Fräulein, dann sind wir ausschließlich zu Ihrem Besten da.«

Er streckte die Hand aus und Marion ergriff sie und danach auch die ausgestreckte Hand seines Kollegen. »Zum Besten für Sie – zum Besten für uns«, gab Göde den abschließenden Kommentar.

Mit einem Lächeln auf dem Gesicht wandten sich die Männer fort und schritten auf den Ausgang des Lokals zu. Gleich darauf waren sie zu Marions Erleichterung durch die Tür nach draußen verschwunden.

Sie lehnte sich zurück und griff nach dem Glas Sekt.

Es brauchte zuweilen Kraft, um nicht innerlich zu verzagen, merkte sie. Was würde als Nächstes geschehen? Ihr freier Wille existierte fast nicht mehr. Sie war einem Terror aus Zuckerbrot und Peitsche ausgesetzt. Ach, Felix Neuburger, dachte sie, warum hast du mich verlassen? Wer bist du gewesen, mein allerliebster Tänzer? Warst du es, der mich in diesen Schlamassel hineingeritten, der mich an den Teufel verraten hat?

Sie verließ den Tisch und begab sich zur Bar, wo Mustafa sie erwartete. »Es wurde etwas für dich abgegeben, Marion«, sagte er. »Ein Brief.«

Sie runzelte die Stirn und nahm den Umschlag entgegen. »Wer hat ihn abgegeben?«

»Ein Junge gab ihn der Garderobenfrau.«

»Ein Junge?«

»Ja, der Sohn des Wirts aus der Kneipe zwei Häuser weiter. Er ist längst davon.«

Sie trat zur Seite, um den Umschlag zu öffnen. Es lag ein einziges Blatt darin, eigentlich nur ein Zettel, auf dem eine Nachricht geschrieben stand. Sie lautete: »Morgen Abend 8 Uhr. Bar Señora, Schwerinstraße 12«.

Das war im Bülowviertel, dachte sie. Von der Bar Señora hatte sie noch nie etwas gehört. Von wem war der Brief? Etwa von Welzer? Nein, das ergab keinen Sinn. Von Felix? Aber es war nicht seine Schrift. Eigentlich konnten nur Ludwig und Sybille dahinterstecken, sagte sie sich. Warum ein Treffen in dieser Bar und nicht hier? Und warum fehlte der Absender, wenn der Zettel von ihnen stammte? Sie bekam ein unbehagliches Gefühl. Andererseits mochte es Gründe geben, sich nicht im Coco mit ihr zu treffen und geheim zu halten, von wem die Einladung zu dem Treffen kam, dachte sie. Die Schwerinstraße lag auch nicht aus der Welt. Ludwig und Sybille wussten natürlich, dass sie am späteren Abend im Coco sein müsste. Ihr geplantes Treffen mit Welzer würde daher nicht gefährdet sein, wenn sie früher am Abend diese Bar aufsuchte.

Sie faltete den Zettel zusammen und ihr Unbehagen verwandelte sich in Ärger. Sie würde das reizende Pärchen treffen, aber ihm ein für alle Mal klar machen, dass es ein Ende haben musste, dass nicht sie selbst, sondern die beiden darüber bestimmten, was sie zu tun und zu lassen hatte.

Sie blickte zur Bühne, auf der ein Bauchredner, der das erste Mal im Coco auftrat, seine Kunststückchen aufführte. Das Publikum schien nur mäßig begeistert. Sie war eine Tänzerin, dachte sie, und sie wollte tanzen, wollte endlich einmal wieder auf die Bühne. Sie würde Krausnick beim Wort nehmen und sich nicht von ihm den Abend verderben lassen.

»Lass mich auf die Bühne, Mustafa«, sagte sie. »Ich möchte zusammen mit den anderen Mädchen tanzen. Ich weiß, zum Tango gehören eigentlich Mann und Frau. Aber ich habe für heute Nacht an Gesprächen mit Gästen genug. Edith ist toll, sie beherrscht den Tango und die Kunst der Entkleidung so gut wie ich. Den Handstand werde ich mit ihr nicht machen können. Aber auch ohne den wird es ein Auftritt, der den Gästen gefallen wird.«

Mustafa strich sich durch das schwarz glänzende Haar, nahm dann aber den Vorschlag mit einem strahlenden Lächeln auf. »Warum habe ich daran noch nicht gedacht?«, sagte er. »Wenn die Männer fort sind, müssen es die Frauen zusammentun. Ja, Marion, geh mit

Edith auf die Bühne, tanzt euren Tango und zieht euch dabei aus.«

Er winkte Edith herbei und das süße blonde Gift mit den schlanken Gliedern trat zu ihnen in die Runde. Edith war sofort Feuer und Flamme. »Wir legen alles ab und tun so, als ob wir es miteinander machen wollen. Es ist unser Protest gegen den Krieg, weißt du. Dagegen, dass sie uns die Männer nehmen. Die Leute, die so denken wie wir, werden es genau so verstehen.«

Marion sollte recht behalten. Es gab tosenden Applaus, und als die beiden Frauen am Ende ihres Tangoauftritts ihrer Bekleidung ledig waren und nach einer erotisch lüstern wirkenden Umarmung von der Bühne sprangen, schien eine neue Varietenummer geboren zu sein.

Marion fühlte sich besser. Das Tanzen hatte ihr geholfen, den Besuch der Gestapo zu vergessen und wieder sie selbst zu sein.

Als sie sich später in der Nacht in der Garderobe umzog, überlegte sie, was sie mit den Protokollfotos machen sollte. Es würde das Beste sein, sie bis morgen Nacht in dem Schrank zu belassen, sagte sie sich; so lange, bis sie diese gefährlichen Unterlagen endlich und für immer los sein würde.

In südlicher Richtung durchwanderte sie die Nachtlandschaft, in der es abseits der Lichterboulevards recht still zuging, und erreichte nach einer Viertelstunde hinter dem Nürnberger Platz ihre Wohnung in der Prager Straße. Sie legte sich ins Bett, aber wie in den vergangenen Nächten war an Schlaf nicht gleich zu denken.

Sie musste mit Bredow sprechen, sagte sie sich. Am besten, sie telefonierte am nächsten Morgen mit ihm, bevor der Führungsoffizier durch Krausnick oder Göde von dem Inhalt ihres Gespräches im Coco erfuhr.

Weit mehr als das Gespräch mit den Gestapomännern beschäftigte sie das reizende Bild der beiden Tangotänzer aus Welzers Fotoalbum. Erst vor ein paar Wochen hatte Mustafa ihr Felix als ihren neuen Tanzpartner vorgestellt, ohne zu erwähnen, wie sein Kontakt zu der Bar zustande gekommen war. Es hatte auch keinen Grund für sie gegeben, Felix oder Mustafa diesbezügliche Fragen zu stellen geschweige denn argwöhnisch zu werden. Dass eine Tänzerin oder ein Tänzer bei einem Barbesitzer vorstellig wurde, war eine Selbstverständlichkeit.

Doch so konnte es nicht gewesen sein. Ihre Begegnung mit Felix war alles andere als ein Zufall gewesen. Irgendjemand hatte ihn ganz gezielt mit ihr zusammengebracht, und die Gründe dafür hatten nicht allein im Tänzerischen gelegen. Vor dem Verlassen des Coco hatte Marion kurz daran gedacht, Mustafa wegen Felix zur Rede zu stellen, doch die Überlegungen, die sie danach anstellte, hatten sie wieder zögern lassen.

Eine Tanzbar wie das Coco konnte natürlich nicht tun und lassen, was ihr Besitzer wollte, das wusste sie sehr wohl. Auch Mustafa war darauf angewiesen, sich mit den Parteistellen ins Einvernehmen zu setzen, wenn er nicht riskieren wollte, Schwierigkeiten zu bekommen. Sollte ihm jemand von dieser Seite bedeutet haben, Felix zu engagieren, konnte Mustafa sich dem Ansinnen nicht verweigern. Ihr Chef würde ihr wahrscheinlich keine aufschlussreichen Antworten auf ihre Fragen geben können. Um mehr über diese unsichtbaren Verbindungen zu erfahren, würde ihr nichts anderes übrig bleiben, als sich mit einem der auf dem Foto abgebildeten Tangotänzer ins Benehmen zu setzen.

Das Spinnennetz, das sie umgab, war noch weiter gefasst, als sie für möglich gehalten hätte. Es besaß Verästelungen, an die sie noch nie gedacht hatte. Wie hätte sie ahnen können, dass sie sich als Abwehragentin unbemerkt in ein solches Netz von Trug und Täuschung verstricken könnte? So, wie die Dinge standen, blieb ihr nichts anderes übrig, als selbst den Ariadnefaden zu entwirren, dessen lose Enden sie in den Händen hielt.

Endlich fielen ihr die Augen zu.

17. KAPITEL

Es war später Vormittag, als sie ihre Wohnung verließ, um zum Fernsprecher in dem Telefonhäuschen um die Ecke zu gehen. Zu ihrer Erleichterung wurde am anderen Ende der Leitung der Hörer abgenommen und Bredow selbst war am Apparat.

»Kommen Sie heute Nachmittag in den Tiergarten«, unterbrach er sie, kaum dass sie ein paar Andeutungen über die Hintergründe ihres Anliegens gemacht hatte. »Dort können wir uns unterhalten. Kennen Sie das Bismarckdenkmal hinter dem Großen Stern?«

»Ich kenne es und werde pünktlich dort sein.«

Auf den Standesämtern herrschte Hochbetrieb, las Marion in dem Mittagsblatt, das sie an einem Zeitungskiosk erwarb. Junge Paare eilten zu den Standesämtern, mit Tränen in den Augen, um sich noch rasch trauen zu lassen, denn der Bräutigam hielt bereits den Stellungsbefehl in den Händen. Mutig von der Zeitung, das mit den Tränen in den Augen zu schreiben, dachte sie, aber andererseits wussten die Leute ja ohnehin Bescheid; es wäre dumm und allzu leicht durchschaubar gewesen, auch die Sorgen der Menschen noch zu verbergen oder aus den Tränen leuchtende Augen zu machen.

Die Anzeichen bevorstehenden Unheils mehrten sich. Als sie sich am frühen Nachmittag auf den Weg machte, war überall auf den Straßen Militär zu sehen, mehr noch als in den vergangenen Tagen. Kompanien von Soldaten, die zu Fuß marschierten, Militärfahrzeuge aller Art. An einigen Häusern, an denen sie vorüberkam, wurden Sandsäcke aufgeschichtet, Vorkehrungen gegen drohende Luftangriffe, wie sie jemanden sagen hörte. Dennoch dominierten weder die Truppen noch die Luftschutzmaßnahmen das Geschehen. Trotz aller Hemmnisse, die die Kriegsvorbereitungen mit sich brachten, nahm das Leben in der Hauptstadt seinen Fortgang, als wäre fast alles wie sonst.

Im Schatten der Bäume des Tiergartens begegneten Marion zahlreiche Spaziergänger. Es war ein herrlicher Tag, warm, wenn auch mit diesigen Wolken, oft fand die Sonne eine Lücke. Ach, wäre dieser Tag doch Wirklichkeit, dachte sie.

Sie kam ein paar Minuten zu spät. Bredow erwartete sie bereits in der Nähe des Monuments. Das Bismarck-Nationaldenkmal hatte bis zum vergangenen Jahr vor dem Reichstag gestanden. Weshalb man es in den Tiergarten versetzt hatte, wusste Marion nicht so genau, aber es hatte wohl mit den gigantischen Baumaßnahmen zu tun, die die Nationalsozialisten in Berlin planten.

»Entschuldigen Sie, dass ich entgegen meiner Zusage unpünktlich bin«, erklärte sie. »Ich habe die Zeit falsch eingeschätzt.«

Ein Sonnenstrahl, der es durch die Blätter eines Baumes schaffte, ließ Bredows Augen blinzeln und zeichnete dunkle Linien in sein kantiges Gesicht. Er trug seine schwarze Uniform und schaute Marion einen Moment lang ungehalten an, machte dann aber eine abwehrende

Handbewegung, als hätte er trotz seines Ärgers keine Zeit, sich mit Nebensächlichkeiten wie weiblicher Unpünktlichkeit zu befassen.

»Ich habe keine weiteren Erkundigungen über Ihre gestrige Begegnung von der Gestapo eingezogen, Fräulein Bendt«, sagte er. »Berichten Sie mir, was geschehen ist.«

Sie schilderte ihrem neuen Führungsoffizier den Inhalt ihres Gesprächs mit Krausnick und Göde und setzte hinzu: »Sie müssen sich bitte darum kümmern, dass diese unsinnigen Beschuldigungen gegen mich ein Ende finden, Herr Bredow. Mit Michaliks Tod habe ich nichts zu tun.«

»Ich glaube, Sie überschätzen meine Möglichkeiten ein wenig«, antwortete der Führungsoffizier, nachdem er eine Weile nachdenklich vor sich hin geblickt hatte. »Solange die Ermittlungen andauern, wird sich niemand hineinreden lassen. Es ist keine gute Zeit für eine Intervention. Die Macht, Ermittlungen per Anweisung zu beenden, habe ich nicht. Sie brauchen aber keine Angst zu haben, die Ermittlungen werden sich im Leeren verlaufen, nehme ich an, auch dafür ist die Zeit nämlich gut, Deutschland zieht in den Krieg. Sollten dennoch Maßnahmen gegen Sie ergriffen werden, wäre der Zeitpunkt gekommen, etwas für Sie zu tun. Vorher ist es weder möglich noch notwendig.«

»Ich hatte befürchtet, dass Sie so reagieren könnten«, erklärte sie. »Es ist bedauerlich, dass Sie mir keinen Glauben schenken. Mehr als meine Unschuld beteuern kann ich nicht.«

»Ich habe nicht gesagt, dass ich Ihnen keinen Glauben schenke, sondern nur gemeint, dass ich die Durchführung ihrer Ermittlungen für berechtigt erachte. Es ist an Ihnen, mir durch Ihre weitere Arbeit das Gefühl zu geben, dass ich Ihnen voll und ganz vertrauen kann. Verlangen Sie nicht zu viel von mir.«

Sie blickte zu den Bäumen, in denen sich vereinzelt Sonnenstrahlen durch das Blattwerk kämpften. »Wird die Gestapo herauszufinden versuchen, von wem der anonyme Brief stammt, in dem ich verdächtigt werde? Falls sie es nicht von sich aus tut, könnten Sie den Herren einen entsprechenden Rat erteilen?«

Er warf ihr einen ärgerlichen Blick zu, als ob er keine Vorschläge von ihrer Seite benötigte, und reckte sich zu ganzer Größe auf, bevor er sagte: »Ich werde darüber nachdenken.«

»Bedenken Sie bitte, dass meine Existenz nicht nur von den unsinnigen Verdächtigungen der Gestapo in Bezug auf Rolf Michaliks Tod, sondern auch von anderen, mir überwiegend unbekannten Personen bedroht wird«, erwiderte Marion. »Ich habe Ihnen von dem Femegericht erzählt. Die Sache ging nur vorläufig glimpflich für mich aus, weil man noch kein Urteil gegen mich verhängen wollte. Das letzte Wort über mein Schicksal ist dort noch nicht gesprochen.«

»Die Geschichte mit diesem Tribunal ist mir einigermaßen suspekt«, entgegnete Bredow. »Der Herrenklub, das sind Offiziere, hohe Beamte, einflussreiche Unternehmer. Ich kann mir nicht vorstellen, dass diese Männer ein solches Tribunal veranstalten, wie Sie es mir geschildert haben.«

»Glauben Sie, dass ich die Geschichte erfunden habe?«, fragte sie. »Ob der Herrenklub oder jemand anderes dahintersteckt, spielt im Hinblick auf das, was mir droht, auch keine Rolle.«

Bredow warf ihr einen prüfenden Blick zu, dann stieß er eine Art Seufzer aus und sagte: »Machen Sie sich deshalb nicht verrückt. Wer immer sich hinter diesen Masken verbirgt, das waren alles leere Drohungen, um Ihnen Angst zu machen. Es gibt Kräfte, die in Deutschland eine fünfte Kolonne zu installieren suchen, richtiger gesagt, sie bereits installiert haben und derweil für ihre Vergrößerung und Verbreiterung sorgen. Es könnte sich um eine Spionageorganisation gehandelt haben, die Sie als Mitarbeiterin gewinnen will. Die Art, wie man mit Ihnen umgegangen ist, sieht für mich britisch aus. Deutsche tun so etwas nicht.«

»Der Kerl mit der Maske, der das Verhör führte, war gewiss ein Deutscher.«

»Mag sein, dass auch Landsleute zur fünften Kolonne gehören, deutsche Verräter«, erwiderte Bredow. »Aber es ändert nichts an meiner Einschätzung.«

»Wenn Sie mich verdächtigen, Mitarbeiterin einer feindlichen Macht zu sein, machen Sie mir die Arbeit für Sie unmöglich«, widersprach Marion ihrem Führungsoffizier in einem Tonfall, der schärfer klang, als sie es beabsichtigt hatte.

Bredow machte eine abwehrende Handbewegung. »Ich sehe die Gefahr, dass der Feind Sie anzuwerben versucht. Mehr wollte ich nicht sagen. In den so gearteten Absichten unserer Feinde mag der Grund für die Existenz dieses Tribunals gelegen haben.«

Etwas an seiner Reaktion war komisch, dachte sie. Wenn er ernstliche Zweifel daran hatte, dass der Herrenklub das Tribunal veranstaltet hatte und es sogar für möglich hielt, dass eine ausländische Macht dahintersteckte, hätte er längst auf den Gedanken kommen können, Ludwig und Sybille zu den Hintergründen des Ereignisses zu befragen. Die beiden waren die einzig bekannte Verbindung zu diesen maskierten Personen und sie hatte ihm von ihnen erzählt. Dass er sich gleichwohl um den Vorfall nicht weiter kümmerte, sprach dafür, dass er selbst nicht an die Existenz einer fünften Kolonne im Zusammenhang mit einem Femegericht glaubte. Entweder hielt er die ganze Angelegenheit wirklich nur für einen makabren Scherz, oder er wusste selbst mehr darüber, als er ihr gegenüber zuzugeben bereit war; wiederum ein Hinweis darauf, dass er heimlich Erkundigungen über ihre neuen Freunde eingezogen hatte, über die er zu ihr aber nicht sprechen wollte. Sie musste die Sache also allein in die Hand nehmen, machte sie sich nicht zum ersten Mal klar. Es war Zeit, dass sie gegenüber ihren reizenden neuen Bekannten diesen bösen Mummenschanz zur Sprache brachte, und herausfand, wer sich hinter den Masken verbarg.

»Darf ich fragen, ob Ihnen etwas über die persönlichen Lebensumstände von Sybille Seeckt und Ludwig Krieck bekannt geworden ist?«, fragte sie. »Gehören die zwei dem Herrenklub an?«

»Das ist eher unwahrscheinlich, aber eine Verbindung ist zweifellos vorhanden. Ich denke, dass die Verbindung über Roland Reimer zustande gekommen ist. Ein Bürschchen von zwanzig Jahren und schon seit geraumer Zeit Mitglied in der SS. Der General hat dafür gesorgt, dass sein Sohn nicht einrücken muss.«

»Ich habe den jungen Reimer auf der Feier kennengelernt.« Sie erwähnte nicht, dass sie erst am Morgen danach erfahren hatte, dass Roland Reimer der Sohn des Hausherrn war.

»Fräulein Seeckt ist eine Cousine des jungen Reimer, und sie ist mit Ludwig Krieck, dem Fahrer des Generals, befreundet«, setzte Bredow hinzu. »Den General scheint die Verbindung seiner Nichte mit seinem Fahrer nicht zu stören. Nun gut, warum sollte er auch etwas dagegen haben? Krieck braucht ebenfalls nicht zu befürchten, dass er in nächster Zeit zur vorderen Front einrücken muss.«

»Ich dachte immer, die SS besteht nur aus Treue, Pflichterfüllung und Aufopferung«, erwiderte Marion. »Das scheint nicht für jeden SS-Mann zu gelten.«

»Es gibt immer und überall Personen, die sich Freiheiten herausnehmen, die ihnen nicht zustehen. Aber das ist ein anderes Problem. Gibt es noch etwas?«

»Allerdings, das Thema ist für mich noch nicht erschöpft. Was Sie sagen, bestätigt meine Vermutung über den Hintergrund des Femegerichts. Wenn Sybille Seeckt und Ludwig Krieck nicht nur eine Verbindung zu dem Tribunal, sondern auch zu dem Herrenklub haben, ist meine Annahme, dass Mitglieder des Klubs das Tribunal veranstaltet haben, doch gewiss nicht aus der Luft gegriffen?«

Der Geheimdienstoffizier kniff die Lippen zusammen, als wollte er sich eine vorschnelle Erwiderung versagen, dann aber nickte er. »Ich will diese Möglichkeit nicht in Abrede stellen, soweit es einzelne Angehörige des Klubs betrifft«, sagte er. »Solche nämlich, die dem Feind zuarbeiten.«

»Das Interesse an dem Protokoll scheint mir nicht auf den Feind beschränkt zu sein«, entgegnete Marion. »Michalik hat mir den Auftrag, das in Böhmes Besitz befindliche Protokoll zu fotografieren, nicht im Namen einer fünften Kolonne erteilt.«

»Sie mögen recht haben oder auch nicht, Fräulein Bendt. Über die Motive, die Michalik antrieben, kann ich mich im Moment nicht äußern, weil ich nichts Sicheres darüber weiß.«

»Ich habe keinen Grund zu bezweifeln, dass Michaliks Auftraggeber keine feindlichen Spione sind, sondern hinter der Sache des Führers stehen. Es bringt mich auf die Frage, weshalb auch Personen, die sich mit dem Feind nicht gemeinmachen, so auf die Abbildungen des Protokolls versessen sind?«

Bredow zuckte mit den Achseln. »Ich bin auf Vermutungen angewiesen, was diese Frage angeht«, sagte er. »Die Herrschaften möchten offenbar, auch soweit sie auf Seiten des Führers stehen – gerade vor dem Hintergrund des deutsch-russischen Bündnisses –, sichergehen, dass der Führer seine Pläne von der Eroberung des Ostens und der Vernichtung des Bolschewismus nicht aufgegeben hat. Sie hoffen darauf, mit der Vorlage eines solchen Dokuments in maßgeblichen Kreisen, die Einfluss auf die britische Regierung haben, wenn nicht schon von einer Kriegserklärung, so wenigstens davon abhalten zu können, dass England sich zu kriegerischen Handlungen gegenüber Deutschland hinreißen lässt. Langfristig geht es darum, ein Bündnis zwischen England und Deutschland zustande zu bringen. Die meisten Mitglieder des Klubs haben durchaus ehrenhafte Absichten, das gebe ich Ihnen zu, das Problem sind die schwarzen Schafe, die es unter ihnen gibt.«

Michaliks Auftrag zur Beschaffung der Fotos war älter als der Pakt zwischen Hitler und Stalin, fiel Marion ein, aber sie unterließ es tunlichst, ihren Offizier auf diesen Widerspruch hinzuweisen.

»Ist es nicht auch im Sinne des Führers, dass England sich nicht zu kriegerischen Handlungen hinreißen lässt?«, fragte Marion. »Weshalb ist alles so geheim?«

»Wenn der Führer gewollt hätte, dass die Engländer vom Inhalt des Protokolls erfahren, hätte er diesen Kreisen eine Abschrift des Protokolls zugespielt. Das hat er aber nicht getan. Dass überhaupt ein Protokoll von der Unterredung angefertigt wurde, lag nicht im Interesse der meisten Gesprächsteilnehmer. Es ist für finanzielle Förderer des Reiches hergestellt worden, und ich kann nicht einmal sicher sagen, ob das mit dem Einverständnis des Führers geschehen ist. Wer aber ein solches Dokument in die Hände eines potenziellen Feindes geraten lässt, ist ein Verräter.«

»Sie denken, es ist ein großer Unterschied, ob über die Ziele des Führers gemunkelt und gemutmaßt wird, oder ob man ein Beweisdokument in den Händen hat, mit dessen Vorlage man Leute zu bestimmten Handlungen veranlassen kann?«

»Sie sagen es, Fräulein Bendt. Das ist der Grund für die Existenz des Dokuments. Ein solches Protokoll ist in beiden Richtungen verwendbar. Zum Nutzen Deutschlands, soweit es um finanzielle Förderer des Reiches geht; aber auch zu seinem Schaden, soweit es darum geht, Feindschaft gegen Deutschland zu säen. Die Briten sind unberechenbar. Unter ihnen sind echte Freunde des deutschen Volkes, aber auch wahre Teufel, die deutschfeindlich eingestellt sind. Vergessen Sie nicht, dass die Briten den Weltkrieg inszeniert haben, um Deutschland zu vernichten, und sie haben wesentlichen Anteil am Versailler Vertrag, den zu unterschreiben sie die Deutschen auf perfide Weise gezwungen haben.«

Ein paar Passanten kamen des Weges und sie unterbrachen ihr Gespräch, wanderten etwas zur Seite und setzten sich nebeneinander auf eine Bank, die unweit des Denkmals stand. Über ihnen, im Astwerk der Bäume, blinzelte die Sonne, als ob sie auf der Suche nach ihnen war.

»Warum hat Deutschland das eigentlich getan«, fragte Marion, als die Gruppe vorübergegangen war. »– ich meine, diesen Vertrag von Versailles unterschrieben? Ich habe viel Widersprüchliches darüber gehört, aber eigentlich weiß ich davon fast nichts, es war ja vor meiner Zeit.«

»Ich will Ihnen jetzt nichts vom Dolchstoß der parlamentarischen Regierung in den Rücken des Heeres erzählen«, antwortete Bredow. »Es gab noch ganz andere Gründe für diesen Vertrag, die auch triftiger sind. Einer der Gründe war, eine gigantische Hungersnot zu verhindern. Nachdem nach Kriegsende Deutschlands Handelsschiffe und sogar die Boote der Fischer in der Ostsee beschlagnahmt worden waren, konnte es seine Bevölkerung nicht mehr ernähren. Zu einem Zeitpunkt, als die deutschen Soldaten ihre Waffen bereits niedergelegt und ihre Kriegsschiffe den Siegern ausgeliefert hatten, brachte die britische Blockade Tausenden von deutschen Männern, Frauen und Kindern den Tod.«

»Von dieser Hungersnot habe ich noch nie etwas gehört«, warf Marion ein.

»Der Marineminister, Lord seiner Admiralität, der in der britischen Politik noch immer sein Unwesen treibt, bezeichnete es als sein Ziel, Männer, Frauen und Kinder solange hungern zu lassen, bis sich Deutschland unterwirft«, erklärte Bredow. »Churchill ließ sogar die von der Blockade betroffenen Belgier hungern und gab den Deutschen die Schuld daran. Die Auswirkungen des Hungers waren dermaßen verheerend, dass sogar der Befehlshaber der britischen Truppen im Rheinland seine Regierung um Lebensmittel für die deutsche Bevölkerung bat. Es war die größte Hungersnot seit dem Dreißigjährigen Krieg und sie endete erst, als sich deutsche Politiker dem Zwang beugten und den schändlichen Versailler Vertrag unterzeichneten.«

Ein Sonnenstrahl, der durch das Blattwerk fand, blendete Marion, die einen Augenblick verharrte.

»Sie scheinen die Briten nicht zu mögen«, sagte sie dann zu Bredow.

»Das kann ich so nicht bestätigen«, erwiderte dieser. »Die Briten und die Deutschen sind rassisch verwandte Völker. Meine Abscheu richtet sich nur gegen bestimmte Vertreter des englischen Volkes wie diesen Churchill und andere Leute seiner Gesinnung. Bestimmte britische Kreise, die den Führer nicht nur ideell, sondern auch in finanzieller Hinsicht unterstützen, schätze ich sehr und betrachte sie als meine Freunde.«

Er schob den schwarzen Jackenärmel zurück und blickte auf seine Armbanduhr.

»Ich habe noch weitere Termine, Fräulein Bendt. Es

war richtig, dass Sie mich angerufen haben. Erfüllen Sie auch in Zukunft Ihre Pflichten, spielen Sie mit offenen Karten und bleiben Sie stets aufrichtig mir gegenüber! Deutschland steht vor einem Krieg. Mit Verrätern wird kurzer Prozess gemacht.«

Sie wandte den Kopf zur Seite und blickte ihn an. Ein seltenes, ihr fast unbekanntes Gefühl, etwas wie Groll, stieg in ihr auf.

»Spielen Sie selbst eigentlich mir gegenüber mit offenen Karten, Herr Bredow? So wie Sie sprechen, wissen Sie anscheinend mehr als ich. Was wollen Sie denn von mir? Bei Michalik wusste ich immer, woran ich bin, kannte zumindest meinen Auftrag. Doch in Ihrem Fall bin ich gezwungen, mir aus Ihren Andeutungen einen Reim zu machen. Das gefällt mir nicht.«

»Vorsicht, Fräulein Bendt«, erwiderte Bredow leise, aber scharf. »Michalik hat Ihnen viel durchgehen lassen, er war in Sie verliebt. Machen Sie sich keine Sorgen. Das wird mir nicht passieren. Von mir gibt es keinen Bonus auf Ihre Attraktivität.«

»Ich bin erleichtert«, gab sie zurück. »Wenigstens, was das angeht.«

Bredow lächelte und reagierte damit anders, als sie erwartet hatte. Mit dieser Art von Zurückweisungen konnte er anscheinend leben. So schnell er zornig wurde, so schnell beruhigte er sich auch.

»Dann ist es ja gut«, sagte er und erhob sich von der Bank, Marion stand ebenfalls auf. »Wir werden in Kürze wieder voneinander hören«, sagte er und straffte sich. »Wir behalten das Denkmal als unseren regulären Treffpunkt bei. Heil Hitler, Fräulein Bendt.«

»Heil Hitler, Herr Bredow.«

Er ging zügigen Schrittes davon und sie selbst schlenderte langsam unter den Bäumen in Richtung Zoo.

Mit der Hochbahn fuhr sie bis zum Bülowbogen. Als sie den Bahnhof verließ, war am Himmel ein lückenloses graues Wolkenfeld vor die Sonne gezogen und hatte deren Strahlen gedämpft. Es sah aus, als wollte es bald regnen. Sie mischte sich unter das Volk. Die Nutten, die um Freier buhlten, hatten Hochsaison. Bevor es an die Front ging, wollten es viele Männer noch einmal wissen. Reservisten mit Rucksack und Pappkartons irrten umher, die meisten noch in Zivil. Verzweifelte auf der Suche nach einigen Momenten des Glücks in einer Welt, über der schon die Ahnung von Tod und Verderben lag.

Die Menschen bewahrten die Ruhe, es gab keine Proteste. Das Schweigen, das sich breitgemacht hatte, war genauso brütend wie die Augusthitze, die auf der Stadt lastete. Die jungen Soldaten wussten wie alle anderen, dass der Krieg gegen Polen kein Spaziergang sein würde, dieses Mal würde es ohne Gewalt nicht gehen, etwas Ungeheuerliches stand bevor. Wie hatte es so weit kommen können, schien manch einer zu denken, doch es war zu spät, und wenn man genauer hinsah, bemerkte man in den Gesichtern der Menschen Schwermut und Resignation.

Sie setzte ihren Weg in südlicher Richtung fort. Die Schlagzeilen an den Litfaßsäulen, an denen sie vorüberkam, warnten vor Überfällen von Polen auf Deutsche, vor polnischen Räuberbanden und vor Panzervorstößen gegen Danzig, die die Polen angeblich vorbereiteten. Sie nahm es zur Kenntnis, aber was sie las, erreichte sie nicht mehr.

Während sie die fast einsame Straße entlangmarschierte, die zu Felix Neuburgers Bleibe führte, fühlte sie sich vom Anblick der trostlosen Häuserfassaden überwältigt. Sie war nahe daran, ihr Vorhaben aufzugeben, und musste sich zur Besinnung rufen, damit sie ihren Wagemut nicht verlor und sich vor Augen hielt, dass sie es sich selbst schuldig war, ihren Geliebten der vergangenen Wochen zur Rede zu stellen. Vielleicht hatte er die Stadt schon verlassen, dachte sie, und ein wenig hoffte sie es sogar.

18. KAPITEL

Der Hinterhof, zu dem Marion ihre Schritte lenkte, lag schon vollständig im Schatten der langsam herannahenden Abenddämmerung. Obwohl es noch warm war, konnte der Sommer nicht verleugnen, dass er sich seinem Ende zuneigte. Eine Schar Kinder übte sich in Seiltanz und Ballspielen. An einem normalen Tag hätte Marion sich an ihrem Anblick erfreut, doch es war kein Tag wie jeder andere und sie spürte fast körperlich das Verhängnis, das den Kindern drohte. Ohne sie zu kennen, wusste sie, dass sie Väter hatten, die Abschied von ihnen nehmen mussten, weil sie gezwungen waren, mit den aufbrechenden Truppen nach Osten zu ziehen. Toter Vater, gib mir Kraft, dachte sie, wo auch immer du jetzt bist.

Sie klopfte zweimal, dann hörte sie etwas und kurz darauf öffnete Felix die Tür. Er trug dunkelblaue Hosen und ein helles kurzärmeliges Hemd, das ihm gut stand, wie alles, womit er sich bekleidete; ach, er wäre doch der Richtige gewesen, dachte sie beim Anblick des vertrauten Gesichts mit einem schmerzlichen Gefühl.

»Marion, mit dir hätte ich nicht mehr gerechnet«, sagte er, nachdem er sie einige Augenblicke lang stumm angestarrt hatte.

»Darf ich hereinkommen?«, fragte sie.

»Natürlich«, sagte er.

Er wirkte, als wäre er zwischen Begehren und Ablehnung hin- und hergerissen. Es war die Situation, in der sie sich auch selbst befand, sie fühlte sich unglücklich und zerrissen. Ihre Gefühle für ihn waren stärker, als sie erwartet hatte, wurde ihr klar, doch diese Erkenntnis war keine Beruhigung. Irgendetwas hinderte sie beide inzwischen daran, den eigenen Gefühlen zu folgen. Stärker als alles andere war ihr Eindruck, dieser Besuch bei ihm könnte ihre letzte Begegnung mit Felix sein, und diese Erkenntnis versetzte ihr einen schmerzlichen Stich ins Herz.

Hinter dem kleinen Flur betraten sie das Wohnzimmer und setzten sich nebeneinander auf das Sofa.

»Sicher hast du einen Grund für deinen Besuch«, sagte Felix.

»Sonst wäre ich nicht hergekommen«, erwiderte sie, ohne ihn anzusehen. »Ich rede auch nicht lange um den heißen Brei herum. Ich wollte dich fragen, ob du einen Fotografen namens Fritz Welzer kennst.«

Felix' Antwort ließ etwas zu lange auf sich warten: »Nein, ich denke nicht.«

»Er scheint dich aber zu kennen. Er besitzt Fotos von dir. Er hat sie selbst gemacht, deshalb dachte ich, dass du ihn kennen müsstest.«

»Hm … Ich erinnere mich nicht.«

»Auf einem der Fotos bist du zusammen mit einem schönen blonden Mädchen namens Sybille zu sehen.«

Er wandte den Blick von ihr ab. »Sybille?«, fragte er gedehnt. »Sollte ich sie auch kennen? Ich kenne manches Mädchen.«

Dass er nicht fragte, was auf dem Foto zu sehen und

wo es aufgenommen worden war, ließ ihn nicht gerade glaubwürdiger erscheinen.

»Nicht alle kennst du so gut wie dieses Mädchen, denke ich«, sagte Marion.

»Was willst du damit sagen?«, gab Felix zurück und schaute sie wieder an.

»Du hast Tango mit ihr getanzt«, sagte sie und schaute ihm unmittelbar ins Gesicht. »Bei dem Tanz wart ihr genauso nackt wie wir beide, wenn wir ihn tanzten.«

Er tat überrascht. »Na, dann sollte ich sie wohl kennen. Trotzdem weiß ich gerade nicht so recht. Es muss vor deiner Zeit gewesen sein. Wer ist diese Sybille?«

Hielt er sie wirklich für so dämlich? Oder war sein Verhalten Ausdruck von Hilflosigkeit. »Mit wie vielen Mädchen hast du denn noch auf diese Weise Tango getanzt, dass du das nicht weißt? Verkauf mich nicht für dumm. Einen solchen Tanz vergisst man nicht.«

Er kratzte sich am Hinterkopf und blieb bei seinem unaufrichtigen Spiel. »Wirklich ärgerlich, dass ich mich trotzdem nicht an diese Sybille erinnere.«

Marion machte ihre Handtasche auf, nahm das Foto heraus und legte es vor ihn auf den Tisch. »Erinnerst du dich jetzt?«

Er starrte stumm auf das Bild, ließ sich nicht anmerken, was er empfand. Dann seufzte er, als hätte er sich einer Jugendsünde erinnert, die längst dem Vergessen anheimgefallen war. »Ja, Sybille, jetzt, wo ich das Foto sehe, weiß ich es wieder, mir war der Name entfallen.«

»Und der Name des Fotografen auch, nehme ich an?«

Er zuckte mit den Achseln. »Wahrscheinlich habe ich ihn nie gehört.«

»Tanzt du noch Tango mit ihr?«

Er hob die Brauen. »Was denkst du! Natürlich nicht, das ist längst vorbei.«

»Woher kanntest du sie?«

»Ach, Marion, stell mir nicht solche Fragen. Ich mag eben Mädchen, die hübsch sind und Tango tanzen können. Weißt du selbst denn, wo du deinen zahlreichen Liebhabern zum ersten Mal begegnet bist.«

»Natürlich weiß ich es«, gab sie zurück, »so zahlreich waren meine Liebhaber auch nicht.«

Eigentlich hätte er sie fragen müssen, woher sie Sybilles Namen kannte, dachte sie, und es war komisch, dass er es nicht tat.

»Ich gratuliere, du bist wirklich eine Ausnahmeperson«, sagte er.

»Du musst dich nicht vor mir rechtfertigen, Felix. Es ist deine Sache, mit welchen Frauen du tanzt oder noch Weiteres anstellst. Ich bin ja wahrlich kein Kind von Traurigkeit und gönne auch anderen ihren Spaß. Dass ich so neugierig bin, hat den Grund, dass ich Sybille Seeckt vor ein paar Tagen kennengelernt habe, ebenso den Fotografen Fritz Welzer, der das Foto von euch beiden geschossen hat. Ist das nicht ein eigenartiger Zufall?«

»Du hast sie kennengelernt? Na ja, ich hatte mir das eben schon gedacht. Du hast recht, es ist ungewöhnlich. Wird aber erklärbar, wenn Sybille mit dem Foto bei dir hausieren gegangen ist.«

»Warum sollte sie das denn tun? Nein, sie ist nicht mit dem Foto hausieren gegangen, ich habe es zufällig entdeckt.«

»Ach, wo denn?«

»Es befand sich im Besitz des Fotografen Welzer. Weder deiner Verflossenen noch dem Fotografen bin ich zufällig begegnet, sie haben den Kontakt zu mir gesucht. Sie scheinen beide Gestapomitarbeiter zu sein, und da wundere ich mich natürlich, wenn sich herausstellt, dass du mit diesen Personen in Verbindung stehst. Plötzlich erscheinen mir manche Dinge in einem neuen Licht. Ich wunderte mich schon, dass die Gestapo deine Behauptung, dass du Vierteljude seiest, so einfach geschluckt und dich wegen der angeblichen Rassenschande ganz unbehelligt gelassen hat, und da kommt einem doch glatt der Gedanke, du könntest genauso ein Gestapomitarbeiter wie Welzer und Sybille sein.«

Sie war sich nicht einmal sicher, ob ihre Anschuldigung richtig war, sie lag einfach zu nahe, um sie nicht vorzubringen. Sollte er ihr doch sagen und beweisen, dass alles anders war. Es wäre schon ein sehr seltsamer Zufall, wenn ihr eigener Kontakt zu Fritz Welzer und Sybille Seeckt nicht durch deren Bekanntschaft mit Felix Neuburger gewissermaßen vermittelt worden wäre und die Gestapo nicht irgendwo im Schatten Pate gestanden hätte.

»Und noch ein anderer Gedanke kam mir in den Sinn«, setzte sie hinzu, »nämlich der, dass die Gestapoheinis von dir erfahren haben, dass wir nach dem Auftritt in dem Gang hinter der Bühne miteinander vögeln, was die Herren doch glatt in die Lage versetzte, uns in flagranti zu erwischen.«

Felix hatte sie nicht aus den Augen gelassen, während sie gesprochen hatte, nun aber schaute er fort, als könnte er das vorwurfsvolle Schimmern in ihren Augen nicht länger ertragen. Er stand von dem Sofa auf und machte ein paar Schritte auf das Fenster zu. Dort blieb er stehen und hielt ihr den Rücken zugewandt.

»Marion, obwohl du für diesen Michalik und seine Abwehr arbeitest, bist du nichts anderes als ein sehr schönes, aber auch sehr naives Mädchen. Du hast keine Ahnung, wie es ist, in diesem Land ein Jude oder auch ein Halbjude zu sein.«

»So, denkst du?«, erwiderte Marion. »Ich bin naiv, das bin ich gern, aber obwohl ich noch recht jung bin, bilde ich mir ein, dass ich über eine rasche Auffassungsgabe verfüge, die mich in die Lage versetzt, schnell dazuzulernen. Du aber scheinst nicht zu wissen, wie es ist, wenn man von einem Menschen, den man liebt, getäuscht, belogen und bloßgestellt wird. Mir war egal, ob du ein Jude, ein Arier oder irgendwas dazwischen bist. Ich habe dich geliebt, so wie du bist. Dass du ein Halbjude bist, macht alles eher noch schlimmer. Gerade weil du Halbjude bist, ist es so schwer, sich vorzustellen, dass du mich im Auftrag der Gestapo bespitzelt hast, die doch dein Volk unterdrückt.«

Er drehte sich langsam zu ihr um. Sein Gesicht war blass geworden.

»Ich hatte keine andere Wahl«, sagte er.

»Es gibt immer eine andere Wahl.«

»In diesem Fall nicht! Was weißt du denn schon? Du hast ja keine Ahnung.«

»Warum hast du es gemacht? Vielleicht kann ich es verstehen, wenn du es mir erklärst.«

Felix kam zurück und setzte sich in den Sessel, der seitlich von dem Sofa stand.

»Es ging um das Leben meiner Eltern und meiner Schwester«, sagte er. »Meine Mutter ist jüdisch, meine Schwester halbjüdisch wie ich. Als Voraussetzung für die legale Ausreise brauchen Juden eine Unbedenklichkeitsbescheinigung, die sie nur dann erhalten, wenn sie sämtliche Steuern und Abgaben nachweislich beglichen haben. Des Weiteren müssen sie erklären, auf sämtliche Besitzstände zu verzichten und die teuren, für Flüchtende festgesetzten Gebühren entrichten. Mein Vater besaß in Leipzig ein Hotel, das man ihm für wenig Geld genommen hat. Damit nicht genug, mussten Bestechungsgelder an Gestapobeamte gezahlt werden. Auch das war nicht alles. Meine Familie durfte Deutschland vor ein paar Monaten verlassen, weil ich mich bereit erklärt habe, mich dem Reich für zwei oder drei Aufträge zur Verfügung zu stellen. Ich habe zugesagt, nachdem man mir versprochen hatte, dass ich meiner Familie folgen kann, sobald meine Arbeit erledigt ist.«

Sie schwieg eine Weile und dachte nach. Die Puzzlestücke fügten sich zusammen. Mischten sich zu einem recht üblen Gebräu. »Rassenschande«, sagte sie dann. »Darum ging es, nicht wahr? Sie haben dir gesagt, dass du zuerst mit mir tanzen und dann mit mir vögeln sollst, um Druck auf mich ausüben zu können. Hast du Geld dafür bekommen, dass du das mit mir machst?«

Er schüttelte den Kopf. »Ich habe es dir gerade erklärt.«

Marion spürte wieder, wie sehr sie sich zu ihm hingezogen fühlte, obwohl sie von seiner Rechtfertigung nicht beeindruckt war, ohne dass sie hätte sagen können, warum.

»Du bist wirklich ein seltenes Exemplar von Mann«, sagte sie. »Der schönste jüdische Arier, der mir je über den Weg gelaufen ist. Es war wahrscheinlich dein Pech, denn diesen Eindruck hast du offenbar auch auf andere gemacht. Kein Wunder, dass sie der Versuchung nicht widerstehen konnten, dich für irgendeine perverse Geschichte zu benutzen. Wie viele Mädchenherzen hast du noch gebrochen?«

»In Deutschland kann jedermann willkürlich, ohne rechtliches Gehör und selbst ohne konkreten Verdacht auf ein Verbrechen in ein Konzentrationslager eingesperrt und dort übelsten Quälereien bis zum Tod ausgesetzt werden«, entgegnete er. »Hättest du anders gehandelt als ich, wenn du in meiner Situation gewesen wärest? Ich glaube es nicht.«

»Für wen arbeitest du? Von wem bekommst du deine Befehle?«

»Ich kann dir keine Namen nennen.«

»Nenn mir den Namen der Organisation!«

»Du hast ihn bereits genannt«, gab er schließlich zu. »Ich bin ein Gestapospitzel, ja, es ist genauso, wie du sagst, aber ich bin es aus Not, weil man mich dazu gezwungen hat, und nicht aus freier Wahl.«

»Keine schlechte Arbeit, die du angenommen hast«, sagte sie leise. »Schöne Mädchen verführen.«

»Was tust du denn selbst, wenn du mit diesem Major Böhme zwischen die Laken gehst«, erwiderte er. »Du hättest Nein sagen können, als es begann. Du hattest diese Freiheit, ich hatte sie nicht, sondern war fremden Befehlen unterworfen.«

Sie erwiderte darauf nichts. Um sie herum waren Täuschung, Verrat und sexuelle Gier, und Felix gehörte da mitten hinein. Aber was er sagte, war auch nicht ganz falsch. War sie selbst denn besser? War sie nicht schon Teil dieses verdorbenen Systems? Sie musste sich eingestehen, dass sie nicht unschuldig war, aber es änderte nichts daran, dass sie sich von Felix verraten und verkauft fühlte.

»Für wen arbeitet Sybille?«, fragte sie.

»Für die Gestapo, wie du gesagt hast.«

»Für wen noch?«

»Für wen sonst sollte sie noch arbeiten?«

»Zum Beispiel für eine Geheimdienstorganisation.«

»Du meinst die Abwehr?«

»Oder für einen privaten Dienst?«

»So etwas gibt es auch?«, fragte er. »Kenne ich nicht.«

»Weshalb wurde dieses Foto von euch hergestellt?«

»Weshalb nicht, ein Erinnerungsfoto nehme ich an.«

»Oder jemand wollte auf Bild festhalten, dass es zwischen euch etwas gab, womit Sybille erpresst werden kann.«

»Sybille? Du meinst wohl, womit ich erpresst werden kann. Ist es Rassenschande, unbekleidet miteinander zu tanzen? Nein, aber es lässt sich natürlich etwas daraus drehen.« Er hob in einer hilflosen Geste die Schultern und ließ sie wieder fallen. »Vorbereitung zur Rassenschande. Was ja auch stimmt. Ein Sohn des auserwählten Volkes, der ein blondes deutsches Fräulein verführt.« Er lachte leise auf. »Und das bei einem Mädchen wie Sybille, die das Wort Moral überhaupt nicht kennt und die zu allem fähig ist.«

Ja, dachte sie, es war alles genauso schrecklich und billig, wie sie es sich schon vorgestellt hatte.

»Das Foto von Sybille und dir, wo ist es entstanden?«

»Auf einer geschlossenen Veranstaltung in einem Lokal. Es war Sybilles Wunsch, dass wir uns zum Tanzen auszogen. Sie hatte auch den Fotografen bestellt. Ich hatte damals schon Kontakt zur Gestapo und musste mitmachen. Ehrlich gesagt, hatte ich auch nichts dagegen.«

Es war warm in der Wohnung. Sie hatte noch immer die Jacke an, die sie über ihrem dünnen Kleid trug. Doch nun reckte sie sich und ließ sie von den bloßen Schultern gleiten und legte sie neben dem Sofa auf den Boden.

»Warum gibt es eigentlich keine Fotos von uns beiden?«, fragte sie.

»Ich weiß es nicht. Vielleicht hätten sie noch welche gemacht. Oder es liegt daran, dass man uns zusammen im Coco gesehen hat. Dass wir was miteinander hatten, war der Gestapo klar.«

Wer war die Spinne, die ihre Kreise um Felix und um sie selbst zog und sie zusammen mit anderen Opfern in ihr Netz verstrickte? »Weißt du, weshalb man auf mich verfallen ist?«, fragte sie. »Wer benutzt mich und wofür? Es muss einen Grund dafür geben. Sie hätten doch auch Sybille nehmen können.«

»Nein, sie konnten nicht Sybille nehmen, die war doch allen bekannt und obendrein mit dem Generalmajor Reimer verwandt. Sie wollen, dass du für sie arbeitest, und dass du Angst hast, die Dinge zu verweigern, die sie von dir fordern. Man will dich genauso benutzen wie Sybille oder mich. Frag mich aber nicht, wer ›sie‹ sind.«

Vermutlich hatten sie Sybille deshalb nicht genommen, weil sie die Spionin im Anschluss an die Erledigung des Auftrags töten wollten. Weil die Agentin, die die schmutzige Arbeit machte, am Ende zu viel wusste, um sie am Leben lassen zu können, und weil man jemanden, den man schon kannte, nicht mit leichter Hand eliminierte. Deshalb hatte jemand Neues hergemusst. Rolf Michalik hatte eine Mitarbeiterin, hatte sich die Spinne gedacht, und die kam hervorragend für die Sündenbock-Rolle in Betracht. Rolf selbst war es nicht anderes gegangen. Auch ihm hatte man zum Dank für seine Arbeit das Leben genommen.

»Du weißt von meiner Arbeit bei der Abwehr«, sagte Marion. »Was hat die Gestapo dir darüber erzählt?«

»Ich weiß davon nichts. Alles Wissen ist gefährlich. Deshalb wollte ich nichts darüber hören und habe auch nichts darüber gehört.«

»Hattest du jemals mit Rolf Michalik zu tun?«

»Michalik? Wer ist das? Der Name sagt mir nichts.«

Sie stutzte. Kannte er den Namen wirklich nicht? Eben hatte er ihr doch vorgehalten, dass sie »mit diesem Major Böhme zwischen die Laken« ginge. War es nicht unwahrscheinlich, dass er von dem Auftrag Böhme erfahren hatte, aber nicht wusste, für wen sie tätig geworden war?

»Wenn du ihn nicht kennst, kann ich dir nichts über ihn sagen«, antwortete sie. »Auch ich muss über manches schweigen.«

Vor ein paar Tagen hatte sie Felix von der Begegnung mit dem unheimlichen Fremden berichten wollen, doch das kam nun nicht mehr in Frage. Streng genommen konnte sie nicht einmal ausschließen, dass Felix nicht nur ein Spitzel, sondern auch ein Mörder war.

Er zuckte mit den Achseln. »Dann eben nicht.«

»Was willst du tun?«, fragte sie ihn. »Der Krieg steht vor der Haustür.«

»Am liebsten wäre ich schon fort«, sagte er. »Ich möchte endlich zu meiner Familie nach Paris.«

»Lassen sie dich denn ziehen? Die Gestapo, meine ich.«

Er zuckte wieder mit den Achseln. »Sie hatten es mir versprochen, aber ich mache mir inzwischen große Sorgen. Wenn erst Krieg ist, wird man niemanden mehr hinauslassen, fürchte ich, so habe ich wenigstens gehört. Es wird Zeit, dass ich verschwinde.«

»Hast du die notwendigen Papiere, um aus Deutschland auszureisen.«

»Ich habe sie heute Morgen erhalten.«

»Dann geh fort aus Berlin«, sagte sie. »Heute noch, warte nicht länger. Morgen ist Krieg, dann lassen sie dich auch mit Pass nicht mehr raus, befürchte ich. Erst in Paris bei deiner Familie bist du sicher.« Und etwas boshaft setzte sie hinzu: »Schöne Mädchen gibt es auch in Paris zuhauf.«

Felix setzte sich in einen Sessel, er wirkte niedergeschlagen. »Hitler will nicht nur nach Polen«, sagte er. »Hitler will auch nach Frankreich.«

»Umso wichtiger ist, dass du schnell zu deinen Leuten kommst«, sagte sie. »Vielleicht kannst du mir eine Nachricht zukommen lassen, wenn du in Paris oder sonst wo in Sicherheit bist«, sagte sie. »Als Wiedergutmachung dessen, was du mir angetan hast. Mag ja sein, dass der Tag kommt, an dem ich selbst außer Landes fliehen muss.« Sie erschrak plötzlich. »Mein Gott, dieser Tag ist eigentlich schon da. Sie haben mich in der Hand. Ich bin Freiwild in dieser Stadt. Niemand ist da, der mir helfen könnte.« Mit Ausnahme ihres neuen Führungsoffiziers, dachte sie, aber auch der war kein Mensch, dem sie uneingeschränkt vertrauen konnte, sondern jemand, bei dem sie befürchten musste, dass er sich auf die andere Seite stellte, wenn es ihm richtig erschien. Bredow war kein Mann der Abwehr, sondern der SS.

»Ich gebe dir eine Adresse in Paris«, sagte Felix. »Gleich jetzt. Falls du nach Frankreich kommst, kannst du dort nach mir fragen.«

Er stand auf und wandte sich zu einer Anrichte, auf der er Zettel und Stift fand, dann notierte er etwas und gab ihr das Papier. Sie steckte es in die Handtasche.

»Verzeihst du mir?«, fragte er.

Er war ein Opfer der Verhältnisse, dachte sie, nicht anders als sie selbst. Derselben Verhältnisse, die sie gezwungen hatten, sich dem Druck von Gestapo und Sicherheitsdienst zu beugen. Hätte er sich gegen seinen Auftrag gewehrt, wäre sie ihm wahrscheinlich nie begegnet, und das wäre wirklich sehr schade gewesen, denn sie hatte wundervolle Wochen mit ihm verlebt. Nur eines war komisch, dachte sie dann: Warum hatte er ausgerechnet heute Morgen seine Papiere erhalten?

»Dein Auftrag, soweit er mich betrifft, ist erledigt, was?«

»Ja.«

»Seit heute Morgen?«

»Ja.« Dieses zweite Ja hatte leise und zögerlich geklungen.

»Wie hast du denn die Sache abgeschlossen? Warum gerade heute Morgen?«

»Warum nicht heute Morgen«, murmelte er und wandte sich von ihr ab. »Es naht der Krieg, das ist Grund genug.«

Es gab einen Gedanken, der schon seit Längerem am Rande ihres Bewusstseins gekratzt hatte, sich nun aber an die Oberfläche zu bohren begann, was ihr sogleich das Gefühl gab, auf der richtigen Fährte zu sein.

»Wo hast du eigentlich den Schlüssel zu meiner Wohnung?«, fragte sie. »Du hast ihn mir noch nicht zurückgegeben.«

Sie hatte ihn bisher nicht von ihm zurückgefordert, fiel ihr ein. Vermutlich hatte sie es deshalb nicht getan, weil sie insgeheim gehofft hatte, dass ihre Beziehung zu Felix allem äußeren Anschein nach noch nicht zu Ende sein würde.

»Bist du sicher? Ich weiß wirklich nicht, wo er sich befinden sollte«, sagte er.

»Hast du ihn der Gestapo gegeben?«, fragte sie leise.

Er sah sie an, die Miene gänzlich unbewegt, und sie wusste, dass er nicht darüber nachdachte, wo sich der Schlüssel befand, sondern, wie er um eine ehrliche Antwort herumkommen könnte.

»Es mag sein, dass die Gestapo ihn sich genommen hat«, sagte er.

Mit einem Male kam die ganze Wahrheit mit voller Wucht auf sie zu, und sie ließ alle Zurückhaltung fallen. »Du Schuft, du verdammter Lügner, du hast den Schlüssel deinen Gestapoleuten übergeben, nicht wahr? Wahrscheinlich erst nach unserem letzten Treffen! Einer von ihnen war heute Nacht in meiner Wohnung und hat mich beklaut.«

Felix machte ein erschrockenes Gesicht. »Jemand war bei dir?«

»Zu meinem Glück war ich gerade nicht zu Hause. Oder zu meinem Pech. Was soll ich jetzt tun? Sie können jederzeit wiederkommen?«

Er schüttelte den Kopf. »Sie werden nicht wiederkommen.«

»Es stimmt also, dass du ihnen den Schlüssel ausgehändigt hast?«

Er versuchte keine Entschuldigung mehr. »Sie wollten deine Wohnung durchsuchen, während du abwesend bist, und nicht mehr, das haben sie mir versichert.«

»Das haben sie dir versichert! Das sagst ausgerechnet du! Dass ich nicht lache! Jederzeit können sie kommen, wenn ich nicht zu Hause bin, sodass ich die Tür von innen nicht verrammeln kann. Warum haben sie dir den Schlüssel nicht zurückgegeben?«

Er senkte den Blick. »Verdammt, es tut mir leid, Marion. Es ist eine so grauenhafte Zeit. Wo steht mir der Kopf? Du solltest vorsichtshalber ein neues Schloss einbauen lassen. Dann kann niemand mehr eindringen. Ich weiß, das alles macht es nicht besser, aber du musst verstehen, … meine Situation, wer selbst kein Jude ist, versteht das nicht, und Halbjude zu sein, ist noch schlimmer, man ist nichts richtig, weder Arier noch Jude, man sitzt buchstäblich zwischen allen Stühlen.«

Sie stand vom Sofa auf. Es war ihr kaum möglich, ihn anzusehen. Am besten, sie verließ diesen Schuft auf der

Stelle, aber andererseits war sie nicht der Typ Frau, der so etwas einfach stehen ließ. So wollte sie das Verhältnis mit ihm nicht beenden, es hätte sie nicht zufriedengestellt. Dieser Kerl war ihr noch etwas schuldig.

»Warum hast du nicht mit offenen Karten gespielt?«, sagte sie. »Ich hätte für deine Situation Verständnis gehabt und hätte dir geholfen. Begreifst du denn nicht, was du an mir hattest! Du hättest mich nicht hintergehen müssen!«

»Es tut mir wirklich leid«, erwiderte er. »Das sage ich nicht nur so daher, sondern es tut mir wirklich leid. Als es begann, habe ich doch nicht geahnt, wie eng du mir ans Herz wachsen würdest, Marion.«

»Hör auf von Herzensangelegenheiten zu sprechen«, erwiderte sie kalt. »Es ist nicht der rechte Moment.«

»Du sagst, ich hätte mit offenen Karten spielen sollen, aber nein, das gerade ist doch nicht möglich! Offenheit ist in dieser Zeit eine große Gefahr. Wenn man etwas nicht weiß, kann man es nicht aus Versehen und auch unter Druck nicht ausplaudern.«

Marion wusste selbst nicht mehr, was sie denken sollte. Sie wusste sich aus der Situation nicht anders zu helfen, es gab daher nur eine Möglichkeit, das in ihr aufkeimende Gefühl von Verzweiflung niederzuringen.

»Zieh dich aus!«, fauchte sie ihren vormaligen Geliebten an. »Nimm mich zum Abschied, so gut du nur kannst. Zeig mir, wie sehr du mich liebst, wie sehr du mich glücklich machen kannst. Wenn du es schaffst, mich glücklich zu machen, verzeihe ich dir vielleicht. Danach will ich dich nicht mehr sehen!«

»Brich nicht alle Brücken zwischen uns ab, Marion«, sagte er, während er anfing, sich zu entkleiden.

Sie sagte nichts mehr. Es war alles gesagt.

Eine Stunde später verließ sie ihren Liebhaber für immer. So dachte sie wenigstens.

19. KAPITEL

Die Dunkelheit hatte Einzug gehalten. Das Pflaster in den Straßen des Bülowviertels war feucht. Es hatte ein wenig geregnet. Sie sah fast keine Autos und nur selten huschte ein Fußgänger an ihr vorüber. Das Licht der Laternen, soweit es überhaupt welche gab, war trübe, und als sie die Schwerinstraße erreichte, wurde sie fast vollständig von Finsternis umgeben.

Nach längerem Suchen fand sie mit etwas Glück das Gebäude, dessen Adresse auf dem Zettel gestanden hatte. Von außen war kaum etwas zu sehen. Eine Lampe brannte gedämpft neben der Eingangstür. Das Ganze machte den Eindruck einer wenig Vertrauen erweckenden Kaschemme. Sie blickte die Straße hinauf und hinunter. Ludwigs Mercedes war nirgendwo zu entdecken.

Sie fasste sich ein Herz, schob die Tür auf und gelangte in einen Gang, an dessen Ende sie ein paar Stufen hinabsteigen und um eine Ecke gehen musste. Neben einer weiteren Tür saß ein hübsches Mädchen, das einen spanisch aussehenden Firlefanz, der an Flamencotänzer denken ließ, am Körper trug. Der Anblick der jungen Frau beruhigte sie.

»Willst du deine Jacke an die Garderobe hängen?«, fragte diese.

»Danke, ich lasse sie erst einmal an, ich muss sehen, ob der Herr, mit dem ich verabredet bin, schon anwesend ist«, sagte Marion.

Kaum hatte sie es gesagt, da fiel ihr ein, dass sie gar nicht sicher wusste, ob es wirklich ein Herr war, der sich mit ihr verabredet hatte; es war bloß ihre Vermutung, dass es sich so verhielt. Es gab ja auch noch das Pärchen, Ludwig und Sybille.

Das Mädchen nickte. »Wie du aussiehst, wird er dich nicht warten lassen, aber geh ruhig hinein.«

Ein langer, nur vom gelben Licht einer Laterne notdürftig beleuchteter Gang führte zu einem geheimnisvoll versteckten Keller, der ein paar Stufen tiefer lag. Sie hörte Musik, die von einem Akkordeon kam. Oh, tatsächlich, dachte sie, da spielte jemand einen Tango, kein getragenes, ernstes Stück, sondern eine heitere Milonga. Sie erblickte eine Bar, an der ein paar Männer und Frauen mittleren Alters saßen, einige sahen südländisch aus, wie Spanier oder Italiener. Sie tranken Wein und der Dunst ihrer Zigaretten hing über ihren Köpfen. Die Lampen über der Bar und an den Wänden waren rot, genauso wie die Musik; denn Rot war die Farbe des Tangos, der so sinnlich aus dem Akkordeon floss, das ein alter Mann mit einer Haut wie braunes Leder in den kräftigen Händen hielt.

Marion war überrascht. Hier drinnen wirkte alles ganz anders, als sie von draußen erwartet hatte, von der düsteren Stimmung war nichts mehr zu spüren. Die Atmosphäre im Lokal gefiel ihr auf Anhieb, keine Gestapo, keine Uniformen oder andere Gestalten, vor denen sie sich in Acht nehmen musste, verdarben das Bild; ja, natürlich, dachte sie, auch das war Berlin am Abend vor dem Krieg, und es war sogar das eigentliche Berlin, das sich vor all dem Irrsinn, der rundherum herrschte, weit in das Feld des Verborgenen zurückgezogen hatte; so weit, dass seine Existenz einem an manchen Tagen in Vergessenheit geriet.

Sie blieb stehen und schloss die Augen. Es war eine wunderbare Stimmung, die sie mit der Musik des Akkordeons umfing. Inmitten unseliger Kriegsvorbereitungen existierte noch eine andere Welt.

Ludwig und Sybille waren nicht zu sehen. Sie schaute auf ihre Uhr, es war zehn nach acht. Sie steuerte auf einen der kleinen Tische zu, der nicht besetzt war, ganz in der Nähe, wo der alte Mann mit dem Akkordeon stand. Sie ließ sich auf einem Stuhl nieder und spürte ein paar Blicke von den Nachbartischen, aber sie empfand sie nicht als aufdringlich, eher als freundlich interessiert.

An den Wänden hingen Bilder von Tango- und Flamencotänzern, außerdem Kinoplakate, die offenbar von argentinischen Filmen stammten, Tangofilmen aus Buenos Aires, niemand von den abgebildeten Schauspielern, Tänzern oder Sängern war ihr bekannt. Es schien ihr zwar nicht verwunderlich, dass Sybille und Ludwig ein solches Lokal kannten, doch sie war sich plötzlich nicht mehr sicher, ob die Einladung in diese abgelegene Bar wirklich von ihnen kam. Auf dem Zettel hatte nichts davon gestanden, dennoch hatte sie wie selbstverständlich angenommen, dass die Einladung von den beiden stammte.

Sie öffnete ihre Handtasche und fand eine Schachtel Zigaretten, nahm eine heraus und suchte nach der Streichholzschachtel. Sie stöberte herum, im Lokal war es recht schummrig, und sie hatte die Schachtel noch nicht gefunden, als ein Feuerzeug vor ihr aufblitzte. Sie starrte in die Flamme, sah eine männliche Hand, dann zog sie den Rauch ein und danach erst blickte sie auf die Gestalt, die an ihren Tisch getreten war.

»Darf ich mich zu Ihnen setzen, Fräulein Bendt?«, fragte der Mann mit dem Feuerzeug. Er hatte pechschwarze Haare und strahlend blaue Augen, sie hatte ihn bisher nur in seiner Wehrmachtsuniform gesehen, aber an diesem Abend, an diesem Ort trug er Zivil. Es war der Major Böhme.

»Sie, Henning«, sagte sie erstaunt. »Ja, bitte, nehmen Sie doch Platz.«

Ein Major der Wehrmacht in Zivil, der in einer Tangobar im Bülowviertel verkehrte, dachte Marion. Aber in Berlin war nichts unmöglich. Böhme hatte wohl nicht gewollt, dass jemand Unbefugtes von ihrem Treffen erfuhr, stellte sie sich vor, und hatte deshalb diese Bar ausgewählt, ein abgelegenes, verborgenes Lokal, bei dem man davon ausgehen konnte, dass ein Treffen zwischen ihnen geheim und unbeobachtet bleiben würde.

Der Major ließ sich ihr gegenüber nieder. »Ich freue mich, dass Sie zu unserer Verabredung gekommen sind, Marion.«

Einen Moment lang überlegte sie, ob Böhme das Treffen arrangiert hatte, um sie zu bitten, mit ihm die Nacht zu verbringen. Wenn ja, müsste sie ihn vertrösten, heute Nacht würde es nicht gehen. Böhme war in seinem Umgang ein angenehmer Mann, ein Offizier nicht ohne Einfluss, sodass sie es sich mit ihm nicht verderben wollte, wes Geistes Kind er auch immer war. Ein Mann wie er, der zudem in einer gewissen kritischen Distanz zu den Parteioberen stand, konnte einem in der heutigen Zeit ausgesprochen nützlich und hilfreich sein.

»Ich hatte mit jemand anderem gerechnet«, sagte sie.

Böhme nickte. »Es schien mir nicht tunlich, meinen Namen auf einem Zettel zu hinterlassen.«

Sie sagte nichts. Es war an ihm, ihr zu erklären, was das Ganze zu bedeuten hatte.

Ein Kellner kam an den Tisch und Böhme bestellte Wasser und eine Flasche Wein.

Er hatte wahrscheinlich schon immer gewusst, wo sie beschäftigt war, dachte Marion im Hinblick auf den im Coco hinterlassenen Zettel. Oder er hatte auf der Feier in Generalmajor Reimers Haus andere Gäste nach ihr befragt. Dass er mit dem Herrenklub in Verbindung stand, war ihr seit ihrer Unterhaltung auf der Feier bekannt.

»Der Angriffsbefehl ist heraus«, sagte er. »Um 16 Uhr war der letzte Zeitpunkt, den Befehl für den morgigen Tag zurückzunehmen. Dieser Zeitpunkt ist ungenutzt verstrichen.«

»Also beginnt morgen der Krieg«, murmelte Marion.

»Noch in dieser Nacht«, sagte Böhme.

Marion schwieg betroffen. »Es ist alles noch schlimmer als befürchtet«, sagte sie schließlich. »Und man kann gar nichts mehr tun?«

»Nichts, was den Ausbruch des Krieges verhindern könnte. Noch sind zwar Verhandlungen im Gange, aber es ist nicht damit zu rechnen, dass sie erfolgreich verlaufen werden. Nachdem alles in Gang gekommen ist, was spätestens um 16 Uhr der Fall war, wird der Krieg so bald nicht wieder zu Ende sein. Was bleibt, ist nur, sich selbst vor dem, was dem Ausbruch des Krieges folgt, zu schützen.«

»Was meinen Sie damit?«

»Ich habe Sie hergebeten, um Sie zu warnen, Marion«, sagte er.

»Wovor?«

Der Kellner brachte den Wein und das Wasser, öffnete die Flasche mit dem Wein und schenkte zwei Gläser voll.

»Sie sind in Gefahr, wie ich gestern erfuhr«, sagte Böhme, als der Kellner wieder gegangen war. »Ich weiß, dass Sie für die Abwehr tätig sind. Es gibt Leute, die von Ihnen denken, dass Sie zu viel wissen und verhaftet werden müssen.«

Sie war erschrocken, aber auch erstaunt, diese Dinge aus Böhmes Mund zu vernehmen. Sie lag also richtig mit ihrem Verdacht, dass er in irgendeiner Verbindung zu ihren Gegnern stand, wenngleich wohl auch zu anderen Kreisen, auf jeden Fall schien dem Offizier noch nicht alles Menschliche abhandengekommen zu sein.

»Wer hat gesagt, dass ich verhaftet werden soll?«, fragte sie.

»Ich sage es, das muss Ihnen genügen.«

»Wann droht meine Verhaftung?«

»Gleich nach Kriegsbeginn, also morgen.« Er zuckte mit den Achseln. »Mag sein, auch erst übermorgen oder an einem der nächsten Tage, aber viel länger werden sich die Herrschaften gewiss nicht Zeit lassen, bevor sie ihnen einen Besuch abstatten.«

Der erste Besuch hatte schon stattgefunden, überlegte sie.

»Heute Nacht nicht mehr?«

»Der Krieg beginnt morgen früh, und von da an müssen Sie mit dem Schlimmsten rechnen. Gehen Sie schnell fort aus Berlin, also spätestens morgen früh. Am besten, sie versuchen ins Ausland zu gelangen.«

Vor einer Stunde hatte sie noch darüber spekuliert, dass sie Wochen oder Monate Zeit haben könnte, bevor sie eine Entscheidung treffen müsste, wie ihre Zukunft aussehen sollte und ob eine Flucht überhaupt erforderlich werden würde, und nun plötzlich war es eine Sache von ein paar Stunden. Vorausgesetzt natürlich, Böhme hatte recht.

»Ich kann Ihnen etwas Geld geben«, sagte der Major in Zivil leise.

»Danke, aber das ist nicht nötig«, gab Marion zurück. »Sie werden Schwierigkeiten haben, wenn es herauskommt, dass ich Geld von Ihnen erhielt. Man wird erraten, dass Sie mich gewarnt haben. Ich besitze ein paar Ersparnisse und komme schon zurecht.«

»Man könnte einen anderen Grund angeben«, sagte er leise. »Bezahlung für Liebesdienste.«

»Ich möchte es lieber nicht«, gab sie ebenso leise zurück und trank einen Schluck Wein.

»Nun gut.« Böhme griff zu seinem Glas. »Am besten, Sie versuchen, allein über die grüne Grenze nach Frankreich zu kommen. Es gibt sicher Leute, die Ihnen helfen werden, auch wenn Sie dafür«, sagte er, als das Akkordeon verstummte. Er zögerte, »Ihr schönstes Kapital einsetzen müssen. Sie wissen, was ich meine.«

Sie nickte. »Meinen Körper, das ist mir schon klar, aber wenn er mir das Leben rettet, ist es kein zu hoher Preis.«

»Wenn ich Ihnen noch mit irgendetwas zur Seite stehen kann, müssen Sie es mir jetzt sagen«, sagte er. »Wenn die Hunde erst auf Sie losgelassen sind, kann ich kaum noch etwas für Sie tun.« Er sah sie an. »Gibt es noch etwas, womit ich Ihnen helfen kann, Marion?«

Sie lehnte sich zurück und schloss für einen Moment die Augen. Es wurde alles zu viel. Gerade war es ihr gelungen, sich in dieser unerwartet angenehmen Umgebung zu entspannen, da kam die nächste Hiobsbotschaft auf sie zugejagt. Ihr Untergang schien beschlossene Sache zu sein. War es ihr überhaupt möglich, ihn zu verhindern?

»Tanzen Sie Tango?«, fragte sie und öffnete die Augen.

Böhme hob überrascht die Brauen. »Es ist einer der Gründe, weshalb ich auf diese Bar aufmerksam geworden bin.«

»Dann kommen Sie.«

Sie zog ihre Jacke aus und hängte sie über den Stuhl. Der alte Tangospieler sah, wie sie beide zum Tanz Aufstellung nahmen, und lächelte ihnen zu, bevor er wieder nach seinem Musikinstrument griff.

»Es gibt keinen Tanz, bei dem der Mann eine so starke Führungsrolle hat, wie beim Tango«, sagte Böhme, als die Musik einsetzte, und legte die Hand auf ihren bloßen Rücken, den der Ausschnitt des Kleides freiließ.

»Das ist wahr, dennoch hat im Tango die Frau mehr als in anderen Tänzen ihre eigenen Schritte, durch die sie ihren Willen zum Ausdruck bringt«, gab Marion zurück. »Erst im Tango habe ich erkannt, wie stark eine Frau als Frau sein kann.«

Das Akkordeon hatte zu einer beschwingteren Weise angesetzt. Marion ließ sich in den Rhythmus der Musik und den eingeübten Ablauf ihrer Bewegungen fallen. Auch Böhme war ein geübter Tänzer. Sie kamen gut zurecht, wenn auch nicht jede Schrittfolge gleich klappte. Marion hatte jederzeit einen Fuß frei und achtete auf die Impulse ihres Tanzpartners. Nach einer Weile hatten sie sich aufeinander eingestimmt und ihre Bewegungen gewannen an Leichtigkeit. Schließlich glitten sie ungezwungen über den Tanzboden, sodass Marion sich ganz der Führung des Offiziers überlassen konnte. Ihre Glieder wurden freier, umso länger sie tanzten, und die Nacktheit ihrer Schultern und Arme bewirkte ein Übriges, damit sie sich unbeschwert und bei sich selbst fühlte.

Leichtfüßig und behände drehten und tänzelten sie schließlich durch das Lokal, lösten sich wieder voneinander, um sich gleich darauf aufs Neue mit verschränkten Beinen und aneinander gepressten Hüften zu einer Einheit zu verbinden. Je länger sie tanzten, umso fließender wurden ihre Bewegungen, das Gehen und Gleiten, der Wechsel der Füße und das Ändern der Richtung erfolgten bald wie von selbst.

Mit Böhme zu tanzen war anders als ein Tango mit Felix, denn so wie mit einem Geliebten tanzte Marion mit einem fremden Mann nicht. Aber der Tango war frei, passte auf jedes Verhältnis, und ganz gleich, in welcher Beziehung die Frau zu ihrem Tanzpartner stand, sie unterwarf sich ihm nie, selbst wenn es zuweilen so erscheinen konnte. Marion wusste, dass der Tango in Bordellen entstanden war und auf ein Verhältnis zwischen Hure und Freier gründete, bei dem nicht der Freier, sondern die Hure die Wahl über ihren Liebhaber traf. Der Tanz mit Böhme war tatsächlich einer zwischen

Hure und Freier, fiel ihr eingedenk dessen ein, was zwischen ihnen vor ein paar Tagen geschehen war, dennoch würde ein Mann wie Böhme nie ihr Liebhaber sein.

»Sie sind die schönste Frau, die mir je begegnet ist, Marion«, sagte er, als das Akkordeon erneut verstummte. »Gehen Sie fort, irgendwohin, wo man Sie nicht zerstören kann. Für so lange wenigstens, bis das alles vorüber ist.«

»Wohin soll ich gehen?«

Er schaute zur Seite, wo an der Wand die Bilder von den argentinischen Tangofilmen hingen.

»Wenn nicht nach Paris, dann nach Buenos Aires«, sagte er.

»Ich werde noch in dieser Nacht die Vorbereitungen treffen, um für eine Weile aus Berlin verschwinden zu können«, sagte sie. »Ich habe eine Freundin, die sich ins Rheinland verheiratet hat. Vielleicht kann ich bei ihr für eine Weile Unterschlupf finden.«

»Die Weile wird nicht so schnell vorüber sein, fürchte ich. Aber ich will nicht den Teufel an die Wand malen.«

Marion blieb stumm. In ihrer Seele rangen Hoffnung und Verzweiflung miteinander. Wäre sie ein pessimistischer Mensch gewesen, hätte sie ihre Situation leicht als ausweglos empfinden und resignieren können. Aber es gab immer einen Weg, das war ihr Credo, und dass sie mit ihrer tief verankerten Zuversicht richtig lag, hatte sie erst am frühen Abend erlebt. Indem sie die Auseinandersetzung mit Felix Neuburger auf ihre Weise gemeistert hatte, war der Boden unter ihren Füßen wieder etwas fester geworden, den ersten Schritt auf dem Weg, den sie gehen musste, hatte sie schon getan.

Das Akkordeon ging zu einer schweren, getragenen Weise über, zu der der Alte leise sang, und Marion und Böhme tanzten diesen und einen weiteren ähnlichen Tanz, dann merkten sie beide, dass es genug war, und so beendeten sie ihre Schrittfolgen und kehrten an den Tisch zurück, tranken schweigend ihren Wein, während sie sich vom Tanzen erholten.

»Wenn ich den Krieg überlebe, sehen wir uns vielleicht einmal wieder«, sagte Böhme schließlich und blickte auf seine Uhr.

»Ganz bestimmt sehen wir uns wieder«, erwiderte Marion. »Es kommt der Tag, da wird Berlin wieder so sein, wie es einmal war.«

Sie schaute zu den Filmbildern an der Wand und versuchte sich an etwas zu erinnerte, das am Rande ihres Bewusstseins zu kratzen begann, um wahrgenommen zu werden.

Der Mann mit dem Akkordeon spielte ein wehmütiges Lied, das Ausdruck ernster, trauriger Gedanken war, so sehr, dass sich in Marion alles zusammenschnürte und sie fast eine Gänsehaut bekam. Eine Zeitlang lauschten Böhme und sie, ohne dass einer von ihnen etwas sagte.

»Es wird Zeit für mich«, sagte Böhme dann, »der Krieg gewährt einem leider keinen Aufschub. Möchten Sie mich begleiten, wenigstens in eine der Straßen, in denen es heller ist?«

»Danke, machen Sie sich keine Sorgen. Ich möchte noch eine Weile sitzen bleiben.«

Der Offizier trank sein Glas aus und erhob sich von dem Tisch. »Adieu, Marion, oder Auf Wiedersehen, wie man heute sagen muss, ich wünsche Ihnen alles Gute.«

»Auch Ihnen alles Gute, Henning«, erwiderte Marion und stand auf. »Haben Sie vielen Dank.«

Mit einer knappen Umarmung verabschiedeten sie sich voneinander.

Er warf ihr einen letzten Blick zu und war dann so schnell von ihrer Seite verschwunden, als hätte er sich geradezu von ihr losreißen müssen. Sie sah ihn noch an der Bar, wo er die Getränke bezahlte, und eine Minute später hatte er das Lokal verlassen, ohne dass er noch einmal in ihre Richtung geblickt hatte. Marion setzte sich wieder hin.

Der Akkordeonspieler, der ein neues Stück angestimmt hatte, war neben ihren Tisch getreten. Er hatte genauso pechschwarze Haare wie Böhme und schaute sie an, als ob er sie aufmuntern oder trösten wollte, und Marion dachte an den Süden, an ferne Länder wie Spanien oder sogar Argentinien, wo der Tango entstanden war.

»Woher kommen Sie?«, fragte sie den Musiker, als dieser nach ein paar Minuten eine Pause machte.

»Aus Buenos Aires«, erwiderte der alte Mann beinahe akzentfrei. »Das Schicksal verschlug mich vor bald fünfzehn Jahren nach Deutschland.«

Er begann wieder auf seinem Akkordeon zu spielen, und während er das tat, sah er sie immer wieder an, mit ernstem Gesicht und einer Trauer in den eindringlichen Blicken, die ihr zu denken gab. Er sang einen spanischen Text, von dem sie natürlich kein Wort verstand, doch sie spürte, dass das Lied von der Liebe und von dem Verlassenwerden handelte. Ein bitteres, schweres und doch inspirierendes Lied.

»Wovon genau erzählt das Lied?«, frage sie den Alten, als er das Akkordeon sinken ließ.

»Von einer zerbrochenen Liebe«, sagte er, »von einem Mann, der seine Liebste an seinen besten Freund verloren hat und jetzt die beiden auf der Bühne tanzen sieht, von einem fremden Glück, das doch das eigene hätte sein sollen.«

Marion hatte sofort das Bild von Felix und Sybille vor Augen, doch sie verscheuchte es und schaute ein weiteres Mal zu den Tangofilmbildern an der Wand. Sie sah einen charmanten Mann mit blitzenden Zähnen, der ihr von einem der Plakate her zuzulächeln schien.

»Das ist Carlos Gardel«, sagte der alte Mann, der der Blickrichtung ihrer Augen gefolgt war. »Er war einer der berühmtesten Tango-Komponisten Argentiniens. Zugleich ein begnadeter Sänger.«

»Er war es, sagen Sie?«

Der alte Mann nickte. »Er starb vor ein paar Jahren bei einem Flugzeugunglück. Er war noch jung, als er starb, in seinen Vierzigern.«

Das Lächeln des argentinischen Sängers kam aus dem Reich der Toten, dachte Marion. Der Argentinier hatte auch Sybille und Felix zugelächelt, wusste sie inzwischen, damals, vor ein paar Monaten, als Welzer das Foto von den beiden gemacht hatte. Sie hatten in der Bar Señora getanzt, Marion war sich sicher, dass das Foto das Tanzparkett zeigte, über das sie soeben mit Böhme dahingeglitten war. Sie hatte das Lokal an den Filmplakaten an der Wand wiedererkannt, die im Hintergrund des nackten Tangopärchens zu sehen gewesen waren.

»Wie ist es dort bei Ihnen in Buenos Aires, in Argentinien?«, fragte sie den alten Akkordeonspieler.

»Die meisten Menschen sind sehr arm, aber es ist ein wunderbares Land«, sagte er und ließ das Musikinstrument sinken.

»Gibt es dort auch Lokale wie dieses?«

»Aber ja, es gibt unzählige Bars, in denen die Menschen den Tango tanzen. Und es gibt Tangotänzerinnen, die von allen bewundert werden. Einige von Ihnen sind so schön wie Sie.«

»Danke«, erwiderte sie mit einem Lächeln und sah ihn lange an. »Der Tango ist ein Geheimnis, nicht wahr? Er ist nicht so leicht zu verstehen.«

»Der Tango ist der Tanz der armen Leute. Er gibt ihnen ihre Identität zurück, inmitten von Entbehrung und Schmerz. Ihn zu erlernen, erfordert Training und Disziplin.«

»Wo kommt er her, dieser Tanz, wer hat ihn erfunden?«

»Entstanden ist er Ende des 19. Jahrhunderts in den Armutsvierteln meiner Heimatstadt, wo die Einwanderer in der Melancholie von Geige, Akkordeon und Gitarre Trost gesucht haben. Davon, aber auch von der Liebe und von der Erotik erzählt dieser Tanz.«

»Entstand er nicht in den Bordellen?«

Der alte Mann nickte. »In den südamerikanischen Städten gab es infolge der Einwanderung einen großen Männerüberschuss. Die Frauen waren mächtig, sie ließen sich führen, aber sie hatten die Macht, unter zahlreichen Männern die besten zu wählen.«

»Der Tango erzählt auch vom Widerstand, von der

Freiheit und dem Kampf gegen jedwede Unterdrückung, nicht wahr?«

»Sicher, von allem, dessen der Mensch bedarf, um bei sich selbst zu sein«, sagte der Alte. »Um den Tango ganz zu verstehen, sollten Sie einmal in Argentinien gewesen sein.«

»Vielleicht komme ich eines Tages dorthin.« Sie lächelte.

»Sie haben die Schönheit, die Figur, um den Tango perfekt zu tanzen«, sagte er. »Um ihn zu leben. Wenn Sie den Tango beherrschen, wissen Sie, wer Sie sind. Der Tango lehrt, den Schmerz zu ertragen.«

Marion erhob sich, zog ihre Jacke an und verabschiedete sich von dem alten Mann mit einer kurzen Umarmung. Dann verließ sie das Lokal und kehrte in die dunklen Straßen des Bülowviertels zurück.

Sie stieg in keine Bahn und in keinen Bus, sondern ging zu Fuß zum Nollendorfplatz und weiter nach Westen, um einen klaren Kopf zu bekommen. Morgen früh schon könnten sie also kommen, dachte sie, während sie durch die nächtlichen Straßen wanderte. Aber war die Gefahr wirklich so groß, dass es gerechtfertigt wäre, Berlin Hals über Kopf zu verlassen? Könnte ihr Führungsoffizier Bredow ihr nicht helfen? Noch war sie nicht überzeugt, dass Flucht der einzige Ausweg war, der ihr offen stand, um dem Verhängnis zu entkommen, und es gab Momente, in denen ihr war, als sei Böhmes Warnung nur ein schauerlicher Scherz.

Die Laternen zeichneten einzelne kleine Lichtkreise in die Dunkelheit der belebteren Straßen, in die sie gelangte. Trotz der Drohung des nahenden Krieges waren in Berlin die Lichter noch nicht erloschen. Marion blickte auf die Leuchtreklamen, die geschmackvoll eingerichteten Schaufenster, sah die Doppeldeckerbusse und Straßenbahnen, die Passanten in leichter Kleidung. Es erschien kaum passend, in dieser Umgebung, im Lichtermeer der Prachtstraßen an die Gestapo, an den toten Rolf oder gar an den unheimlichen Fremden und an das abscheuliche Tribunal zu denken, doch sie wusste nicht erst seit den vergangenen Nächten, dass sich in dieser Stadt ganz und gar Unglaubliches hinter dem Lichterglanz verbarg. Das verborgene Geschehen war die Wirklichkeit, der Lichterglanz nicht mehr als ein betörender Schein. Die Mächte des Bösen arbeiteten weiter und ruhten nicht, und nun bereiteten sie sich anscheinend darauf vor, auch sie zu vernichten.

Wenn sie hätte heulen können, dann nicht über den Verlust ihres Geliebten und nicht über ihr eigenes Schicksal, sondern über den Verlust ihrer Stadt. Auch eine Stadt konnte man töten, ahnte sie. Berlin war ein lebendiges Wesen mit einer eigenen Identität, aber man machte sie gerade kaputt. Die Stadt wollte keinen Krieg, doch nun verlor sie ihre Seele, ihren Charme, ihre Zugewandtheit und ihre Sprödigkeit, und ihre zwinkernden Augen blinzelten nicht mehr. Was hätte diese Stadt noch alles sein können, welche Verheißungen würde sie zu Recht versprechen können, wenn man sie all den Menschen überlassen hätte, die guten Willens waren. Stattdessen würde sie die Stadt sein, von der ein neuer Krieg seinen Ausgang nahm, der schrecklicher als der letzte zu werden versprach.

Die Nacht vor dem Krieg, dachte sie, und morgen schon würde nichts mehr so sein, wie es all die Jahre gewesen war, aber noch konnte man es nicht sehen. So war es ja immer. Das Böse kam plötzlich, mit einem Mal trat es in Erscheinung, und dann war plötzlich alles zu spät, dann nahm das Verhängnis seinen Lauf und man konnte nichts mehr dagegen tun.

Der Gedanke, mit allem zu brechen, besaß einen hohen Reiz. Sicher könnte sie auch in Buenos Aires eine Tangotänzerin sein, dachte sie, und eine Zeitlang stellte sie sich vor, wie es wäre, mit einem argentinischen Liebhaber in einer schummerigen Hafenbar Tango zu tanzen. Ein schöner Traum, dachte sie, aber erst einmal galt es, das Naheliegende zu tun. Natürlich war es ausgeschlossen, dass sie trotz Böhmes Warnung einfach zur Tagesordnung überging. In jedem Fall schien es ratsam, ihre Wohnung in aller Frühe am Morgen zu verlassen, auch wenn sie noch nicht über die Stadtgrenzen floh.

Ihre nächsten Schritte waren immerhin klar. Sie war fest entschlossen, die Fotoabzüge loszuwerden, und so wie die Dinge lagen, war es das Beste, wenn Fritz Welzer sie bekam. Er verfügte über die Verbindungen zu Personen, in deren Hände sie besser aufgehoben sein mochten als in den ihren oder in den Händen derer, die danach suchen würden. Das Geld, das Welzer ihr versprochen hatte, würde sie gut gebrauchen können, falls sie sich ins Ausland absetzen musste, ganz egal, ob es nun morgen, in der kommenden Woche oder sonst wann so weit war. Mit ihrem Aussehen, mit ihrem Tanz, würde sie auch in Städten wie Paris oder London eine Chance haben. Oder eben in Buenos Aires! Natürlich hatte sie schon eine kleine Summe beiseitegelegt, aber wer wusste schon, wohin es sie verschlagen würde und wie lange der Exodus dauerte, der sie zwang, außerhalb der Heimat zu sein. Sie konnte jede Mark gut gebrauchen, vor allem natürlich amerikanische Dollars. Das war fast wie Gold. Und sollte man sie auf der Flucht erwischen, war es immer noch besser, wenn man verbotene Devisen anstelle von verbotenen Fotos bei ihr fand.

20. KAPITEL

Die Augsburger Straße wirkte wie an jedem Abend. Ein paar Autos parkten am Straßenrand. Blieb nur zu hoffen, dass Welzer noch genug Kraftstoff im Tank seines Autos hatte, um bis zum Coco zu kommen, dachte Marion. Nun gut, wenn nicht, würde der Fotograf gewiss einen anderen Weg finden, um die Dinge zu regeln und sie zu treffen.

Sie betrat das Coco, ging in die Garderobe und öffnete mit klopfendem Herzen den Schrank. Die Fotoabzüge waren noch immer da, stellte sie erleichtert fest. Der Einbrecher hatte einen Schlüssel für ihre Wohnung besessen, nicht aber für ihr Garderobenschränkchen in der Bar. Trotzdem hatte sie Glück, dass sich noch niemand an dem Schrank versucht hatte. Es war wohl nur eine Frage der Zeit, bis es passieren würde.

»Ein, zwei Wochen, denke ich, dann hat sich alles wieder beruhigt«, sagte Mustafa, dem sie als Erstem im Lokal begegnete. »Gerade spielen alle verrückt.«

»Es ist die Ungewissheit«, sagte Marion, »keiner weiß, was geschehen wird.«

»Edith hat mich gebeten, morgen Nachmittag mit den Proben für eure neue Tanznummer zu beginnen«, sagte Mustafa und lächelte auf seine nachsichtige Art. »So schrecklich ein Krieg ist, die Sitten lässt er verfallen, und auf der Bühne können wir noch einen Schritt weiter gehen.«

»Wer weiß schon, was der Krieg bringen wird«, erwiderte Marion. »Besser wird ganz bestimmt nichts. Vermutlich wird es neue Vorschriften geben, und das sind dann immer Verbote.«

»Wenn die Wehrmacht erfolgreich kämpft, kommen keine Verbote«, meinte Mustafa. »Das Volk muss bei Laune gehalten werden. So habe ich die Deutschen kennengelernt.«

»Wir sind schon sehr freizügig.«

»Edith hat sich ein paar Gedanken gemacht«, sagte er, als das reizende blonde Geschöpf zu ihnen trat. »Macht es unter euch aus.«

Edith erfasste Marions Arm und zog sie ein Stück beiseite und zu sich heran. »Ich habe euch bewundert, Felix und dich«, sagte sie. »Nun ist der schöne Tänzer nicht mehr da. Andere Männer ziehen in den Krieg und werden sterben. Wir müssen mit den Männern, die man uns nimmt, solidarisch sein.«

»Woran denkst du?«

»Der Tango ist ein erotischer Tanz, an dessen Ende die äußerste Hingabe steht. Die Zuschauer erwarten, dass unser Protest gegen den Krieg radikal ausfällt. Es ist unsere Pflicht, auf der Bühne den kleinen Tod zu sterben. Natürlich alles ganz ästhetisch.«

»Den kleinen Tod sterben, heißt, ihn erleben«, erwiderte Marion.

»Wir haben nichts zu verbergen«, erklärte Edith. »Unsere Gefühle sollten sich beim Tanz frei entfalten dürfen.«

Es war Marion nicht neu, dass Ediths Entschlossenheit ihre eigene in diesen Dingen noch übertraf. »Beim Tango mit Felix kostete es mich die größte Anstrengung, meine Gefühle im Zaume zu halten«, sagte sie, »aber manchmal ließ ich die Zügel auch gern locker.«

Edith lächelte zart. »Das ist es, was ich meinte: dass wir die Zügel locker lassen und uns keine Zwänge auferlegen. Wie sonst sollten wir unserem Protest Ausdruck verleihen, ohne dass man uns dafür belangen könnte?«

Marion empfand fast ein wenig Bedauern bei dem Gedanken, dass sie am nächsten Tag, wenn die Tanzprobe stattfinden sollte, vielleicht gar nicht mehr in Berlin sein würde. Natürlich würde sie ihrer Kollegin nichts davon erzählen.

»Wenn der kleine Tod uns ereilen soll, sterben wir ihn eben«, sagte sie. »Ich bin ganz auf deiner Seite.«

Edith legte ihren Arm um Marions Schulter und gab ihr einen Kuss, dann wich sie zur Seite, weil ein Gast nach ihr rief, und Marion wandte sich zu Mustafa, der zwei Schritte entfernt am Tresen saß und seinen Gedanken nachhing.

»So ein Feldzug dauert nicht ewig«, meinte dieser. »Die Männer kommen wieder. Es muss weitergehen im Land.«

Inzwischen war Marion weniger zuversichtlich als ihr Chef, was den Verlauf des Krieges betraf.

»Na, hoffen wir mal das Beste«, sagte sie. »Aber mal etwas anderes. Wer hat dir damals eigentlich Felix Neuburger als Tänzer empfohlen?«, fragte sie.

Mustafa verzog das Gesicht, doch dann erhellten sich seine Züge. »Interessant, dass du das gerade heute Abend erwähnst«, sagte er. »Jetzt fällt mir ein, woher ich den Mann kannte, der kurz vor dir ins Lokal gekommen ist. Er sitzt an einem der Tische und hat sich schon nach dir erkundigt. Ich hatte es ganz vergessen. Aber es vergeht ja kein Abend, an dem nicht mindestens einer nach dir fragt, der sich nach deiner Gesellschaft sehnt. Nun, so soll es ja auch sein.«

Sie warf einen Blick in die Richtung, in die Mustafa mit einer Kopfbewegung deutete, und erblickte einen Mann allein an einem Tisch. Sein Gesicht lag im Schatten und war nur undeutlich zu sehen.

»Wer ist das?«

»Er hat mir seinen Namen nicht genannt.«

»Und du bist dir wirklich sicher, dass es dieser Herr dort hinten gewesen ist, der mit dir über Felix sprach, Mustafa? Es ist wichtig!«

Mustafa schaute sie groß an. »Ich habe keinen Zweifel. Er fragte, ob sich sein junger Bekannter einmal vorstellen dürfe, er sei ein fantastischer Tänzer und sähe noch besser aus.«

»Warum hast du mir das nie erzählt?«

»Warum sollte ich? Ich hatte den Herrn vergessen. Dass er ausgerechnet heute hier ist, wo du nach ihm fragst, ist ein seltsamer Zufall. Seit damals habe ich ihn hier nicht mehr gesehen.«

Es hatte einen Sinn, dass der Herr erst heute wiedergekommen war, fiel Marion ein. Er hatte sich nicht früher im Coco blicken lassen, damit sich niemand an ihn erinnerte. Doch nachdem Felix Neuburgers Auftrag beendet war, musste er sich nicht mehr verstecken.

»Nun, dann will ich einmal zu ihm gehen«, sagte sie.

Langsam durchquerte sie den Raum, trat zu dem Mann an den Tisch und dieser erhob sich, als er sie erblickte. Das Licht einer Wandlampe fiel auf sein Gesicht, und Marion zuckte merklich zusammen, sie war verblüfft.

»Ich hatte schon befürchtet, dass Sie nicht mehr kommen«, sagte der Mann. »Zum Glück sind Sie nun da. Setzen wir uns.«

Er trug eine gut sitzende Hose, ein hellblaues Hemd und darüber eine braune Freizeitjacke. Auch in Zivil machte der hohe Offizier keine schlechte Figur.

Der Mann war der Generalmajor Reimer, auf dessen Party sie vor zwei Tagen gewesen war.

»Ich hatte Herrn Krieck erwartet, Ihren Fahrer«, sagte Marion, um ihrer Überraschung Herr zu werden und auch, weil es nicht ganz falsch war. »Ist er nicht hier?«

»Er hat mich vor dem Lokal abgesetzt«, antwortete der General. »Ich habe ihm bis morgen früh freigegeben.«

Marion ließ sich auf einem Stuhl nieder und sah den Mann an. Eigenartig, dass der General ausgerechnet an diesem Abend, so kurz vor dem Angriff der Wehrmacht auf ein anderes Land in das Varieté gekommen war, wo jeder Offizier bei seiner Einheit gebraucht wurde. Doch bei dem Generalmajor mochte es anders sein. Reimer gehörte schließlich nicht der kämpfenden Truppe an, sondern verrichtete auf einem Stabsposten seinen Dienst.

»Sie werden sich fragen, weshalb ich das Gespräch mit Ihnen suche«, sagte der General. »Nicht mein Fahrer, sondern mein Sohn erzählte mir von Ihnen, er hält große Stücke auf Sie. Das brachte mich auf eine Idee.« Er machte eine Pause und fuhr dann fort: »Sie haben den deutsch-britischen Klub kennengelernt, wenigstens einige von unseren Herren, vorgestern Abend in meinem Haus.«

»Das ist wahr«, bestätigte Marion und überlegte, wie der junge Reimer wohl seine Lobpreisungen auf sie begründet hatte.

»Mir scheint, dass Sie jemand sind, der für uns arbeiten könnte«, sagte Reimer.

»Ich habe bereits zwei Arbeitsstellen«, erwiderte Marion. »Die Arbeit als Tänzerin und die Arbeit ...« – Wie sollte sie es sagen, ohne sich zu verraten? – »... für mein deutsches Vaterland.«

Der General nickte. »Es ist mir bekannt, dass Sie eine Mitarbeiterin des Oberleutnants Michalik gewesen sind. Das ist kein Hinderungsgrund, für uns tätig zu sein, denn auch Michalik stand in unseren Diensten. Sie würden gewissermaßen an seine Stelle treten.«

Welzer hatte sich ganz ähnlich ausgedrückt, erinnerte sich Marion. Da auch der Fotograf dem Klub angehörte, war es ziemlich sicher, dass er nicht der gleichen Gruppe wie Generalmajor Reimer zuzurechnen war. Anderenfalls wäre Reimer kaum zu ihr ins Lokal gekommen, um sie als Mitarbeiterin anzuwerben.

»Was werden meine anderen Dienstherren dazu sagen?«, fragte sie.

Reimers Gesicht verzog sich zu einem Grinsen. »Sie werden nicht erfahren, dass Sie mehreren Herren dienen, Fräulein Bendt. Natürlich erfahren sie es nicht!«

»Ich möchte nichts tun, wodurch ich meinem Land schade«, sagte sie.

»In unserem Klub vertreten wir ausschließlich deutsche Interessen«, erwiderte der General. »Dem steht nicht entgegen, dass es Engländer gibt, mit denen wir befreundet sind. Bei unserem vorgestrigen Gespräch in meiner Wohnung fiel mir auf, dass Sie über eine erstaunlich rasche Auffassungsgabe verfügen. Wie Sie wissen, sind wir in unserem Klub der Ansicht, dass ein deutsch-britisches Bündnis den deutschen Interessen nicht nur dient, sondern ein solches Bündnis für unser Land überlebenswichtig ist. Ich brauche Ihnen die Gründe nicht mehr zu erklären. Wir sprachen darüber. Sie sollten sich unserer Sache zur Verfügung stellen.«

Der eine warnte sie vor einer Verhaftung, der andere bot ihr die Zusammenarbeit an, ein Dritter war offenbar ein britischer Agent. Reimer würde sie vielleicht vor einer dauernden Gestapohaft schützen können, dachte sie, aber dennoch war die Frage, ob sie nicht besser daran täte, Böhmes Warnung zu beherzigen und allem den Rücken zu kehren, ihre Heimat eingeschlossen. Konnte sie ausschließen, dass Reimer von ihrer bevorstehenden Verabredung mit Welzer wusste? Wenn der Fotograf ein Verräter war, lief sie Gefahr, dass man auch sie als Verräterin behandeln würde, falls herauskam, dass sie ihm die Fotoabzüge übergab. Es blieb zu hoffen, dass der General sie nicht nach den Fotos des Protokolls befragte. Morgen hätte sie ihm antworten können, dass keine Abzüge in ihrem Besitz existierten, im Moment aber wäre diese Antwort gelogen. Sollte er danach fragen, würde sie ihn täuschen müssen.

»Wenn Sie für uns arbeiten, müssen natürlich die antideutsch eingestellten Briten Ihre Feinde sein«, sagte der General. »Sind sie es nicht, wird man Sie als Verräterin behandeln und Sie können sich wahrscheinlich denken, was das bedeutet.«

Was verbarg sich wirklich hinter seinen Fragen und seinem Ersuchen um ihre Mitarbeit? Der Generalmajor war eine treibende Kraft aus dem Hintergrund, ahnte sie. War er der maskierte Gerichtsvorsitzende gewesen? Reimer schien selbst keine Angst davor zu haben, dass sie dem SD verraten könnte, wie er sie für ein doppeltes Spiel zu gewinnen suchte. Das musste bedeuten, dass er in der Hierarchie ziemlich weit oben stand, nämlich auf einer Ebene, die zwischen den einzelnen Geheimdiensten nicht unterschied.

»Ja, das versteht sich von Selbst. Wenn es Deutschland dient, will ich dem Reich gerne meine Fähigkeiten zur Verfügung stellen.«

»Wie Sie meinen Andeutungen entnehmen können, kann es zu Interessenkonflikten und Uneinigkeiten kommen, wenn es darum geht, ob etwas den deutschen Interessen dient oder nicht«, erklärte der Generalmajor. »Die existierenden Parteiorganisationen sind nicht immer unserer Meinung. Deshalb sagte ich bereits, dass unsere Zusammenarbeit geheim bleiben muss.«

»Es bedeutet auch, dass meine Arbeit für einen der deutschen Geheimdienste in Widerstreit zu den Belangen Ihrer Vereinigung treten kann, nicht wahr?«, sagte sie und es war mehr eine Feststellung als eine Frage.

»Dieser Fall ist denkbar, genau das wollte ich sagen. Wenngleich ich davon ausgehe, dass unsere Interessen in der Regel mit denen des staatlichen Apparats deckungsgleich sind.«

Es war nicht möglich, den General abschlägig zu bescheiden, erkannte sie. Was in diesem Fall geschehen würde, war ihr klar. Ja, dachte sie, ihre Vermutung traf zu. Der General war gekommen, um sich ein Urteil darüber zu bilden, wie mit ihr verfahren werden sollte. Das Tribunal zog Erkundigungen ein und Reimer war eine Art Ermittlungsrichter für das Femegericht. Es mochte sein, dass er der eigentliche Entscheidungsgeber war. Von ihrer Antwort auf seine Fragen hing es ab, ob sie am Leben blieb oder ob man zu ihrer Ehre eine Feier veranstalten würde, an deren Ende sie nackt und tot an einem Galgen hing.

»Werden Sie mich in einem Fall widerstreitender Interessen vor der Gestapo schützen können?«, fragte sie.

»Wir werde unser Bestes tun«, sagte der General. »Ob es ausreicht, Sie vor allen Konsequenzen Ihres Verhaltens zu bewahren, kann ich nicht garantieren. Das Leben ist nicht ohne Risiko. Vor allem nicht in dieser Zeit. Morgen werden wir uns im Krieg befinden.«

So wie er sprach, musste sie annehmen, dass Reimer nicht von ihrer geplanten Verhaftung durch die Gestapo wusste, aber sicher war sie sich dessen nicht. Es konnte sogar sein, dass die geplante Verhaftung nicht mehr stattfinden würde, nachdem sie sich zur Zusammenarbeit mit Reimer bereit erklärt hatte, denn dass der Generalmajor über Einfluss bei der Gestapo verfügte, hielt sie für recht wahrscheinlich.

»Ich verstehe«, sagte sie. »Dann werde ich damit leben müssen.«

Der Generalmajor nickte, er schien zufrieden. »Es wird eine kurze Nacht werden«, sagte er. »Morgen warten auf uns alle neue Aufgaben und Herausforderungen. Sosehr mir Ihre reizende Gesellschaft gefällt, Fräulein

Bendt, ist es leider nicht der rechte Zeitpunkt, um unsere Unterhaltung länger fortzusetzen. Es mag der Tag kommen, an dem die Gelegenheit dazu besteht.« Er erhob sich von seinem Stuhl. »Es wird Zeit für mich. Sie werden von mir hören. Leben Sie wohl!«

Marion stand ebenfalls auf und sie reichten einander die Hand. Nachdem er sich abgewandt hatte, wartete sie noch eine Weile, bis er nicht mehr zu sehen war, dann kehrte sie zu Mustafa an die Bar zurück.

»Hast du dich mit dem Herrn verabredet?«, fragte sie der Lokalbesitzer.

»Nicht für heute Nacht«, wich sie ihm aus. »Bald, so gegen Mitternacht, muss ich noch mal für ein halbes Stündchen fort. Es wird nicht lange dauern.«

Mustafa seufzte, widersprach aber nicht.

Was sollte sie tun? Sie saß wirklich zwischen sämtlichen Stühlen. Nichts als falsche Freunde waren um sie herum, Männer und Frauen, die nach Sex mit ihr gierten, denen ihre eigene seelische Befindlichkeit aber völlig gleichgültig war.

Marion blickte auf ihre Uhr. Der Zeitpunkt, zu dem sie mit Welzer verabredet war, rückte näher. Es war fast ein Wunder, dass Sybille und Ludwig nicht aufgekreuzt waren, dachte sie, während sie ihre Umgebung musterte. Möglicherweise hatten sie das Coco gemieden, solange der General anwesend war. Mitternacht nahte, es war die Zeit, zu der das reizende Pärchen gewöhnlich erschien. Hoffentlich blieben sie heute Nacht fort. Der mit Welzer vereinbarte Treffpunkt lag zum Glück um die Ecke, sodass es nicht schwer werden würde, kurz aus ihren Fängen zu verschwinden, ohne Verdacht zu erregen.

Trotzdem würde sie sich besser fühlen, wenn sie wüsste, dass die beiden nicht in der Nähe waren.

Sie versuchte Haltung zu bewahren, doch sie spürte, dass der Boden unter ihren Füßen zu schwanken begonnen hatte. Der Abgrund, über dem sie tanzte, war noch tiefer als befürchtet und er vertiefte sich von Tag zu Tag.

Sie verfiel in eine Plauderei mit Mustafa und einem Bedienmädchen, das hinzugetreten war, machte gute Miene zum bösen Spiel, dann aber, bevor sie auch äußerlich oder für andere erkennbar unruhig werden würde, verschwand sie aus der Bar in die Toilette, um sich zu erleichtern. Danach fühlte sie sich besser, betrat die Garderobe und nahm ihre Handtasche aus dem Schränkchen, in dem sich bereits die Fotos befanden. Bei ihrem Eintreffen hatte sie die Abzüge in Papier eingerollt und mit einem Bändchen zusammengebunden. Sie fasste die Tasche fester und verließ die Garderobe.

Auf dem Weg zur Straße begegnete ihr niemand. Sie schritt zügig in die vereinbarte Richtung. Ein leichter Wind streifte ihre nackten Schultern. Nach dem Regen hatte es etwas abgekühlt. Die Passanten, denen sie begegnete, sahen sie an. In dieser Gegend war der Anblick von attraktiven jungen Frauen in ihrer Aufmachung nicht ungewöhnlich.

An der Straßenecke blieb sie im Schein einer Laterne stehen. Schon kam ein Herr auf sie zu und sprach sie an. »Gehen Sie weiter«, zischte sie ihn an. »Ich bin nicht, was Sie denken.«

Er zog davon, in die Richtung, aus der sie gekommen war. Beim Blick zurück sah sie die Konturen von ein paar Gestalten im Laternenlicht, und es war ihr, als ob einer dieser Schatten in einem Hauseingang verschwand. Hatte das etwas zu bedeuten? Galt das ihr? Unsinn, dachte sie, es waren nur ihre überreizten Nerven, die verrücktspielten. Aber nichts war sicher. Sie konnte nicht ausschließen, dass jemand sie beschattete oder verfolgte. Was sie tat, war gefährlich. Nichts von dem, was sie heute Nacht unternahm, war überlegt geplant worden. Dafür war keine Zeit geblieben. Alles konnte schiefgehen. Sie neigte dazu, einmal gefasste Beschlüsse zügig in die Tat umzusetzen, doch sie konnte nicht wissen, ob ihre Entscheidung richtig gewesen war. Sie widerstand der Versuchung zurückzugehen, um zu schauen, ob sich wirklich jemand hinten in dem Hauseingang verbarg. Es würde entweder ein vergebliches Unterfangen sein, oder eines, das ihr nichts einbrachte.

Sie verließ den Lichtkegel der Laterne und bog um die Ecke in die Passauer Straße ein, wo Welzer in einem kleinen roten Opel auf sie warten wollte. Langsam schritt sie voran, mit Blick auf die dunklen Fahrzeuge, die am Straßenrand standen, es waren nicht viele, ein kleiner roter Opel war nicht dabei.

Unschlüssig stand sie eine Weile still, wartete einfach auf das, was geschehen würde. Welzer hatte erklärt, auf sie zukommen zu wollen. Doch zwei oder drei Minuten verstrichen, ohne dass er sich blicken ließ. Anscheinend verspätete er sich; oder war sie selbst etwa zu früh? Sie schaute auf die Uhr an ihrem Handgelenk. Es war genau halb eins. Sie war zu pünktlich. Eine Weile würde sie warten müssen.

Was für ein seltsamer Tag. Sie dachte an die Begegnung mit dem Major Böhme in der Bar Señora zurück.

Der Aufenthalt in der Bar hatte ihr eine neue Perspektive angezeigt, deren Richtung ihr noch unklar war. Einen Weg in die Freiheit? In ihrem Inneren war sie bereits frei, wusste Marion, für immer und ewig frei, nur kam sie nicht mehr an das heran, was sie ausmachte. Der Weg, den sie finden musste, war wohl ganz nahe, aber er blieb ihr noch verborgen.

In ihren Gedanken knüpften sich ein paar Fäden zusammen, während sie Ausschau nach dem Fotografen hielt, mögliche Verbindungen in dem Spinnennetz, das sie umgab. Sie stellte sich vor, dass irgendwer Böhme unter Druck gesetzt hatte, als er von der in seinem Besitz befindlichen Protokollabschrift erfuhr. Damit kein Verdacht auf ihn selbst fallen würde, könnte dieser jemand vorgeschlagen haben, Michaliks Agentin auf ihn anzusetzen, damit sie die Fotos beschaffte. Zugleich hatte man Felix engagiert, um sie selbst wegen Rassenschande in die Zange nehmen zu können. Lug und Trug, wohin sie auch sah.

Felix hatte sich als Gestapospitzel bezeichnet, doch wenn er durch Reimer ins Coco vermittelt worden war, bestand seine eigentliche Verstrickung in das Netz der Spinne in der Verbindung zu dem deutsch-britischen Klub. Reimer hatte Felix ins Spiel gebracht und erst in der Folge davon hatte die Gestapo ihn anwerben oder unter Druck setzen können. Es musste Männer in der Gestapo geben, die die Politik des Klubs betrieben oder zumindest Hand in Hand mit ihm arbeiteten. Der Beamte Krausnick gehörte wahrscheinlich zu ihnen. Natürlich hatte Felix ihr den Namen des Generalmajors Reimer nicht nennen dürfen, das wäre viel zu gefährlich gewesen, während es relativ unverfänglich war, sie in den Glauben zu versetzen, dass er für die Gestapo arbeitete.

»Marion«, hörte sie es hinter sich flüstern. »Marion.« Sie schrak zusammen und drehte sich um.

Welzer stand in einem Hauseingang wenige Meter die Straße hinunter und spähte um die Mauer herum. »Kommen Sie her!«

Sie trat zu ihm und gleich darauf hatte die Dunkelheit des Hauseingangs sie beide verschluckt.

»Wo ist Ihr Auto?«, fragte sie.

»Nicht hier, aber in der Nähe.«

»Sie trauen mir nicht?«

»Ein paar Vorsichtsmaßnahmen sind stets vonnöten, man kann nicht auf sie verzichten. Haben Sie die Abzüge?«

»Ja – und Sie? Haben das Geld?«

»So ist es. Lassen Sie mich die Fotos sehen.«

Sie öffnete die Handtasche und nahm die in Papier eingewickelte Rolle heraus. »Reißen Sie das Papier auf, damit Sie einen Blick auf die Bilder werfen können.«

»Machen Sie es bitte selbst auf, ich halte solange Ihre Handtasche, Sie wissen besser, was Sie mir zeigen können, damit ich weiß, dass alles seine Richtigkeit hat. Danach schalte ich kurz die Taschenlampe an.« Er blickte auf und kurz sah sie seine Augen aufleuchten. »Ich hoffe sehr, dass wir allein bleiben, Marion. Wenn nicht, sind Sie verloren! Sie, Marion, nicht ich. Was ich tat, habe ich für die Organisation getan.«

Er wirkte nicht mehr so souverän und sicher wie am Tage zuvor, als sie das Übergabegeschäft verabredet hatten. Nun, das war wohl normal, dachte sie, schließlich ging es ihr selbst nicht anders. Sein Gesicht war bleich, sie konnte es erkennen, obwohl es ziemlich dunkel war. Ihre Hände zitterten, während sie das Papier entfernte.

»Machen Sie die Taschenlampe an und schauen Sie«, sagte sie, als sie fertig war. »Wegen mir müssen Sie keine Sorgen haben, ich stelle anderen Leuten keine Fallen.«

Hoffentlich war das alles schnell vorbei, dachte sie, während Welzer den Gegenstand seines Interesses untersuchte. Die Zeit, in der er zwei, drei Bilder betrachtete, kam ihr entsetzlich lange vor. Was, wenn nun doch jemand um die Ecke kam; jemand, der sie heimlich beschattet hatte?

»In Ordnung«, sagte er endlich, rollte die Abzüge zusammen und steckte sie in die Innentasche seines Jacketts. Fast gleichzeitig nahm er einen Umschlag aus derselben Jackentasche und reichte ihn ihr. »Das Geld.«

Sie nahm den Umschlag, schaute nur kurz hinein, um sich zu vergewissern, dass er Geldscheine enthielt, und steckte ihn dann in die Handtasche. Das Geld würde sie später zählen müssen. Sie konnte ja doch nichts machen, falls die Summe nicht stimmte, sagte sie sich und beschloss, Welzer zu vertrauen.

»Ich gehe zurück ins Coco«, sagte sie. »Verschwinden Sie, so schnell wie möglich.«

Er lächelte. »Ich weiß, was ich zu tun habe.«

»Alles Gute«, sagte sie.

»Wir hören voneinander«, gab er zurück.

Im nächsten Moment hatte sie den Hauseingang verlassen und schritt mit dem Geld in ihrer Tasche zur Augsburger Straße zurück. Zwei Minuten später betrat sie das Coco. Sie verschloss ihre Handtasche im Garderobenschrank und begab sich in die Bar. Es war, als wäre sie nie fort gewesen.

21. KAPITEL

Es fiel ihr nicht leicht, die Gäste zu bedienen, geschweige denn, sich auf Gespräche mit ihnen einzulassen. Zu sehr war sie mit ihren eigenen Gedanken beschäftigt. Sie überlegte, wie sie es anstellen sollte, aus Berlin zu verschwinden, falls sie sich entschloss, es zu tun. So etwas war leichter gedacht, als in die Tat umgesetzt. Wohin sollte sie gehen? Mit dem Zug ins Rheinland oder gleich weiter nach Paris fahren? Der Zugverkehr war kriegsbedingt eingeschränkt. Jetzt, wo ein Krieg begann, in dem Frankreich wahrscheinlich nicht neutral bleiben würde, war es vielleicht auch nicht mehr so leicht, in das Nachbarland zu gelangen, wenn man nicht irgendwelche Verbindungen besaß. Sollte sie versuchen, sich Felix anzuschließen, vorausgesetzt, er war noch nicht fort? Sie verwarf den Gedanken. Die Aussichten, dass es mit ihm zusammen gelingen würde, standen nicht gut. Sie musste ihren Weg allein gehen, um sich zu retten.

Mustafa bemerkte, dass etwas mit ihr nicht stimmte. »Es ist der Krieg«, wiegelte sie ab. »Wie ich hörte, wird er noch in dieser Nacht beginnen.« Mustafa runzelte die Stirn und sagte nichts mehr.

Die Welt war falsch, dachte Marion, von Grund auf falsch, voller Täuschungen und Tücken. Sie war ein Opfer, so wie die meisten Menschen, nur leider bemerkten die es zum Großteil nicht einmal. Nur bei besonderen Anlässen wurde es ihnen bewusst, an einem Abend wie diesem, da mal wieder ein Krieg vor der Tür stand, da kamen manche darauf und durchschauten ihren Irrtum. Die Menschen waren Sklaven und wurden von ein paar Wahnsinnigen beherrscht. Handlangern des Teufels, in dessen Hand alle Fäden zusammenliefen.

Sie wurde aus ihren Gedanken gerissen, als Edith neben sie trat und ihren Arm berührte.

»Ein neuer Liebesbrief für dich, Marion, er wurde gerade abgegeben.«

»Oh, von Ludwig?«

»Keine Ahnung. Ein Gast hat ihn mit hereingebracht, wie ich hörte. Jemand hatte ihn gebeten, den Brief sofort an der Bar abzugeben.«

Marion blickte auf das Blatt Papier, das Edith ihr reichte. Es war zweimal zusammengefaltet. Obendrauf stand: »Fräulein Bendt. Eilt! Sofort!«

Sie faltete den Brief auseinander und las: »Kommen Sie gleich! Mein roter Opel wartet um die Ecke in der Würzburger Straße.«

Sie runzelte die Stirn. Nicht Ludwig, sondern Welzer hatte den Brief hereingeben lassen oder, wie zu vermuten stand, selbst an der Bar abgegeben. Was wollte Welzer denn noch von ihr? Dieser Narr! Sie hätte ihn für schlauer gehalten. Warum war er nicht längst verschwunden?

Zum Glück war er nicht im Lokal geblieben, sondern hatte nur den Zettel hinterlassen. Nun gut, es war wohl nicht zu ändern, dass sie noch einmal zu seinem Wagen ging. Vielleicht hatte er ja die Fotos bereits irgendwo in ein Versteck geschafft. Es wurde ohnehin Zeit für sie, aus dem Coco zu verschwinden. Wenn sie länger blieb, könnte es ihr passieren, dass Ludwig und Sybille doch noch im Lokal auftauchten.

»Ich verschwinde für heute«, sagte sie zu Edith und ging einfach fort.

»Bis morgen«, rief Edith hinter ihr her.

In der Garderobe stopfte sie den Geldumschlag in die Innentasche ihrer Jacke. Der nächste Schritt, der zu unternehmen war, müsste darin bestehen, dass sie sich in ihre Wohnung begab und alles zusammenpackte, was sie benötigte, um aus der Stadt zu fliehen. Vielleicht könnte sie für ein oder zwei Tage bei ihrer Mutter oder bei Freunden Unterschlupf finden, überlegte sie, bevor sie weitere Schritte unternahm. Eltern konnte die Gestapo keinen Vorwurf daraus machen, wenn sie ein verfolgtes Kind bei sich zu Hause aufnahmen. Eine Lösung war das nicht. Sie hatte kein gutes Verhältnis zu ihrer Mutter und ihr Freund war in der Partei. Wenn der Kriegsausbruch unmittelbar bevorstand, wurden wahrscheinlich auch die Bahnhöfe überwacht. Hatten die Menschen sich erst einmal an die neue Kriegssituation gewöhnt, würde es mit der Flucht leichter gehen, falls sie sich letztendlich dazu entschloss.

Sie verließ das Coco, ohne sich von Mustafa zu verabschieden, und trat auf die Augsburger Straße hinaus. Sie wechselte die Seite und schritt zügig in Richtung der Würzburger Straße.

Kaum war sie um die Ecke gebogen, beschlich sie ein komisches Gefühl. Sie fühlte sich gehetzt. Spitzel gab es überall, manche von ihnen taten so, als könnte sie kein

Wässerchen trüben, hielten aber heimlich die Augen offen und gaben alles weiter, was ihnen irgendwie verdächtig erschien. Könnte es sein, dass man sie in eine Falle locken wollte? Aber warum solche Umstände machen? Weshalb dann diese Sache mit dem Auto?

Sie blieb stehen und schaute die Straße hinab. In einiger Entfernung erblickte sie den roten Opel am Straßenrand. Vermutlich war Welzer nicht erst nach ihrem Treffen hierher gefahren, dachte sie, sondern hatte von Anfang an den Wagen an dieser Stelle geparkt, bevor er zu Fuß weiter zur Passauer Straße geeilt war.

Entschlossen ging sie auf den Opel zu und trat zu der Beifahrertür. Im ersten Moment konnte sie nichts erkennen, doch als sie das Gesicht näher an die Scheibe hielt, erkannte sie auf dem Fahrersitz Welzer. Mit einem stummen Seufzer öffnete sie die Autotür, beugte sich in den Wagen und sagte: »Was ist denn noch, Fritz? Warum sind Sie nicht längst weg?«

Welzer antwortete nicht. Stumm und still saß er hinter dem Steuer und bewegte sich nicht. Marion beugte sich weiter vor. Dann sah sie das Blut.

Es war nicht viel, aber es klebte in Welzers Gesicht und auf seiner Kleidung. Es lag an der Dunkelheit im Wagen, die von dem Schein der Laternen nicht vollständig vertrieben wurde, dass sie die Stirnwunde und das Blut nicht sofort gesehen hatte.

»Fritz? Herr Welzer, was ist …?« Ihre Stimme verstummte, und sie riss die rechte Hand vor den Mund.

Ihr entsetzter Blick wanderte abwärts und sie erblickte etwas schwarz Schimmerndes, einen Gegenstand, der neben der Konsole auf dem Boden lag. Es war eine Pistole, offenbar die Waffe, aus der ihn ein Schuss in die Schläfe getroffen und getötet hatte.

Ihr erster Impuls war es, die Tür zuzuschlagen und davonzurennen, doch dann fielen ihr die Fotos ein und auch die Tatsache, dass sich ihre Fingerabdrücke bereits an der Autotür befanden. Sie fasste sich schnell, öffnete ihre Handtasche, in der sich ein Taschentuch befand, und nahm es heraus. Vorsichtig fasste sie den Türgriff damit an, wobei sie hoffte, dass es ihr gelang, alle Abdrücke wegzuwischen, ohne dass jemandem, der zufällig des Weges kam, auffallen würde, dass etwas nicht in Ordnung war. Dann stieg sie in den Wagen, zog unter Zuhilfenahme des Taschentuchs die Tür ins Schloss und öffnete das Handschuhfach. Sie verschaffte sich schnell einen Überblick. Die Rolle mit den Fotos befand sich nicht darin. Sie warf einen Blick auf den Boden, auf die Rückbank, auch da waren sie nicht. Sie nahm sich Welzers Jacke vor, die Innentasche, die beiden Außentaschen. Nichts, keine Fotos, die Taschen waren leer.

Es war höchst unwahrscheinlich, dass Welzer die Fotos schon hatte beiseiteschaffen können, überlegte sie fieberhaft, also musste sie jemand an sich genommen haben.

Dass Welzer hinter dem Steuer saß, mit der Pistole neben ihm auf dem Boden, wies auf einen Selbstmord hin. Er könnte sich aus Angst vor Verfolgern, vor der Gestapo, die ihn zu verhaften drohte, erschossen haben, doch Marion war sich sicher, dass es so nicht gewesen war. Es handelte sich nicht um Selbstmord, sondern um Mord.

Jemand, der sie beide in dem dunklen Hauseingang auf der Passauer Straße beobachtet hatte, war Welzer zu seinem Wagen gefolgt, hatte ihn erschossen und sich mit den Fotos davongemacht. Vorher hatte er noch einen Zettel geschrieben, und danach jemanden gefunden, der den Zettel am Eingang des Coco abgegeben hatte.

Die Gewissheit, dass der unheimliche Fremde, auf den sie erstmals in Rolf Michaliks Wohnung gestoßen war, ein zweites Mal zugeschlagen hatte, nahm ihr für eine Weile fast den Atem. Sie war so bestürzt, dass es eine Weile dauerte, bis sie wieder denken konnte, doch dann liefen die Gedanken Amok in ihrem Kopf, bis einer von ihnen, eine Frage, ihr deutlich vor Augen stand: Weshalb hatte man sie zu dem Wagen gelockt?

Sie starrte angestrengt durch die Windschutzscheibe nach vorn und ließ dann den Blick weiter schweifen, nach links, nach rechts, nach hinten. Nirgendwo war jemand zu erkennen, von dem sie vermuten könnte, dass er sie beobachtete. Hatte man sie zu dem Auto gelockt, um eine falsche Spur zu ihr zu legen? Eine Spur, die sich schon aus der schlichten Tatsache ergab, dass der Ort des Geschehens in der Nähe Coco-Bar lag? Ihre Anwesenheit am Tatort war natürlich noch viel besser geeignet, sie in ein falsches Licht zu setzen, falls man Zweifel an einem Selbstmord wecken und den Mord jemandem anhängen wollte, überlegte sie. Sie musste verschwinden, dachte sie, sonst kam noch die Gestapo und nahm sie fest, sozusagen auf frischer Tat.

Doch dann hielt sie inne. Man musste sie gar nicht auf frischer Tat ertappen, fiel ihr ein. Sie ahnte plötzlich, was gespielt wurde, schließlich erlebte sie das Ganze nicht zum ersten Mal. Wenn jemand sie beobachtete, würde er den Zeugen geben, dass sie am Tatort gewesen war, falls es geplant war oder sich als notwendig erweisen sollte, ihr einen weiteren Mord anzuhängen. Zum zweiten Male war sie an dem Schauplatz eines Mordes aufgetaucht. Die Schlinge zog sich zu, registrierte sie ungläubig, ihr Leben, ihre Freiheit waren keinen Pfifferling mehr wert. Wo aber war Welzers Mörder?

Auf der Straße war alles dunkel, kein Mensch war zu sehen. Dennoch rechnete sie damit, dass sie belauert wurde und der Mörder irgendwo in der Nähe war. Wahrscheinlich hoffte er darauf, dass sie im Wagen Fingerabdrücke hinterließ, oder hatte seine Freude dabei, ihr in einer ausweglosen Situation zuzusehen. Wenn er nicht gar Schlimmeres plante. Dieser unheimliche, böse Mensch spielte Katz und Maus mit ihr.

Von diesem mutmaßlichen heimlichen Beobachter abgesehen, war die Luft auf der Straße rein. Die Handtasche in der Linken, das Taschentuch in der Rechten, die Schultern und den Jackenkragen hochgezogen, öffnete Marion die Tür, tat so, als sei nichts gewesen, stieg in das Gewirr aus Schwärze und Laternenlicht hinaus und warf die Tür leise zu. Mit zügigen Schritten und in der Hoffnung, dass niemand sie beobachtet hatte, entfernte sie sich.

Sie ging Richtung Augsburger Straße, wo es heller war, und dann weiter zum Kurfürstendamm. Noch niemals war ihr die Stadt – ihre Stadt, ihre Heimat – so hoffnungslos vorgekommen, so undurchdringlich und erbarmungslos wie in dieser Nacht.

Während sie sich wie betäubt durch die Straßen schlängelte, überkam sie ein Gefühl von Machtlosigkeit. Warum sollte sie sich gegen ihre Feinde wehren, wenn es ihr bestimmt war, denselben Weg zu gehen, den vor zwanzig Jahren ihr Vater hatte gehen müssen? Nun gut, sie könnte den Versuch unternehmen, dem Verhängnis zu entgehen, einen Versuch war es wert, und versuchen musste sie es, das verstand sich von selbst. Falls es ihr bestimmt war weiterzuleben, würde sie ihren Verfolgern entkommen, ihre Flucht würde gelingen oder die Dinge würden sich anderweitig fügen. Doch das Schicksal ließ sich nicht zwingen, mehr als es sich geneigt zu machen, konnte sie nicht tun.

Sie ging die Joachimsthaler Straße hinunter. Sie rechnete nicht damit, dass der Mörder sie verfolgte. Falls er sie vor dem Coco beobachtet hatte, wusste er Bescheid, hatte gesehen, was er wollte und lachte sich wohl gerade ins Fäustchen. Morgen würde er einen Brief an die Gestapo schreiben oder dort vorstellig werden und sie beschuldigen. Marion Bendt, die eiskalte Mörderin von Rolf Michalik und Fritz Welzer. Sie sah die Zeitungsschlagzeilen vor sich, wie sie in dicker schwarzer Schrift neben den Artikeln über die Kämpfe der Wehrmacht in Polen prangten.

Wo der Fremde sich wohl verborgen gehalten hatte, überlegte sie. In einem der Hauseingänge rechts oder links vom Wagen oder auf der anderen Seite der Straße?

Warum eigentlich hatte sie Ludwig Krieck und Sybille Seeckt an diesem Abend nicht gesehen? Ausgerechnet an dem Abend, an dem der Mord an Welzer geschehen war. Steckten die beiden vielleicht hinter Welzers Tod? Plötzlich hatte sie noch ein anderes Bild vor Augen, eines, das mit dem Mord an Rolf Michalik in Zusammenhang stand. Marion stellte sich vor, wie die reizende Sybille an Rolfs Tür geklingelt hatte. Und weiter, wie Rolf ihr in dem Glauben geöffnet hatte, es wäre Marion, die – vielleicht ein Viertelstündchen zu früh – zu der Verabredung mit ihm gekommen war. Rolf hatte sie eingelassen und nicht lange danach hatte Sybille ihn eiskalt erschossen – im Auftrag der Gestapo, der Abwehr oder des deutsch-britischen Herrenklubs – und danach hatte sie die kleine Minoxkamera in ihren Besitz gebracht. Nach vollbrachter Tat war sie zu Ludwig gegangen und hatte ihm alles erzählt. Ludwig aber hatte sich entschlossen, mittels des Schlüssels, den Sybille an sich gebracht hatte, einen Blick in die Wohnung zu werfen, vielleicht, um das Kissen zu entfernen, das Sybille für den Mord benutzt hatte, oder einfach, weil er neugierig gewesen war und prüfen wollte, ob sie alles richtig gemacht hatte. Bei dieser Gelegenheit hatte Marion ihn hereinkommen gehört. So oder so ähnlich, dachte sie, könnte es gewesen sein.

Marion begriff, dass sie dem bösen Pärchen vollkommen ausgeliefert war. Rassenschande? Ach nun, sie war eine schöne Tänzerin und ihr Partner war ein ebensolcher Tänzer gewesen, wer konnte es Felix und ihr ernstlich verübeln, dass sie dem Reiz der gegenseitigen Anziehung erlegen waren? Selbst die Gestapo war nicht so borniert, auch wenn deren Beamte ihr etwas anderes vorgegaukelt hatten. Und die Herstellung der Fotos in Böhmes Wohnung? Wollte man ihr denn vorwerfen, dass sie eine Abwehragentin war? Sie hatte eine Arbeit erledigt, nach bestem Wissen und Gewissen, und sie hatte es in Michaliks Auftrag getan. Zwei Morde aber, das war ein anderes Kaliber, damit war nicht zu spaßen, und sie zweifelte keine Sekunde daran, dass Sybille Seeckt und Ludwig

Krieck keine Skrupel haben würden, sich als Zeugen dafür herzugeben. Sie würden genau das bekunden, was ein Gericht hören wollte, damit es Marion zum Tode verurteilte, nämlich dass sie an beiden Tatorten gesehen worden war. Man würde sie verhaften, wegen Mordes unter Anklage stellen, und in ein paar Monaten bestieg sie das Schafott. Sie war schon so gut wie tot, wenn sie keine radikalen Schritte unternahm, dachte sie, der Strick mit der Schlinge um ihren Hals spannte sich bereits und zöge ihr bald schon den Boden unter den Füßen weg.

Der Nürnberger Platz lag dunkel und still unter dem stummen, schwarzen Himmel. Die Lichter waren weniger geworden. Auf den Fußsteigen rund um den Platz waren nur wenige einsame Gestalten unterwegs. Noch dunkler war es in der Prager Straße. Mehrfach blieb Marion stehen und schaute zurück, keine Verfolger, keine Gestapo, keine Sybille und kein Ludwig waren zu sehen. Fast unerwarteterweise ließ man sie in Ruhe. Die wenigen Menschen, denen sie begegnete, hatten eigene Sorgen und wollten nichts von ihr. Es waren die letzten Stunden, bevor der Krieg begann.

Unbehelligt, aber in einer merkwürdig aufgekratzten Stimmung erreichte sie das Haus, in dem sie wohnte. Sie ging durch das Tor, überquerte den Hof und gelangte zu dem Hinterhaus. Sie öffnete die Tür, machte Licht und stieg die einsamen Treppen zu ihrer Bleibe im vierten Stock hinauf.

22. KAPITEL

Ein Gefühl der Erleichterung stellte sich nicht ein, als sie die Wohnung betreten und von innen verriegelt hatte. Stattdessen befiel sie plötzlich ein solches Grauen, dass sie stehen blieb und sich überrascht umblickte. Es war das Gefühl der Ausweglosigkeit, das plötzlich über sie kam, sie war in einer Situation, in der andere Menschen Kurzschlusshandlungen begingen. Ihre Erlebnisse trieben auf eine Spitze zu, hetzten sie die Treppen eines Turms hinauf, von dem sie nur noch herabspringen konnte, um sich zu retten, ihre Verfolger hatten sie in die Hölle der Depression und Verzweiflung katapultiert.

Endlich beruhigte sie sich und der Abgrund unter ihren Füßen verschwand. Es musste ihr gelingen, dem Verhängnis zu entkommen, sagte sie sich. Was hatte sie denn noch zu verlieren? Sie hatte ja doch keine Ruhe mehr. Sie wusste, dass die Gestapo bereits im Morgengrauen hier auftauchen konnte. Die beste Türverriegelung würde sie nicht vor den Eindringlingen schützen.

Sie blickte auf ihre Armbanduhr. Es war halb zwei. Nach wie vor galt, dass sie nicht gut daran täte, ihre Schritte zu überstürzen. Schnelligkeit war gut, Hast immer schädlich, auch oder besonders in einer schwierigen Situation wie der, in welcher sie sich befand. Vor vier oder fünf Uhr würde niemand klopfen, also könnte sie sich jedenfalls noch zwei Stunden ausruhen, bevor sie sich auf den Weg machte. Richtig schlafen würde sie ohnehin nicht können.

Sie zog ihre Jacke aus und hängte sie an die Garderobe, dann wandte sie sich zur Seite und trat vor den Kommodenspiegel. Ihre Wangen waren etwas hohl geworden, ihre Augen wirkten stärker umschattet als sonst. Sie hatte in den vergangenen Tagen kaum etwas gegessen, fiel ihr ein, ein paar Kartoffeln, etwas Obst oder Gemüse, sonst nichts. Sie musste etwas zu sich nehmen, sich mit Proviant versorgen, bevor sie auf die Reise ging. Dabei war es gar nicht mehr so einfach, alles Notwendige zu bekommen.

Im nächsten Moment erstarrte sie. Sie kniff die Augenbrauen zusammen und ihr Blick konzentrierte sich. Was war das? Sie hatte im Spiegel eine Bewegung wahrgenommen, irgendwo hinter ihr, an der Tür zu der Schlafkammer. Ihre Augen weiteten sich vor Schreck, als sie sah, wie die Tür sich einen Spaltbreit öffnete, langsam, aber zielstrebig und unerbittlich, und sie begriff, dass es kein Windzug war, der die Tür bewegte, sondern eine menschliche Hand.

Da begann sie zu schreien, vor Angst, vor Wut, vor Grauen, dann sprang sie herum und sah den Schatten einer Gestalt, etwas reflektierte.

Die Gestalt kam näher, den rechten Arm ausgestreckt, in der Hand ein Messer, dessen blitzende Klinge auf sie zielte. Sie blickte in eine zu einem bösen Grinsen verzerrte Fratze. Sie war kurz überrascht, denn das Gesicht gehörte keinem Ludwig Krieck und keiner Sybille Seeckt, doch es war sehr wohl ein bekanntes Gesicht.

Es gehörte jemandem, den sie aus dem Coco kannte, der Mann mit dem Messer und dem böse grinsenden Gesicht war der Handelsagent Gustav Baron, einer der großen Bewunderer ihrer Tangokunst.

»In den Sessel«, zischte Baron sie an. »Sofort! Sonst steche ich zu! Und hör auf zu schreien wie ein Kind!« Schon stand Baron ihr direkt gegenüber und sie sah seine großen, ungewöhnlich weißen Zähne. »Los! Wird's bald! In den Sessel!«

Es war alles zu spät, begriff sie mit einem Schlag; der Mörder war schon da, er war vor ihr in die Wohnung gekommen.

Sie wich zurück, machtlos und unfähig, sich zu wehren, und überwältigt von einem Gefühl der Vergeblichkeit glitt sie in den Sessel hinab.

Die Messerspitze bewegte sich weiter auf sie zu bis fast an ihren Hals heran. »Die Hände auf den Rücken!« Sie tat fast automatisch wie befohlen, und die Gestalt bewegte sich um den Sessel herum, ohne dass die Messerklinge von ihrem Hals zurückgewichen wäre, erst ganz zum Schluss, als er schon hinter ihr war, aber bevor sie weiter hätte reagieren können, legte sich etwas um ihre Handgelenke, eine Fessel oder Kette, die sich zuzog, sodass sie Hände und Arme nicht mehr frei bewegen konnte, und schon war sie völlig in der Gewalt eines heimtückischen Mörders.

Er kam hinter dem Sessel hervor und trat ihr gegenüber, dann bückte er sich, und schloss eine weitere Kette um ihre Fußgelenke herum. »So! Nun ist sicher, dass du keine Dummheiten mehr machen kannst und mir nicht mehr entkommen wirst.«

»Sie, Gustav, Sie? Ich dachte, Sie sind mir zugewandt, mein Bewunderer und so etwas wie ein Freund?«, fand Marion endlich ihre Sprache wieder. »Warum tun Sie das? Machen Sie mich los, dann reden wir miteinander, wie wir es immer taten.«

Sie spürte selbst, wie hilflos ihre Worte klangen, und wusste schon, dass sie mit ihnen nichts bewirken würde.

»Sollten Sie noch einmal so schreien wie eben«, sagte Gustav Baron, »stopfe ich Ihnen einen Knebel in den Mund und mache dann kurzen Prozess. Akzeptieren Sie das?«

Marion nickte. »Ich bleibe ruhig«, flüsterte sie.

Barons Augen funkelten voller Bosheit. »Sie werden sterben, Marion, ob ich Ihr Freund war oder nicht, das spielt überhaupt keine Rolle mehr, und damit Sie mich nicht daran hindern können, die einzige Strafe zu vollstrecken, die Sie verdienen, habe ich Sie gefesselt.«

Ihr Herz begann heftig zu schlagen, bevor sie heiser wiederholte: »Sterben? Warum?«

Gustav Baron legte das Messer aus der Hand. »Weil Sie eine Verräterin sind«, sagte er. »Bereits vor drei Tagen habe ich dafür gestimmt, dass Sie hängen sollen. Ich hatte Sie da bereits durchschaut. Aber meine Kameraden waren anderer Meinung und haben mich überstimmt. Sie wollten Ihnen eine Chance geben und Sie als Mitarbeiterin für unsere Organisation gewinnen. Was für ein Unsinn, denn Sie gehören zur fünften Kolonne, Sie verüben Spionage für eine feindliche Macht. Wie sich heute erwiesen hat, haben Sie die Chance, die man Ihnen dennoch gab, nicht genutzt, sondern den Schurken Welzer, der ein britischer Spion war, mit geheimem Material versorgt.«

»Sie stellen alles ganz falsch dar«, entgegnete Marion verzweifelt. »Welzer ist kein Spion.«

»Ein Verräter, der gestorben ist, wie er es verdiente. Haben Sie ihn gesehen?«

Marion nickte. »Ich glaubte, dass er im Auftrag Ihrer Organisation die Herausgabe der Fotoabzüge von mir verlangt. Ich bin nicht von der fünften Kolonne, was auch immer Sie darunter verstehen.«

Gustav Baron sah zu der Garderobe, wo ihre Jacke hing. Zielstrebig ging er darauf zu und durchsuchte sie. Der Geldumschlag kam zum Vorschein. Er machte ihn auf und ließ den Daumen über das Bündel gleiten, als wollte er die Scheine zählen. »Ich hätte Ihnen sowieso nicht geglaubt, aber damit ist bewiesen, dass Sie es für Geld getan haben.«

»Was ändert das? Was sollte ich denn tun? Ich arbeite für die Abwehr und den SD und werde für meine Arbeit bezahlt, schließlich muss ich von irgendetwas leben. Von meiner Gage als Tänzerin könnte ich mir diese Wohnung nicht leisten. Es ist doch legitim, wenn ich auch von Ihrer Organisation ein Entgelt für meine Arbeit erhalte.«

»Welzer war nicht für unseren Klub tätig, als er Ihnen die Fotos abkaufte, und das wissen Sie ganz genau.«

»Nein, von Welzer weiß ich nichts, er war ein Gestapo- oder Abwehrmann und kein Verräter. Er hat selbst zugegeben, dass er im Auftrag der Gestapo tätig ist.«

»Er war ein Verräter, wie er im Buche steht! Sie haben die Fotos vor der Gestapo verborgen, um sie zu Geld zu machen. Welzer erwarb sie von Ihnen für den Feind. Für Chamberlain oder für den Whiskysäufer, diesen Churchill, der schon im Weltkrieg alles dafür tat, um unser Volk zu verderben.«

»Nein, nein! Ich habe nur meinen Auftrag für die Abwehr erfüllt! Man hat mich in eine Falle gelockt.«

»Hätten Sie nur das getan, was man Ihnen aufgetragen hatte, wäre Ihnen nichts geschehen. Doch Verräter werden mit dem Tode bestraft, das ist unausweichlich. Blieben solche Personen am Leben, wären sie für jeden von uns eine große Gefahr.«

»Ich habe getan, was Rolf Michalik mir aufgetragen hat, habe mich an alle Anweisungen gehalten. Sie aber haben mir nachgestellt und dafür gesorgt, dass man mich der Rassenschande beschuldigte. Sie selbst waren es, der mich erst ins Unrecht setzte. Sie haben alle meine Schwierigkeiten verursacht.«

Gustav Baron griff sich an die Stirn. Er zeigte das erste Mal so etwas wie Unsicherheit.

»Ich war nicht ganz unschuldig daran, das gebe ich zu«, sagte er. »Doch Sie haben alles verschlimmert, indem Sie in Michaliks Wohnung eingedrungen sind und sich in den Besitz von Gegenständen gebracht haben, die uns gehören. Selbst da wollte man Ihnen noch eine Chance einräumen, wie ich bereits erwähnte. Sybille Seeckt und Ludwig Krieck sollten Sie auf unsere Seite ziehen. Aber am Ende sind Sie Ihren eigenen Weg gegangen, einen Weg, der Sie ins Verderben führen wird. Michalik, Welzer und nun Sie –«

Es war nicht die Wahrheit, dachte sie verzweifelt. Doch die Wahrheit war noch schlimmer. Dieser Mann hatte vermutlich von Anfang an beabsichtigt, die Agentin, die die Fotos beschaffte, zu töten, und hätte ihm dies als Grund noch nicht gereicht, so war inzwischen außer dem von ihm genannten ein weiterer Grund hinzugekommen, der nämlich, dass sie zu viel über ihn wusste.

»Als Frau von der Abwehr bin ich auf der Seite des deutschen Volkes«, rief sie ihm zu.

Baron lachte. »Ich bin selbst ein alter Geheimdienstmann«, erwiderte er. »Ein Mann der Reichswehr, wo ich vor Jahren die Geheimdienstabteilung mit ins Leben gerufen habe. Man hielt mich für radikal, warf mich hinaus, doch einige meiner früheren Mitarbeiter, denen der ›Antikriegskurs‹ der Abwehr genauso verhasst ist wie mir selbst, hielten Verbindung zu mir, vor allem hielten sie ihrem alten Chef die Treue. Auch heute noch stehen sie an meiner Seite. Im Privatleben machte ich als Handelsvertreter mein Geld, doch ich blieb stets dem Geheimdienst verbunden. So entstand unsere Gruppe, die sich für ein Bündnis zwischen Deutschland und Großbritannien starkmacht und enge Verbindungen zu britischen Nationalsozialisten unterhält, die bis in den britischen Hochadel reichen. Die Abwehr steht ganz gewiss nicht auf meiner Seite.«

»Der Herrenklub ist ein Geheimdienst?«

»Er ist – auch ein Geheimdienst.«

»Waren Sie es, der Michalik beauftragte, die Fotos durch mich herstellen zu lassen?«, fragte sie, um das Gespräch am Laufen zu halten.

»Ja.«

»Woher wussten Sie von dem Protokoll?«

»Ein mir treu ergebener Vertrauter aus meiner Zeit bei der Reichswehr erhielt den Hinweis auf einen Putschistenkreis, der in der Abwehr einen Schwerpunkt hatte und im vergangenen Herbst ein Attentat auf den Führer plante, welches aufgrund des Münchner Abkommens mit Chamberlain und Daladier nicht zur Ausführung kam. Mindestens fünfzig Personen wussten von der Sache, waren in die Pläne an irgendeiner Stelle involviert. Ein Hinweis bezog sich auf den Abwehroffizier Michalik, der unserem Klub nahestand, vermutlich war er von Anfang an ein Spitzel in unseren Reihen. Im Frühjahr wurde er verhört. Um seine Haut zu retten, gab er uns den Hinweis auf das Protokoll über die Kriegspläne des Führers und erklärte sich nach einigem Hin und Her bereit, eine Kopie zu beschaffen, um seine Loyalität uns gegenüber zu beweisen. So kam alles in Gang.«

»Was wollten Sie denn mit dem Protokoll?«, fragte sie. »Sie wussten doch vorher, was darin geschrieben steht.«

»Spielen Sie nicht die Unbedarfte, Marion«, fauchte Gustav Baron sie an. »Als Mitarbeiterin der Abwehr wissen Sie bestens Bescheid darüber, wie sich alles zueinander verhält. Es ist nicht das Gleiche, ob man von etwas weiß oder ob man es auch beweisen kann. Aus erster Hand etwas über Hitlers Kriegsziele zu erfahren und die Politik der deutsch-britischen Vereinigung darauf ausrichten zu können, ist für uns ein außerordentlicher Gewinn. Wenn wir sicherstellen konnten, dass der Führer sein Konzept, dass Britannien der Westen und Deutschland der Osten gehören sollte, ernsthaft in die Tat umsetzen wollte, würde die weitere Zusammenarbeit mit unseren britischen Vertrauten trotz allen Geschreis der britischen Regierung nicht gefährdet sein. Unsere englischen Freunde werden in die Lage versetzt, ihren

Argumenten für ein Bündnis mit Deutschland im eigenen Lande Nachdruck zu verleihen. So segensreich das Protokoll in unseren Händen aber ist, so verhängnisvoll wirkt es, wenn es in die Hände unserer Feinde gelangt.«

»Sie legen sich das alles passend zurecht«, sagte sie. »In Wahrheit sind Sie selbst es gewesen, der die Pläne des Führers verraten hat, indem Sie Michalik dazu brachten, mich als Agentin einzusetzen. Als Agentin für Sie und Ihren Klub, aber gegen den Führer und das deutsche Volk.«

Ein finsteres Lächeln glitt durch seine Züge. »Ich habe eine andere Auffassung von diesen Dingen«, sagte er. »Natürlich kann ich nicht ausschließen, dass auch ein paar Leute in der Partei geneigt sein könnten, die Angelegenheit aus Ihrem Blickwinkel zu betrachten. Ein weiterer Grund, weshalb Sie sterben müssen, Marion. Würden Sie leben, hätten Sie viel zu viel gegen mich in der Hand.«

Marion zwang sich, die Ruhe zu bewahren, auch um Zeit zu gewinnen, obwohl sie gar nicht wusste, worauf sie noch hoffte. Aber sie musste alles versuchen, was nicht ganz aussichtslos erschien, um bei dem Teufel Baron Zweifel an seinem ungeheuerlichen Vorhaben zu wecken oder sie, soweit sie schon vorhanden waren, zu verstärken. Es ließ sich vielleicht irgendein Abkommen mit ihm treffen, das ihr das Leben rettete und auch für ihn von Vorteil war.

»Warum musste Michalik sterben?«

»Weil er ein Verräter war, nicht anders als Sie! Er gehörte zu den Putschisten und arbeitete für den Feind. Schon lange hegte ich den Verdacht, dass er ein Doppelagent sei. Es fehlten jedoch die Beweise. Nachdem er die

Fotos beschafft hatte, wurde mir klar, dass er Fotoabzüge auch an die britische Regierung weitergeben würde. Er arbeitete nicht nur für die deutsche Abwehr, sondern auch für den britischen Auslandsdienst. Der fünften Kolonne der Briten, die sich in Deutschland herauszubilden begann, musste der Boden unter den Füßen weggezogen werden, damit sie in den Abgrund der Hölle verschwand. Michaliks Tod war der erste Schritt, um die Bande zu vernichten, weitere Schritte mussten folgen. Hätten wir nicht unverzüglich gehandelt, wäre Welzer, mit dem er sich verbündet hatte, um geheime Materialen an ausländische Geheimdienste weiterzugeben, uns womöglich entwischt. Wir haben dem Spionagering eine empfindliche Schlappe versetzt.«

Verzweifelt suchte sie nach dem rettenden Strohhalm. Sie dachte an den Major Böhme, der sie vor dem Herrenklub gewarnt hatte und daher auch zu diesem Ring gehört haben könnte. Baron schien nichts darüber zu wissen. Könnte ihr Wissen um Böhmes mögliche Verstrickung ihr Rettungsanker sein? Könnte sie ihr Leben schützen, indem sie ihn an diesen Teufel verriet? Sie war sich zwar über Böhmes Rolle nicht wirklich im Klaren, aber was sollte sie tun, einen Versuch war es wert. Später könnte sie ihn immer noch warnen.

»Lassen Sie mir das Leben«, bat sie. »Nehmen Sie mich in Ihre Dienste. Ich hätte Informationen für Sie, die mehr wert sind als mein Leben.«

Er winkte ab. »Sie wissen, dass wir die beiden Verräter getötet haben. Wenn ich Sie leben ließe, Marion, wäre ich wohl selbst bald tot. Keine Information ist es wert, damit aufgewogen zu werden.«

Er handelte nach eigenem Gusto, dachte sie. Allein Gustav Baron entschied über Leben und Tod, die anderen Klubmitglieder waren wohl sämtlich nicht eingeweiht.

»Ich weiß von einem dritten Verräter?«

»Wie ist sein Name?«

»Machen Sie mich los, dann erfahren Sie seinen Namen.«

Baron lachte. »Ich kenne diesen Namen bereits, es ist der Ihre.«

»Nein, nein, er ist ein Wehrmachtsoffizier.«

»Gut, dass Sie mir das sagen. Ich werde meine Nachforschungen fortsetzen.«

»Er gehört zu Ihrem Klub!«

»Interessant! Fahren Sie fort!«

Es würde alles nichts nützen, dachte sie verzweifelt. Der furchtbare Mann war wild entschlossen, sie zu töten.

»Sie sind auch der Mann, der dem Tribunal vorstand, nicht wahr? Sind Sie der Vorsitzende des Klubs?«

»Als Mitglied des Vorstands obliegt es mir, die Angelegenheiten unserer Vereinigung nach Kräften zu fördern. Dazu gehört auch, an Fotos von dem Protokoll der Führerbesprechung zu gelangen und im Tribunal, das über Verräter urteilt, den Vorsitz zu übernehmen.«

Er wandte sich ab, betrat ihre Schlafkammer und kehrte einen Augenblick später mit einer Tasche, die wie ein Aktenbehältnis aussah, zurück. Er legte die Aktentasche auf den Tisch, öffnete sie und nahm einen zur Schlinge geknüpften Henkersstrick zusammen mit einem kleinen Kissen heraus.

»Was wollen Sie mit dem Kissen?«, entfuhr es ihr.

»Bei Michalik und Welzer war es mir nützlich, um die Schüsse zu dämpfen. Sie aber werde ich nicht erschießen, sondern erhängen, das wirkt bei Frauen glaubhafter. Nachdem Sie Ihr Leben ausgehaucht haben, nehme ich Ihnen die Fesseln ab. Niemand wird Ihren Selbstmord bezweifeln, selbst meine Kollegen nicht, denn Gründe, Hand an sich zu legen, haben Sie wahrlich genug. Sie sind gut beraten, ihr Schicksal zu akzeptieren, Marion, und mir keine Schwierigkeiten zu machen.«

»Sie sind böse, ein Teufel!«

Baron lachte. »Ja, ich bin der Teufel.«

Marion schluchzte auf. »Was wollen Sie mit mir, wenn ich tot bin, Gustav? Lebend bin ich viel wertvoller. Sie haben mehr von mir, wenn Sie über mich als lebendige Frau verfügen. Werden Sie wieder der Mann, den ich im Coco traf und der mir nette Komplimente machte.«

Sie begriff schon, während sie es sagte, dass all sein freundliches Gerede bei seinen Besuchen im Coco nichts als leere Schmeicheleien gewesen waren, geschwätzige Heuchelei, die er eingesetzt hatte, um sie zu täuschen und zu benutzen. Er verbarg sich nicht nur hinter einer Teufelsmaske, auch seine Freundlichkeit war eine Maskierung. Dieser Mann war unfähig, Gefühle wie Anteilnahme, Schuld oder Reue zu empfinden, wie sie für die allermeisten Menschen selbstverständlich waren. Wahrscheinlich konnte er solche Gefühle nicht einmal verstehen. Er konnte über die größten Ungeheuerlichkeiten schwätzen und ihr deren Vollzug ankündigen, ohne dass er dabei irgendetwas empfand. Genauso würde er mit vollem Bewusstsein seine böse Tat begehen können, ohne dass sein kaltes Herz davon berührt werden würde.

Baron war ein menschliches Ungeheuer, dessen wahres Wesen seine Teufelsmaske gut abbildete.

»Wer waren die anderen Mitglieder des Tribunals?«

»Namen meiner Gewährsleute nehme ich nicht in den Mund«, wehrte Baron ab. »Vielleicht lernen Sie einen der beiden noch kennen.«

Sie starrte ihm ins Gesicht. Was hatte diese Bemerkung zu bedeuten?

Gustav Baron blickte auf seine Armbanduhr und seufzte. »Schon über die Zeit«, murmelte er. »Aber machen wir weiter.«

Er schaute sich um, fand das kräftige Rohr, das etwas unterhalb der Decke verlief, zog einen Stuhl heran, stieg darauf und schlug das andere Ende des Stricks um das Rohr herum. In der Ecke entdeckte er einen Fußschemel und stellte ihn unter den Galgenstrick.

»Waren Sie es, der Welzer und Michalik erschossen hat?«

»So ist es«, sagte er, dann drehte er sich um und kam auf sie zu. »Kommen Sie«, sagte er, ergriff ihren Ellbogen und riss sie nach vorn. »Machen Sie keine Zicken, die nützen Ihnen nichts. Zwingen Sie mich nicht dazu, Sie zu schlagen.«

Ihre Augen wanderten zu dem Galgenstrick, der von der Decke hing. Bis zu der Schlinge waren es nur ein oder zwei Meter. Baron zog sie mit einem Ruck dorthin, und legte ihr dann die Schlinge über den Kopf, sie drückte gegen ihren Kehlkopf, denn der Strick war straff gespannt. Marion begann zu zittern, schon jetzt war sie wehrlos und konnte nichts mehr tun.

Baron beugte sich hinunter zu ihren Füßen und entfernte die Kette von ihren Fußgelenken. »Los, auf den Schemel!«

Marion gehorchte. Baron zog den Strick nach, bis er wieder straff gespannt war, legte den Knoten der Schlinge hinter ihr linkes Ohr. Nun war es so weit, sobald er den Schemel unter ihren Füßen wegzog, würde sie hängen, nicht fallen, sondern so lange hängen, bis der Tod eintrat, und dieser Teufel würde ihr beim Sterben zusehen und sich an seinem Werk und ihrem Anblick weiden.

Sie begann zu weinen. »Ich flehe Sie an, Gustav, lassen Sie mir mein Leben, ich tue alles, was Sie wollen, werde für Sie arbeiten und niemals eine Verräterin sein.«

Doch Baron schien unerbittlich. »Seien Sie still, Marion, es hat alles seine Richtigkeit. Verräter werden hingerichtet, das ist ein unumstößliches Gesetz.«

»Bitte, bitte … bitte tun Sie es nicht.«

Kurz darauf fuhr Marion zusammen. An der Wohnungstür hatte es geschellt.

Gustav Baron schien nicht überrascht. »Ach ja, ich wusste es – mein Stellvertreter möchte dabei sein, wenn Sie sterben. Er hat es noch rechtzeitig geschafft. Lassen wir ihn herein, damit er von Ihnen Abschied nehmen kann.«

Baron verschwand in den Flur und kurz darauf hörte Marion Stimmen, nicht nur eine, sondern mehrere, männlich und weiblich, und obwohl es keinen richtigen Grund dafür gab, begann sie, wieder Hoffnung zu schöpfen.

Die Tür wurde aufgeschoben und hinter Baron betraten Sybille Seeckt und Ludwig Krieck den Raum. »Mein Stellvertreter hat es nicht mehr geschafft, aber er hat seine eigenen Vertreter geschickt, die Ihnen Auf Wiedersehen sagen möchten«, sagte Baron. »Sie waren auch schon bei der Gerichtsverhandlung zugegen, wie Sie sich erinnern werden.«

Sybille trat zu ihr und lächelte sie an. »Ach, du siehst ja erbarmungswürdig aus, meine Liebe«, sagte sie. »Wunderschön, aber dem Tode geweiht. Wirklich schade. Er hat also bestimmt, dass du sterben sollst.«

»Bitte hilf mir, Sybille«, flüsterte Marion. »Er hat keinen Grund, mir das anzutun.«

Sybille betrachtete sie neugierig. »Ich fürchte, ich kann nichts für dich tun, Marion. Du hast dich nicht an die Regeln gehalten, also werden die Regeln nun auf dich angewandt. Tut mir sehr leid, ist aber nicht zu ändern.«

»Das meinst du doch nicht ernst«, weinte Marion. »Ich habe nichts Böses getan.«

»Sie hat Fotos des Protokolls an den Feind verkauft«, sagte Baron. »Daran gibt es nichts zu rütteln, es ist bewiesen.«

»Dieser Henker hat mich dorthin gebracht«, sagte Marion. »Er lügt und tut alles, um mich hängen zu sehen. Er ist ein perverser Sadist. An allem, was geschehen ist, trägt er selbst ganz allein die Schuld.«

»Ach, Marion, du hast es selbst entschieden, dich mit dem Feind einzulassen, also beschwere dich nicht.«

»Begreifst du denn nicht, dass er nur einen Grund sucht, mir den Garaus zu machen«, schluchzte Marion. »Er ist ein Mörder, der Rolf Michalik und Fritz Welzer auf dem Gewissen hat, er hat Angst, dass ich ihn verrate, nur deshalb will er meinen Tod.«

»Irgendwann müssen wir alle diesen Weg gehen«, sagte Sybille, die nun aber doch nachdenklich wirkte.

»Ach Gott, denk doch an neulich nachts, welche Freude wir miteinander hatten. Willst du darauf verzichten, es zu wiederholen?«

»Ich denke schon die ganze Zeit daran«, sagte Sybille, »wenn man dich ansieht, kann man an nichts anderes denken, deswegen sagte ich, wie schade es ist, dass du die Regeln gebrochen hast.«

»Selbst wenn es so wäre, dass ich Regeln gebrochen hätte, Sybille. Wer von uns macht nicht mal einen Fehler. Nicht ich bin die Verräterin, sondern dieser verdammte Mörder, mit dem ihr euch eingelassen habt!«

»Geht jetzt beiseite«, sagte Baron, »wir bringen es hinter uns.« Er schob Sybille weg und beugte sich zu dem Schemel hinab.

»Halt!«

Ludwig hatte es laut und deutlich gesagt, und als Marion zu ihm hinblickte, sah sie, dass er eine Pistole in der Rechten hielt.

Gustav Baron hatte die Waffe auch bemerkt, sich aufgerichtet und zu seinem jungen Helfer herumgedreht. »Was soll das? Die Waffe weg!«

»Ich bin dagegen, dass sie stirbt«, sagte Ludwig. »Sie hat den Tod nicht verdient. Jeder kann mal einen Fehler machen, da hat sie ganz recht.«

»Sie lügt! Sie hat nicht nur einen, sondern eine ganze Reihe von Fehlern begangen«, raunzte Baron ihn an. »In ein paar Stunden haben wir Krieg, dann wird kein Fehler mehr verziehen.«

»In ein paar Stunden ist nicht jetzt!«

Baron hielt inne. »Ich stelle es mir folgendermaßen vor«, sagte er. »Wir lassen sie ein kleines Weilchen hängen, dann schieben wir den Schemel zurück und verhören sie noch einmal. Es könnte sein, dass sie noch ein paar wichtige Informationen für uns hat.«

»Nein!«, kam es entschieden über Ludwigs Lippen. »Wir machen der Quälerei nicht in ein paar Minuten, sondern jetzt gleich ein Ende.«

»Du bist verrückt«, herrschte Baron den jüngeren Mann an. »Ich gebe die Befehle. Weißt du nicht, dass du des Todes bist, wenn du dich mir widersetzt.«

Ludwig richtete die Pistole auf Barons Kopf. »Setz dich auf das Sofa, Baron, los, sofort.«

Baron wich zurück, noch immer ungläubig ob des unerwarteten Verhaltens seines Untergebenen.

»Und du, Sybille, nimm das Messer, das dort auf dem Tisch liegt, und schneide Marions Strick durch!«

In diesem Moment sprang Gustav Baron vor, aber nicht auf Ludwig zu, sondern gegen Marion und stieß dabei den Schemel unter ihren Füßen weg.

Marions Füße traten in die Luft, die Schlinge schnürte ihr den Hals zu, sie bekam keine Luft, zappelte am Strick, doch sie konnte sehen, wie Ludwig reagierte, wie er Baron auf das Sofa stieß, zu dem kleinen Kissen griff, das neben ihm lag, und es ihm fest auf das Gesicht drückte, als wollte er ihn damit ersticken, und dann sah sie noch, wie er die Pistole in das Kissen stieß, aber dann war es, als würden ihr die Sinne schwinden, und dann war plötzlich alles dunkel und sie sah und hörte nichts mehr.

Sie wusste nicht, wie lange sie bewusstlos gewesen war, da fühlte Marion, wie jemand nach ihr griff und kurz darauf hatte sie wieder Halt unter den Füßen, und mit einem Mal bekam sie auch wieder Luft. Der Schemel war wieder da. Sie gewahrte, dass Ludwig sie festhielt. Sybille war mit dem Messer in der Hand auf den Stuhl gesprungen und durchtrennte den Strick, der noch auf ihre Kehle drückte.

Er fiel herab und noch mit der Schlinge um den Hals stieg Marion von dem Schemel. Sie röchelte und hustete, begriff aber bald, dass sie körperlich praktisch unversehrt war.

»Danke, Ludwig«, sagte sie mit fast tonloser Stimme, »vielen, vielen Dank.«

»Schon gut«, sagte Ludwig, »ging ja nicht anders. Der Irre ist tot, der macht uns keine Schwierigkeiten mehr, ich habe ihn erschossen.«

»Er ist tot?«

Marion starrte hinüber. Gustav Baron war vom Sofa und das Kissen von seinem Kopf gerutscht, er rührte sich nicht mehr. Die Stirn war blutverschmiert, seine Augen waren weit aufgerissen und blickten starr zur Decke. Es war kein Zweifel möglich. Ein Schuss in die Schläfe, der für Marion selbst in ihrer Not nicht zu hören gewesen war, hatte ihn getötet.

Ludwig betrachtete den Toten, er schaute zu Marion, dann zu Sybille. »Er musste sterben. Sonst hätte er uns alle auf das Schafott gebracht.«

»Wenn herauskommt, was geschehen ist, besteigen wir alle drei auch das Schafott«, sagte Sybille. »Das ist doch wohl klar! Was machen wir mit ihm?«

»Es war Notwehr«, sagte Marion. »Eure Hilfe in meiner Not.«

»Das wird uns niemand zubilligen«, erwiderte Sybille. »Ich habe den Kerl nie gemocht, aber was jetzt passiert ist, bricht uns das Genick.«

Ludwig starrte nachdenklich zurück auf den Toten. »Er hat sich selbst eine Kugel in den Kopf gejagt«, sagte er. »Ein einziger Schuss hat ihn erledigt, also gibt es keine Probleme! Er hat sich umgebracht, daran kann kein Zweifel bestehen. Genauso wie die beiden anderen, wie Michalik und Welzer es selbst getan haben. Was Baron konnte, können wir auch, wir sind zu dritt, wir bringen ihn fort.«

»Woran denkst du?«, fragte Sybille.

»Wir legen ihn irgendwo ab, in einen Park am besten, und die Pistole neben ihn, damit es wie Selbstmord aussieht.«

»Es ist deine Dienstpistole«, sagte Sybille.

»Nein«, erwiderte Ludwig. »Ist es nicht, es ist die, die ich mir privat besorgt hatte. Eine kleine Walther, schade, sie war mir ans Herz gewachsen, aber es ist nicht zu ändern.«

»Oh! Ja, dann könnte es gehen«, erwiderte Sybille. »Falls aber doch etwas schiefgehen sollte, einigen wir uns darauf, dass du ihn mit Ludwigs Pistole erschossen hast, Marion, oder?«

»Meinetwegen«, sagte Marion, »das wäre nur recht und billig. Ihr tatet es für mich.«

»Wir legen untereinander ein Schweigegelöbnis ab«, sagte Ludwig, »wir behalten für uns, wer geschossen hat, so ist es am besten, nur wenn wir da nicht mit durchkommen, sagen wir, dass es Marion gewesen sei. Seid ihr einverstanden?«

Beide Frauen nickten.

»Gut, wir rollen ihn in den Teppich, der dort liegt, und bringen ihn nach unten. Das Tor nach hinten raus ist offen, der Wagen steht dort. Zusammen kriegen wir das hin.«

Sie zogen den Toten vom Sofa, bis er in einer günstigen Stellung auf dem Teppich zu liegen kam. Ludwig nahm die Pistole, dann ein Tuch, um sie abzuwischen, danach drückte er sie in Barons leblose Hand und ließ sie neben der Leiche liegen. Er suchte und fand die Patronenhülse, die zu dem tödlichen Schuss gehörte, und steckte sie ein. Zu dritt machten sie sich daran, den Toten mitsamt der Pistole in den Teppich zu rollen.

Schließlich waren sie so weit, dass sie aufbrechen konnten. Marion blickte zur Uhr. Es war halb drei Uhr nachts. Sie zog Schuhe und Jacke an, öffnete die Tür zu einem Spalt und lauschte ins Treppenhaus. Wie Ludwig vorhergesagt hatte, herrschte nichts als Stille, die Leute schliefen. Den Schuss schien niemand gehört zu haben, wenn aber doch, zog jeder, der etwas mitbekommen hatte, es im eigenen Interesse vor, sich nicht darum zu kümmern.

Marion ging voran, fasste mit an, wo es nötig war, und so zogen sie gemeinsam den Toten die Stufen herab. Es klappte nicht ohne ordentliche Anstrengungen, doch sie erreichten schließlich den Hinterausgang, ohne dass jemand sie störte. Ludwig ging vor, um die Autotür zu öffnen, kehrte kurz darauf in den Hausflur zurück.

»Kein Mensch zu sehen«, raunte er ihnen zu, als er zurückgekehrt war. »Dann auf, wir fassen alle drei mit an.«

Der Hof war finster, es gab keine Beleuchtung. Außer den hohen Mauern, die wie steinerne Monumente zum Himmel hinaufstiegen, war kaum etwas zu erkennen.

Soweit Marion es überblicken konnte, befanden sich außer dem Cabriolet keine weiteren Fahrzeuge auf dem Hofgelände, wenigstens waren in der Dunkelheit keine zu sehen.

Ludwig ließ den Motor an und mit einem satten Geräusch setzte sich der Mercedes in Bewegung. Unter dem finsteren Torbogen hindurch gelangte er am Ende der gepflasterten Einfahrt auf die nur wenig hellere Straße und von dort weiter zum Nürnberger Platz.

23. KAPITEL

Das vertraute Glitzern der Leuchtreklamen auf der Joachimsthaler Straße gab Marion wieder etwas Halt. Sie war ruhig, der Schock ihres furchtbaren Erlebnisses mit Gustav Baron saß ihr noch so tief in den Knochen, dass sie die Gefahr, der sie mit dem toten Mörder und dessen Entdeckung ausgesetzt war, als relativ unbedeutend empfand.

»Wo willst du hin, Ludwig?«, fragte Sybille den Mann hinter dem Steuer, während sie über den Lichterboulevard nach Osten rollten. »Ist es nicht besser, die zentralen Straßen zu meiden?«

»Das denke ich nicht«, gab Ludwig zurück. »Die Gefahr, dass wir angehalten werden, besteht vor allem abseits der großen Alleen.«

Obwohl es noch keine halbe Stunde her war, dass er Baron erschossen hatte, wirkte er von allem unbeeindruckt, fast eiskalt. Tatsächlich hatte er zuvor bereits eine erstaunliche Nervenkraft bewiesen, als er den spontan gefassten Entschluss, Marion das Leben zu erhalten, unbeirrt gegen den energischen Widerstand Gustav Barons und die Vorbehalte von Sybille Seeckt in die Tat umgesetzt hatte. Doch es schwang noch etwas anderes in seinem Verhalten mit. Der Umstand, dass er so ganz mit sich im Reinen wirkte, gab Marion das dumpfe

Gefühl, dass man etwas vor ihr verheimlichte. Nach wie vor stand sie unter dem Eindruck, dass sie den beiden Mitfahrern, die vor ihr im Wagen saßen, nicht gänzlich vertrauen konnte.

»Wo hat der Mistkerl denn gewohnt?«, fragte Sybille den Fahrer. »Wenn es in der Nähe seiner Wohnung einen Park gibt, wäre das ein guter Ort, um ihn loszuwerden.«

»Wir haben es nicht weit«, antwortete Ludwig. »Der Tiergarten ist am besten geeignet. Da will ich hin. Er wohnte nicht weit davon weg.«

Sybille kaute auf ihrer Unterlippe. »Ja, gut, im Tiergarten werden wir ihn im Dunklen schnell los.«

Vor ihnen waren die hohen, spitzen Türme der Kaiser-Wilhelm-Gedächtniskirche zu sehen. Sie rollten darauf zu, passierten die Kirche und erreichten kurz darauf den Zoobahnhof, dahinter wurde es schlagartig dunkler. Sie hatten den südlichen Teil des Tiergartens erreicht. Auch wenn Ludwig recht hätte, dass es auf den hell erleuchteten Straßen weniger gefährlich war, fühlte Marion sich doch besser, nachdem die grellen Lichter verschwunden waren.

Sie kamen an die Spree und wollten gerade in die quer verlaufende Chaussee abbiegen, als Ludwig den Wagen stoppte. »Verdammt«, murmelte er, »ausgerechnet jetzt.«

Marion spähte nach vorn und erkannte, dass es nicht weiterging. Vor ihnen marschierte ein Bataillon Soldaten auf voller Straßenbreite durch die Nacht.

Ludwig blickte nach hinten, wo alles noch frei war, setzte den Mercedes zurück und fuhr an den Straßenrand, wo er im Schatten des Baumbestandes hielt. Er stellte den Motor ab, kurbelte ein Seitenfenster herunter und schaltete die Lichter aus. »Wir müssen warten«, sagte er, »besser hier als mitten auf der Straße, sonst halten womöglich noch Fahrzeuge hinter uns an.«

Mit monotonen Schritten marschierten in naher Entfernung Reihen von Soldaten vorüber. Man hörte Rumpeln und Poltern und schließlich rollten schwere Lastwagen über das Pflaster. Nichts Zuversichtliches strahlte von den Männern aus, die an ihnen in dumpfer Eintracht vorübermarschierten, Marion erkannte keine Kampfentschlossenheit oder was immer man von Soldaten, die auf dem Weg in den Krieg waren, im günstigsten Fall erwarten konnte. Vorherrschend war etwas Bleiernes, Müdes und Verhaltenes, als könnten sie nicht glauben, dass das Befürchtete wider Erwarten Realität geworden war. Die armen Jungs, dachte Marion. Viele von ihnen würden in den Krieg ziehen, ohne jemals ein Mädchen geliebt zu haben. Der Führer war ein Narr, dachte sie; wenn er so gut und brillant gewesen wäre, wie er vorgab zu sein, hätte es ihm gelingen müssen, einen Krieg zu verhindern.

Plötzlich musste sie an etwas denken. Sie war bisher zu benommen gewesen, es zu erkennen, war Ludwig für seine Rettung noch immer dankbar. Doch die Hilfe der beiden änderte nichts daran, dass sie inzwischen wusste, dass sie für den Herrenklub tätig gewesen waren, und damit bis zu einem gewissen Grad in die Pläne des Mörders von Rolf Michalik und Fritz Welzer eingeweiht worden waren.

Ihre Gedanken brodelten weiter. Wie war man eigentlich Fritz Welzer auf die Schliche gekommen? Hatten Sybille und Ludwig ihn beschattet? Waren die beiden schon gestern Nachmittag bei ihrem Besuch in der Wohnung des Fotografen auf seiner und ihrer Spur gewesen? Es konnte sich kaum anders verhalten, sagte sich Marion. Ihre Verbindung zu Welzer war nicht unbemerkt geblieben, ob es nun mit Hilfe der Angestellten aus dem Fotoatelier oder auf andere Art geschehen war. Auch sie selbst war offenbar beobachtet worden, nicht nur gestern Nachmittag, sondern auch am zurückliegenden Abend. Als sie das Coco verlassen hatte, um sich mit Welzer zu treffen, musste Gustav Baron ihr heimlich aufgelauert haben. Nachdem sie selbst sich auf den Rückweg zum Coco gemacht hatte, war er zu dem Fotografen in den Wagen gestiegen, hatte ihn mit vorgehaltener Pistole gezwungen, die Fotos herzugeben und ihn dann in bewährter Manier mit einem Schuss in die Schläfe getötet. Es war nicht einmal auszuschließen, dass Sybille und Ludwig an dem Mord beteiligt gewesen waren. Baron hatte sich allein auf den Weg gemacht, um Marion noch in der Nacht als Verräterin zu bestrafen, aber bald darauf waren Sybille und Ludwig ihm in ihre Wohnung gefolgt. Der Grund, weshalb die beiden beschlossen hatten, ihr zu helfen und sie aus den Händen ihres Henkers zu befreien, mochte durchaus mit der inzwischen entstandenen Vertrautheit und der Erinnerung an das gemeinsame sexuelle Abenteuer in der Wohnung im Bayerischen Viertel zusammenhängen; für Ludwig war es wohl der entscheidende Grund gewesen, um Baron zu erschießen und Marion dadurch aus den Händen ihres Henkers zu befreien.

Endlich waren die Truppen vorübermarschiert und Ludwig ließ den Motor wieder an. Der Wagen setzte sich in Bewegung. Ludwig bog in die Chaussee ein und fuhr ein Stück hinter den Soldaten her, bevor er erneut nach rechts in eine dunkle Nebenstraße abbog, die weiter in das waldige Tiergartenviertel hineinführte. Er kreuzte durch einsame Straßen, während er sich leise mit Sybille austauschte, an welcher Stelle genau sie sich ihrer Fracht entledigen sollten. Anscheinend hatte Ludwig ein bestimmtes Ziel vor Augen, das im Gewirr der gleichartigen schmalen Straßen nicht leicht zu finden war.

In diesem Moment kam ihr eine Erinnerung. Der Stellvertreter, dachte Marion und wusste plötzlich mit jäh aufsteigendem Schrecken, was sie übersehen hatte. Gustav Baron hatte von seinem Stellvertreter erzählt, bevor Sybille und Ludwig in der Wohnung erschienen waren. Baron hatte sich überrascht gezeigt, dass Sybille und Ludwig vor der Tür gestanden hatten. Er hatte sie eingelassen, weil sie seine Helfer waren, doch eigentlich hatte er jemand anderen erwartet, eben diesen Stellvertreter oder Vertrauten, mit dem er nach eigenem Bekunden schon in seiner Zeit bei der Reichswehr zusammengearbeitet hatte. Die Person war in dieser Nacht noch nicht schlafen gegangen, erkannte sie entsetzt, sondern in der Stadt unterwegs und auf der Suche nach ihr. Sicher war er einer der beiden Beisitzer des Tribunals gewesen sein, das über sie zu Gericht gesessen hatte, und als der vormalige Gerichtsvorsitzende nicht mehr lebte, hatte der Stellvertreter seine Stelle eingenommen. War er es gewesen, der sie zu Welzers Opel gelockt hatte, nachdem Baron sich bereits auf den Weg zu ihrer Wohnung gemacht hatte? Er musste sie beobachtet haben, für den Fall, dass sie nicht in ihre Wohnung zurückkehrte oder etwas anderes der Umsetzung des Mordplanes im Wege stand.

Wer war dieser Stellvertreter? Sie starrte auf die mächtigen dunklen Bäume, an denen sie langsam vorüberrollten, auf vereinzelte Villengebäude, und fühlte ein Unbehagen in sich aufsteigen.

Erneut bog Ludwig ab, fuhr weitere fünfzig Meter und stoppte wieder, bevor er das Licht ausschaltete und auf einen holperigen Forst- oder Waldweg zwischen den hohen Bäumen fuhr.

Schließlich hielt er an. Marion hatte den Eindruck, dass sie völlig allein in diesem abgelegenen Teil des Villenviertels waren.

»Bleibt sitzen«, sagte Ludwig. »Ich steige aus und schau mich einmal um.« Er öffnete die Fahrertür und lehnte sie ins Schloss und Marion beobachtete, wie er draußen durch die Dunkelheit spähte, sich dann aber zügig entfernte und irgendwo zwischen den Bäumen verschwand.

»Wo will er hin?«, fragte Marion.

»Er sucht einen geeigneten Ort«, gab Sybille knapp zurück.

Sie warteten stumm. Marion behielt die Umgebung des Wagens im Auge. Der Mond, der zwischen den Wolken erschienen war, warf einen milchigen Schein und gab etwas Licht. Doch Minute um Minute verstrich, ohne dass etwas passierte. Sie wurde den Gedanken nicht los, dass Ludwig nach etwas anderem suchte als bloß einem abgelegenen Ort für Barons Leiche.

»Er braucht lange«, sagte sie, nachdem fünf Minuten vergangen waren und noch immer nichts von dem Fahrer zu sehen war.

»Er weiß, was er tut«, sagte Sybille.

Zwei weitere Minuten zogen dahin, dann endlich tauchte Ludwig vor dem Wagen auf und steckte den Kopf durch die Tür. »Bringen wir es hinter uns. Die Stelle ist in Ordnung.«

Sybille und Marion kletterten ins Freie. Ludwig klappte die Rückenlehnen der Vorderbank vor, dann schoben und zerrten sie mit vereinten Kräften die Teppichrolle mit dem Toten aus dem Fahrzeug, bis diese daneben zu liegen kam.

»Das Wetter ist einigermaßen trocken, der Regen vorhin hat nicht viel gebracht, ich glaube nicht, dass wir Reifenspuren verursacht haben«, sagte Ludwig. »Aber sicher ist sicher, schleppen wir ihn noch ein kleines Stück weiter unter die Bäume.«

Es war eine schweißtreibende Angelegenheit, aber mit den vereinten Kräften, auf die sie sich konzentrierten, ging es gut voran, bis Ludwig leise die Anweisung gab, die Last abzuladen. Dann rollten sie zügig den Teppich auseinander und schoben den Toten herunter. Ludwig hatte sich Handschuhe übergestreift und griff zu der Waffe, die sich neben dem toten Baron befand. Er arrangierte den Körper in einer Lage, die zu einem Selbstmord passte. Dann nahm er die Pistole, machte sich klar, wohin sie fallen müsste, wenn sich der Mann den Schuss in die Schläfe gesetzt hätte, und deponierte sie dort zusammen mit der Patronenhülse.

Mehr war nicht zu tun. Es war ohnehin kaum damit zu rechnen, dass die Kripo aufwendige Ermittlungen anstellen würde, wenn der erste Eindruck auf einen Selbstmord hinwies, dachte Marion. Außerdem war Krieg und die Beamten hatten andere Dinge zu tun. Wenn man ihr etwas anhängen wollte, würden ihre Feinde im Herrenklub und der Gestapo dafür sorgen, dass man sie beim Schlafittchen kriegte, und die normale Polizei würde bloß der Handlanger dieser Leute sein.

Sie machten aus dem Teppich wieder eine Rolle und trugen ihn zurück in Richtung des Forstwegs. Kaum hatten sie den Schatten der Bäume verlassen, als Marion heftig zusammenschrak.

»Da steht jemand«, murmelte sie. »Auf der anderen Seite des Wagens.«

Sie blieb stehen. Da sie zu dritt die Rolle trugen, mussten auch ihre Begleiter halten. Der Stellvertreter, dachte Marion und begriff, dass die finstere Gestalt, die nun langsam um das Cabriolet herumging und wieder stehen blieb, um ihnen entgegenzusehen, schon vor Barons Tod alle Fäden in den Händen gehalten hatte. Dieser Mensch hatte gewusst, was in ihrer Wohnung passieren würde, und es wurde ihr klar, dass Ludwig und Sybille, als sie ihre Wohnung betreten hatten, noch ein anderes Ziel verfolgt hatten, als ihr zu helfen. Dieses Ziel konnte nur darin bestanden haben, Baron zu töten oder ihn außer Gefecht zu setzen. Sybille mochte nicht eingeweiht gewesen sein, aber Ludwig hatte genau gewusst, was er tat. Der Stellvertreter steckte dahinter, ahnte sie, er allein konnte Ludwig den Befehl gegeben haben, Baron auszuschalten.

»Wer ist der Mann?«, fragte Marion.

»Es ist der Chef«, sagte Ludwig.

»Der Chef?«, fragte Marion entsetzt.

»Weitergehen«, sagte Ludwig. »Weglaufen nützt nichts.«

Obwohl Marion am liebsten in den Schutz der Nacht entflohen wäre, gab sie sich einen Ruck und ging zusammen mit ihren beiden Begleitern weiter, während die finstere Gestalt sich nicht vom Fleck rührte.

Es war ein Mann mit Mantel und Hut, dessen Gesicht in der Dunkelheit nur undeutlich zu erkennen war, ein bleiches, hageres Gesicht. Marion sah in der Rechten des Mannes eine Pistole glitzern.

»Gut, dass Sie da sind«, sagte Ludwig zu dem Mann, als sie den Wagen fast erreicht hatten. »Ich hatte schon nicht mehr mit Ihnen gerechnet.«

»Eine ganz unbegründete Sorge«, erwiderte der unheimliche Mann, »ich nehme an, dass alles nach Plan verlaufen ist.«

»Alles passend«, gab Ludwig zurück. »Baron liegt dort hinten unter den Bäumen. Er hat sich eine Kugel durch den Schädel gejagt.«

»Es war nicht anders zu erwarten«, sagte der bleiche Mann. »Er hatte sich verrannt und hat nun keinen anderen Ausweg mehr gesehen. Fräulein Sybille und Sie können fahren. Fräulein Bendt bleibt bei mir, da ich noch etwas mit ihr zu besprechen habe. Ich bringe sie dann selbst nach Hause.«

»Verstehe«, sagte Ludwig. »Sybille, dann komm!«

Marion ließ die Teppichrolle los und ihre Begleiter trugen sie allein zu dem Mercedes. Der Motor wurde gestartet, dann setzte der Mercedes auf dem Forstweg zurück, bis er die schmale Straße erreichte, kurz stoppte und wieder nach vorne fuhr, und es dauerte noch eine Weile, bis die Lichter des Cabriolets vollständig in der Dunkelheit verschwunden waren.

Marion wandte sich zu dem unheimlichen Mann herum. Dieser steckte die Pistole in die Manteltasche. Sie hatte ihn längst erkannt.

Der finstere Mann war Reinhard Bredow, ihr Führungsoffizier.

»Was tun Sie hier?«, fragte Marion, sie hatte sich vorgenommen, die Ahnungslose zu spielen.

»Ich leite die Unternehmung«, erwiderte Bredow.

»Bin ich ein Teil der Unternehmung?«

»Ein nicht unwichtiger Teil.«

»Gustav Baron war ebenfalls an Ihrer Unternehmung beteiligt, nicht wahr? Als Opfer! Wollten Sie auch, dass ich mein Leben lasse?«

Reinhard Bredow verzog das Gesicht. »Es wäre doch schade, wenn ich Sie nicht mehr hätte, ein Mädchen wie Sie. Entweder Sie oder Baron, die Wahl fiel mir nicht schwer.«

»Fast wäre ich tot gewesen. Es war grauenhaft.«

»Wer sich in Gefahr begibt, kann darin umkommen«, erwiderte Bredow kalt.

»War es nur ein glücklicher Zufall, der mich überleben ließ?«, fragte sie.

»Ich weiß es nicht. Baron war ein Verräter, allerdings auf seine eigene Art. Er hat nach Gutdünken gehandelt und brachte dadurch uns alle in Gefahr. Das Tribunal hatte Ihren Tod noch nicht beschlossen. Ob Baron sein Vorhaben in Ihrer Wohnung bis zu Ende geführt und Sie getötet oder im letzten Moment innegehalten hätte, weiß ich nicht. Im Hinblick auf das, was Sie getan haben, können Sie mir dennoch danken, dass Sie noch am Leben sind. Ihr Verrat war schlimmer als der, den Baron beging.

Sie hätten das Schicksal, das Baron Ihnen dem Anschein nach zugedacht hatte, durchaus verdient. Trotzdem, die Dinge drohten zu eskalieren, deshalb griff ich ein. Wäre mir Ihr Schicksal gleichgültig gewesen, hätte ich Sybille und Ludwig nicht beauftragt, sich schnell um Sie zu kümmern. Begreifen Sie Ihr Erlebnis als notwendige Lektion, als letzte, unmissverständliche Warnung.«

»Baron hat den Schemel unter meinen Füßen weggetreten, ich hing in der Schlinge, er wollte meinen Tod.«

»Hat er nicht in die Mündung einer Pistole geblickt?«

»Das wohl.«

»Nun, seine Reaktion mag auch so etwas wie Notwehr gewesen sein. Aber lassen wir das! Es spielt keine Rolle mehr. Barons Tod wird als ein Selbstmord gelten.«

Hatte Gustav Baron sie gar nicht töten wollen? War das Ganze nur die Fortsetzung des Spiels gewesen, das er als Vorsitzender des unheimlichen Tribunals in dem Haus am Kaiserdamm begonnen hatte? Hatte er es nur deshalb auf die Spitze getrieben, weil er gewusst hatte, dass Bredow oder Ludwig und Sybille an der Tür klingeln würden, um es vor dem angekündigten Ende zu unterbrechen. Sie schüttelte sich, wie um ihre Unwissenheit loszuwerden. Sicher erschien ihr nur, dass Baron den Nothilfeeinsatz, den Ludwig und Sybille zu ihren Gunsten unternahmen, nach dem Plan von Bredow nicht hatte überleben sollen, und genauso war es gekommen. Nicht sie selbst, sondern Gustav Baron, der Mörder von Michalik und Welzer, sollte nach Bredows Willen das Opfer sein, das zum Schweigen gebracht werden musste, weil es zu viel wusste. Alles, was sie in den vergangenen Stunden und Tagen erlebt hatte, wäre dann nur eine groteske Einweihung gewesen, die dazu gedient hatte, sie gefügig zu machen.

»Warum musste Baron Selbstmord begehen?«, fragte sie.

»Barons Unternehmungen finden in den maßgeblichen Teilen der Gesellschaft keine Unterstützung mehr. Er hatte den Bogen überspannt. Die Lenkung unserer Geschicke konnte ihm nicht länger belassen werden. Wenn er seiner Aufgabe nicht gerecht wird, muss er abgelöst werden.«

»Oder sterben?«

»Sie sagen es! Morgen werden wir Krieg haben, eine neue Zeit beginnt, und es gibt eben Leute, die nützlicher sind, wenn sie den Krieg nicht mehr erleben. Wer sich hingegen an die gültigen Spielregeln hält, hat nichts zu befürchten. Das gilt auch im Krieg.«

Was er da behauptete, konnte höchstens die halbe Wahrheit sein, dachte sie. Weit näher lag, dass Gustav Baron hatte sterben müssen, weil er etwas gegen Reinhard Bredow in der Hand gehabt hatte. War es vielleicht seine eigene Verstrickung in die Pläne für ein Attentat auf Hitler im vergangenen Jahr, die Bredow in Vergessenheit bringen wollte?

Bredow mochte nach dem Münchner Abkommen und dem Scheitern der Attentatspläne im vergangenen Herbst gewissermaßen die Seiten gewechselt und seither gegenüber seinem Vertrauten Baron ein doppeltes Spiel betrieben haben. Die Zeiten änderten sich eben, Bredow hatte es selbst erklärt. Sie vermutete, dass auch Michaliks und Welzers Ermordung mit Bredows Wissen geschehen waren, und sie ahnte, dass es Bredow war, der von Anfang an alle Figuren auf dem Schachbrett bewegt hatte. Michalik und Welzer hatten auch über ihn zu viel gewusst, sodass es ihm nur recht gewesen sein konnte, wenn sie starben.

»Man hat mich in eine Rolle gedrängt«, sagte Marion leise. »Ich habe mir das alles nicht ausgesucht.«

»Mein Eindruck ist ein anderer. Sie tanzen gern auf mehreren Hochzeiten, Fräulein Bendt. Aus Ihrer Sicht haben Sie in Notwehr gehandelt, als Sie an Barons Tötung mitwirkten. Anderen Ortes wird man die Sache nicht als Notwehr ansehen. Was Sie getan haben, wird vorerst keine unmittelbaren Konsequenzen für Sie haben. Doch die Tatsache, dass Sie Welzer die Abzüge übergeben haben und damit Verrat am deutschen Volk üben wollten, bleibt bestehen. Es bedarf nur einer Handbewegung von mir, dass man Sie in ein Konzentrationslager verbringt, und einer weiteren, damit Sie am Lagergalgen aufgeknüpft werden.«

Sie war der Sündenbock, dachte sie. Man hatte sie von Anfang an dazu auserwählt, als beschlossen worden war, Michalik, Welzer und Baron zu töten. Weder Bredow noch sonst jemand in diesem schrecklichen Herrenklub oder bei der Gestapo hatten wohl vorgehabt, ihr unmittelbar den Garaus zu machen. Doch wenn der Plan nicht geklappt hätte und irgendwer von der Partei oder Polizei Anstoß an den Morden genommen hätte, dann wäre sie selbst es gewesen, die man den Behörden übergeben hätte, damit sie zum Tode verurteilt und hingerichtet werden konnte. Die bösen Spiele, die man mit ihr veranstaltet hatte, waren recht betrachtet Ankündigungen des Schicksals gewesen, das ihr blühen würde, wenn sie sich nicht kooperativ verhielt oder die Pläne von Bredow und Baron aus anderen Gründen scheiterten.

»Die Rolle, von der Sie sprachen, endet heute Nacht«, fügte Bredow hinzu. »Sie bekommen eine neue Rolle, und falls es Ihnen in Ihrer alten Rolle noch nicht ganz klar gewesen sein sollte, so sage ich es Ihnen im Hinblick auf die neue mit aller Deutlichkeit: Verrat und Untreue werden mit dem Tode bestraft.«

Marion schwieg, aber was sollte sie auch sagen? Man hatte sie benutzt, für Ziele eingespannt, die nicht ihre eigenen waren, und leicht hätte es geschehen können, dass sie das böse Spiel nicht überlebt hätte. Wie sollte sie sich gegen ein solch obszönes Komplott, dessen Fortdauer Bredow ihr in Aussicht gestellt hatte, auch wehren? Sie war allein und konnte weder Bredow trauen, noch Ludwig und Sybille, oder wer auch immer noch zu der Bande gehören mochte, der sie auf Gedeih und Verderb ausgeliefert war.

»Wir haben uns verstanden?«, fragte Bredow.

»Ja.«

»Begleiten Sie mich unter die Bäume und zeigen Sie mir, wo der Tote liegt. Mein Wagen steht in dem Weg auf der anderen Seite. Ich muss mich vergewissern, dass alles seine Richtigkeit hat.«

Bredow folgte ihr an die Stelle, wo Barons Leiche lag. Er inspizierte den Toten, ohne ihn zu berühren, danach schien er zufrieden. Das Bismarck'sche Nationaldenkmal lag gar nicht weit entfernt, fiel Marion ein. Bredow schien sich im Tiergarten wohlzufühlen, vielleicht löste er hier seine schwierigsten Fälle.

»Gut, dann bringe ich Sie nach Hause«, sagte er. »Halten Sie sich stets bereit. Wenn Sie wollen, dass Sie nicht doch noch das Schicksal erleiden, das Baron Ihnen zugedacht hatte, zeigen Sie sich in Zukunft in jeglicher Hinsicht kooperativ. Eine weitere Chance bekommen Sie nicht.«

Bredow führte sie über eine Rasenfläche zu einer anderen Nebenstraße hin, wo sein Wehrmachtsauto parkte.

Sie stieg ein und Bredow fuhr sie über die Budapester Straße und den Nürnberger Platz zur Prager Straße zurück. Als Marion ausgestiegen und Bredow weitergefahren war, sah sie am Himmel die ersten Zeichen der Morgendämmerung.

Müde stieg sie die Treppen hinauf. In der Wohnung war auf den ersten Blick nicht viel von dem zu sehen, was sich vor einer Stunde dort ereignet hatte. Doch dann entdeckte sie auf dem Fußboden vor dem Sofa Blut, danach auch an anderen Stellen. Bevor sie nicht gründlich saubergemacht hatte, würde sie sich nirgendwo hinsetzen können, merkte sie. So erschöpft und übernächtigt sie auch war. Am Nachmittag stand die erste Probe mit Edith für den neuen Tango auf dem Programm, fiel ihr ein. Entgegen ihrer früheren Erwartung würde sie anwesend sein. Was in gewisser Weise ein Lichtblick war. Doch bis dahin war noch Zeit. Ihr Bett musste frisch bezogen werden und alles gründlich gewischt werden.

Sie öffnete sämtliche Fenster und in den folgenden zwei oder drei Stunden, während sich über Berlin die Sonne des ersten Septembertages erhob, war sie mit Putzen und Wischen beschäftigt. Als sie fertig war, ließ sie sich auf die Polster sinken und schlief sofort ein. Sie träumte nicht, und als sie erwachte, war der Vormittag weit vorangekommen. Erneut war es ein schöner Spätsommertag.

Sie schaltete das Radio ein. Marschmusik auf allen Sendern. Sie ließ die Musik laufen, aber schon bald kamen Meldungen. In der Nacht hatten polnische Banden den Rundfunksender Gleiwitz überfallen und weitere Grenzzwischenfälle provoziert, wurde berichtet. In aller Frühe hatten deutsche Truppen daraufhin in breiter Front die polnische Grenze überschritten.

Dann sprach der Führer in einer Rede im Reichstag, die vom Rundfunk übertragen wurde. »Polen hat heute Nacht zum ersten Mal auf unserem eigenen Territorium auch mit regulären Soldaten geschossen«, erklärte er. »Seit 5 Uhr 45 Uhr wird jetzt zurückgeschossen. Und von jetzt ab wird Bombe mit Bombe vergolten.«

Das große Sterben hatte begonnen. Marion schaltete das Radio aus.

ENDE